책문

이 시대가 묻는다

김태완 풀고 쓰다

현자의마을

책문 이 시대가 묻는다

4장 이상 정치를 실현하는 방법

5장 술의 폐해를 근절하는 방법

6장 외교관의 자질

7장 부국강병을 위한 인재 등용

8장 올바른 교육의 길

9장 정부 조직 개혁 방안

책문을 읽기 위해

책문, 시대의 시험

초현실적 정치 부재의 시대에 나라는 도대체 어디에 있는가?

쉬르리얼리즘!

어떤 이가 '세월호' 침몰 '실황중계(?)'를 보고 토해낸 말이다. 21세기 기술문명의 시대에, 자칭 선진국 근처에까지 진입했다고 하는 나라에서 수백 명 승객을 태운 배가 서서히 침몰해 가는 과정을 전 국민이 TV로 지켜보는 상황은 생각할수록 초현실적이다. 시민이 낸 세금으로 운영되는 공적 기구인 방송국이 납세자의 아들딸과 시민이 물속으로 가라앉는 과정을 실시간으로 중계해주는! 현실은 분명 현실이로되 현실 같지 않은! 두 눈으로 보고서도 도저히 믿을 수 없는!

지금 이 시점에, 살바도르 달리의 초현실주의 그림처럼 1년이라는 시간이 반으로 접혀서 고스란히 그 상태로 돌아와 있다. 배는 여전히 가라앉아 있고, 실종자는 여전히 실종 상태에 있고, 사고의 경위와 원인은 여전히 밝혀지지 않았다. 또한, 사고의 책임소재는 어느 누구에게 있는지 여전히 물을 수 없고, 국가규모의 재난에 책임을 져야 할 국가 안보 체계의 계통에 있는 당사자들은 모두 현실감각을 잃은 채 주마등을 구경하듯 하고 있고, 정치는 여전히 불정치不政治 상태이다.

세월호가 침몰한 사건은 세월호라는 배가 바다로 빠져 들어간 게 아니라 대한민국이라는 나라가 나락으로 떨어지는 과정이었다. 방송이 배의 침몰을 생중계하는 동안 나라는 도대체 어디에 있었는가?

"백성은 나라에 의지하려고 하지만 백성의 실정이 위로 통하지 않습니다. 나라는 백성을 보호한다지만 정치의 혜택이 아래에까지 미치지 못합니다. 관직에 있는 사람들은 작은 성과에 만족하여서 먼 장래에 대한 생각을 잊어버리고 있습니다. 일을 맡은 사람들은 한때의 이익에 연연하여서 장기 계획을 소홀히 합니다. 위에서 직무를 게을리하면 아래에서는 생업을 잃고, 위에서 혜택을 베풀지 못하면 아래에서는 분노가 쌓입니다. 이 때문에 전하의 나라는 난리가 일어나기도 전에 이미 위태로운 상황입니다. 마치 나무가 속에서 썩고 집이 안에서 무너지듯이 비록 겉으로 보기에는 아무것도 바뀌지 않았지만 금방이라도 기울고 무너질 듯합니다."

광해군 3년(1611), 별시문과 최종시험에서 임숙영이 제출한 대책이다. 몇몇 용어만 바꾸면 21세기 대한민국의 정치현실을 그대로 지적하는 말이라 하여도 손색이 없다. 400년 전에 제출한 과거시험 답안이 400년 뒤의 현실을 그대로 반영하는 말일 줄이야.

정치란 정치사회를 구성하는 구성원의 생존을 책임지는 일

『맹자』는 권력이 읽기에는 참 여러 모로 불편한 책이다. 나라의 근본은 권력자가 아니라 인민이라 하고, 군주의 자질을 갖추지 못한 군주는 한 사내[一夫]일 뿐이라 한다. 군주가 군주의 역할을 제대로 하지 못하면 군주를 바꿀 수도 있다고 한다.

『맹자』에 이런 이야기가 전한다. 상을 세운 탕왕이 박亳이란 땅에 거주하였다. 박읍 이웃에는 갈葛이라는 나라가 있었다. 갈나라 군주가 방탕하여 제사를 지내지 않았다. 탕왕이 사람을 시켜서 제사를 지내지 않는 까닭을 물었다. 갈나라 군주는 제물로 바칠 짐승이 없기 때문이라 하였다. 탕왕이 짐승을 보내 주었다. 갈의 군주는 탕왕이 보내준 짐승을 잡아먹고서 또 제사를 지내지 않았다. 탕왕이 또 그 까닭을 물었다. 갈의 군주는 제물로 바칠 곡식이 없기 때문이라 하였다. 탕왕이 박읍 사람들을 갈나라에 보내서 밭을 갈아주게 하였다. 박읍 사람들이 갈나라에 가서 밭을 가는 동안 박읍 노약자가 밥을 하여 날라서 밭갈이 하는 사람들을 먹였다. 그러자 갈나라 군주가 갈나라 사람들을 데리고 와서 박읍 사람들의 밥과 술을 빼앗고 주지 않는 사람은 죽여 버렸다. 박읍의 한 어린이가 기장밥과 고기를 가지고 왔는데 그 어린이를 죽이고 고기와 밥을 빼앗았다. 이 사건을 구실로 탕왕은 갈나라를 징계하여 정벌하였다. 탕왕이 갈나라를 정벌한 일을 두고 세상 사람들은 모두 탕왕이 천하를 탐내서 그렇게 한 것이 아니라 필부필부를 위해 원수를 갚은 것이라 하였다.

유학의 고전이나 우리나라 역사자료에는, 한 사람이라도 제 살 곳을 얻지 못하면 성인은 마치 저자거리에서 회초리로 종아리를 맞는 듯이 부끄럽게 여겼다고 하는 말이 나온다. 인민 한 사람, 한 사람의 생존이 모두 군주의 책임이라는 말이다. 현대 민주시민 사회를 두고 말한다면 국가가 시민 한 사람, 한 사람의 생존에 무한 책임을 져야 한다는 말로 바꿀 수 있겠다. 국가의 복지를 운운하면 기득권자들은 '가난 구제는 나라님도 못 한다'는 속담을 구두선으로 내세운다. 이 속담은 정녕 권력자가 책임 회피를 정당화하기 위해 내세우는 정치적 프로파간다이다. 당초에 국가의 최고지도자나 기득권층이 자기의 권력을 유지하기 위한 최소한의 실리적 차원에서라도 사회 약자를 배려해 본 적이 없었으니 이 속담을 들먹이는 의도는 아예 처음부터 가난 구제로 대표되는 사회복지에는 관심이 없음을 드러내려는 것이다. 국가가 권력을 양도해준 국민을 위해 수행해야 할 기본 의무를 복지라는 이름으로 물 타기 하는 순간 이미 국가는 자기 의무를 내팽개친 셈이다. 인민 한 사람, 한 사람의 생존은 국가가 복지의 차원에서 혜택으로 베푸는 일이 아니라 당연히 짊어져야 할 책무이다. 정치란 바로 정치사회를 구성하는 구성원의 생존을 책임지는 일이다.

책문, 관료로 출사하는 선비의 역사 성찰과 치열한 자기 점검

이 책은 조선시대 고급공무원 선발 시험인 대과의 마지막 단계에서 출제한 시험과 답안의 한 유형인 책문 가운데에서 오늘날 사람들이 읽어도 의미가 있을 글들을 가려 뽑아서 엮은 책이다.

조선시대에 고급관료로 출세出世하여서 자기가 갈고닦은 학문과 오랫동안 수양한 인격과 정신을 사회에 펼치기 위해서는 과거를 거쳐서 자기의 역량을 검증받아야 했다. 이 검증의 절차에서 통과해야 할 마지막 관문이 책문이었다. 원칙상으로는 대과의 마지막 단계인 전시殿試에서는 시험 과목으로 여러 종류가 있었으나 대체로 책문을 시험 보였다고 한다.

그런데 책문이란 무엇인가? 책문은 시대의 물음이다. 시대가 출제한 시험이다. 곧 당대에 가장 시급히 해결해야 할 현안에 빗대어 문제를 내고 그 문제에 대해 응시자가 자기의 역사의식, 정치철학, 인문교양을 총망라하여 해법을 제출한다. 그리하여 책문이란 권력을 갖고 권력을 행사할 사람의 권력에 대한 이념과 철학, 권력 운용의 역량과 비전을 묻는 시험이다. 그러므로 조선시대를 이끌어간 수많은 문신관료들은 그가 어떤 삶을 살았든 간에 적어도 관료로 출사하기 위한 첫걸음을 내딛을 때는 관료로서 자기가 처한 시대와 역사에 대한 성찰, 학자관료로서 세계를 보는 자기의 세계관을 책문을 저술함으로써 치열하게 점검하고 성찰했다.

유교사회인 조선시대의 관료들은 모두 유교 텍스트를 연구하고 파헤쳐서 체득함으로써 정치를 익혔다. 유교는 근본적으로 정치권력에 참여하는 사람을 위한 교학체계이다. 그러므로 유교 텍스트는 모두 정치철학을 다루고 있다. 순수하게 인민의 삶에서 우러나온 진솔한 정감을 표현한 문학 장르에 속하는 텍스트조차도 정치적으로 해석한다. 자연을 해석하는 자연과학적 담론조차도 정치영역으로 끌어들인다. 역사의 이념에 대한 추구는 물론 형이상학적, 존재론적 탐구마저도 정치의 비전으로 녹여낸다.

유교가 가장 철학화한 성리학도 학자관료의 세계관, 정치관, 사회관, 인간관을 근간으로 삼는다. 성리학의 중요한 논점 가운데 하나인 천리인욕론天理人欲論은 바로 학자관료의 가치지향을 검증하는 시금석이다. 천리란 글자 그대로는 자연의 이법, 자연의 질서, 선천적인 원리 따위를 일컫는 용어이지만 정치철학으로 읽자면 모든 인민의 보편적 욕구를 가리킨다. 곧 배고프면 먹고, 졸리면 자고, 이성을 찾고, 피로 이어진 겨레붙이를 사랑하고, 어른을 공경하는, 사람이면 누구나 태어날 때부터 지니고 있는 욕구이다. 인욕이란 개인의 사적 욕망을 가리킨다. 남들보다 더 잘 먹고, 남들보다 더 편하게 살고, 남들보다 더 누리고, 남들의 위에 올라앉아 남을 부리고자 하는 지극히 개인적인 욕망이다. 성리학에서 천리와 인욕을 담론한 까닭은 정치권력을 담지한 자로 하여금 천리를 보존하고 인욕을 억누르거나 절제하게 하려 함이다. 왕이나 지주, 고급관료가 개인의 사적 욕망과 이익을 추구하면 반드시 전체 인민의 이익과 충돌할 수밖에 없다. 그러므로 성리학에서는 항상 천리를 보존하고 인욕을 막으라고 가르친다. 왕이 경연에서, 세자가 서연에서 강론하는 내용도 모두 생물학적 한 개인으로서 욕망의 덩어리인 자연인 왕이 동시에 전체 국가를 대표하는 국가의 상징체로서 공공성을 가짐으로 인해 필연적으로 부딪치는 천리와 인욕의 갈등과 긴장, 모순과 길항을 어떻게 조절할까 하는 문제이다. 학자관료가 갈고닦는 유교 경전의 교설도 모두 사적 개인이면서 동시에 국가라는 공적 기구의 관료인 한 자연인의 의식 안에서 상호 충돌하는 욕망을 조절하는 문제이다.

책문은 바로 이런 문제의식에서 출발한다. 사회 모순과 부조리는 대부분 이익의 편중과 기득권의 공고한 보수화에서 비롯되기 때문에 사회 현안의 해결책은, 실은 이익의 분산, 기득권의 해체나 약화일 수밖에 없다. 이익의 정점은 결국 고급관료와 궁극적으로는 왕에게 귀속되기 때문에 왕과 외척, 권력집단의 이익 카르텔을 해체하거나 약하게 만들어야 사회 모순이 그나마 누그러질 것이다. 그리하여 책문은 내가 국가를 경륜할 때, 천리와 인욕이 충돌하는 현장에서 나의 인욕을 누르고 천리를 보존하겠다는 포부를 밝히고 다지는 선서이다.

조선이 한국에게 묻는 말: 개인의 이익추구는 공공복리에 적합해야 한다

조선시대에 관료로 출사하려는 선비들은 사서와 오경을 갈고닦아 천리와 인욕의 형이상학적 탐구와 천리와 인욕의 모순과 충돌이 빚어낸 동북아시아 문화사에 대한 탐구를 철저히 한다. 그러고는 관료로 나서면서 천리와 인욕의 충돌에 직면하여서 천리를 보존하고 인욕을 억누르겠다는 포부를 책문으로 밝히고 관료로 출사한다. 이처럼 철저한 자기

수양으로 무장하고 관직에 나서는 조선시대의 수많은 관료들도 결국은 거의 대부분 재빨리 인욕의 도저한 힘에 굴복하여 권력집단을 형성하고, 이익 카르텔을 맺고, 권력을 빌어서 향촌에 둔 자기의 경제적 기반을 무단으로 확장하고, 탐욕과 착취로 조선사회를 붕괴의 나락으로 밀어 넣곤 했다. 하물며 오로지 자기의 이익추구를 지고한 가치로 여기는 21세기 당금에 대한민국을 이끌어가는 정치인과 공무원, 관료는 어떠한가?

공자는 말했다. “군자는 의義에 밝고 소인은 이利에 밝다.” 군자가 의에 밝다는 말은 군자의 지향이 사회정의라는 말이다. 소인이 이에 밝다는 말은 소인의 지향이 개인의 이익이라는 말이다. 이익 추구를 사회존립의 근간 가운데 하나로 여기는 자본주의 사회에서 개인은 누구나 사회정의에 앞서 개인의 이익 추구를 내세운다. 그러니 공자의 말은 얼핏 보면 시대착오적인 말로 여겨진다. 그럼에도 인간의 사회를 구성하고 살 수밖에 없는 한 정의는 사회존립의 절대적 토대이다. 아무리 자본주의 사회라 하더라도 개인의 이익 추구와 이권의 행사는 공공복리에 적합해야 한다. 그런데 우리의 정치인과 고급공무원들은 어떠한가?

우리 사회는 현재 신자유주의 이념이 경제를 지배하고, 소수 지배엘리트가 권력을 독점하고 국정을 농단함으로써 국가는 소수의 대기업과 기득 권력집단이 이익을 확대재생산하는 마당이 되고 말았다. 정치의 공공성은 실종되었고, 경제의 정의는 공공연히 무시당하고 외면당하고 있다. 정치인은 시민이 지쳐서 나가떨어질 때를 기다리기라도 하듯 저열함과 저속함, 후안무치를 되풀이한다. 권력을 유지하고 물려주며 이익을 추구하기 위해서는 도의도 상식도 저버린다. 맹자는 힘으로써 인仁을 가장하는 자는 패자이고 덕으로써 인을 행하는 자는 왕자라고 규정한다. 그러나 아무런 원칙이 없이, 아니 오로지 자기 집단의 이익을 위해 국가를 경영하는 것은 맹자가 말하는 패도정치라고 할 수도 없다. 패도정치는 힘을 수단으로 삼기는 하지만 적어도 인仁을 명분으로 내세우기는 한다. 정치논리는 명분논리이다. 그러나 우리의 정치는 아예 명분을 내세우려고 하지 않는다. 술이 익어서 부글부글 끓는 데도 거르지 않고 그대로 두면 흘러넘친다. 민심은 속으로 끓고 있다.

이 책이 다루고 있는 책문의 문제는 정치, 문화, 제도 개혁, 인사, 치안과 국방, 외교, 교육, 조직 혁신 등 한 사회가 마주하는 온갖 현안을 망라한다. 이런 사회 현안에 대해 젊은 지식인 선비들은 정치의 원칙과 학자적 소신에 입각하여 거침없이 대책을 제시하였다. 이들이 제출한 책문의 주지主旨는 권력의 성찰과 사회의 모순의 해결을 촉구하는 내용이었다. 책문을 제출하여 관료로 출사한 선비들도 거의 대부분 재빨리 권력집단으로 흡수되어서 구악舊惡의 청산을 부르짖던 사람이 청산의 대상이 되는 역설을 반복하였지만 적어도 이들은 관료로 출사하는 첫 관문에서만큼은 한 사회의 지식인으로서 시대적 과제를 자임하고 있었다.

공교롭게도 이 책에서 다루는 책문이 제출된 시대는 세종, 중종, 명종, 선조, 광해군 대이다. 세종은 전 왕조의 사회경제적 모순을 혁신하기 위한 결과로 성립된 조선왕조의 체제를 다지는 과정에서 일어난 권력 내부의 투쟁의 후유증을 청산하고 새로운 왕조의 정치, 사회, 경제, 문화의 기틀을 다져야 할 시대적 과제를 안고 있었다.

반정을 통해 권력을 획득한 중종은 연산군의 폭정이 가져온 민생의 파탄, 권력의 부패, 사회 기강의 붕괴 등 거의 재건 수준에서 국가의 문제를 해결해야 할 과제를 떠맡았다. 그러나 중종의 반정을 주도한 세력은 대다수가 스스로 청산의 대상이었기 때문에 반정의 이념을 명실상부하게 견지하려는 신진 세력과 갈등을 일으키지 않을 수 없었다.

명종은 조선정치사에서 훈구세력이 주도하는 정치에서 사림세력이 주도하는 정치로 전환하는 시기에 조선을 경영한 군주이다. 연산군 때 일어난 무오사화와 갑자사화, 중종 때 일어난 기묘사화, 명종 때 일어난 을사사화를 거치면서 사림은 학문과 이론, 향촌사회의 경제적 기반을 바탕으로 정계에 발판을 넓히고 마침내 선조 때에는 정치를 주도하게 되었다. 문정왕후의 섭정과 윤원형 일당의 장기간에 걸친 전횡은 양심 있는 지식인이 주도하여 새로운 사회를 열어야 한다는 사회적 합의를 이끌어내는 결과를 가져왔다.

선조는 건국한 지 두 세기가 지난 조선사회의 정치경제적 모순이 전면적으로 드러난 시기에 사회 모순을 해결하고, 국가를 재건해야 할 시대적 과제를 떠안고서 조선의 권력을 물려받았다. 임진왜란이라 불리는 조선과 일본 간의, 그리고 명이 끼어들어 7년 동안 이어진 전쟁은 조선을 전기와 후기로 나누는 분수령이 되었다. 선조 때의 조선은 한 왕조의 기득권 집단의 세력이 명운을 다한 시기에 해당한다. 역사를 통해 볼 때 어떤 권력체제라도 200년이 지나면 기득권의 모순이 더 이상 자체개혁으로서는 해소할 수 없이 불거진다. 외환은 늘 일어날 수 있지만 외환만으로 나라가 망하지는 않는다. 명의 개입과 민관군의 희생으로 왜란을 수습함으로써 선조는 바람 앞에 꺼져가는 등불처럼 사그라들던 조선의 명운을 간신히 이어주었다.

광해군은 분조分朝활동을 통해 임진왜란을 수습하고, 중국대륙의 주인이 바뀌는 경천동지하는 국제정세에 직면하여 조선을 안착시켜야 할 과제를 안고 있었다. 그러나 광해군을 지탱하던 북인정권의 무리수와 왕으로서 부실한 권력의 정통성에 대한 콤플렉스로 인한 정치적 실책이 겹쳐서 결국 서인이 주도한 쿠데타로 권력을 내주어야 했다. 광해군과 그의 시대는 우리에게 여러 모로 역사의 의미에 대한 질문을 던진다. 강대국 틈바구니에서 약소국의 생존을 위한 외교전략, 정당성과 정통성의 시비에 휘말리는 권력의 허약한 권위, 권력의 기반이 되는 지지세력의 무능과 부패가 정치세계에 미치는 부정적 영향 등.

우리 시대에 '책문의 정신'은 어떤 의미와 가치를 지니고 있을까? 공자가 옛것을 익히고 새것을 알면 스승 노릇 할 수 있다 하였으니 조선시대의 옛것인 책문을 어떻게 오늘날 새로운 의미와 가치로 읽어낼 수 있을까? 조선시대의 책문을 읽어보면 책제나 대책이나 어쩌면 그렇게 오늘날의 현안과 문제의식에서 한 치도 벗어나지 않았는지 실로 놀라움을 금치 않을 수 없다. 그러니 공자의 온고이지신이라는 설교는 여전히 우리에게 천둥 같은 울림을 울리고 있다. 사람이 사는 세상은 오스트랄로피테쿠스 시절부터 오늘날까지 그 본질이 다르지 않을 터이다. 사람은 먹어야 살고, 모여서 힘을 합쳐야 인류사회를 지탱할 수 있기 때문이다. 정치란 바로 이런 사람살이의 본질적 측면을 반영하여 실현하는 기제이다.

공자 당시 노나라의 실권자인 계강자季康子가 공자에게 정치를 물었다. 공자가 대답하였다. "정政이란 정正입니다." 정치란 바로잡는 행위이다. 정치공동체 구성원 개개인의 이익을 공정하게 분배하고, 분쟁을 공정하게 판결하고, 권리를 공정하게 보장하는 행위이다. 기울어진 것을 바로세우고, 치우친 것을 바로잡고, 부정한 것을 바르게 하고, 휜 것을 반듯하게 하고, 편중된 것을 고르게 나누는 일이다.

책문은 우리에게 묻는다. 우리가 살고 있는 이 시대의 과제가 무엇인지를. 그리고 이 과제를 해결하기 위해 우리는 무엇을 해야 하는지를.

제1장

올바른 정치를 구현하는 방안

세종 책문

법의 폐단을 고치는 방법은 무엇인가?

성삼문 대책

군자가 등용되면 나라가 잘 다스려져서 편안해지고
소인이 등용되면 위태로워져서 망합니다.
사람을 쓰는 것은 국가의 큰 권한이니 쓰고 버리는
기틀을 살피지 않으면 안 됩니다.

신숙주 대책

적합한 인재가 있는데 쓰지 않거나, 쓰더라도
그 말을 따르지 않거나, 그 말을 따르더라도
그 마음을 다하지 않으면, 비록 법을 하루에
백 번 바꾼들 무슨 도움이 되겠습니까
법의 폐단을 고치는 방법은 사람을 쓰는 데
달려 있습니다.

이석형 대책

세상의 일은 폐단을 제거하지 못하는 것이
문제가 아니라, 구제할 방도가 없는 것이
문제입니다. 또한 구제할 방도가 없는 것이
문제가 아니라, 의견이 채택되지
못하는 것이 문제입니다.

시대적 배경

이 책문은 1447년 세종 29년 문과중시에서 출제되었다. 세종 29년이라면 1392년에 조선이 건국된 지 50여 년이 지난 때로서, 세종의 집권 말기에 해당한다. 세종은 이전 선왕들이 권력을 장악하는 과정에서 일으켰던 피바람을 종식시키고 피비린내를 말끔히 씻어내고 명실상부한 새 왕조의 기틀을 닦아야 할 '역사적 사명'을 띠고 있었다. 세종은 재위 기간 동안 그야말로 르네상스적 천재를 발휘하여서 정치, 사회, 문화의 거의 모든 분야에서 새 왕조의 기틀을 마련하였다. 이 책문은 고려의 정치·경제적 모순을 극복하기 위해 성립한 조선왕조 역시 50여 년이 지나오는 동안 새로운 모순을 빚어내고 있음을 고민하고, 정치체제와 법률체계의 이념과 현실 사이의 괴리를 조화시킬 방법에 관한 세종의 문제의식을 보여주고 있다.

아무리 좋은 제도라도 시대의 변화를 반영하지 않고 그대로 사용하면 반드시 폐단이 생겨난다. 이 책문은 이런 현실적 폐단을 개혁하려는 방안에 관해 묻고 있다. 이 책문에 대해 성삼문成三問, 신숙주申叔舟, 이석형李石亨이 제출한 대책이 각 문집에 남아 있다. 성삼문은 마음이 정치의 근본이고 법은 정치의 도구라고 전제하고서, 군주가 먼저 마음을 바로잡아야 한다고 했다. 신숙주는 적합한 인재를 얻어서 쓰는 것이 무엇보다도 중요하다고 보았다. 그리고 이석형은 여러 사람들의 의견을 널리 듣고 채택해야 한다고 했다. 이처럼 같은 문제에 제출한 대책이 복수로 남아 있는 사례는 뜻밖에도 그리 많지 않다.

성삼문은 1418년(태종 18)에 태어나서 1456년(세조 2)에 죽었다. 자는 근보謹甫 또는 눌옹訥翁이고, 호는 매죽헌梅竹軒이며, 본관은 창녕昌寧이다. 사육신의 한 사람이다. 집현전 학사로서 한글 창제에 대단히 큰 공헌을 했다. 세조에 의해 폐위되었던 단종의 복위운동을 주도하다가 발각되어 처형당했다.

신숙주는 1417년(태종 17)에 태어나서 1475년(성종 6)에 죽었다. 자는 범옹泛翁이고, 호는 보한재保閑齋 또는 희현당希賢堂이며, 시호는 문충文忠이고, 본관은 고령高靈이다. 성삼문과 함께 한글 창제에 공헌을 했고, 학문, 정치, 국방, 외교 등 다방면에 걸쳐서 많은 업적을 남겼다.

이석형은 1415년(태종 15)에 태어나서 1477년(성종 8)에 죽었다. 자는 백옥伯玉이고, 호는 저헌樗軒이며, 시호는 문강文康이고, 본관은 연안延安이다. 내정과 외정에서 치적을 남겼다.

책문

법의 폐단을 고치는 방법은 무엇인가

1447년, 세종 29년 문과중시

임금님께서 다음과 같이 말씀하셨다.

법이 제정되면 그에 따라 폐단도 함께 생기는데 이는 옛날이나 오늘날이나 공통된 근심거리이다. 후한에서는 무과시험을 보는 날에 군사를 일으킨 폐단이 있었기 때문에, 군국郡國[1] 군현제와 봉건제를 병용한 한 대의 지방정부를 아울러 일컬은 말 의 도위都尉[2] 군사상의 업무를 전담한 관직를 줄이고 전차와 기병을 맡은 재관材官 한 대에 설치된, 말을 타고서 활을 쏘는 부대를 통솔하는 무관 을 혁파하였다. 또 송 태조는 당 말기에 번진藩鎭 당대 지방 관서의 명칭이 강해서 생긴 폐단[3]을 잘 알았기에, 병사 한 사람이나 재물

하나에 이르기까지 일일이 조정에서 직접 관리하게 했다. 그 때문에 결국 후한은 병력이 중앙에 집중되어서 변방이 약해졌고, 송은 적이 쳐들어와도 막아내지 못할 만큼 전력이 허약해졌다.

한 문제는 가의賈誼의 건의를 받아들여서 대신에게는 형벌을 가하지 않게 했다. 하지만 이 때문에 도리어 대신이 모함을 당해도 하소연할 수 없는 폐단이 생겼다. 당 태종은 신하를 예로써 대우하여, 삼품三品 이상의 관료는 다른 죄수들과 함께 불러들이지 않았다. 하지만 이 때문에 다른 죄수들은 불려와서 정황을 얘기할 수 있었지만, 도리어 신하는 군주에게 정황을 알릴 수 없는 예가 많았다. 광무제는 전한 때 여러 차례나 실권을 잃었던 일을 거울로 삼아서 삼공三公에게 아무 실권도 안 주고 자리만 지키게 했기에 정권이 대각臺閣[4] 왕명을 출납하는 상서성의 별칭에 돌아가고 말았다.

예로부터 인재를 헤아려서 등용하거나 내치는 일은 어려웠다. 한·당 이후에는 인사 문제를 재상이 주관하기도 하고 전조銓曹[5] 조선시대에 문관을 전형하는 이조와 무관을 전형하는 병조를 함께 일컫는 말가 주관하기도 했다. 그래서 그 득실에 대해서 후대 사람들의 의논이 분분했다. 위에서 말한 내용은 모두 나라를 다스리는 도와 관련이 있으니 이에 대해 자세히 말해보라.

우리 왕조에서는 고려 때 사병私兵이 문제를 일으켰던 일을 거울삼아서 사병을 모두 혁파했다. 그런데 그 뒤 다시 사병의 이로움을 말하는 대신들이 있었다. 또 고려에서 대신을 욕보인 일을 거울로 삼아서 비록 대신에게 죄가 있다 해도 직접 심문하지 않고 여러 증거를 들어서 죄를 정했다. 그러자 대신들이 또 '후세에 반드시 죄 없이 모함에 빠지는 사람이 있으리라.' 했다.

또 고려에서 대신이 정권을 쥐고 흔든 일을 거울삼아, 크고 작은 일을 모두 임금이 재결하게 하고 의정부가 마음대로 결단하지 못하게 했다. 그러자 대신들이 또 '승정원이 가진 권한이 지나치게 크다.' 했다. 또 고려에서 정방政房[6] 고려 무신 집권기, 최우가 자기 집에 설치했던 인사행정기관이 외람되이 인사권을 행사한 폐단을 거울삼아서 이조와 병조가 인사권을 나누어 갖게 했다. 그러자 대신들이 또 '그 권한이 너무 크니 정방을 다시 설치해서 제조提調를 임시로 낙점하도록 하자.' 했다.

거론된 네 가지 대책은 과연 타당한가, 타당하지 않은가? 아니면 또 다른 의견이 있는가? 그대들은 역사에 널리 통달했을 테니 현실에 맞는 대책을 깊이 생각해보고서 저마다 마음을 다해서 대답하라.

대책

역사의 사례에서 배워야 합니다

성삼문

신은 다음과 같은 말을 들었습니다.

"마음은 정치의 근본이고, 법은 정치의 도구이다."

모든 변화는 마음에서 일어나고, 모든 정치는 마음에서 이루어집니다. 윗사람이 이 마음을 간직하고 법을 적용한다면, 정치를 함에 무슨 어려움이 있겠습니까? 옛날 현명한 임금들은 나라를 다스리는 데 다만 이렇게 했을 뿐입니다.

신은 다음과 같이 생각합니다. 주상 전하께서는 성군으로서 선왕들을 계승하여 온 정성으로 나라를 다스리고자 하십니다. 게다가 정치의 근본이 이미 확립되고 정치의 도구도 갖추어져서, 이 시대의 업무를 처리하는 데 문제될 점이 별로 없습니다. 그런데도 오히려 법이 제정되면 폐단이 생기고, 폐단이 생기면 구제하기 어렵다고 염려하시면서 신들을 시험장에 부르셨습니다.

그리하여 사병을 설치하는 일, 대신을 예로 대하는 일, 정권을 나누는 일, 정방을 다시 설치하는 일, 이 네 가지를 질문의 조목으로 삼으셨습니다. 먼저 역대 정치의 득실을 말씀하시고, 다음으로 대신이 건의한 정책의 가부를 물으시며, 하나로 귀결되는 의논을 듣고자 하셨습니다. 이들 문제는 전부터 신이 말씀드리고 싶었던 내용들이니 비록 보잘것없는 생각이라 해도 임금님의 물음에 어찌 만의 하나라도 성의껏 답하지 않을 수 있겠습니까?

법에 폐단이 생기는 원인

첫째, 법에 폐단이 생기는 원인과 네 가지 역사적 사례에 대해 말씀드리겠습니다. 신이 듣기에 법이 제정되면 그에 따라 폐단도 함께 생기는 문제는 어찌 할 수 없는 일이라 합니다. 요순과 우왕·탕왕·문왕·무왕의 법도 끝내 폐단이 없을 수 없었는데 하물며 후대의 법이겠습니까?

그러나 이들 제왕은 마음을 보존하는 것을 정치의 근본으로 삼았기에, 법을 제정하더라도 오래 지나서야 폐단이 생겼고, 폐단이 생기더라도 구제하기 쉬웠습니다. 이른바 "황제·요·순이 일어나 인간사회와 자연의 변화를 잘 파악하여서 백성이 게으르지 않게끔 했고, 신령하게 교화시켜서 백성이 윤리를 잘 따르게끔 했다." 하는 말이 이를 말합니다.

그러나 후대의 임금들은 마음을 간직하는 것을 정치의 근본으로 삼을 줄 모르고서 늘 법에만 의지하여 정치를 했습니다. 그 때문에 일단

법에 폐단이 생기고 나면 다시는 구제할 수 없어서, 마침내 혼란해지고 망했던 것입니다.

후한 광무제의 사병 혁파

다음으로 질문에서 언급한 역사적 사례에 대해 말씀드리겠습니다. 한 고조는 군국에 재관과 기사騎射 말을 타고서 활을 쏘는 부대를 배치하되, 수도에는 남북군南北軍만 설치했습니다. 유사시에는 격문을 돌려서 군대를 비상소집하고 사태가 끝나면 다시 해산시켰습니다. 무제 때에 이르러서야 비로소 군국에 명해 남북군의 군사로 번을 들게 했을 뿐, 수도에 일정한 군대를 주둔시키지는 않았습니다.

왕망王莽이 나라를 찬탈했을 때에는 도적들이 사방에서 일어났지만, 이를 막아낼 위병이 없었습니다. 그 때문에 적의翟義[7] 전한 말의 장수. 왕망에게 대항하다 패하여 죽임을 당했다.가 전차와 기병으로 군대를 일으킬 수 있었고, 광무제도 이통李通의 계책[8] 무과시험 보는 날을 이용해 거사하자는 계책을 써서 무과시험 보는 날을 이용해 의병을 일으켜서 마침내 한을 회복했습니다. 그래서 광무제는 즉위하자마자 군국의 도위都尉를 줄이고, 재관을 혁파했습니다.

후대에 이르러서는 신하가 제멋대로 권력을 휘둘렀으나, 외부에 의지할 만한 번진 세력이 없었습니다. 그래서 마침내 동탁董卓이 군대를 일으켜서 궁궐에 쳐들어오고, 원소袁紹와 조조曹操가 각각 한 지역을 차지하고 제 것처럼 여겼지만, 아무도 막을 수 없었습니다. 이런 일들이 어찌 외부의 병력은 강한 반면, 중앙의 병력이 약해서 일어난 폐단이 아니겠습니까?

송 태조의 사병 혁파

당은 처음에 부병제府兵制를 실시했으나, 그 뒤로 세 차례나 제도가 바뀐 다음에 번진이 설치되었습니다. 그러나 다시 번진의 폐단이 극에 달하자, 반란을 일으키는 장수와 권력을 전횡하는 신하가 천하에 늘어섰습니다. 결국 조정의 정령이 미치는 곳이 한 군데도 없게 되어서 망하고 말았습니다. 오대五代 말엽에 나온 여러 나라의 군주와 신하들은 모두 당의 번진에서 일어났던 것입니다.

송 태조는 군대에서 성장하여서 그런 사실을 직접 보았기 때문에 나라를 세운 초기에 왕심기王審琦·석수신石守信 등이 지니고 있던 병권을 혁파했습니다. 그러고서 그들이 잔치를 벌이는 사이에 수백 년 동안 이어진 번진의 폐단을 없애고, 병사 한 사람이나 재물 하나에 이르기까지 모두 일일이 조정에서 통제했으니, 좋은 정책이라고 할 수 있습니다.

그렇지만 나라가 쇠약해지자 도적이 사방에서 침략해오고, 적들이 무인지경을 들어오듯 수도에까지 쳐들어왔습니다. 그러나 밖에서 구원해줄 만한 병사가 한 사람도 없었기에, 마침내 두 황제가 북에 포로로 잡혀가기까지 했습니다. 후손들이 겨우 장강의 동쪽을 보존했을 뿐 끝내 떨쳐 일어나지 못했으니, 적이 쳐들어와도 전혀 막아내지 못할 정도로 송의 전력이 허약했음을 알 수 있습니다.

대신을 예로 대하는 일의 폐단

대신은 임금의 보좌입니다. 대신이 존중을 받은 뒤에야 임금의 권세도 존중을 받기 때문에 옛날에는 대부에게 형벌을 적용하지 않았습니다. 어찌 일반 서민과 같이 다루어서 경黥을 치고 코를 베는 치욕스런 형벌을 내릴 수 있겠습니까?

그런 까닭에 한 문제는 가의의 건의를 받아들여서 대부에게는 형벌을 가하지 않았습니다. 또 당 태종은 정선과鄭善果가 죄수 속에 섞여서 들어오는 것을 보고서 마침내 삼품 이상의 대신은 일반 죄수와 함께 불러들이지 않게 했습니다. 이것은 모두 대신을 예로써 대하는 아름다운 일입니다.

그러나 이런 제도도 오래 지속되자 폐단이 생겨서 주아부周亞夫·소망지蕭望之·유계劉洎·장량張亮 등이 원망을 품고 죽어 갔습니다. 어떤 때는 대신들에게 아무 하소연도 할 수 없게 만들고, 어떤 때는 귀한 신하들을 불러다 놓고도 정황을 설명하지 못하게 했으니 매우 손실이 컸습니다.

정권 분리의 어려움

정권은 군주의 큰 권한이기 때문에 하루라도 남에게 빌려줄 수 없습니다. 전한 말에 이르자 군주는 약한데 신하는 강한 형국이 되어서 신하가 검을 거꾸로 잡고 모반을 일으켰습니다. 그래서 왕망이 끝내 작은 그릇과 하찮은 재능을 가지고서 슬그머니 한의 국권[漢鼎]을 훔쳤습니다.

광무제는 그 폐단을 통렬히 경계하여 삼공의 권한을 없애고 정권을 대각에 돌아가게 했습니다. 그러나 도를 논하고 나라를 경영하는 신하들이 머리를 움츠리고 방관하게끔 하는 것은 군주가 대신을 신임하는 뜻이 될 수 없습니다.

정권이 조정에 있으면 천하가 다스려지고, 정권이 대각에 있으면 천하가 반드시 환관에게 돌아갑니다. 정권이 환관에게 돌아가면 결국 조정이 혼란해집니다. 이것이 바로 광무제가 눈앞의 잘못된 것만 경계하다가 뒷날의 환란을 생각하지 못한 사례입니다.

군자가 등용되면 나라가 잘 다스려져서 편안해지고 소인이 등용되면 위태로워져서 망합니다. 사람을 쓰는 것은 국가의 큰 권한이니 쓰고 버리는 기틀을 살피지 않으면 안 됩니다. 그러므로 그것은 재상에게 맡겨야 합니다. 자질과 이력을 따지고 전형銓衡의 차례를 매기는 자질구레한 일은 재상을 번거롭게 하는 일입니다. 그러므로 그것은 전조에 맡겨야 합니다.

역대 군주 가운데는 이 두 가지 일을 모두 재상에게 맡겨서 재상이 그 노고를 이기지 못한 예도 있습니다. 또 두 가지 일을 오로지 전조에 맡겨서 권한이 전조에 편중된 예도 있었습니다. 두 경우 모두 타당성을 잃었으니 후대 사람들의 비웃음을 면치 못하는 것도 당연합니다. 사실 그들 몇몇 군주는 모두 삼대 이후에 크게 공적을 세운 군주에 속합니다. 그래서 그들의 법에서도 취할 만한 점이 있습니다. 하지만 그들은 끝내 요순과 우왕·탕왕·문왕·무왕의 정치를 이루지는 못했습니다.

그것은 그들이 마음을 간직하는 것을 정치의 근본으로 삼아야 한다는 사실을 모르는 데서 생긴 폐단이었습니다. 맹자가 "나는 요순의 도가 아니면 감히 임금 앞에서 말씀드리지 않는다." 했으니 어찌 신이 감히 몇몇 군주의 일을 전하께 아뢸 수 있겠습니까?

사병을 두어서는 안 되는 까닭

둘째, 사병 설치, 대신 예우, 정권 분리, 정방 설치 문제에 대해 말씀드리겠습니다.

먼저 사병을 두는 일입니다. 『예기』에 이런 말이 있습니다. "무기·갑옷·투구 등 병장기를 개인의 집에 보관하는 것은 예가 아니다." 이것은 그런 행위가 군주를 위협할 수도 있기 때문에 나온 말입니다. 곧 신하가 사병을 소유하고 있으면 반드시 군주를 위협하는 데까지 이르게 된다는 말입니다.

고려 말에 병권을 관장하는 대신들이 패거리를 모아서 임금을 허수아비로 만들어 통수권을 빼앗고는 마침내 나라를 위태롭게 했습니다. 우리 조선에서도 초기에 종실과 대신이 여전히 병권을 장악하고 있었습니다. 그래서 부모형제가 서로 지켜주지 못했고 나라를 세우는 데 공훈이 있는 신하의 말로가 좋지 못했으니, 탄식하지 않을 수 없습니다.

이런 일을 겪고 나서야 비로소 병권을 거둬들이고 삼군부三軍府에 병적기록부를 바치게 했습니다. 그 뒤부터 나라에서 정벌할 일이 생기면 장수를 파견하여 군대를 거느리고 가서 처리하도록 했습니다. 그러나 사태가 종료되면 병권은 다시 관청에 돌려보내고 장수는 사저에 돌아가게 했습니다. 이것은 바로 옛날에 관리를 장수로 삼고 백성을 병사로 삼은 뜻을 이어받은 것입니다. 그런데 어찌 다시 지금 사병을 두어서 지나간 잘못을 되풀이하려 하십니까?

대신을 예로 대우해야 하는 까닭

다음으로 대신에게 예를 갖추어 대우하는 일에 대해 말씀드리겠습니다. 『중용』에 "구경九經[9] 온 세상을 다스리는 아홉 가지 큰 원칙으로 천하를 다스린다." 했는데, 그 가운데서도 대신을 공경하는 일을 중요하게 여겼습니다. 참으로 대신은 임금의 팔다리 같은 존재로서, 하늘이 부여한 직위를 같이 지니고서 하늘을 대신해서 함께 백성을 다스리는 사람입니다. 그러므로 대신을 공경하지 않을 수 없습니다.

고려 때 간사한 소인들이 일을 꾸며서 군주의 눈과 귀를 가리고서는 대신을 천대하고 모욕하여 먼 땅에 쫓아내거나 사형시켜서 시신을 거리에 널어놓았으니, 결국은 갓과 신발이 뒤바뀐 꼴이 되었습니다.

공민왕恭愍王 때는 요망한 중 신돈辛旽이 멋대로 위력을 부려서 남을 억압하기도 하고 혜택을 내려서 환심을 사기도 했습니다. 그는 하루에도 명망 있는 대신을 10여 명씩 쫓아냈고, 심지어 임금의 명령이라 속이면서 유숙柳淑을 교살하기도 했습니다. 그런데도 훈구대신은 벙어리처럼 아무 말도 못하고 한을 삼켜야 했습니다. 그 뒤로 거의 한 해도 거른 적 없이 여러 차례 커다란 옥사가 일어났으니 대신들이 당한 곤경과 재앙을 어찌 다 말로 할 수 있겠습니까?

우리 조선에서는 여러 훌륭한 임금님이 대대로 나와서 아랫사람에게 공손하게 대하고 대신을 존중하여 예로써 대했습니다. 설사 불행히 죄에 빠지더라도 직접 죄를 캐묻지 않고 여러 증거를 들어서 죄를 정하게 했습니다. 부득이한 경우에만 심문했고 그런 다음에야 칙명에 따라서 다스리게 했습니다. 그런 경우에도 족쇄나 오랏줄을 풀어줘서 정실正室에 거처하게 해주었습니다.

이것이 바로 옛날에 대신이 음란하여서 남녀관계에 분별이 없다 하더라도 더럽다고 말하지 않고 '발을 제대로 드리우지 못했다[帷薄不修]'고 표현했던 것입니다. 또한 나약하고 능력이 부족하여서 임무를 제대로 처리하지 못하더라도 나약하다고 말하지 않고 '아랫사람이 직무를 제대로 수행하지 못했다[下官不職]'고 표현했던 것입니다. 따라서 어찌 죄 없이 모함을 받아 곤욕을 치르게 되리라고 미리부터 두려워할 필요가 있었겠습니까?

의정부와 승정원이 균형을 이루어야 하는 까닭

정권에 대해 말씀드리겠습니다. 고려 때 정권을 제멋대로 휘두른 권신이 있었습니다. 목종穆宗 때는 강조康兆가, 의종毅宗 때는 정중부鄭仲夫가 나라를 손아귀에 넣고서 군주를 바둑알이나 장기알처럼 다루었습니다.

이때부터 권력이 아래로 옮겨가서 임금은 빈껍데기 같은 이름만 갖고 있을 뿐이었습니다. 조일신趙日新·김용金鏞의 무리는 군주의 권한을 훔치고 농락하면서 못하는 짓이 없었고, 임견미林堅味·염흥방廉興邦은 백성의 토지를 빼앗아서 나라보다 더 부유해졌습니다.

우리 조선에서 크고 작은 일에 대해 모두 임금의 결재를 받게 함으로써 의정부가 마음대로 결정하지 못하게 한 까닭은 바로 이러한 폐단을 경계하기 때문입니다. 그러나 육조六曹와 여러 관청의 크고 작은 일에 대해서는 반드시 먼저 의정부의 가부를 거친 뒤에 승정원으로 보내게 했습니다.

승정원은 주로 출납만 관장하지만 임시로 처리해야 할 일이 생기면 의정부에서 의논하지 못한 사안이라도 아뢰고서 가부를 결정하기도 합니다. 그러나 이는 한두 가지 세세한 일에 한해서일 뿐입니다. 만약 중대한 일이라면 반드시 나중에 의정부에 보고해서 알게 합니다. 그러므로 승정원의 권한이 지나치게 큰 것은 아닙니다.

정방을 설치해서는 안 되는 까닭

정방에 대해 말씀드리겠습니다. 고려 때 진양공晉陽公 최충헌崔忠獻 부자가 4대에 걸쳐서 나라를 제멋대로 휘둘렀는데, 그때 처음으로 정방을 설치하고서는 관청을 사조직처럼 여겼습니다. 젖비린내 나는 자제를 정방의 승선承宣 왕의 측근에서 시종을 들며 왕명을 출납하는 일을 맡았던 추밀원 승지를 일컫는 말으로 삼고 패거리를 끌어 모아 대각에 포진시켜서 열흘 만에 100여 개의 관직을 새로 임명하기도 했습니다.

그 뒤 정방은 혁파되기도 하고 부활되기도 했는데 고려 말에 이르러서는 먹과 책으로 정무를 처리한다는 비난을 받기에 이르렀으니 극도로 분수에 넘치는 일이었다고 할 수 있습니다. 우리 조선에서 정방을 설치하지 않고 문무 관직의 선발을 모두 이조와 병조에 맡긴 까닭은 바로 이런 폐단을 경계하기 위한 때문입니다.

관리 선발은 여러 관청의 공적과 잘못을 따져서 품계를 올리고 내리는 일에 지나지 않습니다. 더구나 의정부의 관원 한 사람이 이조와 병조의 일을 겸하여서 총괄하여 결재합니다. 또한 비록 아무리 작은 일이라도 이조나 병조에서 독단으로 처리하지 못하게 만들어서 항상 모두 아뢰고 난 뒤 처리하게 합니다. 그러나 큰일은 모두 의정부의 의견을 들어서 처리하게 해두었습니다. 따라서 이조나 병조의 권한이 지나치게 크다고 할 수 없으니 어찌 정방을 다시 설치할 필요가 있겠습니까?

법을 고치기 전에 전하의 마음을 바로잡아야

나라는 한 사람을 주인으로 삼고, 임금은 마음을 주인으로 삼습니다. 한 사람의 처지에서 나라를 보면 나라는 지극히 크고 한 사람은 지극히 작기에 작은 것으로 큰 것을 통제할 수 없을 듯합니다. 하지만 마음으로 나라를 보면 나라는 비록 크지만 군주의 마음이 오히려 더 크기에 큰 것으로 큰 것을 움직이는 일은 어렵지 않습니다. 그러므로 천하와 나라라는 큰 것을 소유한 사람이 어찌 그 마음을 크게 하려고 생각하지 않을 수 있겠습니까?

아직 밖으로 표현되기 전에 마음을 간직하고 길러야 하며 바야흐로 마음이 싹틀 때 잘 성찰해야 합니다. 그렇게 하면 나라의 온갖 일이 지극히 번잡하더라도 하나하나 잘 다스릴 수 있고, 백관이 비록 많더라도 한 사람 한 사람 다 부릴 수 있습니다. 따라서 모든 일은 임금님의 마음이 주관해야 할 일입니다.

요·순 임금이 삼가고 두려워했고, 탕왕이 조심하고 두려워했으며, 문왕이 공경하고 조심했던 것은 모두 이 마음입니다. 이 마음은 잡으면 간직되고 놓치면 없어지기 때문에 간직하고 기르지 않으면 안 됩니다.

뜻을 성실하게 하고 앎을 지극하게 하기 위해서는 마음을 성찰하지 않으면 안 됩니다. 그래서『대학』은 이 마음을 국가와 천하의 기틀로 삼았고, 동중서董仲舒는 이 마음을 조정 백관의 근본으로 삼았던 것입니다.

엎드려 바랍니다. 요순과 우왕·탕왕·문왕·무왕의 마음을 전하의 마음으로 삼으면, 요순과 우왕·탕왕·문왕·무왕의 정치를 이룰 수 있고, 앞의 네 가지 법에 대해서도 한·당 이후에 생겼던 폐단을 없앨 수 있습니다. 그러나 또한 반드시 법을 뜯어 고쳐야만 이상정치를 이룰 수 있는 것은 아닙니다. 오늘날의 법을 지키는 것만으로도 충분합니다.

공자께서 "이 나라에 살면서 함부로 대부大夫를 그르다고 해서는 안 된다." 했으니 신이 대신의 계책에 대해 어찌 감히 가볍게 의논할 수 있겠습니까? 그러나 이미 임금님께서 물으셨으니 신은 솔직하게 대답하지 않을 수 없었습니다.

책문을 읽어보니, "그대들은 역사에 널리 통달해 있을 테니 현실에 맞는 대책을 깊이 생각해보고 저마다 마음을 다해 대답하라." 하셨습니다. 변변치 못한 학식으로 어찌 그것을 알겠습니까만, 망령되게 지난 일에 대해서는 들은 바가 있고 오늘날의 폐단은 본 바가 있으니 어찌 한두 가지 아뢸 것이 없겠습니까? 짧은 시간이라 마음에 품은 바를 다 말하지 못하고 대략 대답하기에 두려운 마음을 감당할 수 없습니다. 전하께서 재량하시기 바랍니다. 삼가 대답합니다.

대책

언로를 열어 직언을 들으셔야 합니다

신숙주

신은 다음과 같이 생각합니다.

주상 전하께서는 나라를 이어받아 부지런히 정사에 임하시면서, 잘 다스리려는 뜻을 갖고서 널리 뛰어난 인물을 구하기 위해 궁전 뜰에서 책문을 내셨습니다. 그리하여 대대로 이어져온 득실의 자취를 헤아린 뒤 오늘날의 폐단을 구제하는 방법에 대해 듣고자 하십니다. 신은 비록 어리석지만 신의 생각을 말씀드려서 임금님의 물음에 만 분의 일이나마 대답할까 합니다.

신이 책문을 읽어보니, "법이 제정되면 그에 따라 폐단도 함께 생기는데 이는 옛날이나 오늘날이나 공통된 근심거리이다." 하셨습니다. 신은 이런 말을 들었습니다. "창업創業과 수성守成은 형세가 다르다. 창업

때의 정치는 시의를 참작하여 손익을 헤아려서 폐단을 구제하는 데 목적이 있다. 수성 때의 정치는 옛 법을 좇아 조심스럽게 지켜서 폐단을 구제하는 데 목적이 있다."

예전에 한이 일어났을 때 가의와 동중서는 진秦의 형법이 너무 가혹한 바람에 예악이 사라진 점을 탄식하고서 법을 제정하고 제도를 고쳤습니다. 후세 사람들이 두 사람의 견해를 보고서 제왕의 다스림은 모두 이와 같아야 한다고 여겼습니다. 그러나 그들이 법과 제도를 망령되게 고쳐서 임금을 현혹시켰는데 그것이 어찌 수성의 방법이겠습니까?

너무 심하게 제도를 고친 광무제의 폐단

첫째, 역사의 사례를 통해 폐단을 개혁하는 원리에 대해 말씀드리겠습니다. 신은 이런 말을 들었습니다. "군사력은 중앙이 약하면 외부가 강하고, 외부가 약하면 중앙이 강하다. 이점이 옛날이나 오늘날이나 공통된 근심거리이다." 중앙의 군사력이 약하고 외부의 군사력이 강했던 시대는 전한과 당과 오대 말엽이고, 외부가 약하고 중앙이 강했던 시대는 후한과 송입니다. 이에 대해 자세히 말씀드리겠습니다.

전한은 외부에 전차와 기병을 맡은 재관과 도위를 두어서 번진으로 삼았으니 외부의 병력이 강했다고 할 수 있습니다. 그러나 나라가 쇠퇴해지자 동군東郡의 태수인 적의가 무과시험을 이용하여 전차와 기병을 훈련시키고 군현에 격문을 돌렸습니다. 그리고 이통李通도 재관들이 시험 보는 날을 이용하여 광무제에게 군대를 일으키라고 권유하면서, 대오의 선두에 서 있는 대부와 낮은 벼슬아치를 위협하여 대중을 호령하려고 했습니다.

광무제는 그 폐단을 잘 알고 있었기에 후한을 세우고 나서 재위 6년에 군국의 도위를 폐지했고, 7년에 전차와 기병의 재관을 혁파했으며, 9년에 관중關中의 도위를 없앴으니, 외부 병력이 강할 때 생기는 폐단을 혁파했다고 할 수 있습니다.

그러나 나라가 쇠약해지자 밖에서 구원해줄 번진이 없었고, 권력을 차지한 신하들이 정치를 제 마음대로 처리했습니다. 그 뒤 비록 자사刺史를 주목州牧으로 고쳤지만, 한은 결국 셋으로 나뉘고 말았습니다. 너무 심하게 제도를 고쳤기 때문에 또 다른 폐단이 생겼던 것입니다. 당과 오대 말엽에는 외부 병력이 강할 때 생기는 폐단이 극에 달하여서 번진이 제멋대로 날뛰어 나라가 완전히 쪼개졌으나 끝내 제어할 수 없었습니다.

외부 병력이 아니라 내부가 문제

송 태조는 군대에서 나고 자랐기에 그런 폐단을 잘 알고 있었습니다. 그래서 즉위하자마자 조보趙普의 계책을 받아들여서 잔치 자리에서 슬그머니 장수들의 세력을 약화시켰고, 왕심기 등의 병권을 거두어들임으로써 수백 년 간 이어온 번진의 폐단을 제거했습니다. 그러고는 병사 한 사람이나 재물 하나에 이르기까지 조정에서 통제했으니 외부의 병권이 강한 폐단을 혁파했다고 할 수 있습니다.

그러나 나라가 쇠퇴해져서 적이 침범해왔을 때 밖에서 지켜줄 강한 울타리가 없었으므로 군현이 뿔뿔이 흩어지고 맥을 못 추었습니다. 그래서 금이 남쪽으로 쳐들어왔을 때 며칠 만에 무인지경에 들어오듯 도성 아래에 이르렀고 순식간에 두 황제가 북으로 잡혀갔습니다. 송 왕조는 도망가 숨을 겨를도 없이 겨우 강동江東만 보존하고는 마침내 떨쳐 일어나지 못했습니다. 이것은 추세로 보아 필연의 결과입니다.

신은 다음과 같이 생각합니다. 왕망이 나라를 찬탈한 뒤 법령을 까다롭고 가혹하게 만들어서 손만 흔들어도 금령에 저촉되게 했기 때문에 백성들이 모두 일어나 도적이 되었습니다. 이것이 어찌 오로지 외부의 병력이 강했기 때문이겠습니까? 송의 휘종과 흠종 때는 채경蔡京을 재상으로 삼고 동관童貫을 장수로 삼아서 겁도 없이 강한 적을 건드리고도 스스로 돌이킬 줄 몰랐으니 설령 외부의 병력이 약하지 않았더라도 어찌 쇠미해지지 않았겠습니까?

대신을 예우하되 변명할 기회를 주어야

또 임금은 대신을 예로 높이고 존중해야 합니다. 그러므로 일반 서민들처럼 경을 치고, 코를 베고, 머리를 깎고, 볼기를 치는 형벌을 내려서는 안 됩니다. 이 때문에 가의는 대신을 예로써 공경하라고 정성껏 아뢰었고, 한 문제는 대신들에게 형벌을 내리지 않았던 것입니다.

당 태종이 죄수를 불러들여서 심리한 적이 있었는데, 기주 자사冀州刺史 정선과鄭善果의 차례가 되었습니다. 태종이 "정선과는 관품이 낮지 않은데, 어찌 다른 죄수들과 같이 있을 수 있는가?" 하고 묻고서는 마침내 삼품 이상의 관리는 다른 죄수들과 같이 불러들이지 않게 했습니다.

호인胡寅은 이 일을 다음과 같이 논평했습니다. "신하가 수치를 느끼지 않게 대우하기는 했다. 그러나 다른 죄수들은 불러와서 정황을 하소연할 수 있었으나 귀한 신하들은 도리어 불려오지 못하여서 모함을 당했고, 원통하게 누명을 써도 스스로 진술할 길이 없게 되었다. 그 폐단이 크다.” 그 뒤 소망지·양운 ·유계·장량이 당한 일은 모두 사람들의 마음을 불편하게 했습니다.

결국 대신들이 원통해도 고할 기회를 갖지 못했으니, 존중한다는 것이 도리어 해치는 꼴이 되었습니다. 이것이 어찌 대신을 공경하고 중히 여기는 의리란 말입니까? 신은 가의가 대신에게 형벌을 가하지 않도록 아뢴 점은 옳다고 생각하나 대신들에게 자살할 빌미를 마련한 점은 옳지 않다고 생각합니다. 태종이 대신을 일반 죄수들과 같이 불러들이지 않게 한 일은 옳으나 왜 따로 불러들이지는 않았단 말입니까?

서산 진씨西山眞氏는 다음과 같이 말했습니다. “죄를 지은 대신으로 하여금 자살하게 함으로써 오랏줄로 묶이고 매질을 당하는 치욕을 면하게 했다. 그러나 죄 없이 모함을 당한 대신은 스스로 아무 변명도 못하고 죽게 하는 폐단이 있었다. 삼대에는 분명 이렇지 않았을 터이다.” 이 말은 믿을만한 말입니다.

삼공을 지나치게 제한해서는 안 되니

정권은 임금의 큰 권한이기 때문에 남에게 주어서는 안 되는 것입니다. 전한 말에는 모반을 일으켜서 권력을 차지한 신하들이 권력을 마음대로 휘둘렀으며, 왕망은 끝내 작은 그릇과 하찮은 재능을 가지고서 한의 국권을 빼앗았습니다.

그래서 광무제는 한을 부흥시킨 다음, 오랫동안 정권을 잃었던 점에

분개하고서 깊은 생각으로 원대한 계책을 세워서 여러 장수들을 모두 후侯로 봉하되 일은 맡기지 않았습니다. 뿐만 아니라 삼공의 권한을 제한하고 자기가 모든 권한을 총괄했습니다. 그러고서는 스스로 전 시대의 폐단을 모두 없앴다고 여겼습니다.

신은 다음과 같이 생각합니다. 대신을 믿고 권한을 맡기는 것이 옛날이나 오늘날이나 공통된 의리입니다. 어찌 삼공에게 자리만 지키게 하고 도리어 대각에게는 임금의 권한을 잡게 할 수 있습니까? 그래서 결국 환관의 권세가 성해져서 당고黨錮의 화가 일어났으나 삼공은 아무런 대책도 없이 방관만 했습니다. 또한 번진과 여러 장수들이 세력을 키웠지만 아무도 감히 어쩌지 못해서 결국 한이 망하고 말았습니다. 이전의 학자들이 이에 대해 "굽은 것을 바로잡으려다 바른 것을 지나쳐버렸다." 하고 논평했으니, 참으로 옳은 지적입니다.

사람을 쓰는 것은 나라의 큰 권한이나 인재를 뽑는 권한을 맡길 때에는 잘 살피지 않으면 안 됩니다. 인재를 뽑는 일은 재상에게 맡기는 것이 마땅합니다만 자질과 이력을 따지고 전형의 차례를 매기는 일은 도리어 재상을 번거롭게 합니다. 또 그런 일은 전조에 맡기는 것이 마땅합니다만 인재를 등용하고 내치는 일까지 모두 전조에 맡겨서는 안 됩니다.

한·당에서 역대로 재상에게 맡겼다가 재상은 하루 종일 땀을 뻘뻘 흘리고서도 그 번거로움을 감당하지 못한 때도 있었고, 전조에 맡겼다가 권세가 전조에 편중되어서 제대로 인사 관리를 하지 못한 사례도 있습니다. 이 때문에 후대 사람들의 비판을 면하지 못했던 것입니다.

둘째, 사병 설치, 대신 예우, 정권 분리, 정방 설치 문제에 대해 말씀드리겠습니다. 신은 이런 말을 들었습니다. "하늘의 운행은 돌고 돌기 때문에 막힌 상태가 극에 달하면 다시 통하게 된다." 우리나라는 고려 말부터 나라가 어지럽고 정치가 어두워졌는데, 우리 태조께서 하늘에서 내려준 성인의 덕을 갖추고 하늘의 운행에 부응하여서 나라를 열었습니다.

여러 임금님들이 대를 이어 나와서 옛날을 헤아리고 오늘날을 살펴서 폐단이 생긴 법을 모두 혁파했습니다. 그러나 천하에 폐단이 없는 법이란 없습니다. 참으로 책문에서 하신 말씀처럼 법이 제정되면 그에 따라 폐단도 함께 생깁니다. 신이 조심스럽게 하나하나 진술해 보겠습니다.

사병을 혁파한 까닭은 고려 때 권신들이 제멋대로 날뛴 폐단을 경계한 때문입니다. 처음에 사병을 설치한 까닭은 서울에 거주하면서 왕실을 호위하게 하고자 한 때문인데 마침내 임금이 약해지고 신하가 강해지는 폐단이 생겨서 갓과 신발이 뒤바뀐 꼴이 되었습니다. 이 때문에 사병을 혁파해야만 했습니다.

그러나 태평한 세월이 오래 지속되어서 군사상의 대비가 느슨해지자 장수는 병사를 알지 못하고 병사는 장수를 알지 못하는 상태가 되었습니다. 이런 상황에서는 갑자기 군사를 쓰려고 해도 쓸 수가 없기 때문에 다시 사병을 설치하자는 요청을 하게 되었습니다.

대신에게 죄가 있어도 직접 심문하지 않는 까닭은 고려 때 대신을 깔보고 모욕했던 폐단을 경계한 것입니다. 고려에서는 대신에게 사정 없이 볼기를 치고 도끼와 모탕으로 심문을 했습니다. 그것이 어찌 예로써 높이고 존중하는 의리입니까? 이 때문에 대신을 욕보이는 일을 혁파하지 않을 수 없었습니다.

그러나 의심나는 옥사의 재심리는 밝히기도 어려운 데다 날로 간사함과 거짓이 늘어났습니다. 여러 증거로 죄를 결정해도 반드시 애매하고 원통하게 죄를 입을 수 있기 때문에 죄 없이 모함을 받는다는 탄식이 있게 되었습니다.

전권을 휘두르는 것을 혁파한 까닭은 고려 때 대신이 외람되이 권력을 남용했던 폐단을 경계한 때문입니다. 우리 조선에서는 크고 작은 일에 대해 의정부에서 단독으로 결정하지 못하게 하고 반드시 임금께 아뢰어서 재가를 받도록 했습니다. 그러자 임금을 가까이에서 모시는 신하가 권력을 잡게 되어서 권한이 승정원에 돌아갔습니다. 이 때문에 승정원의 권한이 지나치게 크다는 말이 나왔습니다.

정방을 혁파한 까닭은 고려 때 인사권을 외람되이 행사했던 폐단을 막기 위한 때문입니다. 우리 조선에서는 이조와 병조에 그 권한을 나누어 관장하게 해서 인재를 등용하거나 내치도록 했는데 그 권한을 전횡하면서 권세가 너무 커졌습니다. 이 때문에 그 권세가 너무 크다는 말이 나왔습니다.

개혁의 근본은 인재를 얻는 데 있으니

이 네 가지 사항은 고려 때의 폐단을 개혁한 것이기 때문에 폐단이 없을 것 같은 데도 다시 폐단이 생겼습니다. 또한 이 네 가지 사항에 대한 대신들의 의견은 타당한 듯하지만 실제로는 타당하지 않습니다. 신이 가만히 네 가지 폐단의 근원을 따져보니 거기에는 반드시 그렇게 된 까닭이 있었습니다.

네 가지 폐단을 구제하는 방법은 오로지 사람을 임용하는 데 달려 있습니다. 법에 폐단이 없을 수 없으니, 마치 오성육률五聲六律[10] 모든 종류의 음악에도 음탕한 음악이 들어 있는 것과 같습니다. 그래서 선왕께서 그 까닭을 알고서 대체가 되는 내용만 보존하고서 나머지는 참으로 백성을 해치는 것이 아니라면 억지로 없애지 않았습니다. 그래서 전체를 변혁하지 않아도 되었습니다.

사병의 폐단을 혁파하려면 후한의 광무제와 송 태조가 줄기를 강하게 하고 가지를 약하게 한 뜻을 본받아서 항상 적절한 방법으로 사기를 진작시켜야 합니다. 대신을 깔보고 모욕하는 폐단을 혁파하려면 당 태종과 가의가 대신을 존중한 뜻을 본받아서 애매한 옥사의 재심리를 신중하게 살핌으로써 간사함과 거짓이 날로 자라지 않도록 해야 합니다.

정사를 전횡하는 폐단을 혁파하려면 크고 작은 일을 반드시 의정부에 거치게 하고, 승정원으로 하여금 조심하고 삼가게 해야 합니다. 다만 오늘날의 제도에 견주어서 광무제가 삼공에게 자리만 지키게 하고 정권은 대각에게 돌아가게 한 것처럼 하지는 말아야 합니다. 정방의 폐단을 혁파하려면 이조와 병조에서 인사권을 주관하게 하고, 의정부에는 관리를 등용하거나 내치는 권한을 부여해야 합니다. 다만 오늘날의 제도에 견주어서 믿고 맡김으로써 후세의 비판을 면하게 해야 합니다.

이 모든 방법이 타당하지만 근본은 반드시 인재를 얻어서 일을 맡기는 데 달려 있습니다. 적합한 인재가 있는데 쓰지 않거나, 쓰더라도 그 말을 따르지 않거나, 그 말을 따르더라도 그 마음을 다하지 않으면 비록 법을 하루에 백 번 바꾼들 무슨 도움이 되겠습니까? 그래서 신은 네 가지 폐단을 구제하는 일이 사람을 쓰는 데 달려 있다고 한 것입니다.

언로가 제대로 열려야

책문에 "그대들은 역사에 널리 통달해 있을 테니 현실에 맞는 대책을 깊이 생각해 보고, 저마다 마음을 다해 대답하라." 하였습니다. 고루한 신이 이 짧은 시간에 품고 있는 생각을 어찌 다 말씀드릴 수 있겠습니까? 그러나 신은 향리에서 추천하는 법을 폐지한 뒤로 과거제도가 생겼다는 사실은 알고 있습니다.

처음에 한 무제가 천하에 조서를 내려서 유능하고 바르며 곧은 말을 하고, 있는 힘을 다해서 충언하는 선비를 추천하라고 했습니다. 그때 동중서의 무리가 충직한 말과 바른 의논으로 책문에 답하였는데 이것이 지금까지 전해집니다. 그러므로 옛날이나 지금이나 책문을 내어서 선비에게 거리낌 없이 진술하도록 언로를 연 까닭은 당시의 정치가 지닌 폐단을 듣고 세상을 구제하는 방법을 얻고자 한 때문입니다. 이는 다만 과거 응시자를 시험하기 위한 것만이 아닙니다.

대책으로 선비를 뽑는 방법은 역시 좋은 제도입니다. 그러나 후세에 이르러, 위에서는 옛일을 본떠 책문을 내고 아랫사람들 또한 문장만 멋들어지게 꾸미는 잔재주만을 펴서 자신을 파는 매개로 삼습니다. 이는 모두 윗사람 때문에 빚어진 결과입니다.

당 문종이 제거制擧 임시로 특이한 인재를 발탁하려고 천자가 직접 출제하는 과거에서 친히 책문을 내자 유분劉蕡이 거리낌 없이 할 말을 다했지만 시험관 풍숙馮宿이 탄복을 하면서도 감히 취하지 못했습니다. 이는 그 절실한 말을 두려워했기 때문입니다. 송 희령熙寧 연간에 왕안석王安石이 정권을 잡았을 때 공문중孔文仲이 대책에서 신법을 비판하자 마침내 제과制科 제거를 달리 이르는 이름를 폐지해 버렸습니다. 이는 그 강직한 말을 싫어한 것입니다.

말을 하게 하고서는 절실한 말을 두려워하고 강직한 말을 싫어한다면 어찌 거리낌 없이 언로를 연 것이라 할 수 있겠습니까? 이 때문에 선비들이 날로 교묘하게 속이는 데로 다투어 나아가게 되는 것입니다.

이제 주상 전하께서 친히 문제를 내어서 선비들에게 물으시니 이는 언로를 열고 오늘날의 폐단을 물어서 이른바 세상을 구제하는 방법을 구하고자 하신 것입니다. 설령 유분처럼 극언을 하고 공문중처럼 비판을 해도 당연히 받아들이실 터이니 신이 감히 무엇을 숨기겠습니까?

오늘의 폐단 가운데는 이 네 가지보다 더 큰 것이 있습니다. 그것은 바로 기강을 떨치지 못하고, 조정의 정치가 날로 허물어지고, 백성의 생활이 곤궁하고, 하늘의 변괴가 자주 나타나고, 풍속이 야박해지고, 탐욕스럽게 마음대로 수탈하는 일들이 일어나고, 절개와 의리를 닦지 않고, 억울한 옥사가 넘치고, 도적이 횡행하는 일입니다. 나라가 일시에 무너진 환란이 한에만 있었던 일은 아닙니다. 앞서 말한 네 가지 폐단을 구제하지 못할까 신은 걱정됩니다.

엎드려 바랍니다. 전하께서는 언로를 널리 열어서 직언을 받아들인 뒤 날마다 대신들과 함께 폐단을 구제할 방도를 강구하여서 행하십시오. 그렇게 하면 네 계절의 순환처럼 미덥고 금이나 돌처럼 견고해져서 오랫동안 쌓인 폐단을 구제하기 어려울까 근심하실 필요가 없을 것입니다. 그렇게만 된다면 나라에도 백성에게도 매우 다행하겠습니다.

대책

깃털처럼 보잘것없는 의견도 들으소서

이석형

신은 이런 말을 들었습니다. "시대는 옛날과 오늘날의 차이가 있지만, 이치는 옛날이나 오늘날이나 차이가 없다. 세대는 앞과 뒤가 있지만, 정치의 원리는 앞과 뒤가 없다." 옛 사람이 지켰던 득실의 원인을 관찰하면 오늘날에 검증해 볼 수 있고, 앞 세대에 있었던 치란의 자취를 관찰하면 후세의 거울로 삼을 수 있습니다.

그렇다면 오늘날 정치에서 무엇을 본보기로 삼아야 하며, 어지러움을 해결하려면 무엇을 거울로 삼아야 하겠습니까? 잘 다스려진 때의 행정을 살피고 그것을 본받아서 어지러운 것을 제거하며, 오늘날의 상황에 비추어서 뺄 것은 빼고 더할 것은 더할 뿐입니다.

주상 전하께서는 저희들을 뜰에 불러 모아 옛 제도의 폐단을 묻고,

이어서 오늘날의 정치 가운데서 논의할 만한 것을 물으셨습니다. 그러면서 "그대들은 역사에 널리 통달해 있을 테니, 현실에 맞는 대책을 깊이 생각해 보고, 저마다 마음을 다해 대답하라." 하셨습니다. 이런 질문을 받고 보니, 신이 비록 어리석지만 어찌 만의 하나라도 다 아뢰지 않을 수 있겠습니까?

지나친 개혁의 문제

첫째, 법의 폐단을 혁파한 역사적 사례에 대해 말씀드립니다. 전한 초기에는 여러 군국에 도위와 재관이 있었는데, 매년 가을에 지역별로 그동안 익힌 것을 가지고 성적을 매겼습니다. 그러나 적의가 무과시험을 보기 위해 모인 병사를 이끌고 난을 일으켰던 일을 경계하면서, 광무제가 마침내 그 제도를 혁파했습니다.

송 태조는 이균李筠과 이중진李重進을 주살했는데, 당 때 반란이 자주 일어난 까닭이 모두 외부의 권력이 강한 데 있었다고 생각했기 때문입니다. 조보趙普도 태조의 정치의 의지를 보완하여서 화폐와 곡식을 통제하고, 정예병을 거두어들여서 모두 조정의 관할에 두었습니다. 이는 당이 패망한 원인을 거울로 삼기는 했으나, 너무 지나치게 조치한 사례라 하겠습니다.

사실 후한의 실책은 무과시험에 있었던 것이 아니라 권력이 내부에 집중되었던 폐단 때문입니다. 송의 위기는 번진에 있었던 것이 아니라 군사의 대비가 소홀했기 때문입니다. 그래서 한은 마침내 환관으로 인한 내분을 피할 수 없었고, 송은 두 황제가 사로잡혀간 치욕을 면할 수 없었습니다. 참으로 안타까운 일입니다.

실질을 따르지 않은 법의 문제

둘째, 대신을 예우하는 문제에 대해 말씀드립니다. 가의는 당시의 폐단에 대해 통곡하면서 건의를 했습니다. 그는 대신에게 태형을 가하여 모욕하는 것을 매우 안타깝게 여기면서, 군주를 집에, 백성을 땅에, 그리고 신하를 모퉁이의 섬돌에 비유했습니다. 그러고는 옛날에 대신이 청렴하지 않은 것을 '제기[簠簋]를 꾸미지 못했다' 하고, 음란한 것을 '발을 드리우지 못했다' 한 예를 들어서 대신을 예우해야 한다고 했습니다.

가의의 대책이 옳지 않거나, 문제文帝가 그 건의를 받아들인 것이 아름답지 않은 것은 아닙니다. 그러나 결국에는 가의도 장사長沙로 귀양 갔습니다. 과연 가의의 건의가 다 시행되었으며, 문제가 진심으로 가의의 건의를 받아들였단 말입니까? 대신들이 모함을 받아도 끝내 변명할 길이 없어 원한을 품고 굴욕을 받으며 죽어 갔습니다. 양운·소망지와 같은 사람이 원망을 품고 죽은 것은 당연한 일입니다. 그러나 그것이 어찌 가의의 죄란 말입니까?

당 태종은 대신을 예우하면서, 차라리 수치심을 갖게 하되 죄를 묻더라도 형벌은 가하지 못하게 했고, 일반 죄수와 같이 불러들이지 않게 했습니다. 그 의도는 참으로 아름답다고 하겠습니다. 그러나 그 결과 일반 죄수는 불려 들어와 변호할 수가 있었지만 대신들은 도리어 불려 들어오지 못해 유계·장량의 경우가 생겼으니, 또한 안타까운 일입니다. 이것이 어찌 제도의 문제이겠습니까?

태종은 대신을 예우한다는 이름만 있었지, 실제로 대신을 예우하지는 않았습니다. 옳고 그름을 분별하지 못한 채 형벌을 함부로 시행했다는 점에서는 태종도 비판을 면할 길이 없습니다.

과도한 정권 귀속의 문제

셋째, 정권을 대각에 귀속시키는 문제에 대해 말씀드립니다. 전한 때 전분田蚡은 빈객을 불러 모아서 인재를 천거했고, 집안을 호화롭게 꾸몄습니다. 또한 심지어 평민을 2천 석의 벼슬에 뽑아 올리기까지 했습니다, 그래서 당시에 권력을 전횡한 폐단이 있었습니다.

따라서 광무제가 그 일을 경계한 것도 당연합니다. 그러나 광무제가 삼공에게 정권을 맡기지 않고 대각에 귀속시킴으로써, 황제에게 보고하는 사항이 날로 늘어나 식사하는 것도 잊어버릴 정도였습니다. 그러나 대신들은 자리만 차지하고 있을 뿐, 소금과 쇠의 전매에 관한 정책에 대해 오랫동안 입을 다물고 아무런 의견을 제시하지 않았습니다. 창읍왕昌邑王 유하劉賀가 법도를 지키지 않았는 데도, 장창張敞은 입을 꾹 다물고 관여하지 않았습니다. 대각의 언권이 그때만큼 컸던 적이 없었습니다.

집중된 정권의 문제

넷째, 인재를 판단하고 선발하는 문제에 대해 말씀드립니다. 한 고조와 문제 때 2천 석 이상의 벼슬은 승상이 관리했기에, 여러 장관들이 인사권을 어지럽게 하는 폐단은 없었습니다. 한이 동쪽으로 도읍을 옮기고 나서부터, 관리 선발의 임무는 상서尙書가 오로지 맡아 보았습니다.

당에서는 칙령을 내려, 재상이 의견을 건의하는 일을 맡아 보았습니다. 하지만 개원開元 이후부터는 관리를 발탁하고 유임시키고 보충시키는 일이 모두 전조에 귀속되었는데, 효과가 있을 때도 있었지만 폐단이 생기는 경우도 있었습니다. 그러니 어찌 후세의 비판이 없겠습니까?

이전의 학자들은 이런 말을 했습니다. "정권은 하루라도 조정에 있지 않으면 안 된다. 정권이 조정에 있으면 나라가 다스려지지만, 정권이 대각에 있으면 어지러워진다." 이 말은 참으로 바꿀 수 없는 말입니다.

소홀한 변방의 문제

다섯째, 사병 설치에 대해 말씀드립니다. 고려 말에 권신들이 정치를 좌우하면서 저마다 정예병을 소유하고 자기 집안을 지켰으며, 뛰어난 신하와 날랜 군졸을 나누어 가졌습니다. 견고한 갑옷과 날카로운 무기를 저마다 집안에 비축해두고서 남몰래 불법으로 세력을 쌓았습니다. 그래서 모반을 일으켜도 제어하기 어려웠습니다.

이는 집안에 갑옷을 비축해두어서는 안 되고, 읍에 백 치雉 이상의 성을 쌓아서는 안 된다고 한 성인의 가르침을 거스르는 일입니다. 하물며 문화가 발전하고 정치가 성대하게 이루어진 지금, 이전 왕조가 쇠퇴했을 때 생겨난 폐단을 따라서야 되겠습니까? 신은 사병을 기르자는 정책을 건의한 사람이 무슨 뜻으로 그렇게 했는지 모르겠습니다. 이는 앞에 가던 수레가 뒤집히는 것을 보고도, 그대로 따라가려는 것과 뭐가 다르겠습니까?

신의 생각을 말씀드리겠습니다. 지금 서울에서 번을 서는 병사들은 날래고 훈련이 잘 된 편입니다. 그러나 변방에 있는 군사들의 갑옷과 무기까지 모두 견고하고 날카로우며, 장교와 군졸들이 모두 날래고 훈련이 잘 되어 있다고 할 수는 없습니다. 지금 비록 당장의 근심거리는 없습니다. 그러나 "고양이를 기르는 까닭은 쥐를 잡기 위해서이다. 쥐가 없다고 해서, 쥐를 잡지 못하는 고양이를 길러서는 안 된다."라고 옛사람이 말한 것처럼, 지금 당장에 근심거리가 없다고 해서 날래지 않은 군졸을 보유할 수만은 없습니다. 이는 사소한 문제가 아니니, 신의 건의를 채택해주시기 바랍니다.

엄격하지 않은 처벌의 문제

여섯째, 대신 예우에 대해 말씀드립니다. 고려에서 대신들을 깔보고 모욕한 것은 애당초 말할 거리도 못 됩니다. 우리 조선에서 대신을 직접 심문하지 않고 공문서를 보내 사실을 조사하거나, 여러 증거를 모아 변론을 하게 한 까닭은, 대신을 예우하려는 아름다운 뜻이 있기 때문입니다.

혹시 죄 없이 모함을 받는 사람이 있다 하더라도 백 사람 가운데 한 사람이 있을 뿐입니다. 그러니 만에 하나 있을까 말까 한 실수 때문에 좋은 제도와 아름다운 뜻을 폐기해서는 안 됩니다. 이 정책을 건의한 사람은 발을 자르는 형벌을 받은 사람을 보고서는 짚신을 없애버리려는 것이 아닌지 모르겠습니다.

신의 보잘것없는 생각을 말씀드립니다. 형벌을 담당한 관리는 엄격함을 능사로 삼아야 합니다. 한번이라도 법에 저촉되면, 빠져나가기가 아주 어려워야 합니다. 때로 임금님이 특별히 심리를 한 경우에만 죄를 용서받을 수 있게 해야 합니다. 왜냐하면 관리들이 가벼운 실수로 질책을 받는 사례는 많지만, 무거운 과오로 견책을 당하는 일은 없기 때문입니다. 이는 사소한 문제가 아니니, 잘 살펴보시기 바랍니다.

제대로 관리하지 못한 대신의 문제

일곱째, 정권 귀속 문제에 대해 말씀드립니다. 고려 때 대신들이 정권을 전횡한 폐단이 있었다고 말하지만, 그것은 단지 영지에서 일어난 일이라 할 수 있습니다. 대신이 정권을 전횡한 일은 정치가 잘 이루어지던 때가 아니라 언제나 쇠퇴하고 혼란한 때에 있었습니다. 그러니 그 원인이 대신을 관리하는 방법에 문제가 있었기 때문입니까, 아니면 적당한 사람을 임용하지 못했기 때문입니까?

옛 사람이 다음과 같이 말했습니다. "현자를 구하는 데는 부지런하나 인재를 얻는 데는 게으르다." 또 이런 말도 있습니다. "의심나면 임용하지 말고 임용했거든 의심하지 말라." 이미 대신의 지위를 마련해두었다면, 반드시 대신에게 책임을 맡겨야 합니다.

대신에게 온갖 책임이 모여 있습니다. 어찌 일을 맡기지 않고 자리만 채워서 임금님께 근심과 걱정을 끼쳐드리게 하겠습니까? 승정원은 임금님의 좌우에서 가까이 모시는 자리이니, 권력이 집중된 곳입니다. 그러니 너무 지나친 폐단이 없는지에 대해서는 신이 말할 겨를이 없습니다.

정방을 설치하는 문제

여덟째, 정방에 대해 말씀드립니다. 고려 때 정방이 분수를 넘었던 폐단은 안타까운 일이라 할 수 있습니다. 오늘날 이조와 병조의 관리들의 권한도 대단합니다. 그러나 직책이 있는 곳에는 언제나 권력도 따르는 법입니다. 비록 제조提調 종1품이나 2품 품계를 가진 사람으로서 해당 관청의 일을 지휘 감독하도록 겸직 임명된 재상를 낙점하자고 하지만[11], 그 또한 어찌 폐단이 없겠습니까?

이조와 병조에 인사권을 맡기면 오직 이조와 병조에 권한이 있을 뿐입니다. 하지만 임시로 낙점을 하게 되면 인사 대상자의 승진 경쟁이 더욱 치열해질 터인데, 이는 결국 중대한 권한을 여러 재상에게 맡기는 꼴입니다.

이조와 병조의 권한이 강화되는 것이 싫다고 해서 어찌 여러 재상에게 권한을 맡길 수 있겠습니까? 하물며 그 일은 고려 때 이미 검증된 일이니 지금처럼 개명한 시대에 다시 시행할 수는 없습니다.

태평한 시대의 깃털 같은 말

아홉째, 대신들이 제시한 네 가지 정책의 타당성 여부에 대해 말씀드립니다. 네 가지 정책은 옛 사람들이 이미 실행했던 경험이 있지만, 오늘날 다시 논의되고 있는 일입니다. 임금님께서 질문하신 내용에 대해서는 변변치는 못하지만, 신이 이미 대략 설명을 드렸습니다. 다만 채택될 수 있을지 모르겠습니다.

소식蘇式은 이런 말을 했습니다. "세상이 무사태평할 때는 높은 대신의 말도 기러기 깃털처럼 가벼운 취급을 받는다. 세상에 일이 생기면 보통 사람의 말도 태산처럼 중요한 취급을 받는다." 나라가 무사한 때를 맞아 이런 말씀을 드리니 신이 한 말을 듣기에 싫증나고 진부한 말이라고 여기는 것도 당연합니다.

신은 마지막으로 한 말씀을 드리고자 합니다. 간언을 잘 따르기만 한다면, 예를 들어 한 고조에게 장량張良 같은 사람이 없더라도 문제가 안 됩니다. 남의 말을 듣기 좋아한다면, 예를 들어 당 태종에게 위징 같은 사람이 없더라도 문제가 안 됩니다. 선비가 세상에 살아가면서 어느 누가 현명한 군주에게 인정받거나 세상의 일에 대해 토론하고 싶어 하지 않겠습니까?

그러나 동중서는 「현량대책賢良對策[12] 한무제가 지방에서 천거된 선비에게 시험삼아 진술하게 한 대책」을 진술하고 강도江都의 재상에 임명받았지만, 한유韓愈는 「불골표佛骨表[13] 당의 한유가 부처의 사리에 경배한 일을 논하여 헌종 황제에게 올린 표문」를 올렸다가 조양潮陽의 자사刺史로 좌천되었습니다. 결국 거리낌 없이 큰소리로 자기 의견을 내기는 어려워지고, 마음에 드는 계책만 진술하려는 생각에 점점 익숙해져서, 좋은 말은 들리지 않고 아첨하는 말만 날로 늘어갑니다. 이렇게 되면 참으로 국가의 복이 될 수 없습니다.

그러므로 신은 다음과 같이 말합니다. "세상의 일은 폐단을 제거하지 못하는 것이 문제가 아니라, 구제할 방도가 없는 것이 문제이다. 또한 구제할 방도가 없는 것이 문제가 아니라, 의견이 채택되지 못하는 것이 문제이다."

신은 신의 의견이 오늘날의 폐단을 구제하는 데 쓸모가 있는 말인지 모르겠습니다. 그러나 옛 사람은 고루한 말도 채택했고, 성인은 시비를 못 가리는 사람의 말이라도 채택했습니다. 신의 의견이 모두 다 쓸모없는 말은 아닐 것입니다. 임금님께서 제량대로 하시기 바랍니다.

책문 속으로

성삼문과 신숙주, 매화와 숙주나물

매화와 숙주나물

성삼문과 신숙주는 둘도 없는 친구였다. 그런데 한 사람은 사육신으로 이름을 만고에 길이 남겼고, 한 사람은 뛰어난 식견과 많은 업적에도 불구하고 변절자라는 낙인을 받았다. 윤봉길 의사는 자기의 호를 매헌梅軒이라고 했는데, 그 호가 성삼문의 호 매죽헌에서 따온 것이라고 한 것을 어릴 때 위인전기에서 읽은 기억이 난다. 이처럼 성삼문은 만고충절의 상징이 되었다.

반면에 신숙주는 이광수의 소설 『단종애사』에서부터 박종화의 소설 『목 메이는 여인』, 유치진의 희곡 『사육신』 등 온갖 문학작품에서 변절의 상징이 되었고, 단종복위 사건이 일어나기 전에 죽었던 그의 부인윤 씨는 그 작품들 속에서 되살아나 변절한 신숙주를 준엄하게 꾸짖고 다시 자결해야만 했다.

숙주나물은 또 어떤가? 녹두를 싹 틔워 데쳐서 무쳐 먹기도 하고 만두 속으로 쓰기도 하는 녹두나물을 숙주나물이라고도 하는데, 하도 잘 쉬어서 신숙주처럼 잘 변한다는 뜻으로 숙주나물이라고 했다는 것이다. 세조를 거들어 왕위 찬탈을 도운 일로는 한명회가 일등공신이지만, 오히려 한명회를 욕하는 사람은 별로 없다. 그런데 신숙주의 이름은 숙주나물로 남아 두고두고 '씹히고' 있다.

역사 이래 변절자가 어디 신숙주뿐이었을까? 그런데도 유독 신숙주만이 때로는 설화의 조연으로, 때로는 속설의 주인공으로 욕을 먹는다. 신숙주에게 따라다니는 이런 허구나 설화는 물론 사실이 아니다. 그러나 때로는 허구나 설화가 사실보다 더 진실할 수도 있다. 조작된 설화라 하더라도 그 설화가 전해 내려오는 데는 나름대로 까닭이 있는 것이다.

신숙주와 수양대군을 위한 변명

이에 저항이라도 하듯 '신숙주와 한명회'를, 나아가 '수양대군首陽大君'을 '변명'하려는 사람도 많다. 어린이들이 부르는 노래 '한국을 빛낸 100명의 위인들'의 노랫말에는 '신숙주와 한명회, 역사는 안다'는 구절이 있다. 왜 '신숙주와 한명회'를 역사가 안다고 했을까? 이들이 역사적 업적에 견주어서 지나치게 가혹한 평가를 받고 있기 때문일까?

이들을 '변명'하고 이들의 업적을 '객관적'으로 평가하고자 하는 사람들의 논리 가운데 하나는, 역사적 상황이 불가피했다는 것이다. 병약한 문종과 어린 단종으로 왕위가 이어지는 상황에서, 김종서金宗瑞를 비롯한 대신들의 전횡이 심해 왕정국가의 기반까지 잠식될 상황이었기 때문에 수양대군이 쿠데타를 일으킬 수밖에 없었고, 수양대군의 힘이 발휘되면서 어쩔 수 없이 단종의 양위로 이어지게 되었다는 것이다.

다만 수양대군이 평소 호언하던 대로 주공周公의 역할에만 머물렀더라면, 세종의 문치를 더욱 발전시켜서 조선을 정말 이상적인 유교국가로 만들어나갈 수 있었을 것이라고 가정하면서, 권력욕을 극복하지 못한 수양대군의 인간적 약점에 안타까워한다. 또 신숙주를 변명하는 사람들은 신숙주가 내정과 국방, 외교 등 각 분야에서 탁월한 능력을 발휘하여서 세조와 예종 시대의 변란과 위기를 극복했고, 성종의 문치를 이끌어낼 수 있었다는 것이다.

정몽주가 꿈에서도[夢] 그리던 주공[周]

수양대군이 그렇게도 내세웠던 주공은 주나라를 세운 무왕의 아우이며, 무왕을 이어서 어린 나이에 왕위에 오른 성왕成王의 숙부였다. 주나라가 건국된 지 얼마 안 되어서 국가의 기틀이 아직 서지 않은 상태에서 무왕이 죽고 어린 성왕이 즉위했다. 왕은 어린 데다 은나라의 잔존 세력이 여기저기서 저항했고 왕실 내부에서도 권력투쟁이 끊이지 않았다.

이런 불안정한 상황에서 주공은 성왕을 보좌해 섭정을 하면서, 주의 정치체제를 입안하고 기틀을 만들었다. 그러나 주공은 성왕이 독립할 만한 역량을 갖추자 조금도 공을 내세우거나 사욕을 부리지 않고 성왕에게 정권을 고스란히 돌려주었다. 공자가 꿈에도 그리워하고, 정몽주도 꿈을 꾸었던[夢] 주공[周]은 그런 사람이었다.

수양대군이 정말 주공의 역할을 본받아, 단종이 독립할 때까지 후견인이 되어 왕실을 안정시키면서 왕권을 강화하고 정치적 수완을 발휘했더라면 정말 이상적인 역사가 전개되었을 지도 모른다. 그러나 그런 가정이 무슨 소용이 있단 말인가? 역사란 이미 객관화한 과거의 사실에 대한 평가와 가치판단이 아닌가?

설화는 진실을 말하고, 역사는 사실을 해석한다

역사적 평가는 시대에 따라, 역사가의 관점에 따라, 얼마든지 달라질 수 있다. 그러므로 수양대군이나 신숙주를 얼마든지 '변명'하면서 그들의 처지를 옹호하거나, 그들의 판단과 선택을 긍정적으로 평가할 수도 있다. 그러나 설화는 진실을 이야기하고, 역사는 사실을 해석한다. 그러니 윤씨 부인의 자결이건, 숙주나물의 유래건, 사육신의 갖가지 야담이건, 그것들은 모두 나름대로 민중이 생각하고 바라는 삶의 진실을 드러내준다.

따라서 야담이나 설화 속의 이미지가 실록을 비롯한 공식 역사기록의 평가와 다르다 해서, 굳이 억울하게 여기고 '변명'할 필요는 없을 듯하다. 물론 이야기꾼이 허구로 꾸며낸 이야기를 역사적 사실로 받아들여서는 안 되지만 말이다.

상황 논리로 역사를 평가한다면, 논리가 비약이 있을지 모르지만, 일제 시대에 부역한 사람들도 할 말이 있고, 유신 시대와 군부독재 시대를 주도한 사람들도 얼마든지 자기 합리화를 할 수 있을 터이다. 친러파에서 친일파로 돌아선 이완용도 자기는 조선 민중을 살리기 위해 합방을 주도했다고 하지 않았던가?

쿠데타는 동요도 선동가로 만든다

박정희 대통령이 1972년에 유신헌법을 기획하고서, 국민투표에 부치기 전에 대민홍보를 엄청나게 해댔다. 그때 '국민학교' 2학년이었던 우리는 국민투표가 있기 전 오일장이 서는 토요일에, 플래카드를 들고 장터를 돌면서 '관제데모'를 했다. "구국의 유신이다, 새 역사를 창조하자!" 2학년에게 배당된 선동문구였다. "한국적 민주주의, 이 땅에 뿌리박자!" 이런 선동 구호도 있었다. 아마 1학년에게 배당된 선동문구였던 것 같다.

앞에서 대표가 큰소리로 외치면 우리는 모두 고사리 손을 움켜쥐고, 정말 유신헌법을 통과시키지 못하면 당장이라도 '북한괴뢰군'이 전쟁을 일으켜서, 우리나라에 쳐들어와 우리를 죽일 것처럼 조바심을 내면서 '구국의 유신이다, 새 역사를 창조하자!'며 고래고래 고함을 질렀다.

심지어 '산토끼 토끼야' 곡조에 맞춰 이런 노래도 불렀다. "10월 17일 유신은 김유신과 같아서, 삼국통일 하듯이 평화통일 이루네." 논리로도 안 맞고 역사적 상황으로도 맞지 않는 엉터리 노래를 지어 부르게 하면서, '유신헌법'을 통과시켜서 조국통일의 토대를 쌓자고 한 당시 유신헌법 주도 세력의 논리도, 상황논리로 따진다면 할 말이 있지 않겠는가?

하지만 과연 역사를 업적이나 결과로만 평가해도 될까? 결과가 좋으면 과정이나 절차는 어떠하더라도 괜찮단 말인가? '성공한 쿠데타는 처벌할 수 없다' 는 격인가? 당시는 왕조 시대였기에 쿠데타에서 성공하면 곧 '정난靖難'이니 '정국靖國'이니 '반정反正'이니 하여서, 처벌을 받지 않는 것은 물론 정당한 권력으로 합법화하고 정통성을 획득하였다. 그러나 '성공한 쿠데타'로 역사에 기록되었기 때문에, 오히려 민중들은 설화를 만들어내어 쿠데타를 응징한 것은 아닐까?

변절을 위한 변명의 옹색함

설화를 만들어내는 심리 속에는, 힘의 논리에 따라 현실에서는 아무리 '이기면 군왕, 지면 역적'이라 하더라도 인간의 기본적인 정의情誼와 보편적 인륜을 배신하는 것은 있을 수 없다는 의식이 담겨 있다. 오히려 힘에 따른 현실적 논리에 희생된 원혼에 대한 동정심이 깔려 있는 것이다.

사실 조선 역사에서 중종반정 이외에 정당화할 수 있는 쿠데타는 없을 듯하다. 중종반정도 주도세력의 거의 대부분이 실은 반정의 대상이었다. 인조반정도 남인의 묵인 하에 서인이 주도했을 뿐 모든 백성의 보편적 합의를 기반으로 삼지는 못했다. 수양대군의 쿠데타는 당시로서는 합법적 권력을 폭력으로 바꿨다는 데 문제가 있다. 단종이 아무리 어리고 신료들의 전횡이 아무리 극심했다 하더라도, 계유정난으로 실권을 장악한 상태라면 거기서 그쳤어야지 주공의 역할 이상을 넘봐서는 안 되었던 것이다.

신숙주도 '변절'을 했지만 좋은 일을 많이 했으니 '변절'은 충분히 공적에 의해 상쇄된다거나, 사육신도 결과적으로는 자기 기득권을 위해 싸운 것에 지나지 않으니 차라리 신숙주처럼 자기재능을 살려서 국가에 봉사하는 것이 더 나았을 것이라는 논리는 아무래도 옹색한 '변명'에 지나지 않는다는 느낌이 든다.

성삼문과 베드로, 그리고 3에 관한 이야기

성삼문은 도총관都摠管에까지 오른 성승成勝의 아들로 태어났다. 태어나는 날 하늘에서 "낳았느냐?" "낳았느냐?" 하고 세 번이나 묻는 소리가 들려서 이름을 '삼문三問'이라 했다고 한다. 이런 설화적 요소는 성삼문의 충절을 돋보이게 하는 장치일 뿐이므로, 사실이니 아니니 따질 필요는 없으리라.

성삼문 형제의 이름은 삼빙三聘, 삼고三顧, 삼성三省인데, 이들의 이름에는 모두 전거가 있다. 『예기』「곡례·상」에는 세 가지 꼭 물어야 할 '삼문'이 기록되어 있다. "나라에 들어가면 법과 제도로 금하는 것을 묻고, 성내에 들어가면 풍속을 묻고, 집에 들어가면 주인의 선조의 이름을 물어야 한다." 이 세 가지를 묻는 것을 '삼문三問'이라고 한다. 이 세 가지는 모두 방문하는 나라와 주인을 공경하기 위한 몸가짐이다.

그리고 '삼빙三聘'은 『맹자』에, '삼고三顧'는 「출사표」에 나오는데, 모두 현자를 여러 번 찾아가서 지성을 다해 초빙한다는 말이다. 그리고 '삼성三省'은 『논어』에서 증자가 날마다 세 가지를 가지고 반성했다는 기록에서 따온 말이다. 네 형제의 이름에 들어가는 3은 수 체계로서는 처음 형성되는 완전한 숫자로서 완성과 완전을 뜻한다.

성삼문의 이름에 얽힌 설화를 들으면 베드로가 생각난다. 예수가 제자들과 마지막 저녁을 먹으면서 베드로에게, 닭이 울기 전에 세 번 나를 모른다 하리라고 예언했다. 그러자 베드로는 절대로 그런 일이 없으리라고 장담했다. 그러나 막상 예수가 빌라도의 법정에서 혹독하게 고문을 당하고, 유태인들이 예수를 죽이라고 광분하자, 예수를 모른다고 세 번 부인했다. 그 순간 닭이 울었다. 죽음의 두려움 앞에서 베드로는 예수를 세 번 배신했던 것이다.

성삼문의 시 세 편

그런데 성삼문은 이름에 걸맞게 시 세 편으로 자기에게 던져진 물음에 대답했다. 하나는 '난하사灤河祠'인데, 중국으로 사신을 갈 때 백이와 숙제를 모신 사당인 난하사를 지나며 지은 시이다.

수레를 두드리며 그래선 안 된다고 했더랬지요	當年叩馬敢言非
당당한 충의 해와 달처럼 빛났고요	忠義堂堂日月輝
풀 나무라도 주나라 비이슬로 자랐을 텐데	草木亦霑周雨露
수양산 고사리는 부끄럽지 않던가요	愧君猶食首陽薇

이 시는

"수양산首陽山 바라보며 이제夷齊를 한恨 하노라
주려 죽을진들 채미採薇도 하난 건가
아모리 푸새엣 것인들 그 뉘 따헤 낫더니"

하는 시조와 짝이 된다.

다음으로는 그 유명한 '낙락장송'이 등장하는 시조가 있다.

이 몸이 죽어가서 무엇이 될꼬 하니
봉래산蓬萊山 제일봉第一峯에 낙락장송落落長松 되어 있어
백설白雪이 만건곤滿乾坤할제 독야청청獨也靑靑 하리라

마지막으로 죽음을 앞두고 지은 「황천로黃泉路」라는 시가 있다.

둥둥 북소리 목숨을 재촉하고	擊鼓催人命
소슬한 가을바람에 해는 넘어가려 하네	四風日欲斜
황천엔 주점도 없다는데	黃泉無酒店
오늘밤은 뉘 집에 묵어갈까	今夜宿誰家

신숙주를 둘러싼 일화들

신숙주에게도 여러 가지 일화가 있다. 집현전에서 일을 할 때 신숙주는 누구보다 열심히 공부를 했다. 일직을 할 때면 장서각藏書閣에 들어가 전날 다 보지 못한 책을 가져와서 마저 읽었다. 어떤 때는 숙직을 맡은 동료를 대신하여 숙직을 자원하면서, 밤이 새도록 잠을 자지 않고 공부를 했다. 한번은 세종이 밤중에 궁궐을 거닐다가 신숙주가 숙직하면서 글을 읽는다는 말을 듣고는 자리에 앉아서 글을 읽었다. 여러 차례 가끔씩 내관을 보내 동정을 엿보게 했더니 여전히 꼼짝도 않고 글을 읽고 있다고 했다. 그러다가 마침내 거의 밤이 기울어서야 집현전의 불이 꺼졌다는 말을 듣고는 친히 나가서 곤하게 잠이 든 신숙주에게 곤룡포를 덮어주었다고 한다.

한번은 신숙주가 일본에 사신을 갔다가 돌아올 때, 왜구의 포로가 되어서 붙잡혀 있던 조선 사람들을 데리고 왔다. 대마도를 떠나 육지에 닿기 전에 사나운 바람이 불어서 배가 거의 뒤집힐 지경이었다. 사람들은 모두 사색이 되어서 벌벌 떨면서 어쩔 줄을 몰랐지만 신숙주만은 태연자약했다. 포로가 되었던 사람들 가운데 아이를 밴 여자가 있었는데 뱃사공들이 모두 입을 모아 말했다. "임신한 여자가 있어서 부정을 타서 풍랑이 치는 것이니, 이 여자를 물에 던져야 재앙을 면할 것입니다." 그 말을 들은 신숙주는 한 마디로 잘라 말했다. "안 된다. 내가 살려고 애꿎은 사람을 죽이는 일은 나로서는 절대 못할 일이다." 그러고는 흉흉한 뱃사람들의 앞을 가로막았다. 그러자 얼마 안 되어서 바람이 가라앉았고, 배는 아무 일 없이 잘 나아갔다.

세조 때 신숙주가 영의정으로 있을 때였다. 그때 마침 구치관具致寬이 새로 우의정이 되었다. 하루는 세조가 급히 두 사람을 내전으로 불러들여서 앞에 앉혀놓고 말했다. "오늘 내가 경들에게 물을 터인데, 대답한다면 그만이지만, 대답을 제대로 못하면 벌을 사양하지 못할 것이오." 두 사람이 모두 절을 하며 알겠노라고 대답했다. 세조가 입을 열었다. "신 정승新政丞!" 신숙주가 "예!" 하고 대답했다. 세조가 말했다. "나는 새[新] 정승을 불렀소. 경은 대답을 제대로 하지 못했소." 하고 큰 잔으로 벌주를 내렸다. 다시 세조가 입을 열었다. "구 정승舊政丞!" 이에 구치관이 대답했다. 세조는 또 "나는 묵은[舊] 정승을 불렀는데, 이

신숙주 영정

번에는 경이 틀렸소." 하고 또 구치관에게 벌주를 내렸다. 그러고는 또 "구 정승具政丞!" 하고 불렀다. 그래서 신숙주가 대답했더니 세조가 "이번에는 성을 불렀는데, 경이 틀렸소." 하고 신숙주에게 벌주를 내렸다. 또 "신 정승申政丞!" 하고 불러서 구치관이 자기를 부르는 줄 알고 대답했더니, 역시 성을 부른 것이라며 구치관에게 벌주를 내렸다. 또 "신 정승!" 하고 불러서, 두 사람은 영문을 몰라 둘 다 대답했다. 그러자 세조가 둘 다 대답했다고 두 사람 모두 벌주를 내렸다. 또 "구 정승!" 하고 불러서 이번에는 둘 다 대답하지 않았다. 세조는 "임금이 부르는데 신하가 대답하지 않는 것은 예가 아니오." 하고 역시 두 사람 모두 벌주를 내렸다. 이런 식으로 하루 종일 벌주를 마시게 하고는 즐거워했다.

변절자, 그러나 걸출했던 인물 신숙주

신숙주는 집현전이 배출한 인재 가운데 가장 걸출한 사람이었다. 세종대왕이 우리 겨레문화의 꽃이라고 할 훈민정음을 만들 때, 성삼문과 함께 명의 뛰어난 음운학자가 귀양 와 있는 요동에 열세 차례나 다녀오면서 음운을 연구하는 등 중요한 역할을 했다.

신숙주를 아는 사람들은 모두 그를 자기 휘하에 두고 싶어 했을 만큼 다재다능하고 탁월한 판단력과 정치력의 소유자였다고 한다. 세조가 "당 태종에게는 위징魏徵이 있고, 나에게는 숙주가 있다." 할 만큼 세조의 정치업적을 주도했고, 예종 시대와 성종 초의 위기를 극복하여서 조선을 튼튼한 반석에 올려놓는 데 결정적인 역할을 했다.

그러므로 신숙주의 업적은 절개를 지키지 못했다는 허물을 덮고도 남으며, 자기 재능을 관념적 명분을 위해 희생하지 않고 정말로 나라와 백성을 위해 유감없이 발휘했다고 평가하는 사람도 있다. 그렇지만 산 사람의 업적이 클수록, 자기가 믿는 인륜의 가치를 위해 목숨을 바쳤던 젊은 넋들이 더 안타깝게 느껴지는 것도 사실이다.

한 해에 세 차례나 장원을 한 이석형

이석형은 한 해에 세 차례나 연속으로 장원[三壯元]을 해서, 당대에 일약 문사文士로 명성을 떨쳤다. 한 해에 내리 세 차례나 장원을 한 경우는 과거제도가 생긴 이래 그가 처음이었다고 한다. 그가 생원시와 진사시 두 시험에서 모두 장원을 했을 때이다. 당시에는 과거에 급제해 대궐에 들어가 왕을 알현할 때, 생원시에 급제한 사람들은 장원을 앞장세워서 좌협문左挾門으로 들어가고, 진사시에 급제한 사람들은 우협문右挾門으로 들어가게 되어 있었다. 그런데 그 해에 이석형이 두 시험에서 모두 장원을 하자, 생원시 급제자들과 진사시 급제자들이 서로 이석형을 자기들 앞에 세우려고 실랑이를 벌였다. 그래서 왕이 장원에게는 광화문光化門으로 들어오게 했다고 한다.

이석형은 늦도록 아들이 없어서 근심하던 그의 아버지가 삼각산 신령에게 빌어서 잉태되었다고 한다. 그의 아버지가 대궐에서 숙직을 하다가, 커다란 바위 위에 앉아 있는데 흰 용이 바위를 쪼개고 나오는 꿈

이석형 신도비각

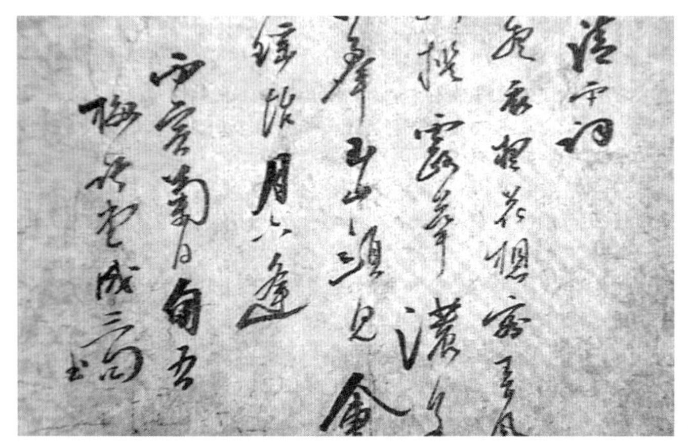

성삼문 글

을 꾸었다. 꿈에서 깨자마자 아들을 낳았다는 기별이 왔다. 그래서 이름을 석형石亨이라고 지었다고 한다.

이석형이 성삼문, 신숙주와 함께 합격한 세종 29년 문과중시에는 이런 일화가 있다. 시험에서 합격한 20여 명 가운데 최우등으로 뽑힌 사람들이 여덟이나 되었다. 고시관들도 이들의 우열을 가릴 수가 없었다. 우열을 가릴 수 없을 만큼 고르게 뛰어난 인재를 한꺼번에 여덟이나 얻게 된 왕은 크게 기뻐서, 여덟 명만 따로 시험을 봐서 석차를 가리라고 했다. 왕이 내건 시험문제는 주 목왕의 여덟 마리 준마를 그림으로 그린 '팔준도八駿圖'를 소재로 해서, 장르에 관계없이 글을 짓는 것이었다.

성삼문의 잔재주, 이석형의 넉넉한 풍도

"이번 시험에서 두려운 사람은 이석형 한 사람뿐이다." 하고 견제하던 성삼문은 초를 잡을 때 장단구長短句 시 10여 구를 쓰다가, 이석형에게 어떤 문체로 글을 짓는지 물었다. 이석형이 전箋으로 글을 짓는다고 대답하자, 성삼문은 이렇게 말했다. "대우對耦를 써서 글귀를 꾸미고 다듬는 것은 늙은 선비들이나 하는 짓인데, 노형도 그런 잔재주를 부립니까?" 그러고는 자기가 초를 잡고서 쓰던 원고를 보여주면서, 이석형에게도 쓰던 글을 보여 달라고 했다.

이석형의 '팔준도전八駿圖箋'의 첫머리는 다음과 같았다. "하늘이 도와 임금을 내셨으니, 성인이 천 년의 운수에 응하고, 땅에서 쓰이는 것 가운데 말만한 것이 없으니, 준마가 한때의 기능을 다한다[天佑作之君, 聖人應千齡之運, 地用莫如馬, 神物效一時之能]." 성삼문은 그 글귀를 보고 말했다. "대구는 대단히 정교합니다만, 말과 임금님을 대구로 삼는 것은 좀 지나치지 않습니까? 신하된 도리로서는 그렇게 말해서도 안 되고, 다른 사람에게 그렇게 말을 전해서도 안 될 것입니다." 말을 마치고 아무 일 없었다는 듯이 태연히 자리로 돌아갔다.

성삼문의 말에 일리가 있다고 생각한 이석형은 쓰던 글을 버리고 긴 율시律詩를 지었다. 반면에 성삼문은 이석형이 전에서 썼던 글귀를 머리에 얹어서 '팔준도전'을 지어서 냈다. 결과가 발표되었다. 성삼문이 장원이었고, 이석형은 7등이었다. 다른 사람들은 전으로 짓기도 하고 명銘으로 짓기도 했는데, 신숙주는 부賦로 글을 지어서 4등을 했다. 어떤 사람이 "시는 여러 문체 가운데 격이 가장 낮은 것인데……." 했다. 그제야 이석형은 내막을 알게 되었다.

다음날 아침 이석형은 관례에 따라 성삼문에게 절을 하면서 말했다.

"내가 오랫동안 남에게 이 무릎을 꿇지 않았습니다." 성삼문이 말했다.
"나는 남에게 무릎을 꿇지 않는 사람의 무릎을 꿇게 할 수 있답니다."
두 사람은 서로 껄껄대며 호탕하게 웃어젖혔다.

세종과 문종이 자기를 알아주고 어린 단종을 부탁했던 일을 끝내 저버리지 않고, 마지막까지 봉래산 제일봉의 낙락장송 같은 절개를 지킨 만고충절의 표본인 성삼문에게도 이런 잔재주를 부린 일면이 있었다는 점도 인간답다. 더불어 성삼문에게 어이없이 자기의 아이디어를 빼앗겨서 장원의 자리를 놓쳐버렸으면서도, 그것을 웃어넘길 수 있는 이석형의 풍도도 넉넉하다. 아이디어가 최대의 무기가 된 오늘날 무한경쟁의 자본주의 사회에서는 도저히 꿈도 꾸지 못할 일이다. 옛 사람의 사귐이 불현듯이 그립다.

시절이 바뀐다고 절개조차 바뀌랴

이석형은 세조가 단종의 왕위를 선양받았을 때, 상을 당해 복을 입고 있다가, 세조가 즉위한 직후에 전라도 관찰사에 제수되어서 내려가 있었다. 세조 2년 단종복위 사건이 일어났을 때는 외직에 있었기 때문에 연루되지 않았다. 이석형은 전라도 지역을 순찰하다가 익산益山에 이르렀을 때, 옥사가 일어나서 사육신을 비롯한 수많은 사람이 희생되었다는 말을 듣고, 벽에다가 이런 시를 남겼다.

순 임금 두 비는 대나무가 되었고	虞時二女竹
진의 소나무는 대부가 되었다네	秦日大夫松

세종 영정

슬픔과 영화가 차이가 있다지만　　縱有哀榮異
시절이 바뀐다고 절개조차 바뀌랴　　寧爲冷熱容

순 임금의 두 아내는 아황娥皇과 여영女英이라고 하는데, 이들은 요 임금의 딸로서 자매였다. 순 임금이 남쪽으로 순행을 나갔다가 죽었다. 두 비는 순 임금이 죽었다는 소식을 듣고 소상강瀟湘江 가에서 울다가 물에 몸을 던졌다. 그래서 그들은 소상강의 신이 되었다. 그리고 그들의 눈물이 대나무에 떨어져서 그대로 얼룩얼룩한 무늬가 되었다. 그래서 이 지역의 얼룩무늬가 있는 대나무를 상죽湘竹이라고 한다.

진시황이 태산에 갔을 때 갑자기 비바람이 쳐서, 곁에 있던 커다란 다섯 그루 소나무 아래에서 비를 피했다. 나중에 그 다섯 소나무를 대부에 봉했다.

두 비의 영혼이 깃든 대나무는 애절함을 담고 있고, 진시황에 의해 대부에 봉해진 소나무는 한없이 영화로웠으리라. 그러나 애절한 대나무건 영화로운 소나무건 그들의 절개와 푸르름은 변함이 없다. 이들은 추위나 더위에 조금도 변하지 않는다. 그런데 사람들은 어떤가? 어제까지 충성을 맹세하던 사람들이 하루아침에 처지가 바뀌었다고 돌아서 버린다. 조금이라도 얻을 것이 있을 때는 아양을 떨다가, 얻을 것이 없으면 서슴지 않고 돌아선다. 권력에 빌붙어서 의리든 절개든 신의든 헌신짝처럼 팽개치는 것이다. 염량세태炎涼世態이다!

이석형이 이런 시를 썼다고 해서 대간에서 국문을 하자고 주청했다. 그러자 세조가 "시인이 어떤 의도로 그런 시를 썼는지 알지 못하니 반드시 국문까지 할 것은 없겠다." 해서 이 일은 그대로 무마되었다. 세조가 너그러이 봐 주어서 그런지 몰라도 이런 신의 없는 세태를 풍자한 이석형은 나중에 세조의 신뢰를 받아 요직을 거쳤다. 또한 성종 때는 공신이 되어서 부원군에 봉해졌으며, 죽어서 문강文康이라는 시호를 받았다.

세종시대의 르네상스

세종시대는 정말 우리나라 역사의 상징적 시대이다. 정치, 경제, 교육,

문화, 예술, 외교, 국방 등 사람살이의 모든 분야에서 모범과 표준이 되는 시대이다. 물론 세종시대의 유교적 문치주의가 오늘날에 그대로 적용될 수는 없지만, 군주에서 백성에 이르기까지 좋은 나라를 만들고 가꾸겠다는 의지가 하나로 모여서 아름답게 결실을 맺은 시대라는 것만은 분명하다.

세종은 태조와 태종이 칼바람을 일으키며 이룩해 놓은 기업을 물려받아, 굳건한 반석에 올려놓아야 할 시대적 사명을 안고 있었다. 태종이 온갖 무리수를 두어가면서까지 양녕의 세자 자리를 폐하고, 세종에게 물려준 까닭은 세종에게서 수성守成의 재능을 보았기 때문이리라.

세종은 유교적 이상국가를 만들기 위해 국가이념을 정립하고, 그것을 실현하기 위한 갖가지 법과 제도의 기틀을 마련했다. 관료제도, 토지제도, 조세제도, 국가의례 등 정치경제적 체제를 정비하고, 대마도 정벌과 4군6진 개척 등으로 강역을 확정하고 굳건히 지켰다.

또한, 농업기술을 보급하고 농업생산을 장려하며, 진휼제도를 확보하는 등 민생의 안정책을 추진했고, 한글 창제와 음률 정리 그리고 역사 편찬 등 갖가지 교육문화에 관한 정책을 펼쳤다. 이런 세종의 정책은 모두 민본과 위민이라는 유교적 정치이념을 구현하기 위한 국가의 통치 규범과 표준 원리를 마련하는 것이었다.

낡은 시대의 새로운 과제

낡은 제도를 뜯어고치고 부조리와 모순을 개혁하는 것은 모든 시대의 과제이다. 시대는 늘 변하기 때문에 어떤 제도라도 영구히 효력을 지닐 수 없다. 시대가 변하면 제도도 바뀌어야 한다. 그러나 제도 변혁과 정치 개혁의 근본이념은 바뀔 수 없다.

그 근본이념이란 백성이 더 나은 삶을 살 수 있도록 만들어나가는 것이다. 나라를 다스리는 일은 다양한 이해관계와 요구를 수렴하여서, 객관적이고 보편적인 이익을 창출하는 행위이다. 그러므로 나라를 경영하고 정치를 담당하는 사람은 개인의 이익이 아니라 전체의 이익을 볼 줄 알아야 한다.

조선시대 선비들이 천리天理와 인욕人欲 사이의 갈등을 늘 의식하면서, 천리를 보존하고 인욕을 막으려고 긴장했던 것은, 바로 나라를 다스리는 사람으로서 지녀야 할 기본자세를 연마하기 위함이었다.

역주

1 군국郡國

한대에 실시한 행정제도로서, 군현제와 봉건제를 병용한 행정제도이다. 군현제는 진시황이 천하를 통일하고서 실시한 제도인데, 전국을 36개의 군으로 나누고, 중앙에서 관리를 파견하여서 다스리게 한 중앙집권적 제도이다. 봉건제는 주대에 실시된 제도인데, 혈족과 공신들에게 땅을 나누어주어서 다스리게 한 지방자치적 제도의 한 형태이다.

한의 고조는 군현제를 중심으로 삼고, 공신을 우대한다는 명목으로 공신과 그들의 일족을 제후왕에 봉하여서 봉건제를 병용했다. 그러나 봉건 제후들의 세력이 점차 증대하자 고조는 불안을 느끼게 되었다. 그래서 모반을 구실로 봉건 제후를 폐지하고, 근친이나 동족을 제후에 봉하면서 '유씨가 아닌 자는 왕이 될 수 없다'는 원칙을 확립했다.

그 뒤 봉국에 임명된 동족 제후왕도 중앙관제를 모방한 자치제도를 갖고서 군대를 보유하는 등 영향력이 점차 강화되어, 전국의 2/3를 사실상 지배하게 되었다. 이에 중앙에서는 제후왕을 교도하고 관리를 통솔할 목적으로 태부太傅와 승상丞相을 파견했지만, 봉국은 거의 독립국이나 마찬가지였다. 문제 때 일어난 회남왕의 모반사건과 경제 때 일어난 '오초칠국吳楚七國의 난'을 계기로 봉국의 영향력을 축소시키는 정책을 실시하였고, 무제 때는 제후국의 실권을 완전히 제거하고 사실상 중앙집권적 군현제의 전제통치를 확립했다.

후한 때 무과 시험을 보는 날 군사를 일으킨 폐단이 있었다고 한 말은, 광무제 유수劉秀가 이통李通의 계책을 받아들여서 무과시험을 보는 날 거사를 일으킨 일을 가리킨다. 광무제는 무과시험을 보는 날을 이용하여 군사정변이 다시 일어날 것을 염려하고서 지방정부의 군사력을 약화시켰다. 지방정부를 군국이라고 한 것은 전한 때 있었던 군국제의 흔적으로서 예전의 명칭을 그대로 쓴 것이다.

2 도위都尉

한 대에 설치한 관직이다. 원래 진 대에 36군에 위尉를 두어, 수守를 보좌하여 군사상의 업무를 전담하게 했다. 한 경제 때 도위로 고쳤다. 도위에 속하는 관직은 여러 가지인데 시종관, 하천을 관리하거나 세금을 거두고 수송하는 등의 업무를 맡은 직사관職事官, 그리고 각 군의 장교 등이다. 이 가운데 특히 부마도위駙馬都尉는 오로지 황제나 군주의 사위에게 주어졌다. 나중에 도위는 모두 무관의 벼슬이 되었다.

3 번진藩鎭이 강해서 생긴 폐단

번진이란, 원래는 변경의 치안과 방어를 위해 군대를 주둔시킨 곳을 말하는데, 당 대에는 지방관서의 명칭이 되었다. 당은 초기 중요한 지역에 도

독부都督府를 설치했고, 예종睿宗 때는 절도대사節度大使를 설치했다. 현종玄宗때는 변경에 10군데 절도사를 설치하여서, 변경을 방어하고 관할 하의 여러 주의 군사를 거느리며, 토지와 인민의 재산을 관리하고, 세금을 관장하게 했다. 그러나 점차 절도사의 세력이 강대해져서 안록산, 사사명史思明의 난이 일어났다. 이 '안사의 난'은 당을 전후기로 나누는 일대 전환기가 되었다. 이 난이 진압된 뒤 내지에도 절도사를 설치하여서, 여러 주의 군정軍政을 모두 장악하게 했다. 그러나 절도사의 전횡과 발호가 극에 달하여서, 마침내 오대五代의 혼란이 일어나고 당은 멸망했다.

4 대각臺閣

왕명을 출납하는 상서성尙書省의 별칭이다. 진秦 대에 소부少府에서 관리 네 사람을 파견하여 궁전 안에서 근무하게 하고 문서를 수발하는 것을 담당하게 했는데 이를 상서라고 했다. 참고로 소부란 진의 관직 가운데 9경의 하나로서, 산과 바다나 호수에서 나오는 세금을 관리하며, 천자의 사적 용품을 공급하는 일을 맡았다.

한 대에는 상서령尙書令, 상서복야尙書僕射, 독상서조랑이사督尙書曹郎理事를 두었고, 그 뒤에 대신으로 하여금 통솔하게 했다. 후한의 광무제는 즉위한 뒤 나라의 일을 모두 상서에 편입시켰다. 남북조시대의 남조 송에서는 상서령이 기무機務를 모두 총괄했고, 복야상서僕射尙書가 여러 부서를 다스렸다. 양梁 이래 비로소 상서성이 정식 명칭이 되었다. 당, 송대에 상서성은 3성 가운데 하나가 되었고, 그 우두머리를 상서령이라고 했다. 상서성 아래, 좌우에 복야가 있어서, 6부를 통괄하고 국정을 나누어서 다스렸다. 원 대에 중서성으로 통합되면서 폐지되었다.

5 전조銓曹

조선시대에 문관을 전형하는 이조와 무관을 전형하는 병조를 함께 일컬은 말이다. 이조와 병조에서 실제로 인사권을 가진 정랑正郞과 좌랑佐郞을 전랑銓郞이라고 했다. 선조 때 김효원이 이조정랑에 추천 받았을 때 심의겸이 반대하여서 동서붕당으로 발전하는 빌미가 되었던 일은 유명한 이야기이다.

6 정방政房

고려 때 무신이 집권하던 시기에 최우崔瑀가 자기 집에 설치했던 인사행정기관이다. 최우는 고종 12년(1225년)에 정방을 설치하고서 관리들을 임명했다. 최씨정권은 이 기관을 통해 문무 관료들을 지배했다. 문신들이 정방을 통해 관리가 되었으므로, 정방은 무신정권이 몰락한 뒤에도 국가기관으로 존속했다. 최씨가 집권하던 시기에 정방은 유능한 신진관료들이 진출하는 통로가 되었으나, 국가기관으로 변한 뒤에는 권문세가들이 지배함으로써 도리어 신진관료의 진출을 막는 폐단을 낳았다. 충선왕이 개혁정치를 시도하면서, 인사행정권을 관장하는 사림원詞林院을 설치하여서 정방의 기능을 대행하려다가 실패했다. 그 뒤로도 정방의 설치와 폐지가 반복되다가, 이성계가 위화도 회군 뒤에 집권체제를 정비하는 과정에서 폐지했다.

7 적의翟義

평제가 죽고 왕망이 섭정을 하자 왕망을 토벌하고 유신劉信을 황제로 세웠으나 나중에 왕망에게 패하여 죽고 삼족이 멸망당했다.

8 이통의 계책

이통은 남양 완宛 사람이다. 당시 그의 집안은 대대로 많은 재산으로 이름이 났었다. 그의 아버지 이수李守는 키가 9척이나 되고 용모가 특이했으며, 엄격하고 강직하여서 집안이 마치 관청과 같이 기강이 잡혀 있었다. 유흠劉歆을 섬겨 천문과 도참 등을 좋아했고, 왕망의 종경사宗卿師가 되었다. 이통도 오위장군으로 왕망을 섬겼는데, 왕망의 말년에는 백성들의 원성이 높았다.

이통은 평소에 아버지로부터 "유씨가 다시 흥할 때 이씨가 보좌가 될 것이다"라는 참언을 듣고, 늘 마음속에 담아두었다. 재산이 크게 늘면서 벼슬을 버리고 돌아왔다. 여러 지역에서 봉기가 일어나자, 사촌동생인 이철李軼과 같이 모의를 했다.

이철이 "지금 사방이 소란하니, 신新이 망하고 한이 다시 일어날 것입니다. 남양에 있는 종실 유수 형제가 백성을 아끼고 포용하니, 그와 함께 큰일을 도모할 수 있을 것입니다." 했다. 그러자 이통도 자기 뜻과 같다고 찬성했다. 마침 유수가 완에 피해 있었는데, 이통이 이 말을 듣고 이철을 통해 유수를 영접하게 했다.

유수는 이통을 만나보고 매우 기뻐했다. 이통이 참언과 관련된 이야기를 유수에게 들려주었더니, 유수가 처음에는 받아들이려 하지 않았다. 왜냐하면 이때 이통의 아버지인 이수가 장안에 있었기 때문이다. 그러나 유수는 마침내 이통을 만나보고 이렇게 말했다. "만일 나와 함께 큰일을 도모한다면, 종경사 벼슬은 어떻게 할 것인가?" 이통이 말하기를 "나대로 이미 계획이 서 있습니다."라고 대답했다. 그리고 이어서 계책을 말했다. 유수는 이통의 의도를 깊이 헤아리고서, 마침내 맹약을 하고 모의를 결정했다. 그것은 재관의 기사를 시험하는 날에 전대前隊의 대부와 속정屬正을 위협하여서 대중을 동원하는 것이었다.

이에 유수는 이철과 함께 용릉舂陵으로 돌아가, 병사를 일으켜서 상응할 준비를 했다. 이통은 종형의 아들 이계李季를 장안으로 보내, 아버지 이수에게 이 사실을 알렸다. 이계는 중도에서 병으로 죽고, 이수는 이 사실을 알고서 도망을 가려고 했다. 이수는 평소에 중랑장으로 있던 황현黃顯과 친했는데, 황현이 이 사실을 알고, 이수에게 자수하라고 권했다. 이 일이 발각되어서, 이통은 도망을 갔다. 왕망은 이수를 감옥에 가두었다. 전대에서 이통이 병사를 일으켰다는 보고를 받고 왕망이 노하여서 이수와 황현을 죽였다. 장안에 있던 이수의 집안사람들도 모두 피살당했다. 그뒤 이통은 이철과 함께 한을 부흥시키는 데 큰 공을 세웠다.

9 구경九經

구경이란 온 세상을 다스리는 아홉 가지 큰 원칙이다. 『중용』에 제시된 구경은 다음과 같다. 첫째, 몸을 닦는다. 둘째, 현자를 존중한다. 셋째, 가까운 친척을 친밀하게 대한다. 넷째, 대신을 공경한다. 다섯째, 여러 신하들의 처지를 내 몸처럼 여기고 살핀다. 여섯째, 뭇백성을 자식처럼 사랑한다. 일곱째, 온갖 기술자들이 저절로 모여들게 배려한다. 여덟째, 먼 데 있는 사람을 보살펴준다. 아홉째, 지방을 다스리는 제후들을 회유한다.

10 오성육률五聲六律

오성은 궁宮·상商·각角·치徵·우羽 다섯 소리이다. 소리를 맑음·탁함·높음·낮음에 따라 분류한 이름이다. 이 다섯 소리를 오행에 배당하면 궁은 토, 상은 금, 각은 목, 치는 화, 우는 수이다. 오음이라고도 한다. 육률은 12율 가운데서 양의 소리에 속하는 여섯 음이다. 황종黃鐘, 태주太簇, 고선姑洗, 유빈蕤賓, 이칙夷則, 무역無射이다.

육률은 또한 군주가 백성을 다스리는 데 사용하는 여섯 가지 방법, 곧 생生, 살殺, 상賞, 벌罰, 여予, 탈奪을 일컫는 말이기도 하다. 음악은 조화를 추구하며 감정을 순화하는 수단이기 때문에, 예부터 정치의 중요한 수단으로 여겨졌다. 음악의 조화정신을 정치에 반영한 것이다. 여기서 말하는 오성과 육률이란 모든 종류의 음악을 말한다.

11 비록 제조提調를 낙점하자고 하지만

각 사司와 원院에 항존직 우두머리를 두지 않고, 종1품 또는 2품의 품계品階를 가진 사람을 겸직으로 임명하여서, 그 관청의 일을 지휘하고 감독하게 했는데 이를 제조라고 한다. 제조 위에 도제조都提調를 둘 때에는 정1품으로 임명하고, 제조 밑에 부제조副提調를 둘 때는 정3품 당상관堂上官을 임명했다. 또 나라에 큰일이 있을 때 임시로 설치한 기구에도 도제조, 제조, 부제조를 두어서 그 일을 맡아보게 했다.

12 현량대책賢良對策

한 무제는 즉위하여서 유능하고 뛰어난 학자들을 많이 등용했는데, 지방에서 천거된 선비들을 책문으로 시험을 보았다. 그때 동중서가 현량대책으로 선발되었다. 무제는 치란과 성쇠의 이치를 물었는데, 동중서는 '천인상응天人相應'을 중심으로 대답했다. 모두 세 차례에 걸쳐서 질문과 대답이 이루어졌기 때문에 '천인삼책天人三策'이라고도 한다.

13 불골표佛骨表

불골표는 당의 한유가 헌종 황제에게 올린 표문이다. 헌종 황제가 부처의 사리를 맞이하여 궁궐에 봉안했는데, 왕공과 선비와 서인에 이르기까지 다투어서 사리를 친견하고 경배를 드렸다. 그러자 한유는 부처의 가르침은 오랑캐의 가르침으로서 후한 때 중국으로 들어왔으므로 본래부터 있던 것이 아니라고 하면서, 부처는 믿을 필요가 없다고 격렬하게 간했다. 헌종은 이 표를 보고 크게 노하여서 한유를 조주자사潮州刺史로 좌천시켰다.

제2장

공정한 인재 등용의 원칙

세종 책문

인재를 어떻게 구할 것인가?

강희맹 대책

임금은 마땅히 교화를 숭상해서
현명한 사람을 널리 불러 모으고,
마음을 밝게 해서 인재를 분별해야 합니다.
또한 자기를 비우고 인재를 등용해야 하며,
변화하는 추세에 조금이라도 느슨하게
대처해서는 안 됩니다.

시대적 배경

이 책문의 저자 강희맹姜希孟은 1424년(세종 6)에 태어나서 1483년(성종 14)에 죽었다. 자는 경순景醇이고, 호는 사숙재私淑齋 운송거사雲松居士 또는 무위자無爲子이며, 시호는 문량文良이고, 본관은 진주晉州이다. 서거정徐居正과 교유했다.

1447년에 별시문과에서 장원급제했다. 세종의 총애를 받았고, 뛰어난 문장가로서 경전과 역사 그리고 전고典故에 밝았다. 맡은 일을 완벽하게 처리하면서도 겸손하여서, 나서기를 좋아하지 않았다. 민요나 설화 같은 서민문학에도 관심이 많아 야담을 모은 책을 편찬하기도 했고, 실록 편찬에도 참여했다.

책제는 인재를 등용하고 양성하며 분별하는 방법에 관해 논하라는 것이다. 이에 대해 강희맹은 군주가 교화를 숭상하여서 현명한 사람을 불러 모아 밝은 마음으로 인재를 분별할 것, 자기를 비우고 인재를 등용할 것, 인재를 기용할 때는 재능에 따라 적합한 자리에 맡기고 장점은 취하고 단점은 보완할 것, 정치를 바르게 하여서 인재를 양성할 것 등을 주장했다.

책문

어떻게 인재를 구할 것인가

1447년, 세종 29년 문과중시

임금님께서 다음과 같이 말씀하셨다. 인재는 세상 모든 나라의 가장 중요한 보배이다. 인재의 근원은 마음의 기질에서 나오고, 마음의 기질은 정치 교화로써 양성된다. 이처럼 마음의 기질과 정치의 교화가 상호 변화함으로써 현명한 사람과 어리석은 사람이 나뉜다.

임금으로서 누군들 들어서 쓰고 싶지 않겠는가마는, 인재를 쓸 수 없는 세 가지 경우가 있다. 첫째, 임금이 인재를 알아보지 못하는 때, 둘째, 인재를 알아도 쓰려는 마음이 절실하지 못한 때, 셋째, 인재와 뜻이 서로 맞지 않는 때이다.

또 현명한 사람이 어진 임금을 만나지 못하는 세 가지 경우가 있다. 첫째, 임금과 뜻이 통하지 않는 때, 둘째, 임금이 인재를 공경하지 않는 때, 셋째, 임금과 인재의 뜻이 맞지 않는 때이다.

인재를 알아보지 못하는 임금과 뜻이 통하지 않는 인재가 서로 만나는 일은 마치 맹인 두 사람이 만나는 것과 같다. 맹인은 눈이 있어도 늘 어둡기에, 세계가 항상 캄캄하다고 여긴다. 두 맹인 가운데 한 사람이 만약 앞을 볼 수 있게 된다면 전처럼 눈 먼 맹인과 함께 하려고 하지는 않을 것이다. 하물며 본래 맹인이 아닌 사람이라면 애초부터 맹인을 상대하지 않을 것은 말할 것도 없다.

인재는 종류가 많아서 현명한 사람도 있고 어리석은 사람도 있다. 그렇기 때문에 현명한 사람과 어리석은 사람을 들어 쓰고 내치는 데는 모두 방도가 있다. 인재를 판단할 때는 분명하게 하지 않으면 안 되고, 인재를 들어 쓸 때는 자세히 살피지 않으면 안 된다. 현명한 사람을 들어 쓸 때는 본래 정해진 방법이 없다고 하지만[立賢無方], 간사한 사람을 내칠 때 어찌 법전에 얽매이겠는가?

인재의 종류는 대략 다음과 같다. 견문이 많고 총명하며 재주가 있으나 탐욕스러운 사람, 신중하고 성실하며 몸가짐을 조심하고 지조를 굳게 지키나 속마음은 부드러운 사람, 행정 처리를 잘해서 이름이 드러나 오래 자리를 지키고 있으나 일 벌리기를 좋아하는 사람, 어리석고 거칠며 사려가 없고 학문을 하지 않았으나 마음이 정직한 사람, 오랑캐[蠻貊]를 누를 만한 위엄을 갖고 있으나 늘 자기를 단속하는 사람, 학문을 좋아하여서 게으르지 않고 모든 행실이 다 착하나 자기만 옳다고 여기고서 자기 재능만 믿는 사람, 자기 생각을 굳게 고집하지만 아는 게 없는 사람, 정직하고 지조가 굳으며 청렴하고 한결같으나 재능이 없는 사람, 재물을 탐하고 여색을 좋아하며 끊임없이 재물을 긁어 들이면서도 부끄러워하지 않는 사람, 온갖 일을 총괄하면서도 스스로 만족하지 않고 날마다 혁신하는 사람, 두려운 것을 대수롭잖게 여기고 마음속에 뚜렷이 주관을 세워서 혼자 서는 사람, 눈코 뜰 새 없이 바쁘게 일하느라 겨를이 없으면서도 은총과 영예를 받는 것을 더욱 조심하는 사람, 위아래를 돌아보지 않고 거들먹거리고 큰소리치면서 혼자 유능한 체하는 사람, 몸도 목숨도 아끼지 않고 마음속으로 임금을 사랑해서 자기와 남을 헤아리지 않고 사람의 능력으로 할 수 있는 일이건[人事] 아니건 가리지 않고 죽을 때까지 힘을 다하는 사람 등이다.

이처럼 인재의 종류는 여러 날을 두고 밤낮을 가리지 않고 말을 한다 해도 다 말하기 어렵다. 그러나 그 모두 마음의 기질과 정치의 교화를 통해 길러지고, 유형에 따라 뜻이 형성될 뿐이다.

원래 마음 그 자체는 사사로움이 없는 것이다. 따라서 부모를 알지 못하면 사랑하는 마음이 없고, 군주를 보지 못하면 공경하는 마음이 없으며, 재물을 만나지 않으면 탐욕스러운 마음이 없다. 정치가 문화를 숭상하면 학문을 높이고, 정치가 무력을 숭상하면 무용을 귀하게 여긴다. 이를 근거로 따져보면, 인재는 근본이 정치에 달려 있을 따름이다.

위에서 열거한 여러 인재들은 본성으로 정해진 것은 아니다. 비록 총명하거나 어리석거나 강건하거나 유약한 성품이 본연으로 타고난 것 같지만, 그 근원을 추구해 보면 본성으로 정해진 것이 아니라, 변화를 거쳐 여러 가지 양상으로 나타난 것이다.

지금은 임금과 신하가 함께 경계하면서, 날마다 조심하고 근심하며 부지런히 노력할 때이다. 인재를 등용하고, 인재를 양성하며, 인재를 분별하는 방법은 무엇인가? 저마다 마음을 다해 대답하도록 하라.

대책

장점을 취하고 단점을 보완해 쓰소서

강희맹

신은 다음과 같이 대답합니다.

신은 이런 말을 들었습니다. "하늘은 세상에 인재를 내지 않았다고들 하지만, 한 시대에 부흥하는 것은 반드시 그 시대에 인물이 있기 때문이다. 하늘이 세상에 인재를 냈다고들 하지만, 한 시대가 쇠퇴하는 것은 반드시 세상을 구제할 만큼 유능한 보좌가 없기 때문이다."

세상에 인재가 있었던 적이 없다고 하지만, 올바른 방법으로 구하면 항상 남아돌아갑니다. 또한 세상에 인재가 없었던 적이 없다고 하지만, 인재를 구하는 올바른 방법을 잃어버리면 늘 부족합니다.

임금으로서 어찌 세상에 인재가 없을 것이라고 단정하고서, 딴 세상에서 구해서 쓸 수 있겠습니까? 그러므로 인재가 세상을 피해 숨거나 나타나는 것은 세상의 도의 흥함과 쇠함에 달려 있고, 세상의 도가 흥하고 쇠하는 것은 마음의 기질이 밝은가 어두운가에 달려 있습니다.

신이 지난 옛날을 두루 고찰해 보았더니, 나라가 다스려지고 어지러워지는 발단은 모두 어떻게 인재를 양성하고 가려서 쓰는가 하는 데 달려 있었습니다.

인재를 알아보는 큰 도

요 임금이 사방의 제후들에게 자문을 하지 않았다면, 위대한 순 임금은 끝내 시골에 있는 홀아비로 살았을 것입니다. 또 탕 임금이 세 번씩이나 부지런히 초빙하지 않았다면, 이윤伊尹은 끝내 들판에 있는 늙은이로 살았을 것입니다.

후세로 내려오면서 현명하고 유능한 사람이 제 힘으로 임금에게 다가갈 수 없게 되자, 임금을 나아가 뵙는 데 따로 길이 있고, 만나는 데도 따로 때가 있게 되었습니다. 만날 만한 때를 얻으면 상황에 순응하여서 함께 일하고, 적절한 시기를 잃으면 상황에 거슬리기 때문에 서로 합하기가 어려워졌던 것입니다.

이런 점에서 한의 건국을 도와서 성취시킨 사람은 대부분 멸망한 진에서 남은 인재들이었고, 당의 국운을 도와서 연 사람은 모두 쇠잔한 수隋에서 버림받은 사람들이었습니다. 그러므로 현명하고 유능한 사람은 혼란한 시대나 말세에는 쓰이지 못하고, 큰 도는 성인의 지혜가 있는 사람에게서만 발휘된다는 사실을 단연코 알 수 있습니다.

전하께서 간절히 인재를 구하시니

주상 전하께서는 지혜를 타고나셨는데, 매우 어려운[屯難] 시기를 당하여서 양陽의 덕이 깊이 잠겨 감춰져[潛淵] 있었습니다. 그러나 때맞춰 상서로운 징조가 나타나서 훌륭한 정치를 바라게 되었고, 조정과 재야에 있는 모든 사람들의 마음을 모아서 나라 안의 난리를 평정시켰습니다. 일이 막 일어나기 직전에 현명하게 기선을 제압했고, 계책이 신령과 사람들의 뜻에 들어맞았습니다.

그래서 임금님이 직접 거느린 군사가 한 차례 출동하면, 마른 나무 꺾듯 간사한 무리들의 죄를 쉽게 처벌할 수 있었습니다. 그러므로 이 시기를 타고 서로 만나 마음을 합쳐서 보좌한 사람들 가운데 적합한 인재가 없었다고 말할 수는 없습니다.

전하께서 영광스럽게 왕위를 물려받아 집안을 다스리고 나라를 다스리자, 예악이 갖추어져서 조화를 이루었고 정치가 안정되어서 공이 이루어졌습니다. 먼 곳과 가까운 곳에 위엄을 떨치고, 정치의 혜택과 교화가 북방과 남방에까지 미쳤습니다.

이에 따라 이상 정치가 이루어지고, 오묘한 변화가 이루어졌습니다. 하늘에서는 달콤하고 맑은 이슬이 내리고, 땅에서는 단 술이 나오는 등 신비한 반응이 나타났습니다. 그러므로 지금 나라를 보전하고 다스림을 충만하게 이루면서 태평성대를 아름답게 꾸민 사람들 가운데 적합한 인재가 없었다고 말할 수는 없습니다.

따라서 이제부터는 아래로 미천한 선비와 학문이 미숙한 사람에 이르기까지, 마음을 텅 비우고 널리 불러들여서, 경전을 강론하면서 진리를 물어야 합니다. 또 온화한 기색을 띠면서, 깊은 속마음을 털어놓고 말하게 해야 합니다.

그리하여 한 사람이라도 좋은 사람을 얻으면, 큰 재목은 크게 이루어지고, 작은 재목은 작게 이루어질 것입니다. 그렇게만 되면 인재를 양성하고, 인재를 분별하며, 인재를 쓰는 방법에 더 이상 남은 계책이 없을 것입니다.

오히려 지금 전하께서 마음속에 늘 그런 생각을 품고서 책문을 내어 묻고, 현명하고 유능한 사람을 목마르게 구하면서 기필코 이상 정치를 이루려는 성대한 마음을 갖고 계시니, 더 이상 말할 것도 없습니다. 그러니 신이 어찌 감히 전하의 물음에 만 분의 일이나마 대답하지 않겠습니까?

인재를 분별해서 진심으로 등용해야

첫째, 인재를 분별하는 문제에 관해 말씀드리겠습니다. 신은 『춘추』에서 이런 말을 보았습니다. "위衛나라는 군자가 많기에 걱정이 없다.", "진晉나라에는 군자가 있기에 넘볼 수 없다.", "정鄭나라에는 뛰어난 신하가 세 사람이 있기에 엿볼 수 없다." 그만큼 인재는 참으로 세상 모든 나라의 가장 중요한 보배입니다.

인재가 저곳에 있으면 이곳의 비중이 가벼워지고, 이쪽에 있으면 저쪽의 비중이 가벼워집니다. 한 세대를 돌아보더라도, 인재 한 사람 때문에 세상이 발전하기도 하고 쇠퇴하기도 합니다. 세상의 발전과 쇠퇴, 임금의 영광과 치욕이 이처럼 인재에게 달려 있으니, 어찌 인재가 중요하지 않겠습니까?

임금은 마땅히 교화를 숭상해서 현명한 사람을 널리 불러 모으고, 마음을 밝게 해서 인재를 분별해야 합니다. 또한 자기를 비우고 인재를 등용해서, 변화하는 추세에 조금이라도 느슨하게 대처해서는 안 됩니다.

둘째, 인재를 알아보고 등용하는 문제에 관해 말씀드리겠습니다. 신은 이런 말을 들었습니다. "하늘이 인재를 내는 것은 반드시 할 일이 있기 때문이다. 사람은 세상에 비록 쓰이지 못한다 할지라도 구차해져서는 안 된다."

임금과 신하 사이에 조금이라도 마음을 다하지 못한 점이 있다면, 임금에게는 인재를 들어 쓰지 않는 폐단이 있는 것이고, 신하는 인재가 어진 임금을 만나지 못하는 세 가지 경우에 대해 한탄하게 될 것입니다. 이 때문에 위와 아래가 서로 막히고 감정이 서로 통하지 않아, 임금은 날로 고립되고 인재는 날로 떠날 것입니다. 그러니 어찌 조심하지 않을 수 있겠습니까?

인재를 알아보지 못하는 경우

임금님의 책문에서 '인재를 알아보지 못하는 경우'라고 하신 것은 다음과 같습니다. 인재가 멀리 떨어져 있고 신망이 두텁지 않아서, 본래부터 책임을 맡기고 일을 시킬 필요가 없다고 여기거나, 너무 가까이 있어서 대수롭지 않게 보는 경우입니다.

이런 경우에는 그 사람이 평소에 쌓은 학식을 임금이 다 알아보지 못하기에, 제대로 분별하지도 능력에 맞게 등용하지도 못합니다. 이런 문제는 비록 임금과 인재 사이에 멀고 가깝거나 친근하고 소원한 차이가 있다고 하더라도 결국에는 인재를 알아보지 못한다는 문제로 귀결됩니다.

이렇게 되어서 소외된 사람은 자신을 천거하기 어렵고, 가까이에서 모시는 사람은 비난이나 배척을 받기 쉽습니다. 자신을 천거하기 어려우면 재능이 위에까지 도달하지 못하고, 비난이나 배척을 받기 쉬우면 재능을 도리어 숨기게 됩니다. 이것이 바로 임금이 인재를 알아보지 못하고, 인재가 임금과 통하지 못하는 경우입니다.

인재를 쓰려는 마음이 절실하지 못한 경우

'인재를 알아도 쓰려는 마음이 절실하지 못한 경우'란 다음과 같습니다. 특수한 분야의 기술[曲藝]과 재능이 없고, 또 마음을 졸이며 충성을 드러내는 능력이 부족하여서, 임금이 평범하게 여기고 그에 대한 당시의 여론을 제대로 살피지 않아서, 등용하면서도 의심을 품고 일을 맡겨도 전담시키지 않는 경우입니다.

이런 경우에 사람들은 자기 재능을 숨기고 펴지 못하며, 선비는 지혜를 품고서도 다 발휘하지 못합니다. 그래서 예, 예 하며 순종하고, 속으로 비난하며 남의 일인 양 구경만 합니다. 또 안으로는 세상을 개탄하는 마음을 품고도 밖으로는 굽실거리며 공손한 모습을 보입니다. 이것이 어찌 신하의 도리이겠습니까? 이것이 바로 군주가 인재를 쓰려는 마음이 절실하지 못한 경우입니다.

뜻이 서로 맞지 않는 경우

'뜻이 서로 맞지 않는 경우'란 다음과 같습니다. 만약 임금이 도덕에 뜻을 두고 있으면, 공명을 말하는 인재에 대해 저속하다고 할 것입니다. 만약 임금이 공명에 뜻을 두고 있으면, 도덕을 말하는 인재에 대해 시대에 뒤떨어진다고 평가할 것입니다. 그리고 임금이 사방의 외적을 방어하는 데 뜻을 두고 있으면, 장수를 중히 여기고, 선왕의 법도를 지키는 데 뜻을 두고 있으면, 학문하는 선비를 중히 여길 것입니다.

오직 임금의 뜻이 있는 곳에 따라 선비의 향배가 갈립니다. 그래서 자질이 낮은 사람들은 자기 견해만 현명하다고 믿고, 세상이 돌아가는 추세에는 등을 돌립니다. 이렇게 되면 깃발은 북쪽에 있건만 수레바퀴는 거꾸로 남쪽을 향하고, 뒤로 물러나면서도 앞으로 나아가려고 하는 격이 될 터입니다. 또 둥근 구멍에 네모진 자루를 맞추려 해도 들어가지 않는 것과 마찬가지[圓鑿方枘]일 것입니다. 이것이 바로 임금이 인재와 뜻이 맞지 않는 것과 인재를 공경하지 않는 경우입니다.

인재를 알아보고 통하는 방도를 찾아야

그러므로 임금이 인재를 알아보지 못하면, 예에 따라 벼슬길에 나아가고 물러나려는 사람들은 스스로를 숨기려고 할 것입니다. 임금이 인재를 쓰려는 마음이 절실하지 않으면, 도를 실천하려는 사람들은 헛되이 얽매여 있으려고 하지 않을 것입니다. 임금이 인재와 뜻이 맞지 않으면, 기회를 틈타 일어나려는 사람이 그치지 않을 것입니다.

이렇게 되면 임금과 인재가 서로 도와 정치의 도리를 완성하려고 해도 할 수가 없습니다. 북방의 오랑캐와 남방의 월나라 사람이 한 배에 타고 가까이 있어도 생각이 멀리 떨어져 있는 격이 될 터이니, 어찌 그 피해가 그저 맹인들이 서로 등을 돌리는 정도에 그치겠습니까?

임금이 인재를 알아보지 못할 때 인재를 알아보는 방법을 찾아야 하고, 인재가 임금과 맞지 않을 때 통할 수 있는 방도를 찾아야 합니다. 그렇게 해서 오로지 임무를 맡기고 성공을 책임지게 한다면, 아래에는 동경하지 않을 신하가 없을 것입니다. 또한 특별한 재능을 가진 사람을 가려 뽑고 재능이 비슷한 사람들을 함께 모은다면, 아래서 임금과 뜻이 맞지 않는다는 한탄을 하지 않을 것입니다.

인재는 헤아릴 수 없이 많이 있건만

셋째, 인재의 종류를 분별하고 가려서 쓰는 문제에 관해 말씀드리겠습니다. 신은 이런 말을 들었습니다. "온 세상에 인재는 한없이 많다. 그러니 임금은 다양한 기준을 가지고 인재를 존중해야 한다." 다양한 기준을 가지고 인재를 존중함으로써 한없이 많은 인재를 등용한다 하더라도 세상의 인재를 다 들어 쓸 수는 없습니다. 그러므로 어찌 현명한 사람을 빠뜨린다는 한탄이 없을 수 있겠습니까?

마음에 맞는 사람만 등용하고 생각이 다른 사람을 버린다면, 사람들은 결국 임금이 좋아하는 것에 감정을 맞추고, 임금이 숭상하는 것이 무엇인지 살펴서 임금의 욕구에만 맞추게 됩니다. 여기서부터 간사한 것이 생겨나고 혼란이 자라납니다. 책문에서 '간사한 사람을 내칠 때 어찌 법전에 얽매이겠는가.' 하신 말씀이 바로 이것입니다.

신은 이런 말을 들었습니다. "얼굴이 서로 다르듯, 마음도 서로 다르다." 사람의 형상과 모습은 대략 같은 듯해도 자세히 나누어 보면 만 가지요, 기호와 욕구가 대체로 같은 듯해도 상세하게 따져보면 만 가지로 분별됩니다. 이렇게 저마다 다른 사람들 사이에서 지혜로움과 어리석음, 현명함과 모자람, 어두움과 밝음, 강함과 약함이 서로 다릅니다. 그러므로 이 모든 차이를 바로잡아서 인격이 완성된 다음에 등용하고자 한다면, 설사 요순 같은 임금이 다시 나타난다고 해도 인재를 등용하는 원칙을 이루지 못할 것입니다.

장점을 취하고 단점을 보완해

세상에 완전한 재능을 갖춘 사람은 없지만, 적합한 자리에 기용한다면 누구라도 재능을 발휘할 수 있습니다. 모든 일을 다 해낼 수 있는 사람은 없으니 일을 잘 처리하는 사람이 유능한 사람입니다. 단점을 버리고 장점을 취하면, 탐욕스런 사람이나 청렴한 사람이나 모두 부릴 수 있습니다. 하지만 결점만 지적하고 허물만 적발한다면, 현명하고 유능한 사람이라도 벗어날 수 없습니다. 그러니 어떤 사람은 쓸 수 있고 어떤 사람은 쓸 수 없다고 할 수 있겠습니까?

재능 있는 사람만 찾아서는 안 됩니다. 장점을 취하면 누구라도 쓸 수 있습니다. 아주 어리석은 사람을 완전히 뜯어고칠 수는 없습니다. 하지만 단점만 보완하면 누구라도 쓸 수 있습니다.

어떤 사람이 착한 점은 많고 잘못이 적다면, 그는 완전한 재능을 갖춘 사람에 버금가는 사람입니다. 만약 잘못은 많지만 착한 점이 조금이라도 있다면 그는 보통사람 가운데서 그래도 나은 사람입니다. 이런 사람은 본받을 만한 점은 없어도 일을 시키면 공이 조금은 있을 것이니 등용할 수 있습니다.

그러나 만일 재능을 살펴보아도 취할 것이 없고 덕을 따져보아도 본받을 점이 없는 사람, 백성들에게 해만 끼치고 다스리는 데 아무런 도움이 되지 않는 사람, 권력을 믿고 멋대로 포악한 짓을 저지르는 사람들은 '교화를 통해 민심을 순박하게 하는 데 가뢰[蟊賊]와 같은 존재'이므로 마땅히 물리치고 버려야 할 사람들입니다.

완전한 재능을 갖춘 인재

책문에서 열거한 열네 부류의 인재는 명칭이나 특징이 다양하지만 총괄하여 나누면 세 부류입니다. 완전한 재능을 갖춘 인재가 여섯, 선한 점은 많고 허물이 적은 인재가 일곱, 함께 일을 하기 어려워서 물리쳐야 할 인재가 하나입니다.

온갖 일을 총괄하면서도 날마다 혁신하는 사람은 성인의 무리입니다. 오랑캐를 누를 만한 위엄을 갖고 있으나 늘 자기를 단속하는 사람, 마음에 중심을 확고하게 세워서 자질구레한 절도에 얽매이지 않는 사람, 눈코 뜰 새 없이 바쁘게 일하느라 겨를이 없으면서도 은총과 영예를 받는 것을 더욱 조심하는 사람, 세상을 우습게 보고 쉽게 성공을 말하는 사람, 충성과 의분이 몹시 격렬해서 나라가 위태로울 때 자기 목숨을 바치는[見危授命] 사람 등은 모두 국가의 운명을 맡길 만한 신하[社稷之臣]이자 한 시대의 뛰어난[命世] 인재입니다.

선한 점이 많고 허물이 적은 인재

하지만 그밖에 탐욕스러운 사람은 청렴하도록 바로잡고, 유순한 사람은 강하도록 바로잡아 주어야 합니다. 일을 벌이기 좋아하는 사람은 사사로운 지혜를 물리치게 하고, 자기만 옳다고 여겨서 자기 재능만 믿는 사람은 거만한 마음을 꺾어주어야 합니다.

반면에 학문을 익히지는 않았으나 마음이 정직한 사람은 할당된 일에 게으르거나 소홀히 하지 않습니다. 자기 생각을 굳게 고집하지만 아는 것이 없는 사람은 정해진 법률을 지키되 바꿀 줄을 모릅니다.

정직하고 지조는 굳으나 재능이 없는 사람은 그나마 아름다운 풍속을 지키고 후진을 양성할 수 있습니다. 이런 사람들은 특히 단점을 덜어내고 중도에 맞게 다듬은 다음 교양을 지니도록 꾸며준다면, 모두 쓸 만한 재목이 될 것입니다.

함께 일을 하기 어려워서 물리쳐야 할 인재

오직 재물만을 탐하고 여색을 좋아하며, 끊임없이 재물을 긁어 들이면서도 부끄러워하지 않는 사람은 아무리 생각해 보아도 쓸모가 없습니다. 재물을 탐하면 사회 정의를 해치고, 여색을 좋아하면 예의를 해칩니다. 또한 재물을 긁어 들이면 인을 해치고, 부끄러운 줄을 모르면 지혜를 해칩니다.

사람으로서 어질지 못하고 지혜롭지 못하며 예의가 없고 정의가 없는 사람은 바로 '교화를 통해 민심을 순박하게 하는 데 가뢰와 같은 존재'이므로 마땅히 물리치고 버려야 할 사람들입니다.

성인은 교화로 인재를 빚어내니

넷째, 정치를 통해 인재를 양성하는 방책에 관해 말씀드리겠습니다. 신은 이런 말을 들었습니다. "성인은 교화를 물레와 화로로 삼아 한 시대의 인재를 빚어내고 단련시킨다." 인재는 성인이라는 뛰어난 대장장이가 빚어내는 데 따라 여러 가지 그릇으로 바뀝니다. 성인의 교화는 불이 물체를 녹이는 것과 같습니다. 불기운이 약하면 물체가 녹지 않듯이 성인의 심기가 미약하면 교화가 이루어지지 않습니다.

그렇기 때문에 성인이 마음을 맑게 다스리고 교화를 숭상해서 어진 이를 격려한다면, 억지로 교화를 완성하려고[化成] 기대하지 않아도 저절로 교화될 것이고 만물이 제대로 자라나기를[化物] 기대하지 않아도 저절로 잘 자라날 것입니다. 그리하여 마침내 임금과 신하가 서로 공경하게[同寅協恭] 되어서, 태평성대 가운데서도 가장 커다란 공적을 누리게 될 것입니다. 이는 내 것을 덜어서 상대방에게 더하는 것이 아니라, 내 마음이면서 곧 누구에게나 다 같은 마음[同然之心]을 가지고서 상대방에게 본디부터 있는 이치를 깨닫게 하는 것이니, 그 사이에 어찌 치우침이 있겠습니까?

시대의 추세에 따라 인재를 구해야

『서경』에 이런 말이 있습니다. "저 이윤도 탕 임금과 함께 순수하고 한결같은 덕을 갖고 있기에, 천심에 들어맞게 되었습니다." 이윤을 기용한 사람은 탕 임금입니다. 탕 임금은 이윤의 도움을 받아서 천심에 들어맞게 되었던 것입니다.

『시경』에 이런 말도 있습니다. “선비들이 많고도 많아, 문왕이 이 때문에 편안하시네.” 인재를 양성한 사람은 문왕입니다. 문왕은 수많은 선비들에 힘입어서 나라를 편안하게 했습니다. 이것을 보면 인재는 정치의 도리를 저버려서는 안 되고, 임금은 현명한 인재를 찾는 것을 급선무로 삼아야 합니다. 잘 다스려지는 시대에 현명한 사람이 많은 것은 운명으로 정해진 것이 아니라 시대의 추세가 그렇게 만든 것입니다. 어지러운 시대에 간사한 사람이 많은 것은 운명으로 정해진 것이 아니라 시대의 추세가 그렇게 만든 것입니다.

지금 임금님의 책문을 받들어 읽어 보니, 인재를 여러 종류로 나누셨습니다. 그것은 마치 태양이 하늘에 떠 있으면 아무리 그윽한 곳이라도 다 비추고, 거울이 경대에 걸려 있으면 아름답고 더러운 모습도 저절로 드러나는 것처럼 너무나 정확하고 오묘하여서 하나도 빠진 것이 없습니다. 그래서 조정에 있는 신하들 가운데 유능한 사람은 스스로 분발하게 하고 무능한 사람은 부끄러운 줄 알게 했습니다. 여러 제왕들이 이 세상을 다스릴 때 지녔던 지극한 덕이 있다면, 반드시 그들이 이루었던 이상 정치도 이룰 수 있을 것입니다. 인재를 등용하고, 인재를 양성하고, 인재를 분별하는 세 가지 일에 더 이상 신이 덧붙일 말은 없습니다.

책문 속으로

연못에 발을 담근 정자처럼

소학과 대학을 나누어 가르친 까닭

유교의 전통적 교육체계는 소학과 대학이다. 소학에서는 물 뿌리고 청소하기, 사람을 상대하는 방법, 나아가고 물러나는 몸가짐과 같은 절도와 예절, 음악, 활쏘기, 수레몰기, 글씨와 글자 익히기, 숫자 셈하기와 같은 기술을 가르쳤다. 그리고 대학에서는 진리를 탐구하고 마음을 바르게 하며, 자기 몸을 닦고 남을 다스리는 수기치인을 가르친다. 한마디로 어린아이에게는 바른 몸가짐과 예절, 기본적인 생활기술을 익히게 하고, 자라서 성인이 되면 학문적인 이론과 지식을 가르친다.

그런데 요즘은 연하고 약한 어린아이의 머리에 온갖 지식을 잔뜩 우겨넣는다. 방법이 뒤바뀐 것이다. 초등학교에서 고등학교까지는 한 사

강희맹 사당

람으로서 세상을 보고 삶을 살아가는 방법, 스스로 공부하는 방법을 익히게 해야 한다. 그런데 고등학교 때까지 갖가지 지식을 주입해 놓으니 대학에 들어와서는 가까스로 얻은 해방감에 공부할 흥미를 잃어버린다. 그래서 정작 공부해야 할 때 공부의 재미와 의미를 잃고 공부와 멀어지게 된다.

교육에 대한 두 가지 생각

원래 교육敎育이란 글자에는 가르치고 길러서 선으로 이끌어간다는 뜻이 담겨 있다. 『설문해자』에 따르면 '교敎'는 위에서 베푸는 것을 아래에서 본받는 것이고, '육育'은 자식을 길러서 착하게 만드는 것이라 했다. 위에서 베푸는 것이란 어른이 모범이 되는 범례를 어린이에게 전달하는 것이고, 아래에서 본받는 것이란 어른이 전해준 모범을 어린이가 몸에 익히는 것이다.

일반적으로 사람들은 교육에 대해 두 가지 생각을 갖고 있다. 어린이가 스스로 가지고 있는 내면적인 재능을 이끌어낼 수 있도록 돕는 것과, 모범적인 인간으로 형성하는 것이다. 그러므로 교육방법도 두 가지로 나뉜다. 하나는 어린이가 스스로 타고난 능력을 끌어내어서 현실적인 능력으로 형성할 수 있도록 돕는 것이고, 다른 하나는 공동체나 그 민족의 삶의 바탕이 되는 사상이나 관습, 가치 또는 무형적 재산 등을 다음 세대에게 전달하는 것이다. 교육은 이 두 가지 방법을 절충하거나 서로 보완하는 방법으로 이루어진다.

그런데 계발이든 주입이든 거기에는 반드시 실제로 교육을 받는 어린이의 정신발달이 고려되어야 한다. 어린이는 정신적으로 성숙해 가는 과정에 있기 때문에, 가치를 객관적으로 이해하고 수용하는 능력이 부족하다. 어린이는 대상을 주관적이고 자기중심적으로 받아들인다. 따라서 점차 대상의 가치와 의미를 객관적으로 판단할 수 있도록, 정신의 발달을 도와주는 것이 필요하다. 어린이에게 어떤 종류의 가치가 바람직하고 어느 정도의 가치가 필요한지를 선택하고, 어린이가 그 가치를 자기 것으로 만들도록 돕는 교육철학이 필요하다는 점은 말할 것도 없다.

사교육의 나라는 평등사회가 아니다

교육은 현대사회에서 거의 유일한 소득재분배의 통로였다. 그러나 사교육비의 지출비율이 명문대 입학률로 그대로 이어지는 현실에서 이제는 교육마저도 수직적 계층구조를 확대재생산하는 수단이 되어버렸다.

최하위층의 사교육비 지출액수와 최고위층의 사교육비 지출액수가 1:17이나 된다고 하니 애초에 불평등하게 출발하는 셈이다. 많은 사교육비를 지불하고 어려서부터 특별교육을 받은 귀족의 자제들이 이른바 일류 명문대에 그대로 들어가고, 졸업하면 부모가 가지고 있던 지위와 특권과 재산을 그대로 이어간다. 몇몇 대학만이 '앞에서 끌어주고, 뒤에서 밀며' 우리나라를 짊어지고 나가는 것이다.

사교육이 공교육을 능가하는 사회는 이미 평등사회가 아니다. 그런데 불행하게도 사교육 문제를 해결할 방법은 없는 것 같다. 대학은 서열로 정해져 있으니 좋은 대학을 나와야 좋은 자리에 취직할 수 있다고 생각한다.

바로 이런 생각이 사회의 통념이 되어 있는 현실, 대학을 나온 고학력 실업자가 양산되는 인력 수급구조, 거대한 사교육 시장이 형성되어 있는 상황에서 TV 과외니 학생부니 온갖 보완책을 아무리 내놓아 봐도 '언 발에 오줌 누기'이다. 어쩌면 대한민국의 교육은 손을 대지 않는 게 그나마 차선책일지도 모른다.

민주 시민을 기르는 교육

교육은 국가가 필요한 인력을 공급하는 수단이 아니다. 교육의 고유한 기능 가운데 하나는 어린이가 한 성인으로서, 사회의 구성원으로서 주체적으로 살아갈 수 있도록 균형 잡힌 세계관과 건전한 의식을 갖도록 이끌어가는 일이다.

교육의 평등을 주장하면 국가가 필요한 고급 인재나 영재교육이 불가능하다고 반대하는 사람들이 있다. 교육의 평등이란 교육받을 기회를 누구에게나 공평하게 부여하자는 것이지, 피교육자의 능력을 평준화하자는 것이 아니다.

어린이의 개성을 키우고 잠재력을 발전시키기 위해서는 영재교육도 필요하지만 무엇보다 일반 시민 교육이 제대로 이루어져야 한다. 교육은 피교육자가 민주 시민의 한 사람으로 살아갈 기본역량을 갖추게 하려는 것이지 교육을 관장하는 권력이 피교육자의 능력을 키워서 이용하려는 것은 아니다.

연못에 발을 담근 정자

경복궁의 경회루 연못에는 나지막한 담에 기대어 있는 특이한 누각이 하나 서 있다. 보통 누각이나 정자는 네 기둥이 받치고 있거나, 아니면 기단基壇에 세워지는 게 보통이다. 그런데 연못에 세우는 누각은 돌기둥 두 개가 연못 속에서 누각을 떠받치고 있고, 누각의 몸체는 연못 둑에 올라 앉아 있게 한다. 마치 사람이 바짓가랑이를 걷고 연못에 발을 담그고 있는 형상으로 말이다. 창덕궁 부용지芙蓉池에 있는 부용정芙蓉亭도 같은 모습이다.

대체로 연못에 걸쳐진 정자가 이런 모습을 하고 있는 데는 사연이 있다. 『맹자』에 이런 구절이 있다. 어느 날 공자가 제자들과 공부를 하고 있는데, 이웃집 담 너머로 아이들이 부르는 노래 소리가 들려왔다. "창랑의 물 맑으니 갓끈을 씻고, 창랑의 물 흐리니 발을 씻는다네." 공자가 제자들에게 이렇게 말했다. "이 노래를 들어보아라. 물이 맑으면

경회루

사람들이 와서 갓끈을 씻고, 물이 흐리면 사람들이 와서 발을 씻는다고 하는구나. 갓끈을 씻느냐, 발을 씻느냐 하는 것은 물에 달려 있구나."

신분을 상징하는 갓끈을 씻느냐, 더러운 발을 씻느냐 하는 것은 물이 깨끗한가, 흐린가에 달려 있으니 오로지 물이 불러들인 결과라고 한다. 그러면서 사람이 모욕을 당하고, 집안이 무너지며, 나라가 망하는 것은 그 원인이 일차적으로는 자기에게 달려 있다는 말을 덧붙인다[自取]. 좋은 인재가 주위에 많기를 바란다면 인재가 저절로 찾아들도록 먼저 자기 몸을 닦아야 한다는 것이다.

군주가 덕을 숭상하면서 바른 몸가짐과 생각을 갖고 올바르게 판단하면, 군자가 모여들어서 나라가 발전한다. 하지만 사치와 향락을 즐기고 아첨과 참소만 받아들이고 충고를 받아들이지 않으면, 소인이 모여들어서 나라가 망한다.

그래서 궁궐을 산책하는 군왕이나 정원을 산책하는 선비가 주위에 군자가 모여 드는가, 소인이 모여 드는가 하는 것을 자기 탓으로 반성하라고, 연못에 발을 담그고 있는 정자를 세워두었다고 한다.

끝으로 강희맹이 남긴 시 한편을 싣는다.

꽃밭에 호미 메고 花園帶鋤

호미 메고 꽃 속으로 들어가 荷鋤入花底
김을 매고 저물녘에나 돌아오네 理荒乘暮回
발 씻기에 좋은 맑은 샘물이 淸泉可濯足
숲속 돌 틈에서 솟아나오네 石眼林中開

제3장

공약을 끝까지 지키는 정치

중종 책문

처음부터 끝까지 잘하는 정치는 어떻게 해야 하는가?

권벌 대책

쉬울 때 어려움을 생각하며, 작은 일에서 시작하여 큰일을 이루어야 합니다. 시작할 때는 마칠 때를 생각하고, 시작을 잘했으면 끝마무리도 잘해야 합니다.

이 책문은 권벌權橃이 1507년(중종 2)에 있었던 문과에서 제출한 책문으로 보인다. 책제와 대책의 주제에는 중종이 반정으로 권력을 잡고서 집권 초기에 부조리와 혼란을 종식하고 새로운 정치를 펼치기를 바라는 인민의 여망에 부응하기 위한 고민이 엿보인다.

권벌은 1478년(성종 9)에 태어나서 1548년(명종 3)에 죽었다. 자는 중허仲虛이고, 호는 충재冲齋 또는 송정松亭이며, 시호는 충정忠定이고, 본관은 안동安東이다. 조광조, 이언적 등과 교유했다. 중종 2년 증광문과에 병과로 급제했다. 기묘사화에 연루되어서 파직되었다가 복직되었으나, 또다시 양재역 벽서사건에 연루되어서 삭주朔州로 귀양 가서 죽었다.

책문

처음부터 끝까지 잘하는 정치는 어떻게 해야 하는가

1507년, 중종 2년 문과

임금님께서 다음과 같이 말씀하셨다.

예전에 『시경』「대아」의 시를 읽어보았는데, 이런 구절이 있었다. "처음에는 착하지 않은 이가 없으나, 끝까지 착한 이는 적기 때문이니라." 임금이라면 누구나 처음부터 마칠 때까지 잘하고 싶을 터이다.

그러나 비록 처음 시작은 잘했더라도 반드시 끝을 잘 맺는 것은 아닌데, 그 까닭은 무엇인가? 삼대의 거룩한 왕들은 처음부터 마칠 때까지 오래도록 평안하게 나라를 잘 다스렸는데, 그 비결은 무엇인가?

당 태종과 현종은 각각 정관貞觀[1] 당 태종 치세 기간인 627~649년 사이의 연호과 개원開元[1] 당 현종 치세 기간 중 713~741년까지 사용된 연호 연간에 나라를 잘 다스려서 칭송을 받았다. 그러나 당 태종은 결국 열 가지 폐단[十

漸之失]² 위징이 당 태종에게 정치개혁을 촉구하면서 지적한 열 가지 쇠퇴한 국면이 점차 드러났고, 현종은 천보天寶(742~756) 연간에 난리를 당했는데, 이 또한 무엇 때문인가?

나는 덕이 없지만 조상의 큰 기업을 물려받아 날이 밝기도 전에 일어나서 옷을 차려 입고, 해가 진 뒤에 저녁을 먹으며 부지런히 정치를 하려고 온갖 노력을 다하고 있지만, 오로지 끝마침을 잘하지 못할까 걱정이다. 어떻게 하면 태종이나 현종과 같은 잘못을 저지르지 않고 삼대처럼 융성하게 다스릴 수 있겠는가?

그대들은 저마다 온 마음으로 대책을 제시하여서, 가르침을 구하는 내 뜻에 부응하기 바란다.

대책

쉬울 때에는 어려움을, 시작할 때에는 끝을 생각하소서

권벌

신은 다음과 같이 대답합니다.

신은 이런 말을 들었습니다. "마음은 온갖 조화의 근본이고, 도는 바로 정치를 시행하는 도구이다." 그러므로 마음을 보존하여서 근본을 세우고, 도를 응용하여서 정치에 잘 이용한다면, 시작을 잘하고 끝을 잘 맺는 데 무슨 어려움이 있겠습니까?

주상 전하께서는 하늘의 밝은 명령을 받아 새로 보위에 오르셔서, 맨 먼저 급히 인재를 구하여 학문을 크게 일으켜서 이상 정치를 시행하려고 하십니다. 그래서 저희들을 대궐에 불러 모아서 시작을 잘하고 끝을 잘 맺는 방법에 관한 의견을 물으셨습니다.

또한 세 왕의 도를 참고하고 당 태종과 현종의 전성기 때 일을 되돌아보면서, 정성스럽게 아랫사람에게까지 의견을 구하여 삼대와 같이 융성하게 다스리고자 하십니다. 이로써 성인으로 자처하지 않고 좋은 의견을 애타게 구하시는 전하의 마음을 볼 수 있습니다. 신은 비록 어리석지만 마음을 터놓고 전하의 물음에 만에 하나라도 대답할까 합니다.

끝을 잘 맺지 못하는 정치

첫째, 처음에는 잘 시작했더라도 결국 끝을 잘 맺지 못하는 까닭을 말씀드리겠습니다. 신은 이 물음에서 처음부터 끝까지 조심하려는 전하의 성대한 마음을 봅니다.

신은 이런 말을 들었습니다. "처음 시작할 때는 잘하려고 하지만, 끝까지 잘하기란 어렵다." 옛날부터 임금이라면 누구나 시작을 잘하고 끝까지 잘 마치려고 합니다. 그러나 『시경』에서 말한 것처럼 비록 처음에 잘 시작했더라도 반드시 끝을 잘 맺는 것은 아닙니다.

공자는 이렇게 말했습니다. "붙잡으면 간직되고 놓으면 없어지며, 시도 때도 없이 드나들며 가는 곳을 알 수 없는 게 사람의 마음이다." 사람마다 마음은 붙잡고 놓는 것이 한결같지 않지만 선과 악이 모두 여기서 나뉩니다.

시작을 잘하는 사람은 마음을 보존할 수 있고, 끝에 가서 잘하지 못하는 사람은 마음을 잃어버립니다. 마음을 간직하고 잃어버리는 것에 선과 악이 결부되어 있으니 참으로 두려운 일입니다. 전하께서는 처음부터 끝까지 이 마음을 간직하여서 조금도 소홀히 하지 않으시기 바랍니다.

시작도 끝도 잘하는 정치

둘째, 삼대의 선왕들이 잘 시작하고 끝을 잘 맺어서 오래도록 잘 다스릴 수 있었던 비결을 말씀드리겠습니다. 신은 이 물음에서 왕도를 염두에 두고 삼대를 본받으려는 전하의 성대한 마음을 봅니다.

신은 예전에 고전을 통해 옛일을 살펴본 적이 있습니다. 그 가운데 "문명을 온 세상[四海]에 펼치고, 공손하게 순 임금을 이으셨다." 한 말은 우 임금이 시작을 잘했음을 말한 것입니다. 집안에서는 검소하고 나랏일은 부지런히 처리했으며, 제사 때 귀신에게 정성을 다하고, 물을 다스리고 땅을 정비하는 데 온 힘을 쏟았다는 말은 우 임금이 끝을 잘 맺었다는 것을 말합니다.

탕은 혁명을 일으켜서 하나라를 대체하여 상나라를 세웠는데, 도에 따라 편안하게 하는 것을 근본으로 삼았으니, 탕이 시작을 잘했음을 알 수 있습니다. 오로지 정치에 힘써서 하늘의 마음에 들어맞았으며, 너그럽고 어질어서 온 백성에게 신뢰를 얻었던 것에서 탕이 마무리를 잘했던 방법을 알 수 있습니다.

무왕이 은나라를 치고 맨 먼저 기자箕子를 방문했던 일에서 무왕이 시작을 잘했음을 알 수 있습니다. 백성에게 굳은 믿음을 주고 정의를 권장하며, 덕을 높이면서 관리들의 공적에 보답하고, 백성의 의식주 생활이나 상례와 제례를 중시한 일에서, 무왕이 마무리를 잘한 방법을 알 수 있습니다. 이런 점들은 바로 삼대의 정치가 지극히 융성하고 오랫동안 지속되어서 후세가 미칠 수 없었던 까닭입니다.

맹자는 이렇게 말했습니다. "탕왕과 무왕은 몸으로 실천하셨다." 그리고 『논어』에는 이런 말이 기록되어 있습니다. "처음과 끝이 한결같은 사람은 오직 성인뿐이다." 세 왕이 마음을 간직해서 도리를 잘 실천한 까닭은 바로 이런 점입니다. 전하께서는 이런 것을 법칙으로 삼아 한결같은 마음을 길이 지니시기 바랍니다.

시작은 잘했건만 끝이 나빴던 당 태종과 현종

셋째, 당 태종과 현종이 끝마무리를 잘하지 못한 사실에 대해 말씀드리겠습니다. 신은 예전에 이들에 관한 역사기록을 살펴보았습니다. 당의 태종은 총명하고 뛰어난 자질을 타고났습니다. 당시는 쇠퇴하고 어지러운 시대였지만, 태종이 진양晉陽에서 군사를 일으켜 잔인한 수를 몰아내고, 나라를 세운 뒤에는 떼도둑을 모두 소탕했습니다.

마침내 세상이 태평하게 되자, 정치에 온 힘을 쏟아 정관 시대에 융성한 정치[貞觀之治]를 이루었습니다. 그리하여 쌀 한 말에 서 돈[三錢]일 정도로 물자가 넉넉했고, 바깥문을 닫지 않아도 될 정도로 치안이 안정되었으니 융성한 시대라 할 만합니다.

현종은 종실의 겨레붙이를 동원하여 군사를 일으켜서, 정변으로 권력을 장악한 위씨韋氏를 죽이고 내란을 평정한 다음에 즉위했습니다. 맨 먼저 어진 재상을 등용하고 부지런히 정치에 힘을 써서 개원 시대의 태평한 정치[開元之治]를 이루었습니다.

길손들이 비록 만 리를 가더라도 양식을 지니고 다니지 않아도 될 정도로 인심이 넉넉했고, 호신용 무기를 갖고 다니지 않아도 될 정도로 치안이 유지되었으니 융성한 시대라 할 만합니다.

그러나 태종은 만년에 점차 끝마무리를 잘하지 못하였기에, 위징魏徵이 점차 드러나는 10가지 폐단에 관해 간언을 했습니다. 또한 현종도 천보 연간 이후에는 잘 다스려지던 나라가 어지러워져서 장구령張九齡이 근심스러운 일이 일어날 것이라고 예견을 했습니다. 이 두 군주는 모두 시작은 잘했지만 끝마무리를 잘하지 못했습니다.

신은 이들이 어떤 마음을 먹었기에 그렇게 되었는지 모르겠습니다. 『서경』에 이런 말이 있습니다. "정치에 일관성이 없으면, 무슨 일을 하더라도 흉하다." 전해지는 말에 이런 말도 있습니다. "흰 실은 물들이기 나름이다."

이런 점이 바로 당의 태종과 현종이 끝마무리를 잘해야겠다는 마음이 없어서 끝마무리를 잘하지 못했던 까닭입니다. 전하께서는 이들을 경계로 삼고서 이 마음을 버리지 마시기 바랍니다.

군자가 수레를 얻어 백성을 싣듯이

넷째, 끝마무리를 잘함으로써 삼대만큼 융성하게 다스리는 방법을 말씀드리겠습니다. 전하께서는 이전의 누구보다도 뛰어난 자질을 지니고 계시며, 『주역』의 원리로 말씀드리자면 마침 윗 괘의 셋째 양이 사라지고 깎이는 괘 곧 박괘剝卦 소인은 기세가 커지고 군자는 행동을 멈춤을 상징하는 괘에 해당하는 처지[3]에 계십니다.

전하께서는 즉위하기 전부터 어질다는 명성과 소문이 자자하였으니, 인심에도 부합하고 하늘의 명령도 받았습니다. 또한 조정과 백성의 추대를 받아 건괘乾卦 9·5효의 자리[4] 순수하게 양효만으로 이루어진 건괘의 아래에서부터 다섯째 효 곧 왕의 자리에 올라 오늘날에 이르셨습니다.

게다가 아침 일찍부터 밤늦게까지 몸소 부지런히 나라를 다스리기 위해 온 정성과 힘을 쏟고 계십니다. 세세한 문제에 이르기까지 조서를 반포하여서 홀아비나 과부처럼 의지할 데 없는 불쌍한 사람들이 고통을 당하지 않게[鰥寡無蓋] 하십니다. 또 자주 따뜻한 말씀을 내려서, 마치 마른 나무가 봄에 새순이 돋듯이 백성의 마음을 보살피십니다.

끝마무리를 잘한 삼대처럼

그래서 온 나라 사람들이 목을 길게 늘이고 살기 좋은 세상이 되기를 바라고 있으니, 삼대의 정치적 교화를 다시 볼 수 있을 듯합니다. 마침 아침 해가 떠올라 맑은 기운이 사방에 퍼져서 산천초목이 생기를 되찾는 것처럼 온 나라가 활기를 띠고 있습니다. 더욱이 전하께서는 타고난 거룩한 성품으로, 강건한 하늘을 본받아서 나라를 잘 다스리고 계십니다.

또한 놀이와 사냥을 즐기거나 음악과 여자를 전혀 가까이 하지 않으시고, 날마다 대신들과 정치의 도리를 강론하시며 조금도 게으르지 않고 부지런히 노력하시니, 전하께서 시작을 잘하고 계시다고 할 수 있습니다. 그런데도 혹시나 총명함이 미치지 못하고 사려가 이르지 못하여서, 하늘과 조상이 나라를 맡긴 뜻을 저버리고, 온 나라 사람들의 마음을 얻지 못하여서 끝마무리를 잘하지 못할까 걱정하고 계십니다.

이는 우왕와 탕왕이 근심하고 부지런히 힘쓰며 조심한 것이나, 문왕이 공손하고 경건했던 것과 한 마음이라 하겠습니다. 전하의 마음은 세 왕에 필적할 수 있고, 융성했던 삼대와 견줄 수 있습니다. 그런데 어찌 당 태종과 현종의 전철을 밟을까 염려하십니까?

성인과 얼간이의 싹

그러나 신은 순 임금이 우 임금에게 명령한 말을 들었습니다. "개인의 욕망을 따르는 인심人心은 위태하고, 보편의 도리를 따르는 도심道心은 은미하다. 정성스럽고 한결같은 마음으로 중도를 잡아야 한다."

인심은 사사로운 것을 생각하기는 쉬워도 공공을 생각하기는 어렵고, 도심은 밝히기는 어려워도 어두워지기는 쉽습니다. 순과 우 임금은 위대한 성인입니다. 이런 성인들도 이처럼 간곡하고 자세하게 훈계하고 깨우쳤으니, 어찌 조심하지 않을 수 있겠습니까?

『서경』에 이런 말이 있습니다. "지혜가 밝은 성인이라도 생각하지 않으면 분별없는 얼간이가 되고, 얼간이라도 생각을 하면 성인처럼 될 수 있다." 총명하고 지혜로운 성인이라도 생각하지 않으면 얼간이처럼 되고, 얼간이라도 생각을 할 수 있으면 성인에까지 이른다고 했으니, 생각이 신중한가, 아닌가에 성인과 얼간이의 싹이 보이는 것입니다. 그러니 어찌 조심하지 않을 수 있겠습니까?

한 나라는 한 사람을 주인으로 삼고, 한 사람은 한 마음을 주인으로 삼습니다. 규모로 말하자면 한 나라는 지극히 크고 한 사람은 지극히 작으니, 작은 것이 큰 것을 부릴 수 없을 듯합니다. 그러나 이치로 말하자면 한 나라가 비록 크지만, 군주의 마음도 큽니다. 큰 것이 큰 것을 움직이는 것은 그리 어렵지 않습니다.

쉬울 때 어려움을, 시작할 때 끝을 생각해야

군주는 마음을 크게 가져야 하는 까닭을 생각하지 않으면 안 됩니다. 마음이 싹트기 전에 간직하고 기르며, 싹텄을 때 반성하고 살펴서, 사물과 몸에 예속되지 말아야 합니다. 쉬울 때 어려움을 생각하며, 작은 일에서 시작하여 큰일을 이루어야 합니다. 시작할 때는 마칠 때를 생각하고, 시작을 잘했으면 끝마무리도 잘해야 합니다. 이 마음을 처음이나 끝이나 한결같이 유지한다면, 우리나라의 신하와 백성이 행복해질 것이고, 오래도록 나라가 잘 다스려져 편안해질 것입니다. 백익伯益은 순이 아직 정치상의 과오를 범하지 않았는데도 한가로이 놀지나 않을까 훈계했고, 태공太公은 무왕의 무훈이 크게 드러났을 때 단서丹書를 바쳤습니다. 신은 백익과 태공에 견줄 만한 인물은 아니지만, 잘잘못을 진술하는 것이 저의 직분입니다. 이것은 바로 신이 임금님을 요순임금처럼 받들겠다는 지극한 마음입니다.

신은 비록 시골에 묻혀 살면서도 임금님을 잊은 적이 없는데, 하물며 직접 질문을 하시니 어찌 아무 말도 하지 않을 수 있겠습니까? 저의 어리석은 주장은 실은 모두 마음에서 나온 것입니다. 전하께서는 제 말을 천박하고 저속하다고 여기지 말고 살펴보시기 바랍니다.

신은 오히려 시작의 마음을 말씀드리니

전하께서 책문의 끝에서 또 이렇게 말씀하셨습니다. "그대들은 저마다 온 마음으로 대책을 제시하여서 가르침을 구하는 내 뜻에 부응하기 바란다."

신은 또 이런 말도 들었습니다. "조정은 한 나라의 근본이고, 임금은 조정의 근본이며, 임금의 마음은 또한 임금의 근본이다. 그러니 마땅히 즉위한 처음에 조심해야 한다." 마음을 간직하는 요령은 경건에 있고, 경건의 요령은 혼자 있을 때 조심하는 데에 있을 뿐입니다.

이윤은 태갑太甲에게 이렇게 경고했습니다. "하느님은 친하게 대하는 사람이 따로 없습니다. 오직 경건한 사람을 친하게 대해줄 뿐입니다." 그리고 소공召公은 성왕成王에게 이렇게 경고했습니다. "임금님께서는 경건하게 일을 처리하십시오. 경건하게 정치를 하지 않으면 안 됩니다." 이런 경고는 모두 같은 뜻을 갖고 있습니다. 『대학』에서 말하는, 뜻을 성실하게 하는 것이나 마음을 바르게 하는 요령도 모두 경전에 근본이 있습니다.

전하께서는 정성스럽고 한결같음의 오묘한 이치를 밝히기 위해 더욱 노력하시고, 편안히 도에 뜻을 두어서 경건하지 [15]않은 때가 없도록 하셔야 합니다. 그리 되면 참으로 우리나라가 끝없이 편안하게 될 것이며, 왕의 사업이 면면히 이어질 것입니다. 전하께서는 끝마무리를 잘하는 것에 대해 염려하고 계신데, 신은 오히려 잘 시작하는 것으로 대답했습니다. 그것은 시작이 잘 되었다면, 끝마무리도 또한 잘될 것이기 때문입니다. 시작이 잘못되었는데, 끝에 가서 마무리를 잘하는 경우란 없습니다.

저처럼 어리석은 시골 선비가 어찌 가르침을 구하는 전하의 뜻에 부응할 수 있겠습니까? 그러나 꼴꾼이나 나무꾼의 말도 성인은 가려서 썼다고 합니다.[5] 함부로 이것저것 떠들고 거칠게 대답했습니다. 전하께서 헤아리시기 바랍니다. 삼가 대답합니다.

책문 속으로

닭실마을과 충재공 권벌 이야기

경상북도 봉화군 닭실마을

답사여행이라는 새로운 여행문화를 개척한 유홍준 씨도 차마 건드릴 수 없어서 그냥 지나만 갔다는 경상북도 봉화군! 그 봉화의 읍 소재지에서 울진으로 가는 국도로 들어서서 나지막한 고개를 하나 넘자마자 왼편으로 펼쳐지는 마을이 조선의 10대 길지 가운데 하나라는 닭실마을이다.

한자말로는 유곡酉谷! 이 길은 지금 국도로 되어 있고, 국도 옆으로 영동선 기찻길이 놓여 있다. 하지만 원래 닭실마을로 들어가는 길은 이 길이 아니었던 듯하다. 봉화 읍내를 동북에서 남서로 비스듬히 가로지르는 하천이 낙동강의 지류인 내성천乃城川인데, 이 내성천은 물야物野

쪽에서 내려온다. 이 내성천을 건너서 영동선이 달려가는 철교 밑에서 내성천과 섞이는 작은 개울이 흘러내리는데, 이 개울을 따라 들어가면 청하동천靑霞洞天이라고 광초狂草로 휘갈겨 쓴 동구바위가 나오고 울퉁불퉁 바윗길과 뿌리가 드러난 낙락장송을 벗삼아 오르락 내리락 나아가면 솔숲으로 비쳐든 석양을 받으며 고즈넉히 맞은편 개울가에 석천정사石泉精舍가 앉아 있다.

그 석천정사를 지나 돌길을 따라 산모롱이 자락길을 돌아들면 별안간 넓은 들이 나온다. 마치 어부가 난데없이 떠내려 오는 복사꽃을 따라 인적이 끊어진 시내를 거슬러 올라갔더니 조그마한 동구가 나오고, 그 동구를 따라 들어가니 무릉도원이 펼쳐지더라는 격이다. 원래 닭실마을은 이렇게 무릉도원 들어가듯이 들어갔을 터이다. 닭실마을 앞을 흐르는 개울이 울진 가는 국도를 따라 이어지는 들판은 전형적인 산골오지인 봉화에서는 꽤 큰 들에 속한다.

충재공 권벌의 후예들

신령스러운 닭이 알을 품는 형국이라는 이 닭실마을의 주인은 그곳에서 달실(닭을 달이라고 한다) 권씨로 불리는 안동 권씨이다. 지금도 닭실마을은 안동 권씨들이 대대로 사는 양반마을, 곧 반촌班村이다. 관청의 공무원들도, 남녀 초등학교는 물론 중·고등학교 선생님들도 닭실 권씨들이 많았다. 나에게 한문을 가르쳐주신 선생님도 닭실 권씨였다.

닭실에 처음 터를 잡고 안동 권씨의 마을을 연 사람이 바로 충재공 권벌이다. 권벌이라는 이름은 중학교 다닐 때부터 자주 들었던 이름이다. 권벌이 늘 지니고 다니던 『근사록近思錄』이 보물로 지정되어서 그 사진을 학교에 걸어두었고, 1년에 한두 차례 이 석천정사에 청소를 하러 다녔기 때문이다.

내 고장 문화재를 돌보고 가꾼다는 교육적 명목이었지만, 우리는 그저 수업 안 하고 노는 게 좋아서 소풍 다니는 기분으로 다녔지, 정작 권벌이 누구인지, 석천정사의 건축미와 역사성이 어떤 것인지는 관심이 없었다. 청소를 하느라 이리저리 계곡을 휘젓고 석천정사에 올라갔다가 선생님들로부터 야단을 맞기도 했다.

경상도 북부지역에는 골골이 집성촌이 흩어져 있어서 집성촌을 이루는 집안은 반촌이라고 불렀고, 집성촌에 들어와 사는 타성바지들은 민촌民村이라고 불렀다. 민촌은 흔히 다른 곳에서 들어와 새로 마을을 이루었기 때문에, 새마(을)니 건넌마(을)니 골마(을)니 하고 불렀다.

집성촌과 타성바지

어떤 경우 반촌과 민촌은 말이나 습성도 달랐다. 예컨대 집과 집 담장 사이 조그마한 길을 한쪽에서 '골목'이라 부르면 다른 쪽에서는 '고샅'이라 부른다든지, 한쪽에서 결혼을 '혼인'이라 한다면 다른 쪽에서는 '이바지 먹는다'라고 하는 식이다. 풋고추를 집어들고서 장에 찍어먹는 방법도, 만두 속에 넣는 소도 아래 윗마을이 달랐다. 이렇게 말이나 습성을 달리 하는 것은 반촌의 우월 의식과 신분차별 의식에 지나지 않는다.

어쨌든 이런 반촌들 가운데는 퇴계 이황과 그 형제들의 후손인 진성 이씨, 농암 이현보의 집안인 영천 이씨, 학봉 김성일의 집안인 의성 김

도산서원

씨, 서애 유성룡과 형제들의 집안인 풍산 유씨, 갈암 이현일의 집안인 재령 이씨, 고려 때 학사 금의의 집안인 봉화 금씨, 충재공 권벌의 집안인 안동 권씨, 광산 김씨, 예안 김씨라고도 하는 선성 김씨, 안동 김씨, 풍산 김씨, 순흥 안씨, 고성 이씨, 진주 강씨, 왕비를 많이 배출했다고 우스개로 치마양반이라고도 불리는 청송 심씨와 파평 윤씨, 한양 조씨 등등, 떠르르한 양반들이 이 마을 저 골짜기에서 서로 주인입네 하고 행세했고, 그 사이에 영양 김가 우리 집안도 한 골짜기를 차지하고 살았다.

혼인을 해도 반촌은 반촌끼리 민촌은 민촌끼리 혼인하는 것이 관례였다. 집을 달리 부르는 이름인 택호宅號도 민촌에는 없었다. 큰 벼슬을 한 사람이 나오거나 큰 선비가 있으면 그분의 호를 가지고 택호를 삼기도 하지만, 흔히 여주인이 시집오기 전에 살던 마을 이름을 택호로 삼았다. 예를 들어 '닭실'에서 시집을 온 경우엔 그 집과 안주인을 '달실댁'이라고 부르고, 그 집 남자 주인을 '달실 양반'이라고 부르는 식이다.

같은 마을에서 시집을 오고, 장가 드는 일이 많았기 때문에 택호가 같은 집이 여럿 있었다. 그들은 모두 '아무개 아지매, 아재', '아무개 할매, 할배'로 불렀다. 굳이 구별할 때는 '큰 아무개 아지매', '작은 아무개 아지매'로 구분하는 정도였지, 호칭 때문에 헷갈릴 일은 없었다. 민촌에서는 아이의 이름을 따서 '아무개네'라거나 남자나 여자의 별호를 따서 부르는 것이 고작이었다. 권벌의 집안은 권벌이 중종에서 명종 초까지 높은 벼슬을 했기 때문에 아마 충재댁이라고 불렀던 것 같다.

아무개 할배들

닭실마을 아이들은 모두 안동 권씨였기 때문에 서로 집안 간이었고, 모두 충재공 권벌을 '충재 할배(할아버지)'라고 불렀다. 진성 이씨들은 퇴계 이황을 모두 '퇴계 할배'라고 부르고, 의성 김씨들은 학봉 김성일을 '학봉 할배'라고 부른다. 집안의 현달한 조상은 모두 이렇게 그분의 호를 붙여서 '아무개 할배'라고 불렀다. 그러면서 다른 집안에 대해 자기 집안의 우월감을 느끼고, 위대한 '아무개 할배'의 자손이라는 동질감과 유대감을 느끼는 것이다.

1년에 한 번씩 시사時祀 때가 되면 온 집안의 어른 아이 모두 모여서 이 산 저 봉우리에 있는 문중 선조의 산소를 다니며 제사를 지낸다. 제사를 마치고 나서 위토를 부치며 산소를 돌보고, 제사 음식을 수발하는 재궁齋宮이라고도 하는 재사齋舍에 모여서 음복을 할 때면, 이 방 저 방 할 것 없이 수염 허연 문중 어른들로부터 '아무개 할배' 이야기를 귀가 따갑도록 듣는다.

어려서는 해마다 조금도 바뀌지 않고 반복되는 '아무개 할배' 이야기를 듣는 것이 짜증나서, 나는 이 다음에 커서 제발 저러지 말아야지 하고 결심했다. 하지만 어느덧 '아무개 할배' 이야기를 저절로 손아래 사람들에게 할 때가 되면, 나도 남들처럼 똑같이 늙는구나 하고 느끼게 된다. 이렇게 문중을 구심점을 삼아 태어나고, 자라고, 시집 장가 가고, 아이 낳고, 부모님 상을 치르고, 아이들 출가시키고, 늙어 가는 것이 이곳 사람들의 한 평생이었다.

아무개 할배가 없는 아이들

경상도 안동지역에는 이런 우스개가 전한다. 어떤 사람이 저승에 가서 퇴계 선생을 만났다. 퇴계 선생이 바싹 말라 계셨다. 그래서 깜짝 놀라서 여쭈어보았다. "아니 선생님은 불천위不遷位로 후손들이 대대로 제사를 지내주시는데, 왜 그렇게 말라 계시니껴?" 그랬더니 퇴계 선생이 이렇게 대답했다. "아이고, 말도 말게. 후손들이 나를 얼마나 뜯어먹는지." 일본에 거주하는 윤학준이라는 이의 『나의 양반문화 탐방기』에 나오는 이야기이다.

'충재 할배'든 '퇴계 할배'든 자랑할 '할배'가 없는 평범한 집안의 아이들이나 민촌의 아이들은 내심으로 '아무개 할배'를 들먹이며 젠 체하는 반촌의 아이들이 밉살스러웠다. 그래서 '충재 할배가 어쩌고' 하면 '충재 할배가 언제 사람인데 네 할배냐?' 하고 면박을 주기도 했다. 그래도 '충재 할배'가 없는 아이들의 열등감은 영영 가시지 않았다.

통학버스나 기차를 타고 멀리서 닭실마을을 빙 돌아 갈 때면 고래

등 같은 큰 기와집이 배산임수背山臨水로 떡하니 버티고 앉아서 주위로 해묵은 크고 작은 기와집과 초가집을 옹기중기 거느리고 있는 것을 보면서 주눅이 드는 것은 사실이었다. 그런데 이제는 '충재 할배'를 들먹일 아이들도, '충재 할배'가 없어서 주눅이 들 아이들도 거의 남아 있지 않다. 또 그럴 시대도 아니고….

그래도 '충재 할배'는 아직도 살아계시다. 닭실한과가 명절 때만 되면 명품으로 백화점 광고지에 빠지지 않고 등장하는 것을 보면 말이다. 하기야 '퇴계 할배'는 지폐에까지 올라 계시니 '퇴계 할배' 없이는 한시도 살 수 없게 되었다.

'처處' 자 때문에 불합격되다

권벌은 27세가 되던 연산군 10년(1504)에 과거에 급제했으나, 책문에 '처處'자가 있어서 합격이 취소되었다. 연산군 시절에 여러 대의 임금을 아주 충성으로 모신 김처선金處善이라는 내관이 있었다. 연산군이 왕이 되어서 정치는 돌보지 않고 황음무도하고 못하는 일 없이 패륜하며 방탕하게 굴자, 이를 보다 못한 김처선이 여러 번 바른 말로 충고를 했다.

언젠가는 용상을 가리키면서 "이 자리가 아깝다."라고까지 했다고 한다. 죽을 각오를 하고 바른말을 올리자 연산군이 활을 쏘아서 김처선을 죽였다. 그러고는 김처선의 이름 글자인 '처선處善'이라는 두 글자를 쓰지 못하도록 명했다. 그런데 권벌의 책문에 '처'자가 들어 있어서 뒤늦게 합격이 취소되었던 것이다.

그 뒤 30세 되던 중종 2년에 과거에 합격하여 벼슬길로 나아갔다.

중종의 개혁정치에 적극 참여했으나 개혁파와 훈구파의 갈등이 점차 표면화하는 것을 보고는 외직으로 나갔다. 기묘사화에 연루되어서 삭탈관직을 당하고 닭실마을에 처음으로 터를 잡았다. 10여 년을 재야에 있다가 56세 되던 중종 28년(1533)에 원래 받았던 직첩職牒을 되돌려 받았다.

권벌의 상징,『근사록』

권벌이 63세가 되던 해(1540) 중종은 경회루에서 잔치를 열어 문무백관들과 흥겹게 놀았다. 잔치가 끝났을 때는 얼마나 흥겹게 놀았는지, 서로 붙들고 부축해야 할 정도로 모두들 만취했다.

뒷정리를 하던 내시가『근사록』한 권을 주워서 임금께 바쳤다. 임금은 그것을 보고 "권벌이 떨어뜨린 책이 분명하니 곧 돌려주도록 하라." 했다. 충재공 권벌의 유물 가운데 보물로 지정된『근사록』이 그 책인지는 모르지만 아무튼『근사록』은 권벌의 상징처럼 되었다.

나중에 정조가 권벌의『근사록』을 가져다가 보고 "지금 이 책을 보아도 아무런 표시가 없어서 누구의 책이라고 할 만한 증거는 없다. 그러나 중종대왕이 곧바로 권벌의 책이라고 하면서 돌려주라고 하신 것은, 대왕이 밤낮으로 찾고 대면하여서 자문을 구할 때, 권벌의 대답이 모두 이 책의 정밀하고 깊은 뜻에서 나온 것이기 때문이었다." 하고 칭송했다.

권벌, 무릎을 안고 벽에 기대어 탄식하다

권벌은 인종이 즉위한 뒤에는 기묘사화로 희생된 억울한 선비들을 신

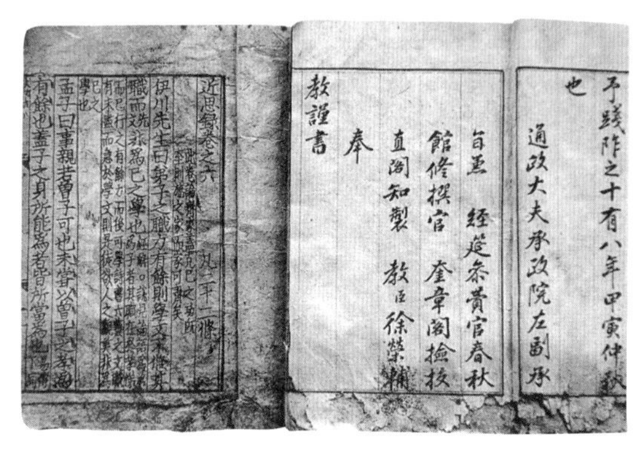

근사록

원할 것을 청했고, 명종이 즉위하자 명종과 섭정을 맡은 문정왕후에게 당시의 절박한 정무를 10조목으로 정리하여서 상소를 올렸다. 윤원형이 이기, 정순붕, 임백령 등과 모의하여 윤임, 유관, 유인숙을 제거하고 사림에게까지 화를 입히려고 했다. 이에 권벌은 이들을 구하려고 대신을 쫓아내려 한다면 죄명을 분명히 해야 하며, 새로 왕이 즉위한 지 한 달도 못 되어서 선왕의 대신들을 제거한다는 것은 옳지 못하다고 주장했다. 원래 초고에는 '대비는 한 사람의 부인일 뿐이고, 임금님은 6척 되는 어린아이일 뿐인데, 선왕의 대신을 내쫓아 귀양을 보내는 데 죄명조차 분명하지 않습니다. 만일 윤임이 두 마음을 먹었다면, 왜 인종 임금이 돌아가신 직후에 거사를 하지 않다가, 왕이 정해진 지금에 와서야 딴 계획을 세웠겠습니까?' 하고 따졌다.

그의 말투가 너무 과격해서 이언적李彦迪이 그대로 올리면 재앙만 더욱 도발시킬 뿐이라고 하면서 붓을 들어 위험하다고 생각되는 구절을 뭉개버렸다. 권벌은 무릎을 안고 벽에 기대어 탄식했다. "당연히 할 말을 이같이 깎아버린다면 차라리 계사啓辭를 올리지 않는 편이 낫지 않겠소?" 했다. 이언적은 "지금 이런 판국에 직언을 하여서 화를 도발하는 것은 나라에 이익이 될 것이 없소." 하고 초고를 다시 정리하여서 올렸다. 결국 윤임을 비롯한 대윤파 세 사람은 사약을 받았고, 권벌은 파직을 당했다.

양재역 벽서사건과 율곡의 평가

70세가 되던 명종 2년(1547)에 양재역 벽서사건이 일어나 권벌은 삭주로 귀양 갔다가 이듬해 죽었다. 양재역 벽서사건이란 윤원형 일파가 조작한 사건이다.

어느 날 당시 부제학이었던 정언각鄭彦慤이 양재역에 나붙은 익명의 글을 가져와서 바쳤다. 여자 군주가 위에서 집정을 하고 이기와 같은 간신들이 아래에서 정권을 농락하고 있으니 나라가 금방 망할 것이라는 내용이었다. 문정왕후가 이 글을 이기와 정순붕 등에게 보여서 을사사화에 연루된 사람들을 다시 가중처벌을 하게 되었던 것이다.

이이는 경연에 참여하면서 보고 들은 내용을 기록한 『경연일기經筵日記』에서 권벌에 대해 다음과 같이 평가했다. "사람을 평가할 때는 먼저 그 사람의 큰 절도를 판단하고 나서 그 다음에 세세한 행위를 논하는 것이 옳다. 권벌과 이언적 두 분은, 평소 행실을 반듯하게 하는 데는 권벌이 이언적을 따르지 못했으나, 재앙을 당하여서 꿋꿋하게 절개를 지키는 데는 이언적이 권벌에게 양보해야 할 것이다."

조선공사삼일朝鮮公事三日

이 책문의 시대적 상황은 중종이 반정을 일으킨 직후이다. 연산군 때의 방탕하고 타락한 정치를 혁신하고 개혁을 지향하던 무렵이었다. 이 책문에서도 연산군의 말기적 병폐를 거울삼아 처음부터 끝까지 정치를 일관되게 잘 이끌어야 하겠다는 의도를 읽을 수 있다.

처음에 시작은 잘했지만 끝까지 일관되게 지속할 수 없는 까닭, 당 태종과 현종이 개혁을 통해 중흥을 이루었지만 끝내 폐단이 나타나게 된 까닭, 그리고 정치를 융성하게 이끌어갈 수 있는 비결 등에 관해 묻고 있다.

이에 대해 권벌은 마음을 보존하여서 근본을 세우고, 도를 응용하여서 정치에 이용해야 한다고 전제한다. 그러고는 마음을 끝까지 한결같이 유지하여서 위대한 제왕들의 선례를 본받고 실패한 왕들을 거울삼아 정치의 결실을 거두어야 한다고 했다.

'조선공사삼일朝鮮公事三日'이라는 말을 중학교 한문시간에 충재공의 후손인 권세기 선생님께 배운 적이 있다. 원래는 고려 말에 정치가 혼란하고 부정부패하여 관청의 행정명령이 자주 바뀌고 체계가 없는 것을 비꼬아 '고려공사삼일高麗公事三日'이라고 했는데, 조선으로 바뀌면서 '조선공사삼일'이라는 말이 되었다고 한다.

조선으로 이름만 바뀌어서 여전히 같은 뜻으로 쓰인 것을 보면, 시대가 바뀌어도 관료주의의 부패는 여전했던가 보다. 아침에 내린 명령을 저녁에 바꾸는 격인데, 그만큼 정책에 일관성이 없고 수시로 바뀌면 정책을 믿을 수 없다.

『논어』에서 공자는 자문子文이라는 사람에 대해 자기가 맡아보던 행정업무를 새로운 책임자에게 인수인계를 잘하였다고 하여 충직하다고 평가했다. 공자가 자문을 충직하다고 평가한 것은 정책의 일관성을 중요하게 보았기 때문이 아닐까?

정책의 일관성은 정책이 신뢰를 받는 가장 기본적인 요건이다. 반정으로 들어선 정권은 이전 정권과 다르다는 점을 돋보이게 하려고 더 의욕적이고 참신한 정책을 많이 실시하지만, 개혁에 탄력이 떨어지면서 결국에는 용두사미가 되곤 했다. 표어가 거창하고 보편적 가치를 지향하는 것일수록 더욱 그렇다.

역주

1 **정관貞觀, 개원開元**

정관은 당 태종의 치세 기간인 627~649년 사이의 연호이다. 당 태종은 중국 역사상 가장 뛰어난 영웅으로 일컬어진다. 수 말기 양제煬帝의 폭정으로 여러 곳에서 농민의 봉기가 일어나고, 국가가 붕괴하려는 기색이 짙어지자, 태원太原 지역의 군사령관이었던 아버지 이연李淵을 설득하여 군사를 일으켜 당을 세웠다. 각 지역의 군웅을 평정하고 국내를 통일했을 때 그는 겨우 20세였다고 한다.

황태자인 형과 아우를 죽이고, 고조高祖의 양위를 받아 즉위했다. 투르크를 비롯한 이민족을 제압하고 주변 부족을 복속시켜서 번한藩漢체제를 구축했다. 태종은 수 양제의 실패를 거울삼아 백성을 위한 정치에 힘썼다. 위징魏徵, 방현령房玄齡, 두여회杜如晦와 같은 명재상과 이정李靖, 이적李勣 등 명장을 거느리고 태평성대를 이루었다. 그의 치세는 '정관 때의 정치[貞觀之治]'라 하여 후세의 모범이 된다. 태종과 신하들이 정책을 토론한 내용을 기록한 책이 바로 『정관정요貞觀政要』이다. 말년에는 고구려 원정에 직접 나섰다가 실패했고, 사망한 뒤에는 정권이 측천무후則天武后에게 넘어갔다. 태종은 학문과 문화를 아꼈고 글씨에도 뛰어났다. 전대의 왕조사 정리와 『오경정의五經正義』의 편찬을 명했으며, 왕조사 가운데 『진서晉書』의 일부는 직접 집필하기도 했다. 왕희지王羲之의 글씨를 좋아하여 그의 명필 『난정서蘭亭序』를 죽은 뒤 무덤에 넣어달라고 유언했는데, 여기서 '난정순장蘭亭殉葬'이라는 고사성어가 생겨났다.

개원은 당 현종의 치세 기간 가운데 713~741년까지 사용된 연호이다. 현종은 이름이 이융기李隆基이며 당 명황唐 明皇으로 알려져 있다. 예종睿宗의 셋째 아들로서 9세에 임치왕臨淄王으로 봉해졌다. 고종의 비인 측천무후가 권력을 빼앗아 무주정권武周政權을 세웠다가 죽은 뒤 중종中宗이 복위하였지만, 그도 황후 위씨韋氏와 딸 안락공주安樂公主에게 독살당했다. 위 황후는 중종의 넷째 아들을 제위에 오르게 하고 섭정을 했다. 중종의 조카인 이융기가 710년 군사를 일으켜서 위씨와 일당을 제거하고, 아버지를 즉위시키고 자기는 황태자가 되었다. 712년에 아버지 예종의 양위를 받아 제위에 올랐다. 그와 대립하던 태평공주太平公主 일파를 제거하고, 유능한 인재를 등용하여서 내정을 쇄신했다. 조운漕運과 둔전屯田 등을 정비하여 경제를 충실하게 하고, 부병제府兵制 대신 모병제募兵制를 채택했다. 밖으로는 동투르크와 티베트 등을 제압하여 국경의 방비를 강화하고, 부국강병에 힘썼다. 당이 가장 평화와 번영을 구가하던 이 성당盛唐의 시기를 '개원의 치세'라고 한다. 그러나 말년에는 양귀비와 향락을 일삼으면서 국사가 피폐해지고, 양귀비 일족의 전횡과 모병제로 인한 각지의 절도사들의 세력 강화 등으로 혼란에 빠졌다. 755년 안록산의 난으로 현종은 장안을 탈출하여 촉으로 피신했다. 이듬해 아들 숙종肅宗에게 양위하고 상황上皇으로 장안에 돌아왔으나 유폐된 채 지내다가 죽었다. 당 현종과 양귀비 사이의 사랑을 서사시로 쓴 것이 백거이의 「장한가長恨歌」이다.

2 열 가지 폐단[十漸之失]

당 태종은 창업보다 수성이 어렵다는 사실을 알고, 위징, 방현령과 같은 재능이 탁월한 재상을 발탁하여서, '정관의 치세'라는 태평성대를 이루었는데, 세상이 평화로워지자 점차 초기의 긴장을 잃어버리고 해이해졌다. 그래서 위징이 정관 초기의 참신한 정치와 당시의 현실을 비교하여, 태종에게 열 가지 점차 쇠퇴한 국면을 제시하여서 정치개혁을 촉구했다.

3 박괘剝卦에 해당하는 처지

박괘는 아랫괘가 땅을 상징하는 곤(☷), 윗괘가 산을 상징하는 간(☶)으로 되어 있어서, 산지박山地剝괘라고 한다. 박괘는 특히 열두 달을 상징하는 '12소식괘十二消息卦' 가운데 9월에 해당한다. 소식消息이란 시간의 흐름이 영원히 순환하는 것을 나타내는 말인데, 소란 음기가 줄어드는 것이고, 식이란 양기가 자라나는 것이다. 음과 양이 서로 작용하여서 1년 열두 달을 이루는데, 양이 자라나면서 음이 줄어들고, 음이 자라나면서 양이 줄어드는 것을 괘로 표현한 것이 12소식괘이다. 맨 아래 효가 양이고 나머지가 모두 음인 복괘復卦를 동지로 하여 임臨, 태泰, 대장大壯, 쾌夬, 건乾, 구姤, 둔遯, 비否, 관觀, 박剝, 곤坤의 순으로 진행된다.

박괘는 맨 위 효만 양이고 나머지는 모두 음이어서, 곧 양이 벗겨질 형국을 나타낸다. 그래서 벗겨진다는 뜻에서 박괘라고 이름을 붙였다. 박은 만물이 쇠락하는 것을 나타내며, 소인은 기세가 커지고 군자는 행동을 멈추는 괘이다. 박괘의 「대상전」에서 이렇게 말한다. "산이 땅에 붙어 있는 것이 박괘의 상象(이미지)이다. 윗사람은 이를 본받아 아래를 두텁게 하여 집을 편안하게 한다." 아래는 백성이다. 지도자가 아랫사람의 처지를 잘 살피고 보살펴주어서 아랫사람이 잘 살아야 자기 자리가 튼튼할 수 있다는 뜻이다. 뿌리가 튼튼해야 나무가 잘 자라듯이 백성의 생활이 안정되어야 나라가 번영할 수 있다. 박괘의 마지막 효인 상 · 9의 효사는 "큰 열매는 먹지 않는다碩果不食. 군자는 수레를 얻고, 소인은 띠집을 벗겨버린다."이다. 박괘의 상 · 9 효는 아래에서 치고 올라오는 음에 의해 양이 줄어들고 마지막으로 남은 양효이다. 이마저 벗겨지면 양효는 하나도 없게 된다. 그래서 군자는 맨 꼭대기에 마지막으로 남은 큰 열매를 따먹지 않고 두는 것처럼, 홀로 지조를 지키고 원기를 보존한다. 음이 성하면 성할수록 양을 바라는 희망이 커진다. 그래서 군자는 민중의 추대를 얻어 수레를 타고 나아갈 것이고, 소인은 왕성하게 기세를 부리다가 마침내 집안마저도 망쳐버리게 된다.

4 건괘乾卦 9·5효의 자리

건괘는 순수하게 양만 있는 순양純陽괘이다. 하늘·아버지·임금을 상징한다. 괘의 여섯 효는 저마다 자리에 배당되는데, 초효는 백성, 2효는 선비, 3효는 대부, 4효는 공公과 경卿, 5효는 임금, 맨 위의 상효는 은퇴한 왕 또는 정신적 지도자를 가리킨다. 특히 건괘 9·5효는 임금을 상징한다. 그래서 임금을 다른 말로 '구오지존九五之尊'이라고도 한다. 효의 이름을 붙일 때는 9와 6을 써서 양과 음을 나타낸다. 9는 양의 대표수이고, 6은

음의 대표수이다. 처음 효가 양효이면 초·9初九, 음효이면 초·6初六이라 하고, 둘째 효가 양효이면 9·2, 음효이면 6·2, 이렇게 해서 맨 위 효가 양효이면 상·9上九, 음효이면 상·6上六이라 한다. 9·5는 다섯째 양효라는 뜻이다.

5 꼴꾼이나 나무꾼의 말도 성인은 가려서 썼다고 합니다

문집 원문에는 빠진 글자가 있으나 진술한 내용을 받아들이라는 사투적인 내용인 듯하다.

제4장

이상 정치를 실현하는 방법

중종 책문

오늘과 같은 시대에 옛날의 이상 정치를
이룩하고자 한다면 먼저 무엇에 힘써야 하겠는가?

조광조 대책

모든 일이 참된 마음에서 나와야만,
행정이 실효를 거두고, 기강이 떳떳하게 서며,
법도가 법조문에만 치우치지 않게 되는 것입니다.

시대적 배경

이 대책은 조광조趙光祖가 1515년(중종 10) 알성시에서 제출한 것이다. 알성시는 특별히 실시하는 별시의 하나로서 왕이 성균관의 문묘에 참배하고 기념하여 시행하는 과거이다. 이 시험에 합격하면 알성급제라 하여서 선비들이 큰 영예로 여겼다. 알성시인 만큼 책제도 공자의 정치적 포부를 본받는 문제를 묻고 있다.

조광조는 1482년(성종 13)에 태어나서 1519년(중종 14)에 죽었다. 자는 효직孝直이고, 호는 정암靜庵이며, 시호는 문정文正이고, 본관은 한양이다. 김굉필의 문인이다.

1510년에 사마시에 합격했고, 1515년 알성시에 을과로 급제했다.

조광조는 성리학의 이념을 현실에서 구현하기 위해 도학정치를 표방하고 개혁을 추진했다. 그러나 너무 급진적인 개혁을 시도하다가 기득권을 지키려는 훈구세력이 일으킨 기묘사화에 희생당했다. 이 사화로 조광조를 필두로 정계에 진출하여서 참신한 정치를 펼치려던 사림 세력이 좌절하고 말았다. 그러나 조광조의 도학정치는 이후 조선의 이상적인 정치이념이 되었다.

책문

오늘과 같은 시대에 옛날의 이상 정치를 이루려면 무엇에 힘써야 하는가

1515년, 중종 10년 알성시

임금님께서 다음과 같이 말씀하셨다.

공자께서 "만일 누가 나에게 나라를 맡아 다스리게 한다면, 1년이면 기강이 잡힐 것이고, 3년이면 정치의 이상을 성취할 것이다." 하셨다. 성인이 헛된 말씀을 하셨을 리 없으니, 아마도 공자께서는 정치를 하기 전에 반드시 정치의 규모와 시행하는 방법을 미리 정해놓으셨을 터이다. 그 방법을 하나하나 지적하여서 말해보라. 그 당시는 쇠퇴해가는 주나라 말기라서 이미 법도와 기강이 모두 무너졌다. 그런데도 공자께서는 오히려 '3년이면 정치의 이상을 성취할 것'이라고 하셨다. 만약 공자께서 3년 넘게 정치를 맡았더라면 어떤 실적을 거뒀겠는가? 또 공자께서 정치를 하신 성과를 볼 수 있겠는가? 성인이 지나가면 백성이 그의 덕에 교화하고, 머물면 그의 신묘함이 간직된다는 과화존신[過化存神][1] 성인의 덕에 의한 교화가 성대하게 펼쳐짐의 훌륭한 이치도 있다. 성인이 지닌 이런 신묘한 힘은 쉽게 논의하기 힘들다.

나는 덕이 부족한 데도 조상들의 큰 기업을 이어받아 나라를 다스리게 되었다. 잘 다스리기를 원한 지 10년이 되었건만 기강이 아직 서지 않고 법도도 아직 정해지지 않았다. 이런 상황에서 공적을 이루려고 하니 어찌 어렵지 않겠는가?

공자의 가르침을 배운 그대들은 모두 요순시대와 같은 이상 사회를 구현하려는 뜻을 품고 있을 테니, 뜻이 단지 정치의 목적을 성취하는 데서 그치지는 않을 것이다. 만일 오늘과 같은 시대에 옛날의 이상 정치를 이룩하고자 한다면, 먼저 무엇에 힘써야 하겠는가? 이에 대한 대책을 남김없이 논해 보라.

책문

참된 마음에서 나와야만 행정이 실효를 거두고 기강이 떳떳하게 섭니다

조광조

신은 다음과 같이 대답합니다.

하늘과 사람은 근본이 같기에 하늘의 이치가 사람에게 유행하지 않은 적이 없습니다. 또한 임금과 백성은 근본이 같기에 하늘의 이치가 사람에게 유행하지 않은 적이 없습니다. 또한 임금과 백성은 근본이 같기에 임금의 다스리는 도가 백성에게 적용되지 않은 적이 없습니다. 그러므로 옛날 성인들은 하늘과 땅을 하나로 여기고 수많은 백성을 하나로 여겼습니다. 그래서 하늘과 땅의 이치를 잘 관찰해서, 백성을 다스리는 도리로 삼았던 것입니다. 이치를 가지고 하늘과 땅을 관찰했기 때문에 천지와 같은 뜻을 지닐 수 있었고, 신령하고 밝은 덕에 통달할 수 있었습니다. 또한 도를 가지고 백성을 다스렸기 때문에 세상의 온갖 크고 작은 일[精粗之體]에 대해 책임을 지고, 사람이 마땅히 따라야 할 인륜의 절도를 다스렸던 것입니다.

이 때문에 옳은 것을 옳다 하고 그른 것을 그르다 하며, 좋은 것을 좋아하고 나쁜 것을 싫어하는 것과 같은 가치판단이 내 마음에서 벗어날 수 없었습니다. 그래서 세상의 모든 일이 사리에 맞게 이루어졌고, 세상의 모든 만물이 제대로 자라났습니다. 이것이 바로 온갖 변화가 나타나는 까닭이며, 도가 이루어지는 까닭입니다. 그렇지만 도는 마음이 아니면 깃들어 있을 곳이 없고, 마음은 성실이 아니면 작용할 수 없습니다. 임금이 하늘의 이치를 잘 관찰하여서 그 도리에 따라 성실하게 일을 행한다면 나라를 다스리는 데 무슨 어려움이 있겠습니까?

지금 주상전하께서는 하늘처럼 부지런하고 땅처럼 순응하는[건전곤순乾健坤順][2] 하늘과 땅이 작용하는 원리 덕을 지니고서, 끊임없이 힘쓰고 계십니다. 다스리는 마음이 이미 정성스럽고, 다스림을 행하는 방법도 이미 바로 섰습니다. 그런데도 오히려 기강이 아직 서지 않고, 법도도 아직 정해지지 않았다고 염려하십니다. 그래서 성균관에 오셔서 성인을 참배하는 예를 드리는 길에, 신들에게 대책을 묻는 시험을 내셨습니다. 먼저 옛 성인의 업적을 물으시고, 이어서 옛날의 이상 정치를 오늘에 회복하고자 하는 바람을 말씀하셨습니다. 그 모두 신이 아뢰기를 원하던 내용들이니 감히 보잘것없는 생각이나마 마음을 다해 귀하신 물음에 만 분의 일이라도 성의껏 답하고자 합니다.

첫째, 공자의 정치 행적에 대해 말씀드리겠습니다. 한 사람이 천만 사람을 상대하자면 상대해야 할 사람이 너무나 많고, 한 가지 일로 천만 가지 일을 처리하자면 처리해야 할 일이 너무나 번잡합니다. 그래서 '마음'과 '도'가 사람을 상대하고 일을 처리하는 한결같은 원리가 되었던 것입니다. 천만 사람과 천만 가지 일이 아무리 다양하더라도, 사람과 일에 적용되는 도가 하나이고 마음이 하나인 까닭은, 하늘의 이치가 본래 오직 하나이기 때문입니다.

그러므로 온 세상에 보편의 도를 가지고서 나와 하나인 천만 사람을 이끌고, 온 세상에 공통된 마음을 가지고 나와 하나인 천만 사람의 마음을 감화시켜야 합니다. 천만 사람을 감화시키되 그들의 마음을 변화시키면, 온 세상 사람들이 내 바른 마음처럼 변화하여서 바르게 되지 않는 사람이 없을 것입니다. 천만 사람을 이끌되 내 도로 이끌면 온 세상 사람들이 내 큰 도에 따라 착하게 되지 않는 사람이 없을 것입니다. 생각해 보면 내 도와 마음이 성실한가 그렇지 않은가에 따라 다스려짐과 어지러움이 나뉘는 것입니다.

사실은 공자의 도가 하늘과 땅의 도이고, 공자의 마음이 바로 하늘과 땅의 마음입니다. 하늘과 땅의 도와 수많은 만물이 모두 이 도에 따라 이루어졌고, 천지의 마음과 음양의 감화도 이 마음에 따라 조화되었습니다. 음양이 조화되어 만물이 이루어진 뒤로 모든 것이 그 도와 마음에 따라 이루어졌고, 모든 것이 반듯하게 구별되었습니다.

공자께서는 본래 가지고 있는 도로써 사람을 이끌었기 때문에 효과를 쉽게 얻을 수 있었고, 본래 가지고 있는 마음으로써 감화시켰기 때문에 효험을 쉽게 얻을 수 있었던 것입니다. 그러므로 "1년이면 기강이 잡힐 것이고, 3년이면 정치의 이상을 성취할 수 있다." 하신 말씀이 어찌 헛된 말이겠습니까?

성인의 어질고 의로운 마음

공자께서는 또한 정치의 규모와 시행하는 방법을 반드시 미리 정해놓으셨을 것입니다. 무슨 뜻인지 말씀드리겠습니다. 사물은 도를 벗어나 있지 않고 일은 마음을 벗어나 있지 않습니다. 마음을 보존하고, 도를 적용하는 원리는 다음과 같습니다.

성인의 어진 마음[仁]은 자연의 질서에서 봄에 해당합니다. 성인은 마치 봄에 하늘과 땅이 만물을 낳고 기르듯이 만물을 사랑으로 기릅니다. 의로운 마음[義]은 자연의 질서에서 가을에 해당합니다. 성인은 마치 가을에 하늘이 계절의 순환을 판가름하듯이 온 백성을 의로움으로 바르게 합니다. 예의바른 마음[義]과 지혜로운 마음[智] 또한 모두 하늘을 표준으로 삼았습니다. 어짊[仁], 의로움[義], 예의바름[禮], 지혜로움[智]의 도가 온 세상에 바로 서면 정치의 규모와 시행하는 방법을 정하는 데 더 이상 덧붙일 게 아무것도 없습니다.

세상은 성한 때도 있고 쇠퇴한 때도 있지만 도는 옛날이나 지금이나 다르지 않습니다. 주나라 말기에 이미 기강과 법도가 모두 무너졌습니다. 그러나 하늘의 뜻이 아직 주나라를 떠나지 않았기에, 공자의 도가 나라에 행해질 수 있게 했습니다. 그러므로 오늘날에도 공자의 도를 본받아 예로써 백성의 뜻을 이끌어가고, 음악으로써 백성의 마음을 조화시키며, 행정을 통해 백성의 행실을 바로잡는다면, 매우 잘 다스려지고 교화될 것입니다.

성인이 지나가는 자리

또한 공자의 정치 업적을 살펴보면, 비록 석 달밖에 다스리지 않았지만, 길 가는 사람들이 서로 길을 양보하고, 남녀가 적당히 거리를 둘 만큼 풍속이 아름다워졌습니다. 그렇지만, 이런 것을 공자의 큰 도로 여겨서는 안 됩니다. 공자께서 『주역』을 풀이하고 『춘추』를 편집한 일이야말로 영원히 하늘과 땅을 관통하는 가르침이 될 것이며, 바꿀 수 없는 도가 될 터입니다.

당시 공자는 뛰어난 덕을 갖고서도 정치의 포부를 실현할 기회를 얻지 못했습니다. 그러나 그 뒤의 모든 세대가 영원히 그를 모범으로 삼아 정치를 하게 된 점이야말로 참으로 요순에 버금가는 공적이라 하겠습니다. 후세에 공자의 가르침이 세상에 확고히 서지 않았더라면 요순의 도가 후세에 영원히 전해지지 않았을 것이고, 요순의 이상 정치도 회복될 수 없었을 것입니다.

일을 잘 파악하는 사람은 겉으로 드러난 자취만 보지 않고 아직 드러나지 않은 것을 봅니다. 이것이 바로 "성인이 지나가면 백성이 그의 덕에 교화하고, 머물면 그의 신묘함이 간직된다."는 것입니다. 성인이 지닌 이런 신묘한 힘은 쉽게 논의할 수 없는 것입니다.

도와 마음에 근본을 두어야

둘째, 법도와 기강을 세우는 원리에 대해 말씀드리겠습니다. 세상의 모든 일에는 반드시 근본과 말단이 있습니다. 근본을 바로잡는 일은 에두르는 길 같지만, 사실은 효력을 쉽게 얻을 수 있는 길입니다. 말단에 매달리는 일은 요긴한 것 같지만 사실은 성과를 거두기 어렵습니다. 그래서 정치 원리를 잘 아는 사람은 반드시 사전에 근본에 속하는 일과 말단에 속하는 일을 구별해서 먼저 근본을 바로잡습니다. 근본이 바르면 말단을 다스리는 문제는 걱정할 것도 없습니다.

지금 주상전하께서는 지극히 성실한 마음으로 이른 아침부터 밤늦게 까지 어떻게 하면 요순시대의 이상 정치를 펼칠까, 어떻게 하면 요순시대의 아름다운 풍속을 일으킬까 염려하고 계십니다. 그래서 백성 가운데 한 사람이라도 헐벗은 사람이 있으면 따뜻하게 옷을 입히려고 하고, 한 사람이라도 착하지 않은 사람이 있으면 착하게 이끌려고 하십니다. 세상을 태평성대로 만들려고 이렇게 하신 지가 벌써 10년이나 되었습니다.

그런데도 아직 기강이 서지 않고 법도가 정해지지 않았는데, 그것이 어찌 임금님의 정성이 부족한 탓이겠습니까? 아마도 그것은 정치의 근본을 아직 터득하지 못했기 때문일 것입니다. 근본이란 다른 것이 아닙니다. 바로 도의 실현을 정치의 목표로 삼고 마음을 정치의 근본으로 삼아 성실하게 도를 행하는 것입니다.

근본을 두고 말단만 따른다면

도는 뿌리를 하늘에 두되 일상생활에서 사람을 통해 행해지는 것이기 때문에 정치의 방도가 되는 것입니다. 나라를 다스릴 때 정치의 도를 터득하면 기강과 법도는 억지로 세우려고 하지 않아도 사람들이 듣고 보지 못하는 사이에 저절로 세워집니다.

만약에 정치의 말단에서 기강을 따로 세우고 법도를 따로 정하려고 한다면, 기강과 법도는 설 리도 없거니와 섰다 해도 도리어 정치의 원칙을 해칠 것입니다. 그것은 무엇 때문입니까? 근본이 정해지지 않았는데 오로지 말단만 따른다면 정치의 도를 터득할 수 없기 때문입니다.

옛날의 현명한 왕들은 수많은 변화가 모두 임금의 마음에 근본을 두고 있다는 사실을 알았기 때문에 모두 마음을 바로잡아 도를 실천했습니다. 마음을 바로잡아 도를 실천했기 때문에 정치를 하면 사랑을 베풀 수 있었고, 사물을 대하면 정의를 실현할 수 있었습니다. 이처럼 일과 사물이 모두 도에서 나왔기 때문에, 부모와 자식의 윤리, 군주와 신하의 분수가 이치에 합당하게 정해져서 영원한 진리가 되었던 것입니다. 이것이 요·순·우 임금이 서로 전수했던, 중용을 지키는 도리입니다.

오로지 성실해야만

전하께서는 정치 행위나 법조문을 가지고서 기강과 법도로 삼지 마시고, 오묘한 이 마음으로 기강과 법도의 근본을 삼으시기 바랍니다. 그리하여 마음의 바탕이 광명정대해져서 천지와 한 마음이 되어 작용하게 하십시오. 그렇게 하면 정치가 도에 따라 이루어질 것이고, 기강과 법도는 세우지 않아도 설 것입니다.

하지만 반드시 성실해야만 마음의 도를 곧게 세울 수 있고 그 성과를 볼 수 있습니다. 자사子思는 "성실하지 않으면 사물이 이루어지지 않는다.[不誠無物]" 했습니다. 성실은 기강을 세우는 근본이고 실효를 거두는 바탕입니다. 자연의 질서는 지극히 규칙발라서 한 순간도 멈추지 않습니다. 그래서 옛날부터 지금까지 모든 사물은 자연의 이러한 필연의 이치에 따랐던 것입니다. 성인의 마음 또한 지극히 성실해서 한 순간도 거짓이 없습니다. 그래서 모든 일은 성인의 이러한 성실함을 따랐던 것입니다.

그러므로 모든 일이 이와 같은 참된 마음에서 나와야만 행정이 실효를 거두고, 기강이 떳떳하게 서며, 법도가 법조문에만 치우치지 않게 되는 것입니다. 전하께서 만약 말단으로 기강과 법도를 삼고 도리어 오묘한 마음과 성실한 도를 현실에 당장 쓸모가 없다고 여겨 힘쓰지 않는다면, 이는 마치 산에서 물을 찾고 물에서 나무를 찾는 것과 같아, 끝내 아무런 효험을 얻지 못할 것입니다. 이것이 기강의 본질이고 법칙입니다.

대신을 믿고 정권을 맡겨야

법도와 기강의 큰 줄기를 세웠다면 이제는 대신에게 정권을 믿고 맡겨야 합니다. 군주가 홀로 정치를 할 수는 없습니다. 반드시 대신에게 맡겨야 정치의 법도가 확립되는 것입니다.

군주를 하늘에, 신하를 계절에 비유해 보겠습니다. 하늘이 혼자 돌기만 하고 계절이 바뀌지 않는다면, 만물이 자라날 수 없습니다. 마찬가지로 군주가 혼자 정치의 책임을 떠맡고 대신의 도움을 받지 않는다면, 정치의 효과가 나타나지 않습니다. 하늘이 혼자 돌아가거나 군주가 혼자 책임을 진다면, 만물이 자라나지 않고 정치의 효과가 나타나지 않을 뿐더러, 하늘은 하늘이 되지 못하고 군주는 군주가 되지 못할 것입니다.

또 대신에게 지위를 정해주었더라도 겨우 문서처리만 맡기거나 하급 관리에게 감찰을 시킨다면, 결코 신하를 부리는 방법을 터득하지 못할 것입니다. 그리 되면 신하가 군주를 섬기는 방법을 터득하지 못하게 될 것이고, 군주와 신하의 도리도 무너질 것입니다

그래서 옛날에 성스러운 군주와 현명한 재상은 항상 성실한 뜻을 지니고서 서로 믿고 서로 도리를 다했기에 광명정대한 업적을 함께 이룰 수 있었습니다. 따라서 전하께서는 대신에게 정권을 믿고 맡겨서 기강과 법도의 큰 줄기를 세우셔서 훗날 정치의 근본과 법도가 체계적으로 갖추어질 수 있는 기반을 마련하시기 바랍니다.

마음을 다스리는 두 가지 요체

셋째, 오늘날의 급선무에 대해 말씀드리겠습니다. 제대로 배운 것이 없어 거칠고 무식한 신이 무엇을 알겠습니까만, 공자가 나라를 다스린 방법은 '도를 밝히는 것[明道]'이고, 학문으로 삼은 것은 '홀로 있을 때 조심하는 것[謹獨]' 뿐이라고 알고 있습니다. 이 두 가지 일에 대해 전하께 말씀드리겠습니다.

나라를 다스리는 근거는 도밖에 없으며 도는 본성을 따르는 것일 뿐입니다. 본성이 없는 것은 없으니 도는 어디에나 있습니다. 크게는 예절과 음악과 법과 정치에서부터 작게는 제도와 문장에 이르기까지 사람이 힘들이지 않아도 저마다의 법칙에 따라 이루어지는 것입니다.

도는 모든 시대의 제왕이 정치의 기반으로 삼던 것이고, 하늘과 땅에 가득차고 시대를 관통하는 것이지만, 실제로 내 마음에서 벗어난 적이 없습니다. 도를 따르면 나라가 다스려지고 도를 잃어버리면 나라가 어지러워지기 때문에 잠시라도 도를 떠나서는 안 됩니다. 도로써 마음의 눈을 밝게 해서 잠시라도 어둡지 않게 해야 합니다.

그러나 사람들은 흔히 남이 보는 데서는 조심하지만 남이 보지 않는 데서는 함부로 합니다. 어둡고 은밀한 곳은, 신하들은 보지 못해도 자기는 볼 수 있으며, 미세한 일은 신하들은 듣지 못해도 자기는 알 수 있습니다. 이런 것은 소홀히 여기기 쉽고, 또 그 때문에 하늘과 사람을 속일 수 있다고 생각하고는 조심하지 않습니다. 오랫동안 이런 마음을 품고서 숨기고 있으면, 얼굴에 드러나고 정치에도 드러나게 되어 숨길 수 없게 됩니다. 그래서 마침내 정치를 망치고 교화를 막게 됩니다.

그래서 옛날 제왕은 혼자 있을 때 경계하고 두려워했으며, 늘 도를 밝혀서 어둡지 않게 했습니다. 이처럼 남이 모르는 은미한 가운데서 더욱 조심했던 것입니다. 그리고 낌새가 드러나려고 하면 털끝만큼이라도 거짓과 속임수가 싹트지 못하게 하고, 온전히 의리가 드러날 수 있게 했습니다. 이렇게 되면 나라를 다스리는 도 또한 완전히 선하고 아름다워질 것입니다. 이것이 기강을 세우고 법도를 정하는 근거입니다.

엎드려 바라건대 전하께서는 '도를 밝히는 것' 과 '혼자 있을 때 조심하는 것'을 마음 다스리는 요체로 삼고, 그 도를 조정에도 세우셔야 합니다. 그리하면 기강이 어렵지 않게 설 것이며, 법도도 어렵지 않게 정해질 것입니다. 공자가 "석 달이면 기강이 잡히고 3년이면 성취할 수 있다." 한 까닭이 바로 여기에 있는 것입니다. 신은 임금님의 위엄을 무릅쓰고 감격을 이기지 못하며, 죽기를 각오하고 이렇게 대답합니다.

책문 속으로

조광조, 좌절된 개혁의 안타까운 기억

조광조의 믿음, 중종의 배반

벽초 홍명희가 쓴 『임꺽정』의 전반부에는 연산군에서 명종 초까지 조선 관료사회가 안고 있던 모순이 눈으로 본 듯이 그려진다. 그러한 모순이 정치적 투쟁으로 표출된 것이 4대 사화인데, 그 가운데서도 기묘사화가 일어나 조광조 일파가 희생당하는 과정을 묘사한 부분은 참으로 감동적이다.

조광조는 중종이 자기를 버렸다고는 꿈에도 생각지 않았다. 혹독한 국문을 받으면서도, '우리 임금님'이 소인배들의 기만에 잠시 사리판단을 하지 못해서 그런 것이지 절대로 도리를 모르는 분은 아니라고 믿었다. 그리고 단 한 번만이라도 직접 심문을 받는다면 만 번 죽더라도 한

이 없을 것이라 했다. 조광조는 죽으면서까지 중종을 철저히 믿었던 것이다. 그러나 그 믿음은 보기 좋게 배신당하고 말았다.

조광조의 아버지는 평안도 어천魚川에서 역을 관리하는 찰방察訪이라는 벼슬을 살았다. 조광조는 아버지를 따라갔다가 이웃 고을 희천熙川에 김굉필金宏弼이 귀양 와 있다는 소문을 듣고 그에게 가서 배웠다. 김굉필은 정몽주鄭夢周·길재吉再·김숙자金叔滋·김종직金宗直으로 이어지는 조선유학의 정통을 이은 성리학의 학자였다. 무오사화가 일어나자 김종직의 문인이라 하여 귀양을 갔다가 갑자사화가 일어나서 극형을 받았다. 중종반정 뒤 사림파가 정계에 등장하면서, 성리학의 기반을 구축하고 인재를 양성한 공적이 새롭게 평가받았다.

17살 조광조와 김굉필의 꿩

조광조가 17세 때의 일이다. 한번은 김굉필이 꿩을 한 마리 구하여서 어머니께 드리려고 했다. 그런데 고양이가 그만 그것을 훔쳐 먹었다. 노발대발한 김굉필은 꿩을 맡은 하인을 크게 나무랐다. 그때 조광조가 들어와서는 김굉필에게 이렇게 말했다. "부모님을 모시는 정성이 절실하기는 하지만, 군자는 말씨를 조심하지 않으면 안 됩니다." 꿩을 어머니께 드리려는 정성이 지극하지만, 그렇다고 이성을 잃고 감정이 폭발하여 큰 소리로 하인을 꾸짖는 일은 결코 군자다운 태도가 아니라는 충고였다. 열일곱 청년다운 기개와 옳고 그름을 분명하게 가르는 패기가 돋보이는 말이었다.

이 말을 들은 김굉필이 얼른 일어나 손을 맞잡고 이렇게 말했다. "내가 네 스승이 아니라 네가 바로 내 스승이로구나." 젊은이의 당돌한 말이라고 무시하지 않고 충고를 겸허하게 받아들여서 용기 있게 잘못을 고치는 김굉필의 태도도 본받을 만하다. 과연 그 스승에 그 제자이다. 스승을 뛰어넘지 못하는 제자는 무능한 제자라고 했던가?

한밤중에 조광조의 방으로 뛰어든 처녀

조광조에게는 또 이런 일화도 있다. 한창 젊은 나이에 공부에 힘을 쏟고 있던 조광조의 이웃에 과년한 처녀가 있었다. 이 처녀는 밤마다 이웃집에서 들려오는 낭랑한 글 읽는 소리에 마음을 빼앗겨, 자기도 모르게 담을 넘어 조광조의 방으로 들어가고 말았다. 조광조는 한밤중에 느닷없이 침입한 처녀에게 회초리를 구해오라고 한 다음, 처녀를 앉혀놓고 일장훈계를 했다. 조신한 처녀가 외간 남자의 방에, 그것도 한밤중에 드나들다 들키면 두 집안의 망신은 말로 다 할 수 없을 것이다. 만일 경종을 울리지 않으면 마음을 돌리지 않을 것이니 매를 맞아야 한다며 종아리를 걷으라고 하고선 회초리를 들었다.

걷잡을 수 없는 감정에 당돌하게도 총각의 방에까지 찾아가기는 했지만 스스로도 무안하고 황당하던 차에 종아리를 걷으라고 하니 처녀는 기가 막혔다. 그러나 조광조의 태도가 너무나 당당하고 조금도 빈틈이 없어 어쩔 수없이 종아리를 걷었다. 조광조는 처녀의 종아리를 때렸다. 젊은 선비를 짝사랑하던 처녀는 젊은 선비에게 종아리를 맞고 집으로 돌아갔다. 그 일이 계기가 되어 처녀는 무분별한 열정을 다스리고 부덕을 닦아 장래가 촉망되는 선비에게 시집을 가서 남편을 잘 내조하

조광조 적려유허비

고 자녀들도 훌륭하게 길러냈다.

기묘년 사화가 일어나기 전 그 여인의 남편이 남곤과 심정의 당이 되어서 조광조를 모함하는 데 어울렸다. 그 여인은 아무에게도 말하지 않았던 젊은 날의 광정狂情을 남편에게 조용히 털어놓았다. "조정암은 군자입니다. 그분을 해치는 사람은 만고에 소인이라는 이름을 면하기 어려울 것입니다. 제가 왜 지난날 저지른 죽을 죄를 털어놓는지 밝혀 헤아려 보시기 바랍니다." 남편은 아내가 자기의 허물을 숨기지 않고 털어놓으며 간곡히 말하자 조광조의 반듯한 행실에 감동을 받지 않을 수 없었다. 그는 즉시 남곤, 심정과 관계를 끊었다.

조광조가 대뜸 야단을 치고 내쫓았더라면 자존심에 상처를 입은 처녀가 어떤 불행한 일을 저질렀을지 모를 일이다. 반대로 처녀의 순정을 받아들였다면 조광조로서는 꿈을 펼치지 못한 채 좌절했을지도 모른다. 열정은 노도와 같아서 잘 터주어야지 무조건 억누른다고 해결되는 것도 아니고 무분별하게 부딪쳐서도 안 된다. 조광조는 처녀의 열정을 회초리라는 객관적 상관물을 이용하여서, 다시 차분하게 사그라들게 만들었던 것이다.

주인공으로 김안국이 거론되기도 하는 것으로 보아 이 이야기는 사실이라기보다 야담일 가능성이 더 크다. 어쨌든 사화로 어수선한 정국에서 도학군자인 체하다가 집권세력의 눈 밖에 나는 것을 꺼려하던 분위기 속에서 홀로 정좌靜坐하고서 도학을 추구했던 조광조다운 이야기라 하겠다.

도학정치를 꿈꾸며

왕도주의에 입각한 조광조의 정치이념을 지치주의至治主義 또는 도학정치道學政治라고도 한다. 도학정치란 맹자의 왕도주의를 현실정치에서 실현하려는 정치이념을 말한다. 왕과 관료들이 유학을 익혀서 몸소 실천하고, 유교적 가치를 정치에 적용하여서 이상적인 사회를 만들어야 한다는 주장이다, 지치주의에 따르면 이상적인 정치를 실현하기 위해서는 정치의 핵심인 군주가 마음을 바로잡아야 한다. 군주의 마음이 바르지 않으면, 정치체제가 설 자리가 없고 정치적 교화도 이루어질 수 없다.

그렇다면 중종 때 왜 이런 도학정치가 특별히 제창되었을까? 조광조 일파가 입만 열면 도학정치와 지치주의를 주장할 만큼 연산군 이후 중종 초까지 정치가 혼탁하고 민생이 피폐하여서 이상적인 정치를 실현해야 한다는 민중의 여망이 컸기 때문이 아닐까? 하지만 개혁을 부르짖으면 부르짖을수록 기득권을 지키려는 수구세력의 저항도 그만큼 크게 나타나는 법이다.

율곡이 평가하는 도학정치

율곡 이이는 다음과 같이 평가했다.

도학이란 명칭이 예전에는 없었다. 옛날 선비는 집에서는 효도하고 밖에서는 공손하며, 벼슬하면 임금을 섬기고, 임금과 뜻이 맞지 않으면 물러났다. 이렇게 하는 선비를 착하다고 하고 그렇지 못한 사람을 악하다고 했을 뿐 특별히 도학이라고 따로 부르지는 않았다.

그런데 세상이 말세가 되어서 도리가 쇠퇴하자 성현들이 전해준 전통이 더 이상 전해지지 않았다. 악한 사람은 말할 것도 없고 착한 사람들조차도 효도·우애·충성·신의만 지킬 줄 알 뿐 나아가고 물러날 때의 의리나 본성과 감정의 깊은 이치를 알지 못했다. 실천을 하더라도 그 행위의 당위성을 밝히지 못하고, 학문을 익혀도 그것이 왜 진리인지

자운서원(율곡)

를 알지 못했다. 그래서 이치를 연구하고 마음을 바르게 해서 도리에 따라 나아가고 물러나는 것을 지침으로 하는 학문 경향을 도학이라고 따로 부르게 되었다.

이이의 이런 평가를 정리하자면, 벼슬을 하게 되면 이론과 실천의 측면에서 평소에 익힌 도리를 실천하고, 물러나게 되면 후세를 위해 교육하는 것이 도학의 지향이라는 것이다. 조광조의 지치주의와 도학정치는 한마디로 유학자 관료들이 유교적 이상을 구현하는 정치라 할 수 있다.

중종의 딜레마와 기묘사화

왜 중종 때 도학정치가 사회의 이슈가 되었을까? 조광조의 개혁적 도학정치는 왜 실패했을까? 그리고 도학정치의 의의는 무엇인가?

중종은 조선에서 처음으로 쿠데타를 통해 집권한 왕이다. 왕이 아무리 타락하고 정치가 붕괴 직전에 있다 하더라도 왕조사회에서 왕을 몰아내고 집권한다는 것은 보통 심각한 일이 아니다. 유가사상에 따르면 국가나 사회의 기강이 완전히 붕괴되어 돌이킬 수 없을 때가 아니면 반정이나 혁명을 일으켜서는 안 된다.

맹자가 군주 교체의 가능성을 주장하기는 했지만 정권 교체를 주도할 수 있는 주체에 대해서는 국가의 운명을 책임질 수 있는 왕의 친척으로 한정했다. 힘이 있다고 아무나 혁명을 일으킨다면 그것은 권력욕에 지나지 않는다. 혁명을 주도한 상고시대의 왕들은 자기의 행위가 훗날 개인의 권력욕을 정당화하는 데 빌미가 될까 봐 매우 두려워하고 부

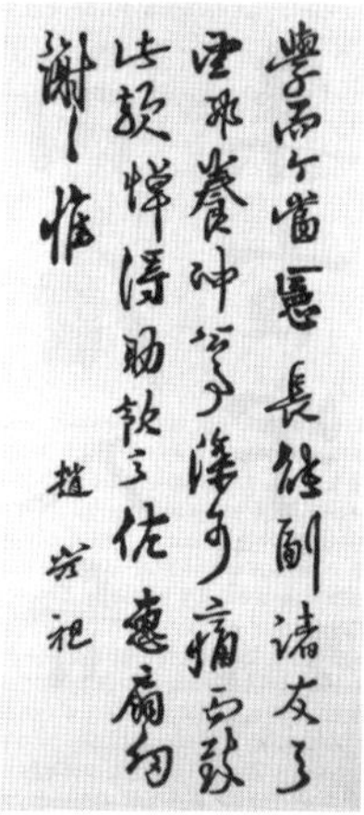

조광조 글씨

끄러워했다. 그래서 혁명이 성공한 뒤에는 민심을 수습하고 새로운 가치관을 정립하려고 더욱 노력했다.

연산군이 몰락하면서 왕위에 오른 중종은 왕조의 중흥이라는 시대적 사명을 가지고 있었다. 하지만 동시에 쿠데타 주도세력의 추대로 왕이 되었다는 점에서 근본적으로 한계가 있었다. 그래서 중종은 정국을 전횡하는 반정공신들에 대항하여서 세력의 균형을 이루고 왕권을 강화하고자 참신하고 재기발랄한 젊은 지식인들을 등용했다.

그러나 젊은 개혁세력은 원칙에 집착하여 급진적인 개혁을 추구함으로써 수구세력의 저항을 불렀다. 중종 또한 급진적 개혁에 염증을 느끼는 한편 사림의 권력화에 대한 불안이 점점 깊어져서 결국 조광조 일파를 숙청하고 말았다. 연산군 시대에 아예 정치에 대한 기대를 포기하고 겨우 목숨만 부지하던 지식인들은 중종반정으로 새로운 시대에 대한 기대와 가능성이 엿보이자 개혁에 대한 열망을 일시에 분출했다. 그러나 이에 부담을 느낀 중종이 역설적으로 반개혁적 수구세력을 이용하여 개혁세력을 견제했던 것이다.

위훈삭제를 통해 수구세력의 권력기반을 약화시키려고 한 사림파의 시도는 그 자체로 중종의 권력에 대한 근본적인 부정으로 이어질 수도 있었다. 영의정 정광필의 끈질긴 비호로 능주에 귀양 가 있던 조광조를 중종이 굳이 사형까지 시킨 것도 이런 부담과 불안의식을 나타낸 것으로 볼 수 있다. 이처럼 기묘사화는 4대 사화 가운데서도 사림이 정신적으로 가장 큰 타격을 받은 사건이었다.

조광조와 갖바치 이야기

조광조에게는 갖바치와 사귄 이야기가 꼭 따라다닌다. 『연려실기술』에는 그 갖바치가 조광조에게 이런 충고를 한 것으로 기록되어 있다. "공의 재주는 한 시대를 구제할 만합니다. 그러나 그만한 경륜을 갖춘 임금을 만나야 능력을 발휘할 수 있을 것입니다. 지금 임금은 공의 이름이 하도 알려져서 공의 재주를 쓰고 있으나 실은 공이 어떤 사람인지를 알지 못합니다. 만일 소인이 이간을 붙이면 공은 그 화를 면하기 어려울 것입니다." 갖바치는 중종이 조광조의 그릇을 제대로 알지 못하고 제대로 사용할 줄 모르는 왕이라고 했다. 그러나 어떤 점에서는 오히려 조광조가 중종을 제대로 몰랐다.

중종이 갖바치와 서경덕과 조광조를 중심으로 자기의 이상적인 내각을 구성하고자 했다는 야담이 전해지는데, 벽초 홍명희는 『임꺽정』에서『연려실기술』과 이런 야담을 가지고 갖바치를 중심으로 많은 이야기를 꾸며나간다. 연산군 시절에 이장곤李長坤이 함흥으로 도주하여 그곳 백정 딸과 결혼하여 목숨을 부지했는데 이 백정 딸의 삼촌이라는 사람이 나중에 이장곤을 따라와 서울에 머물며 갖바치 일을 하다가 조광조와 사귀게 되었고, 나중에 금강산으로 들어가 정희량鄭希亮의 제자가 되어서 갖가지 술수를 배운 다음, 불교에 귀의하면서 유불도儒佛道 삼교에 통달하고 임꺽정의 스승이 되었다는 이야기이다.

사림의 한계

조광조가 죽은 뒤 인종과 명종을 거쳐 한 차례 사화를 더 겪으면서, 조선사회는 시대가 바뀌어야 한다는 사실을 절감했다. 그러고는 마침내 성리학이 사회의 지도이념으로 뿌리를 내렸고 성리학적 이념으로 무장한 사림이 정국을 주도하게 되었다. 사림이 정국을 주도하게 된 것은 높은 도덕성을 갖춘 학자 관료들이 개혁정치를 실현할 수 있는 좋은 기회였다. 그러나 사림은 명종 이후에 윤원형의 몰락과 함께 훈구세력이 붕괴하면서 갑자기 국정을 주도하게 되었다. 따라서 관료로서 훈련을 쌓을 기회가 없었기 때문에 정국운영에 많은 문제점을 드러냈다.

사림은 잔존하는 훈구세력을 포용하여 대국적인 정국운영의 이념을 제시하지 못하고 오히려 그들과 대립각을 세웠다. 그 바람에 관료사회가 동서 붕당으로 분열되어 조선사회의 누적된 모순의 개혁에는 손도 대지 못했다. 사림이 주축인 동인이 남인과 북인으로 갈렸던 사실은 이들의 정치적 관심이 당파적 이익의 수준을 넘어서지 못했음을 나타낸다.

원칙 없는 개혁을 막고자

책제는 공자의 업적을 평가하고, 오늘날 이상적인 정치를 펼칠 대책을 진술하라는 것이다. 책제에는 중종의 고민이 잘 드러나 있다. "나는 덕이 부족한 데도 조상들의 큰 기업을 이어받아 나라를 다스리게 되었다. 잘 다스리기를 원한 지 10년이 되었건만 기강은 아직 서지 않고 법도도 아직 정해지지 않았다. 이런 상황에서 공적을 이루려고 하니, 어찌 어렵지 않겠는가?"

사실 중종은 반정세력에 떠밀려서 억지로 추대된 왕이었던 만큼 전혀 준비되지 않은 군주였다. 따라서 중종으로서는 반정세력이 자기의 권력기반이었지만 동시에 부담이기도 했던 것이다. 반정 뒤 10년이 지난 시점에서도 여전히 기강이 서지 않고 제도가 확립되지 않았다는 토로에는 명목상 국정운영의 책임자이면서도 실제로는 아무것도 할 수 없었던 중종의 고충이 잘 드러나 있다.

이에 대해 조광조는 만물을 낳고 기르는 하늘과 땅이 지닌 도와 마음이 곧 공자의 도와 마음이라고 전제한다. 또한 뛰어난 덕을 지니고 있었던 공자는 정치적 포부를 실현할 기회를 얻지 못했기 때문에 뜻을 펼칠 수는 없었지만, 하늘과 땅의 마음을 자기의 마음으로 삼았기 때문에 후세에 정치적 모범이 되었다고 말한다. 그리고 임금이 마음을 바로 잡고 도를 실천해서 기강과 법도를 세울 것, 기강과 법도가 확립되면 대신을 믿고 정치를 맡길 것, 늘 마음을 수양하여서 도를 따를 것을 주장한다. 조광조의 대답은 비록 원론적이긴 하지만 군주의 일관된 개혁 의지와 확고한 정치이념이 국정의 근간이 된다는 것을 보여준다. 원칙 없는 개혁, 원칙을 자꾸만 수정하는 개혁은 오히려 시도하지 않는 것만 못하다.

숙종이 『정암집』을 읽고 읊은 시

끝으로 조광조의 문집인 『정암집』 머리에는 숙종이 『정암집』을 읽고 느낀 감상을 읊은 시가 실려 있기에 여기에 옮겨본다.

『정암집』을 읽고 난 느낌 — 肅宗大王 御製 讀靜菴集 有感

죽으면서 한 말 생각할 때마다	每思臨死言
눈물이 저절로 흐르는데	涕淚自交迸
지금 선생의 글 읽으니	今讀先生書
도덕이 뛰어남을 더욱 알겠네	益知道德晟
조정 관리들은 성취를 기다렸고	朝紳咸仰成
시골 아낙들도 존경을 바쳤다네	野嫗亦尊敬
여가엔 예에 노닐어	餘事遊於藝
아름답다! 기운찬 필세	佳哉筆勢勁

이 시에는 정쟁에 희생된 조광조를 기억하며 불 같은 정열로 시대의 환부를 도려내고자 했던 한 개혁자의 말로에 대한 숙종의 안타까움이

고스란히 묻어나 있다. 조정의 신하들은 물론 시골의 아낙네에 이르기까지 모든 사람들은 그의 정치적 포부가 실현되어서 좋은 나라가 이룩되기를 바랐다. 그러나 오로지 왕도정치만이 세상을 구원할 수 있으리라는 그의 꿈도 결국 정치투쟁에 희생되어 좌절하고 말았다. 그런 안타까움을 숙종이 애절하게 눈물로 표현한 시이다.

역주

1 과화존신過火存神

성인의 덕에 의한 교화가 성대하게 펼쳐지는 것을 표현하는 말이다. 『맹자』「진심盡心·상」에 이런 말이 있다. "군자가 지나가는 곳에는 감화가 되고, 군자가 머무는 곳에는 신령스럽게 감화가 이루어진다. 위아래가 천지와 함께 흘러가니, 어찌 보탬이 적다고 할 수 있겠는가." '존신存神'에 대해 조기趙岐와 주희는 다르게 해석한다. 조기는 '군자가 머무는 곳에는 신령스럽게 감화가 펼쳐진다'고 풀이했고, 주희는 '마음에 두고 있는 것이 신묘하여 헤아리기 어렵다'고 풀이했다. 곧 조기는 "성인이 이 세상을 살아가는 동안 세상을 교화할 수 있고, 어느 나라에 머물러 있으면 감화가 신령스럽다."라고 풀이했고, 주희는 "마음에 두고 있는 것이 헤아릴 수 없이 신묘하여서 아무도 왜 그렇게 되는지도 모르지만 저절로 그렇게 교화가 성대하게 이루어진다."고 풀이했다.

2 건건곤순乾健坤順

『주역』의 건괘乾卦는 하늘을 상징하는데 건괘의 전체 이미지를 설명하는 대상전大象傳은 다음과 같다. “하늘의 운행이 씩씩하니 군자는 이를 본받아서 스스로 쉬지 않고 부지런히 힘쓴다 [天行健, 君子以自彊不息].” 그리고 곤괘坤卦는 땅을 상징하는데 곤괘의 문언전文言傳은 다음과 같다. “곤괘의 덕은 순종하는 것인가! 하늘을 따라서 때에 맞게 작용한다[坤道其順乎, 承天而時行].” 건과 곤은 양과 음을 대표하며, 하늘과 땅, 남자와 여자, 임금과 신하 등 모든 대대적對待的 관계와 작용의 전체표상이다. 건은 시간으로 나타나는 하늘의 작용이고, 곤은 시간에 따라 반응하여 만물을 키워내는 땅의 작용이다.

제5장

술의 폐해를 근절하는 방법

중종 책문

술의 폐해를 논하라.

김구 대책

사람이 때에 맞게 술을 마시고 절도 있게 쓰기만 한다면, 결코 성품이 포악해지거나 감정이 격해지는 데까지 이르지는 않을 것입니다.

윤자임 대책

참으로 술잔을 주고받는 사이에 절제하고, 세 순배 돌릴 때에 여러 차례 절을 함으로써 술에 관한 가르침을 행하고 술의 사용이 적절하면 어찌 반드시 한 사내, 한 사람이 술에 빠져서 정신을 못 차리고 세상을 어지럽게 하며 성인이 술을 통해 가르치려고 한 뜻을 없애버릴까 근심하겠습니까!

이 책문은 중종 8년(1513) 별시문과에서 제출한 것으로 보인다. 이 책제에 제출한 답안으로는 김구金絿와 윤자임尹自任의 대책이 전한다. 조선시대에는 술이 자주 사회적 폐단을 일으키기도 했고, 또한 가뭄과 흉년에는 곡식을 아끼고 민생을 돕기 위해서 술을 금하는 주금酒禁을 여러 차례 내렸다. 이 책문도 술의 폐해를 지적하고 건전한 술 문화를 세우기 위한 대책을 묻는다.

김구는 1488년(성종 19)에 태어나서 1534년(중종 29)에 죽었다. 자는 대유大柔, 호는 자암自庵 또는 율곡병수栗谷病叟, 시호는 문의文懿, 본관은 광주光州이다. 6세부터 시를 지었고, 16세 되던 1503년에 한성시에 급제했다. 1507년 생원시와 진사시에 합격했고, 중종 11년 별시문과에 을과로 급제했다.

시독관侍讀官으로도 활약하여서 중종으로 하여금 사림파의 개혁정치에 적극 호응하도록 하였으며, 조정의 일에 임해서는 매우 강개하였다. 또 조광조와 함께 소격서昭格署의 혁파에 앞장섰고, 사림파 대간臺諫의 현실 개혁 상소에도 적극 후원하였다.

1519년(중종 14)에 일어난 기묘사화로 조광조, 김정 등과 함께 하옥되었다. 그 때문에 13년 간 남해에서 유배생활을 한 뒤, 다시 임피로 옮겨서 2년을 더 보냈다. 유배에서 풀려난 다음, 고향 예산으로 돌아가 47세로 죽었다.

나중에 선조 때 그가 지은 종계변무宗系辨誣에 관한 표문表文이 명에서 호의를 얻었는데, 그 공으로 이조참판에 추증되고 광국공신光國功臣에 녹훈되었다. 일찍부터 성리학

연구에 전념하여 학문 실력이 조광조·김식과 겨눌만했다고 한다. 『전고대방典故大方』의 문인록에 의하면 김굉필金宏弼의 문인이었다고 하나 확실하지 않다. 음률에도 능통해 악정樂正에 임명된 적이 있으며, 글씨에도 뛰어나 안평대군 이용安平大君 李瑢·양사언楊士彦·한호韓濩 등과 함께 조선시대 전기 서예계의 4대가로 손꼽힌다.

윤자임은 1488년(성종 19)에 태어나서 1519년(중종 14)에 죽었다. 자는 중경仲耕이다. 본관은 파평이다. 1513년(중종 8) 생원으로 별시문과에 3등으로 급제하고, 이듬해 정자·저작으로 출발하여서 삼사三司의 청요직을 두루 역임하였다. 1518년 사간으로서 『성리대전性理大全』을 진강進講할 수 있는 26인 가운데 한 사람으로 뽑혔다. 향약 보급, 현량과 실시, 위훈삭제僞勳削除 등 삼사를 중심으로 한 사림의 주장을 관철시키는 데 핵심인물로 활약하였다. 1519년, 좌승지로 있을 때 조광조 일파로 몰려 온양으로 중도부처 되었다가 다시 북청으로 위리안치 되었으며 배소에서 죽었다.

그는 『상서尙書』「무일無逸」 편을 진강하는 등 학식이 뛰어났고, 무예도 겸비하였기 때문에 기묘사화를 일으켰던 홍경주洪景舟·남곤南袞 등에 의하여 일차적인 제거 대상이 되었다. 1538년(중종 33) 기묘사림이 다시 서용되면서 신원되어 직첩이 환급되었고, 1746년(영조 22)에 증직·증시贈諡가 이루어졌다.

책문

술의 폐해를 논하라

1516년, 중종 11년 별시문과

술의 폐해는 오래되었다. 술의 폐해가 문제를 일으킨 것은 어느 시대부터인가? 우 임금은 향기로운 술을 미워했고, 무왕은 술을 경계하는 글을 지었으며, 위나라 무공은 술 때문에 저지른 잘못을 뉘우치는 시를 지었다. 이토록 오래 전부터 술의 폐해를 염려했으나 모두 뿌리를 뽑지 못한 까닭은 무엇인가? 후세의 임금 가운데는 술 때문에 망한 사람이 많은데 하나만 꼽아서 말해 보라.

우리 조선의 여러 훌륭한 임금님들께서도 대대로 술을 경계하셨다. 세종대왕께서 글을 지어 조정과 민간을 깨우치신 뜻은 세 성인의 견해와 다르지 않다. 그런데도 오늘날 아랫사람들이 술 마시기를 좋아하는 폐단이 더욱 심해져서 술에 빠져 일을 하지 않는 사람도 있고, 술에 중독되어 품위를 망치는 사람도 있다. 흉년을 만나 금주령을 내려도 민간에서 끊임없이 술을 빚어 곡식이 거의 다 없어질 지경이다. 이를 구제하려면 어떻게 해야겠는가?

대책

때에 맞게 술을 마시고, 절도있게 쓰이면 됩니다

김구

집사執事선생께서 봄철의 시험장에서 술의 폐해를 책문으로 내셨습니다. 먼저 대대로 이어진 술의 폐단을 거론하면서 오늘날의 폐단까지 언급한 다음 구제하는 방법을 듣고자 하십니다. 제가 비록 배운 것은 없으나, 어찌 모호하게 대답하여서 기대를 저버릴 수 있겠습니까?

저는 다음과 같이 생각합니다. 세상에는 생기기 쉬운 폐단과 구제하기 어려운 폐단이 있습니다. 생기기 쉬운 폐단은 사물의 폐단이고, 구제하기 어려운 폐단은 정신의 폐단입니다. 구제하기 어려운 것이 먼저 나타나고, 생기기 쉬운 것은 뒤에 나타납니다. 정신의 폐단은 원인이고, 사물의 폐단은 결과입니다. 그러므로 나무가 병이 들면 좀이 슬고 젓갈에 악취가 나면 구더기가 들끓는 것처럼 술의 폐해가 어찌 정신의 폐단에서 비롯된 것이 아니겠습니까?

술은 심각한 폐해를 끼칩니다. 사람에게는 떳떳한 성품이 있는데 술이 그것을 해칩니다. 또한 오륜의 질서가 있는데 술이 그것을 어지럽게 하고, 만사에 제도가 정해져 있는데 술이 그것을 없애버립니다. 그러므로 술은 성품을 잘라버리는 도끼입니다. 훌륭한 인격의 소유자라도 술을 마시면 어리석어지고, 현명한 사람도 술을 마시면 사리를 판단하지 못하며, 강한 사람도 술을 마시면 나약해집니다. 그러므로 술은 마음을 공격하는 문입니다.

그래서 세상 사람이라면 누구나 이렇게 말할 것입니다. "술은 사람에게 재앙을 끼치니 즉시 없애야 한다. 술은 예의를 잃게 하니 즉시 버려야 한다."

술이 아니라 마음을 탓해야

그러나 술은 폐해도 크지만 쓰임새도 큽니다. 술은 제사를 지내고 겨레를 화합하게 하는 데 쓰이며, 온갖 예의를 갖추고 군주와 신하가 잔치를 베푸는 데 쓰입니다. 따라서 없앨 수도 없고, 쓰지 않을 수도 없습니다. "음·양·바람·비·어두움·밝음[陰陽風雨晦明]은 하늘의 여섯 기운인 육기六氣[1]입니다. 사람이 기운을 과도하게 써서 병이 났는데, 만약 어떤 의사가 "여섯 기운이 병을 나게 하는 원인이니 음·양·바람·비·어두움·밝음을 없애면 병을 고칠 수 있다."고 말한다면, 그는 돌팔이에 가깝습니다.

몸을 지키는 것은 나에게 달려 있습니다. 그러므로 병은 몸을 지키지 못해서 생기는 것이지 여섯 기운 때문에 생기는 것이 아닙니다. 마음을 수양하는 것은 나에게 달려 있습니다. 그러므로 피해는 마음을 수양하지 못해서 당하는 것이지 술 때문에 당하는 것이 아닙니다. 따라서 술만 탓하고 마음을 탓하지 않거나 사물의 폐단만 근심하고 정신의 폐단을 근심하지 않는다면, 결국 성품을 잃어버리고 몸을 망치며 병을 불러들여 재앙을 초래하고 말 것입니다. 그래서 옛날에 현명한 임금은 마음을 수양하여서 백성을 이끌고, 훌륭한 선비는 마음을 닦아서 몸을 수양했습니다. 그러나 현명하지 못한 임금과 용렬한 사람은 그렇게 하지 못해 나라를 잃고 집안을 망친 것입니다.

술의 폐해와 쓰임새

질문에 따라 말씀드립니다. 아주 오랜 옛날에는 맑고 깨끗한 기풍이 있어서, 풍속이 소박하고 백성도 순수했습니다. 아직 제도가 정해지지 않아 땅에서 나는 것을 그대로 썼기에, 깨끗한 물로 술을 삼았습니다. 요순과 우 임금도 제사 때 그것을 썼습니다. 그런데 의적儀狄이란 사람이 향기로운 술을 빚은 뒤부터, 은나라와 주나라는 모두 이 술을 썼습니다. 이제 술의 폐해를 염려했던 사례들을 살펴보겠습니다. '맛있는 술을 미워했다'는 맹자의 말[2]을 살펴보면, 우 임금이 술의 폐해에 대해 얼마나 많이 염려했는지 알 수 있습니다. 또 『서경』 주서周書의 「주고酒誥」[3] 술 마시는 악습에 대한 훈계 편을 보면, 무왕이 술의 폐해에 대해 매우 심각하게 대비하려고 했음을 알 수 있습니다. 또 『시경』 소아小雅의 '빈지초연賓之初筵'[4] 춘추시대 위나라 무공이 술을 마시고 저지른 과오를 뉘우치면서 지은 시 이란 시를 보면, 위나라 무공[衛武公]이 술의 폐해에 대해 많이 후회했음을 알 수 있습니다. 이런 사례들을 보면, 술의 폐해가 얼마나 심각한지 충분히 알 수 있습니다.

그러나 '상복을 입고 있을 때라도, 병이 생기면 술을 마신다'는 말이 『서경』 하서夏書에 나와 있고, '주인酒人'이라는 관직이 『주례周禮』 「주관周官」에 나와 있습니다. 또한 '저 큰 술잔에 술을 따른다'는 구절이 '자기를 경계하는 시[自警之詩]'에조차 실려 있으니 폐해의 근원이 되는 술을 끊을 수 없다는 사실은 분명합니다. 덕이 많은 우 임금이나 무왕, 그리고 위나라 무공 같은 사람들도 깊이 후회하면서 술의 폐해에 대해 단단히 대비하려고 했습니다. 술이 사람을 망치지 않고 나라를 해치지 않는데도 그들이 그렇게 했겠으며, 그들의 교화가 백성을 이끌기에 부족하지 않은 데도 그렇게 했겠습니까?

하지만 술은 또한 예를 완성하는 도구이기도 합니다. 나이가 든 어른을 공경하거나 신명을 받들거나 손님을 대접할 때 쓰는 것이므로 완전히 없앨 수는 없습니다. 오히려 "손님과 주인이 여러 차례 절을 하고 술을 세 차례 돌린다."는 말이나, "하루 종일 술을 마셔도 취하지 않는다."는 말도 있으니 사람이 때에 맞게 술을 마시고 절도 있게 쓰기만 한다면 결코 성품이 포악해지거나 감정이 격해지는 데까지 이르지는 않을 것입니다.

술잔에조차 조심하라는 뜻을 새겼으니

그러므로 성인은 술을 쓰지 않을 수 없음을 알고 또 술을 금지할 수 없음도 알기에 술그릇에조차 조심하라는 뜻을 새겨 놓았습니다. '상觴'이 라는 잔에 술을 채우는 것은 술로 상할까 봐[傷] 경계한 것이고, '치卮' 라는 잔으로 술을 뜨는 것은 술로 위태로워질까 봐[危] 경계한 것입니다. 이는 모두 그 술잔을 입에 댈 때, 사람들이 환난을 생각하고 예방할 수 있도록 하려는 것입니다. 성인은 정신의 폐해를 먼저 금지하고 물질의 폐해를 나중에 금지했습니다. 물질의 폐해는 생기기도 쉽지만 구제하기도 어렵지 않기 때문입니다.

지금 세상은 질서가 쇠퇴하고 미약해져서 사람의 마음이 옛날과 같지 않습니다. 사납고 용렬한 임금들이 '마음을 수양하는 도'와 '폐해를 떨쳐버리는 근본'을 알지 못해 줄줄이 패망했는데, 모두 술로 인해 재앙을 입었습니다. 주지육림에 빠진 걸왕桀王, 술독에 빠져 지낸 주왕紂王, 술과 여자를 탐닉한 한 성제漢成帝, 음악과 춤과 술로 방탕하게 지낸 진 후주陳後主를 비롯해, 수 양제와 당 현종에 이르기까지 모두 술을 절제 없이 마셔서 똑같은 화를 당했습니다. 이런 사례는 증거를 대면서 일일이 따져도 그 죄를 이루 다 열거할 수 없을 지경입니다. 그러나 일일이 세어보라고 하시니 차마 말하지 않을 수 없어서 애오라지 백에 하나 정도만 거론했습니다.

지금의 어그러진 풍속

우리나라의 사례를 말씀드립니다. 우리의 여러 훌륭한 임금님께서는 대대로 요순시대와 삼대의 풍속을 되찾고, 요순과 우 임금과 무왕의 마음을 가지려고 노력했습니다. 그래서 반드시 먼저 백성이 지닌 정신의 폐해를 막고 난 뒤에 술의 폐해를 막았습니다. 태종대왕 때 처음으로 사람들이 모여서 술 마시는 것을 금지했고, 이어서 세종대왕 때는 술을 경계하는 글이 나타났습니다. 이는 하의 우 임금이 향기로운 술을 미워하고, 주의 무왕이 매방妹邦 사람들에게 술을 경계시키며, 위나라 무공이 '빈지초연'이라는 시를 지은 마음과 같습니다.

사람들은 마땅히 술에 빠지는 습관에서 벗어나 순박한 옛 풍속을 좇도록 힘써야 합니다. 그러나 요즘에는 억지로 손님을 붙잡아 둔 채 술단지 사이에 고꾸라질 정도로 술을 마셔대는 풍조가 있습니다. 사대부들은 비록 술주정을 할 정도로 마시기는 해도 얼굴이 벌게져서 누룩을 베거나 술지게미를 깔고 눕지는 않습니다. 하지만 서민들은 너무 방탕하게 술을 마셔서 잔치 자리에서조차 공손하게 예를 행하거나 점잖게 굴지를 못합니다.

어쩐 일인지 임금께서 다스리는 지금에 와서 백성이 날로 술 마시기를 좋아하여 점점 더 심하게 술에 탐닉하고 있습니다. 심지어는 술에 빠져서 아예 일을 돌보지 않는 사람도 있고, 정신이 흐트러져서 덕을 그르치는 사람도 있습니다. 고관대작의 집에서는 밤낮으로 비틀대며 춤을 추고, 길거리에서는 시끌벅적하게 싸우고 떠듭니다. 지금 세상은 음란하고 방탕한 사람한테는 오히려 '달관했다' 하고, 술과 여색에 무심한 사람한테는 오히려 '썩어빠졌다' 합니다. 심한 경우에는 부모의 상복을 입고 있으면서도 거리낌 없이 술잔을 주고받으며, 재계齋戒하는 가운데도 술을 엄청나게 마셔댑니다. 그러니 사람이면 누구나 치러야 할 삼년상은 어디로 가고, 재계하고 경건하게 지녀야 할 몸가짐은 어디에서 찾아볼 수 있단 말입니까?

술과 고기는 같은 용도의 물건인데 지금은 따로 둘 다 얻으려고 하니 매우 어그러진 풍속입니다. 술이 생기면 삶은 돼지와 닭국까지 구해 먹으려고 하니 어느 누가 편할 수 있겠습니까? 조정에서도 이렇게 하고, 서울에서도 이렇게 하며, 사방 어디에서나 이렇게 하니, 이것이 무슨 풍속이란 말입니까?

근래에는 해마다 흉년이 든 데다 왜변마저 일어나서 많은 사람이 굶어 죽어가건만 부모와 자식이 서로 돌볼 수 없습니다. 백성들이 이리저리 흩어지니 울타리만 쓸쓸하게 남아서 닭 우는 소리나 개 짖는 소리마저 사라졌습니다. 그런데도 사대부 집안에서는 날마다 술 마시는 짓을 일삼으며 화려하게 꾸민 방에 예쁜 아이와 여자를 들여놓기도 하고, 후미진 방에 기생들을 불러서 노래하고 춤추게 합니다. 그들의 집안에는 소나 양이나 돼지고기는 냄새가 진동해 먹을 수 없을 정도로 많고, 여러 번 빚은 진한 술은 쉬어서 마실 수 없을 정도로 흔합니다. 그들은 흉년이 들어 백성이 이리 저리 떠도는 현실에는 조금도 마음을 쓰지 않고 있습니다. 정자程子가 흰쌀밥을 먹지 않고, 공의휴公儀休가 고기를 받지 않았던 것[5]과 어찌 이리도 다릅니까?

마음이 아니라 법으로만 금지하기에

나라에서 하루에 세 번씩이나 금주령을 내려도 전혀 도움이 되지 않습니다. 물이 샘에서 흘러나와야 넘쳐흐르고, 길이 열려야 사방으로 통하는 법입니다. 민간에서 끊임없이 술을 빚어대니 곡식이 고갈되는 것도 이상한 일이 아닙니다. 풍속이 이렇게 변하고 선비의 습관이 이렇게 된 것은 대체 무엇 때문입니까? 세상이 점차 경박해져서 백성이 저절로 더럽혀진 것입니까, 아니면 교화가 제대로 되지 않고 기강이 서지 않아서 이렇게 된 것입니까?

사람들은 이렇게 말합니다. "아마도 연산군 때의 풍습을 아직까지도 개혁하지 못했기 때문이다." 그러나 저는 그렇지 않다고 할 수도 없고 그렇다고 할 수도 없습니다. 다만 제가 생각하기에는 지도자가 마음으로 인도하지 않고 법으로만 금지했기 때문에 그렇게 된 것입니다. 참으로 위에 있는 사람이 올바른 마음으로 그 폐단을 구제한다면 아래에 있는 사람도 마음을 바르게 세워서 습관을 변화시킬 것입니다.

사람들은 대개 술이란 제사를 위해서 만든 것이지 놀고 즐기기 위한 것이 아니며, 잔치 때 마시기 위한 것이지 곤드레만드레 취하라고 있는 것이 아님을 알고 있습니다. 이런 점에서 저마다 의지를 갖고 분수를 지키면 술이 내 마음을 침범하지 못할 것입니다. 그리하면 저절로 욕망이 생기지 않을 것이고, 술의 폐해가 내 몸을 해치거나 상하게 할 수 없게 되어서 자연히 몸을 닦을 수 있습니다. 이렇게 하면 백성은 술 대신 선을 숭상하고, 술 대신 의를 좋아하게 될 것입니다.

백성이 의를 좋아하면 공동의 이익을 앞세우고 나라를 따르기에 겨를이 없을 것입니다. 그러니 일을 돌보지 않는 사람이 있을까 걱정할 필요도 없습니다. 또 선을 숭상하면 배우는 데 힘쓰고 올바른 길을 좇느라 바쁠 것입니다. 그러니 정신이 흐트러져 덕을 그르치는 사람이 있을까 걱정할 필요도 없습니다. 또 이렇게 되면 설사 진한 술과 연한 고기를 권하더라도 분수를 넘거나 절도를 못 지키는 일은 없을 것입니다. 그러니 끊임없이 술을 빚어 대서 곡식이 고갈될까 염려할 필요도 없습니다.

간절한 마음으로 바로잡아야

그러나 제가 오늘날의 풍속을 살펴보니 거의 병이 깊어서 고치기 어렵고 썩어서 다듬을 수 없는 상태입니다. 참으로 위에 있는 사람이 시간을 아끼고 주의를 기울여서 배우기에 힘쓰고 마음을 밝혀야 합니다. 만약 그렇지 않고 다만 구구한 법령으로만 바로잡고자 한다면 명령을 해도 간사하게 응할 것이고 법을 내려도 거짓으로 대할 것입니다. 그것은 마치 섶을 안고 불을 끄거나, 끓는 물로 끓어넘치는 것을 잦아들게 하려는 것과 같아서, 결코 도움이 되지 않습니다.

양웅揚雄은 이렇게 말했습니다. "정나라나 위나라의 곡조는 설령 기夔에게 연주를 시킨다 해도, 순 임금의 음악인 소소簫韶가 될 수는 없다."[6] 우리나라의 좋은 법과 아름다운 정치 풍토는 연산군의 퇴폐한 정치를 거치는 동안, 진이나 수와 우열을 가리기 어려울 정도로 나빠졌습니다. 지금 중요한 것은 국가를 새롭게 변화시키고 개혁을 시행하는 것뿐입니다.

옛날에 무왕이 주왕紂王의 악에 물든 매방을 간절히 타이를 때 오히려 백성이 따르지 못할까 염려했습니다. 그런데 하물며 지금 우리나라는 온 사방이 매방처럼 되었으니, 주상의 간절한 마음이 무왕의 마음보다 못해서는 결코 술의 폐해를 바로잡을 수 없습니다.

제 견해는 이와 같습니다. 다행히 집사선생께서 괜찮다고 여기시고 전하께 전해드린다면 천만 다행이겠습니다.

대책

참으로 절제하고 절제하면 술 마심에 근심할 일이 없습니다

윤자임

집사선생께서 왕명을 받들어서 뭇 준재에게 특별히 이 시대의 크고도 중요한 폐단을 조목조목 나열하면서 술을 책문으로 내시고 또 폐단을 구제하는 방안을 물으셨습니다. 제가 비록 슬기롭지 않으나 마음속에 품은 생각을 펼쳐서 물음에 답하겠습니다.

성인의 가르침이 술을 통해서도 행해진 것이니

가만히 생각건대, 성인이 제도를 세워서 모든 세대에 보인 뜻은 어느 것이나 이 백성을 가르치고 이 백성을 복되게 하는 것이었으니 위대합니다! 처음 술을 만들 적에는 백성에게 근본에 보답하도록 가르쳐서 제사에 쓰게 하고, 백성에게 화목을 가르쳐서 손님 접대에 쓰도록 하였습니다. 위아래 사람이 마음을 터놓게 하려고 임금과 신하 사이에서 썼고, 만백성이 친족을 친하게 대하도록 하려고 겨레붙이의 모임에 썼습니다. 그러나 술을 쓰는 동안에도 존경하고 사양하고 청결하고 공경하는 마음은 조금도 쇠한 적이 없었습니다. 그러므로 공손하게 사양함으로써 존경을 다하고, 손을 씻음으로써 청결을 다하고, 여러 차례 절을 함으로써 공경을 다하였습니다. 그런 뒤에 근본에 보답하는 가르침이 행해져서 온 세상 모든 세대의 인민이 모두 효도할 수 있고, 화목의 정치가 행해져서 온 세상 모든 세대의 인민이 모두 사회생활을 할 수 있게 되었습니다. 위아래 사람의 마음이 통하면 온 세상 모든 세대의 임금과 신하 사이에 틈이 없어지고, 친족을 친하게 대하는 도가 확립되면 온 세상 모든 세대의 아홉 겨레붙이[九族]가 친하게 됩니다. 대체로 가르침이 행해지면 인민이 그 복을 받고, 가르침이 행해지지 않으면 인민이 그 재앙을 입습니다. 그렇다면 성인의 가르침이 술을 통해서도 행해진 것이니 술의 용도가 크지 않습니까!

아! 술에 대한 가르침이 행해지지 않음으로 말미암아 술을 사용함에 절도를 얻지 못하고, 술의 재앙이 이로 인하여서 참혹하게 됩니다. 옛 성인은 가르침을 베풀면서 대비하지 않은 적이 없었습니다. 형벌의 가르침이 정립되자 반드시 남용하지 않고 신중을 기하는 것을 형벌에 대한 대비로 삼았고, 술에 대한 가르침이 정립되자 반드시 덕을 지켜서 취하지 말게 함으로써 술에 대한 대비로 삼았습니다. 참으로 술잔을 주고받는 사이에 절제하고, 세 순배 돌릴 때에 여러 차례 절을 함으로써 술에 관한 가르침을 행하고 술의 사용이 적절하면 어찌 반드시 한 사내, 한 사람이 술에 빠져서 정신을 못 차리고 세상을 어지럽게 하며 성인이 술을 통해 가르치려고 한 뜻을 없애버릴까 근심하겠습니까!

가르침을 둔 뒤에 술을 마시게 하였으니

청컨대, 물음에서 언급한 바에 따라 아뢰겠습니다. 생각건대, 옛날 상고 시대에는 풍속이 순박하고 모든 일이 처음 시작되었기에 물을 술로 삼아서 신명神明에게 통하였습니다. 그러다가 순박하던 풍속이 점차 경박해지면서 의적이 처음으로 맛있는 술을 빚었습니다. 이것은 비록 말세의 일이기는 하나 삼대의 융성한 시대에도 철따라 지내는 여러 제사[禴祀]와 잔칫날에 번갈아 술을 써서 신명을 받들고, 어른을 봉양하고, 손님을 접대하는 의식을 행하면서 이에 가르침을 덧붙였습니다. 그런즉 우임금이 맛있는 술을 미워한 것은 온 세상이 그 가르침을 잃어버리고서 술에 빠짐을 미워한 것이었습니다. 그러므로 "후세에 반드시 이 술로 나라를 망칠 자가 있으리라." 하고 말하였습니다. 무왕의 훈계는 매 땅[妹土]이 가르침을 잃어버리고 술에 빠진 것을 훈계한 것입니다. 그러므로 "제사에만 이 술을 쓰라." 하고 말하였습니다. 위나라 무공이 허물을 뉘우친 것도 이 술 때문이었으니, 그에 관한 시에 "활을 쏘아 과녁을 맞혀서 너에게 벌주를 먹이기를 원하네." 하였는데, 이는 활을 쏘고 마신 것입니다. 그런즉 가르침을 이룬 뒤에 술을 마시게 한 것이 곧 성인의 마음이니, 어찌 그 근원을 끊어버리겠습니까! 하물며 향당에는 향인鄕人이 모여서 음주하는 예법이 있고, 농사를 짓고 장사를 하여서 깨끗하고 좋은 음식으로 부모를 봉양하여 기쁨을 누리시게 함에는 술이 필요하며, 애통해하며 장사지낼 때에도 병이 있으면 마셨으니 끊어 버려서는 안 됨이 또한 분명합니다. 덕으로 나아가 취하지 않고 함부로 감정을 부리고 본성을 해치는 데에 이르지 않는 것이 귀합니다.

아하! 세상의 도리가 쇠퇴하고 미약해져서 선왕의 가르침이 행해지지 않게 되자 걸왕의 주지육림과 주왕의 술주정, 술을 가득 채운 한 성제, 멋대로 퍼마신 진 후주에서 수 양제와 당 현종에 이르기까지 모두 패망하고 혼란하고 죽고 나라가 망하는 재앙이 앞뒤로 서로 이어졌으니 술의 재앙이 어찌 크지 않습니까! 그러나 저는 이 대여섯 임금이 선왕의 가르침을 행하였는데도 죽거나 망하는 재앙을 면하지 못했는지 알지 못하겠습니다.

술을 퍼마신 전대의 실패를 거울삼아

삼가 생각건대, 우리 조선은 여러 왕이 서로 계승하여서 마구 술을 퍼마신 전대의 실패를 깊이 거울삼아서 무리지어 음주하는 오늘날의 풍속을 막으려 하였습니다. 그래서 태종대왕은 특별히 금방禁防을 설치하였으니 이는 곧 우임금이 맛있는 술을 미워하고 주나라[周家]에서 감계監戒를 세운 뜻입니다. 세종대왕은 특별히 유명을 지었는데, 이는 곧 무왕이 「주고」를 짓고 위나라 무공이 시를 지은 뜻입니다. 이는 선왕의 가르침을 회복하고 삼대의 예를 회복하고자 백성의 교화만을 생각하는 성대한 마음입니다. 그러므로 당연히 무리지어서 술 마시는 풍속이 저절로 없어지고 주색에 빠지는 풍속이 영영 끊어지며, 여러 차례 절하는 예가 잔을 주고받는 사이에 행해지고 공손하게 사양하는 풍속이 잔치하며 술 마시는 데에서 이루어질 것입니다. 손님과 주인의 의식에서 술에 취해 어지러이 춤을 추지 않고, 제사상을 차린 곳에 왁자지껄 떠드는 소리가 들리지 않을 것입니다. 사람들은 술독 사이에 쓰러져서 자는 것을 추하게 여기고, 선비는 비녀장을 우물에 던지고 한껏 퍼마시는 것을 부끄럽게 여길 것입니다. 그리하여 모두 온화하고 공손한 모습, 삼가고 조심하는 거동으로 스스로 몸을 검속할 것입니다.

사람의 삶은 무엇보다도 귀하다

그런데 우리 성상께서 즉위하신 이래로 아래에서 진탕 퍼마시는 일이 극에 달하였습니다. 밤낮 술자리를 떠나지 않고 마셔대며 취하는 것을 선비는 모두 바라고 사람들은 다투어 숭상합니다. 크게는 장기가 썩고 창자가 문드러지며 작게는 정력을 소모하고 정신을 손상하여서 성명性命을 없애는 일이 있습니다. 심하면 상복을 입고서도 기쁘게 술을 마시고 웃으며, 재계하는 날에도 술잔과 쟁반이 왔다 갔다 하니 슬픔과 공경을 극진히 하고 신명과 접할 수 있겠습니까? 사람의 삶은 그 무엇보다도 귀합니다. 부모가 낳아서 키워주고 임금과 스승이 가르친 것인데 한편으로는 그 본성과 생명을 망가뜨리고 한편으로는 마음과 의지를 어지럽히니 또한 부모를 업신여기고 임금과 스승에게 무례한 것이 아니겠습니까! 이 뿐만이 아닙니다. 흉년이 들어 굶주리는 때에 임금님의 백성 가운데 굶어죽은 노약자가 잇따르고 죽은 자가 이리저리 널려서 길바닥에 이어졌는데도 당연한 일로 여깁니다. 술을 마시고 고기를 먹으며, 노래를 부르고 악기를 연주하며 편안하게 스스로 마음껏 즐깁니다. 이 어찌 어진 군자의 마음이겠습니까! 동네와 골목의 장사치들까지도 이를 본받아서 서민의 이익을 돈거리로 차지하여 재물을 채우고 돈을 쌓아서 날마다 술과 고기를 사는 비용으로 써버리며, 매양 취하여 주정하는 것을 일삼고 있습니다.

경건하게 술을 사용하도록 가르쳐서

저 매 땅 한 나라가 주왕의 악행에 물들었으나 무왕은 오히려 간절히 훈계하여 가르쳤습니다. 하물며 서울은 사방이 지켜보는 곳으로서 다만 매 나라에 그칠 뿐만이 아닙니다. 지금의 계책으로는 선왕의 마음을 마음으로 삼고 선왕의 가르침을 가르침으로 삼음만 한 것이 없습니다. 제사가 근본에 보답하기 위해 만들어진 것임을 안다면 경건하게 술을 사용하도록 가르쳐서 제사를 지내게 하고, 잔치가 화목을 위해 베풀어진 것임을 안다면 화목을 위해 술을 사용하도록 가르쳐서 잔치를 베풀게 해야 합니다. 친족을 친하게 대하는 가르침을 매양 겨레붙이와 화합하기 위한 음주에 덧붙이고, 공경하는 가르침을 임금과 신하 사이에 걸쳐 있도록 해야 합니다.

마음이 안에서 성실하고 가르침이 밖에서 드러나면 근본에 보답하는 가르침이 행해져서 백성이 어버이에게 효도하기를 생각하여서 술을 마시더라도 함부로 행동하는 데 이르지는 않으며, 화목의 가르침이 퍼져서 백성이 사납고 오만한 것을 두려워하면 술을 마시더라도 어지러워지는 데 이르지는 않습니다. 그리하여 아홉 겨레붙이 사이에는 서로 원망하는 탄식이 없고 임금과 신하 사이에는 의심하고 다른 마음을 품는 근심이 없어지며, 사람들이 모두 술에 나아가지 않고 가르침에 나아가며, 가르치지 않아도 마음으로 감화할 것입니다. 서울이 교화되고 사방도 교화될 것인데 어찌 술을 마구 퍼마실까 근심하겠습니까!

서울이 모범을 보여야

집사의 물음에 저는 이미 앞에서 대략 진술하였습니다. 글의 끝에서 별도로 아뢸 것이 있습니다. 대체로 교화가 퍼지는 것은 집집마다 찾아가고 사람마다 붙잡고 말해서 되는 것이 아닙니다. 지혜로운 자가 벼슬자리에 있고 능력 있는 자가 관직에 있어서 조정이 예를 숭상하고 백관이 공경하고 사양하며, 도덕이 안에서부터 밖에까지, 가까이에서부터 멀리까지 행해진 뒤에야 백성이 본받을 바를 알아서 날마다 자기도 모르게 선으로 나아가게 됩니다.

서울은 왕자王者의 도읍이므로 성상의 교화를 직접 받습니다. 그러나 술 마시는 것을 높이는 풍속이 지금 더욱 심하니 먼 지방의 고을이 취할 바가 없고 또한 장차 술 마시는 것을 높이는 것을 숭상할 것입니다. 무왕이 강숙康叔을 위나라에 봉할 적에 반드시 술 마시기를 높이는 상의 백성을 교화하도록 간절히 타이른 것이 어찌 술 마시기를 높이는 재앙이 끝내 나라가 망하고 집안이 무너지는 데 이르고 오직 현명한 강숙만이 교화할 수 있기 때문이 아니었겠습니까!

지금 집사선생께서도 세상을 걱정하는 뜻이 있으니 제가 감히 술 마시기를 높이는 것을 경계하고 집사에게 강숙처럼 되기를 바라지 않겠습니까! 삼가 대답합니다.

책문 속으로

중종과 김구, 깊은 밤에 독대하다

술, 노소동락이었던 음식

술에 관해서는 내게도 부끄러운 기억이 많다. 경상북도 산골에서 어린 시절을 보낸 나는 일찍부터 술과 가까워졌다. 그 당시 술은 노소동락老少同樂이라 하여 어른과 아이가 함께 먹는 음식이었다. 보릿고개를 넘을 때면 술지게미도 좋은 끼니거리였기 때문에 아이라 하여 특별히 술이 금기가 되지는 않았다. 술을 거르고 남은 지게미에 물을 넉넉하게 부어서 끓인 다음, 사카린을 두세 알 으깨어 넣고서 휘저어서 마시면, 시큼하면서도 달콤해 제법 먹을 만했다.

어머니 말씀에 따르면 맏손자였던 나는 할아버지를 따라 다니며 할아버지께서 동네 노인들과 담소를 나눌 때, 등 뒤에 매달려 할아버지께서 마시는 술잔을 끌어당기며 달라고 졸랐다고 한다. 서너 살 어린 나이니 술맛을 알아서 달라고 조른 것이 아니라 먹는 것이니 본능적으로 달라고 했을 것이다. 그때 술이라고 해야 멀건 막걸리였으니, 조금만 익숙해지면 어린아이라 하여 그리 못 먹을 것도 아니었다. 더구나 젖 떨어지고 나서 특별한 이유식이나 간식거리가 없던 시절이니 술을 요즘의 요구르트에 견주어도 전혀 무리가 없을 것이다.

혼자서 걸어 다닐 나이가 되면 우리 또래 아이들은 너나 할 것 없이 술심부름이 일이었다. 집집마다 술을 빚었지만 한창 일철이 되면 술이 금방 동이 나서 어느 동네에나 있던 술집에 양은주전자를 들고 가서 술을 받아왔다. 특히 힘이 드는 논일을 할 때면 으레 아이들은 술심부름을 해야 했다. 도랑을 휘저으며 물고기를 따라다니느라 지친 우리는 술 주전자를 들고 술집에 가서 술을 받아오다가 목도 마르고 배도 고프고 하여 한 모금 두 모금 미리 맛을 보았다. 그러다 간혹 취해서 비틀거리다가 반쯤 쏟기도 했다. 그래도 술이 아까워 야단치는 어른들은 있어도 술 취한 걸 크게 나무라는 어른은 없을 정도로 술에 대해서는 관대했다.

주귀酒鬼의 부활

아마 초등학교 3,4학년 무렵의 늦은 봄이 아니면 초여름이었을 것이다. 한창 논일을 시작하는 때여서 집에서는 거의 내 어깨까지 오는 큰 독에 술을 가득 담갔다. 어느 날 학교에서 돌아오니 큰 독에 담긴 술이 한창 익어서 곧 거를 때가 되어 있었다. 술이 익으면 효소가 발효하여, 속에서 괴어 오른 술기운이 위로 오르면서 풀쑥풀쑥 소리가 난다. 그

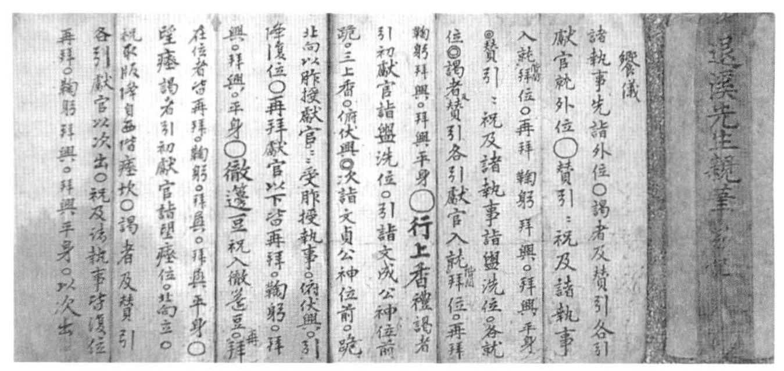

퇴계 글씨

소리와 향에 이끌려 나도 모르게 휘휘 저어서 위에 뜬 술을 한 사발 퍼서 마시고는 아주 익숙하게 입을 슥 닦았다. 그 순간까지는 학생이 술을 마셔서는 안 된다는 의식 따윈 전혀 없었다. 그런데 술 사발을 내려놓고 입을 닦고 돌아서는 순간, 내가 지금 무얼 하고 있는가 하는 생각이 퍼뜩 들었다. 이래서는 안 된다! 그 이후로 술을 끊었다.

주귀酒鬼가 봉인을 찢고 다시 활개를 치게 된 것은 대학교 2학년 때였다. 대학 1년을 고등학교 4학년처럼 보내고 2학년이 된 봄에 이웃 대학교에 유학 온 고향친구를 만나러 갔다가 다시 술을 마시게 되었다. 그 이후로 오늘에 이르기까지 술 때문에 부끄러웠던 일도 많았다.

큰 뜻이 꺾이고 술에 빠지다

공자는 술 때문에 곤란을 당한 일은 없었다고 했지만 도학군자들도 술의 유혹을 극복하기는 어려웠던 것 같다. 고봉 기대승은 퇴계 이황에게 술 때문에 생기는 문제에 관해 고민하는 편지를 보냈고 이황도 기대승에게 술을 조심하라고 충고한다. 하서 김인후는 인종이 의문스러운 죽임을 당하자 아예 술로 자학하기까지 한다.

김인후는 인종이 세자였던 시절에 특별한 지우知友를 맺고서 세자가 즉위하면 동방의 요순 같은 성인으로 이끌 꿈을 키우며 학문에 정진했다. 하지만 인종이 즉위한 지 채 1년도 못 되어 죽자 그만 실의에 빠져, 인종에게서 받은 전라남도 옥과玉果라는 고을의 현감 벼슬을 끝으로 관직을 버리고 술과 시로 여생을 보내다 세상을 버렸다. "얼음과 숯이 속을 끓이니, 술이 아니고 무엇으로 견디랴[鬱氷炭之交腸兮, 諒非酒而何堪 醉翁亭賦]!" 이글거리는 야망과 냉혹한 현실이 뒤얽혀 자기를 괴롭히니 술로 달랠 수밖에 없다는 자탄이다.

때 못 만난 도연명 안타깝기도 하지	常恨淵明不遇時
세상을 향한 큰 뜻 동쪽 울타리에 묻혔네	經綸大志沒東籬
술에 빠진 것도 공연한 일 아니어라	沈冥麴糵非徒爾
그 뉘 알리, 요순을 기약하는 그 마음	誰識心懷堯舜期

중국 동진東晉시대 때 '동쪽 울타리 밑에서 국화꽃을 꺾어들고 멀거니 남산을 바라본다[採菊東籬下, 悠然見南山]' 하고 「음주飮酒」라는 시를 읊었던 도연명은 바로 김인후 자신이었다. 이 시는 일생의 포부를 이룰 기회를 눈앞에서 놓쳐버리고, 술로 달랠 수밖에 없는 억울한 심정을 절절히 토해낸 시이다. 김인후와 같이 시대를 아파했던 허다한 지식인들은 불우한 인생을 술에 타서 마시며 불의에 저항했던 것이다.

술의 덕을 찬송하다

어느 시대에나 뜻을 펴지 못한 지식인이나 시대를 잘못 만난 선비들은 으레 술을 빌어 현실을 초탈하려고 했다. 중국의 위진남북조 시대는 오랜 전란과 빈번한 왕조 교체로 지식인들에게는 유례없이 암울한 시기였다. 이 시기에 대나무 숲에 모여서 세상을 비웃고 낭만과 자유를 추구하던 일곱 명사가 있었는데, 이들을 '죽림칠현竹林七賢'이라고 한다. 이 가운데 유령劉伶이라는 선비는 「술의 덕을 찬송함[酒德頌]」이라는 시로 아주 유명하다.

술의 덕을 찬송함	酒德頌
대인선생 계셨지	有大人先生
천지도 하루아침	以天地爲一朝
만년도 잠깐으로 알며	萬期爲須臾
해와 달 창을 삼고	日月爲扃牖
온 세상 뜨락 삼아	八荒爲庭衢
자취 없이 다니고	行無轍跡
집 없이 살았네	居無室廬
하늘을 지붕 삼고 땅을 요로 삼아	幕天席地
마음이 내키는 대로	縱意所如
앉으면 술잔 들고	止則操巵執觚

걸으면 술항아리 끌었네　　動則挈榼提壺
술 마시는 데만 힘썼으니　　有酒是務
어찌 다른 일을 아랑곳하랴!　　焉知其餘
고귀한 젊은이　　有貴介公子
품행 높은 양반과 처사　　搢紳處士
소문을 전해 듣고　　聞吾風聲
행동거지 따지러 왔네　　議其所以
소매를 떨치고　　乃奮袂攘襟
눈을 부릅뜨고 이를 갈며　　怒目切齒
예법을 늘어놓아　　陳說禮法
시비가 날카롭게 일어났다네　　是非鋒起
이 선생 좀 보소　　先生於是
잔 잡고 술통 당겨　　方捧甖承槽
술만 마실 뿐　　銜杯漱醪
수염 털고 다리 뻗더니　　奮髯踑踞
누룩 베고 술지게미 깔고 누웠다네　　枕麴藉糟

생각도 않고 따지지도 않고　　無思無慮
한없이 즐겁고　　其樂陶陶
기분 좋게 취했다가　　兀然而醉
갑자기 술이 깨네　　豁爾而醒
조용히 귀 기울여도　　靜聽不聞

우레 소리 들리지 않고	雷霆之聲
자세히 살펴도	熟視不覩
태산 모습 보이지 않네	泰山之形
뼛속까지 스며드는 추위도 더위도	不覺寒暑之切肌
이익도 욕심도 느껴지지 않았네	利欲之感情
한없는 만물을 내려다보니	俯觀萬物擾擾焉
강에 떠 있는 부평초 같아	如江漢之載浮萍
옆에 있는 양반과 처사는	二豪侍側焉
풀벌레나 잠자리로 여길 뿐	如蜾蠃之如螟蛉

술, 일탈의 유혹

이백은 술 한 말 마시면 시를 백 편이나 내리 읊고, 취해 자빠져서는 천자가 놀잇배에서 불러도 가지 않고 자칭 술 신선[酒仙]이라고 했다 한다. 그러니 '술동이가 가만히 달을 비추게 하지 말고[莫使金樽空對月]', '뜻대로 할 수 있을 때 끝까지 즐기라[人生得意須盡歡]'고 했을 것이다. 사람들은 누구나 술을 빌어서라도 일탈하고픈 유혹을 느끼는가 보다. 근대 서양의 예술가들이 아편에 취하여 세속을 초탈하고 어지러운 현실을 벗어나고자 했던 것처럼, 동양의 지식인들은 술을 빌어서 세속을 벗어나고자 했다. 술은 자유의 벗이었고, 낭만의 기폭제였다.

그러나 술은 '잘 쓰면 약, 못 쓰면 독'이라고도 하고, '백약百藥의 으뜸'이라고도 한다. 그만큼 술은 사람과 사람 사이의 관계를 이어주고 잔치에 흥을 돋우며, 마음을 고양시켜 억눌린 정감을 풀어주고 자유와 낭만의 경지에까지 이끌어주지만, 지나치면 방탕하고 실수하게 되며 병을 가져온다. 또한 술은 인류의 역사와 함께 시작된 음식으로서, 흥분을 시키거나 약의 효능이 잘 발휘되도록 돕는 작용도 한다. 그만큼 술은 영향력이 크다.

우 임금이 술을 미워한 까닭

송대 이학의 중요한 논문 가운데 하나인 장재張載[橫渠]의 「서명西銘(서쪽 창에 새겨두고 마음을 바로잡는 글)」은 원래 제목이 「정완訂頑(고집불통을 바로잡음)」이었다. 이 글 가운데 "향기로운 술을 미워한 것은 숭나라 군주[崇伯]의 아들인 우 임금이 술의 영향력을 경계한 것이다."라는 구절이 있다. 우 임금은 황하를 다스린 공으로 순에게서 임금 자리를 물려받았다. 황하의 치수는 중국의 본토라 할 수 있는 중원 사람들의 생존을 위한 필수 사업이었다.

우가 치수를 통해 임금이 되었다는 것은 그가 대규모 관개사업을 일으킬 수 있을 만큼 사람을 조직하고 권력을 장악하고, 그의 집단이 정치적 사회적 체계를 잘 갖추었다는 사실을 반영한다. 어쨌든 우는 그의 치수사업이 설화로, 신화로 전승될 만큼 사람들이 땅에 적응하고 살 수 있도록 잠시도 쉬지 않고 부지런히 일했다. 그런 우에게 의적儀狄이 술을 만들어서 바쳤다.

우 임금이 술을 마셔보니 너무나 향기롭고 감미로워서 정신을 차릴 수 없을 지경이었다. 그래서 나중에 이 술 때문에 패가망신하고 심지어 나라를 망칠 사람이 나올 것이라고 염려하여, 의적을 멀리 쫓아버리고 술을 금했다. 급기야 그의 후손 가운데 걸왕桀王은 술로 연못을 만들고 술지게미로 둑을 만들어 방탕하다가 나라를 잃고 말았다. 그 뒤로도 이 교훈을 깨닫지 못하고 술 때문에 몸을 망치고 나라를 잃는 사람이 끊임없이 뒤를 이었다.

공자는 술을 마시는 데 한도를 정하지는 않았지만 술에 취해 어지러워지는 데까지 이르지는 않았다고 한다. 이 말의 원문인 "유주무량이나 불급난이니라[有酒無量, 不及亂]." 하는 구절을, 내 친구는 술자리에서만큼은 "유주무량이니 불급이면 난이니라." 하고 끊어 읽으며, 술을 마시는 데 한도가 정해져 있지 않으니 술을 마실 만큼 마시지 못하면 난동을 부린다고 해석해야 한다면서 술잔을 끌어당긴다.

중종 때의 금주령

이 책문이 발표된 당시는 연산군 치세 기간 동안 거듭된 실정과 패륜으로 혼란해진 가치관을 바로잡고 학문을 숭상하면서 정책개혁을 단행해 나가던 시기였다. 훈구파의 견제세력으로 등장한 사림파가 도학정치를 표방하면서 참신하고 혁신적인 정치를 주도했다. 1514년(중종 9)에 대사간 최숙생崔淑生이 열두 조항에 걸쳐 시정개혁을 주장하는 상소를 올렸다.

그 가운데 사대부들이 술을 마셔서 그 폐해가 심각하며, 더구나 천재지변을 당하여 백성들이 굶주리고 있으니, 금주령을 엄격히 시행해 궁궐 안에서부터 솔선수범하라는 내용이 들어 있다. 특히 중종조의 기록에는 술을 금하는 내용이 많은데, 이는 연산군 시절부터 쌓인 사치와 방탕의 습속을 뜯어고쳐서 참신하고 건전한 사회 기풍을 조성하고 천재지변으로 동요하는 민심을 안정시키고, 피폐해진 백성의 살림살이를 구제하려는 사회의식을 반영한다.

책제는 술의 폐해가 생기게 된 유래, 술의 폐해를 뿌리 뽑지 못하는 까닭, 술로 인한 폐단을 해결할 방안을 묻는다. 대책은 먼저 술의 폐단은 정신적인 폐단인 만큼 술 자체가 문제가 아니라 정신적인 폐단이 문제이며, 술은 폐단과 함께 쓰임새도 많으므로 무조건 없앨 수는 없다고 전제하고서 답안을 진술한다.

흉년이 거듭되는 데다 왜변이 일어나 사람이 굶어죽고 흩어지는 상황에서, 귀족들이 연일 잔치를 베풀어 술 마시고 춤추며 흥청대서 계층 간의 위화감과 사회적 분열이 심화하고 있었다. 나라에서 금주령을 내려도 효과가 없었다. 그러므로 이런 상황에서는 지도자가 마음을 바로잡고 교화해야만 아랫사람들도 뜻을 따르고 분수를 지켜서 술의 폐해를 극복할 수 있을 것이라 했다.

중종과 김구, 깊은 밤 술잔을 사이에 두고

이렇게 술의 폐해를 지적하는 대책으로 만난 중종과 김구가 서로 흉금을 터놓고 마음을 나눌 때는 역시 술의 힘을 빌렸다고 한다. 『자암집』에는 김구가 남긴 시조 몇 수가 전하는데, 그 가운데 중종에게 바친 시조 두 수의 배경은 다음과 같다.

어느 날 달이 훤하게 밝은 밤에, 김구가 홍문관에서 당직을 섰다. 평소에 늘 옷차림을 반듯하게 하고 있던 김구는 당직을 설 때도 정장 차림

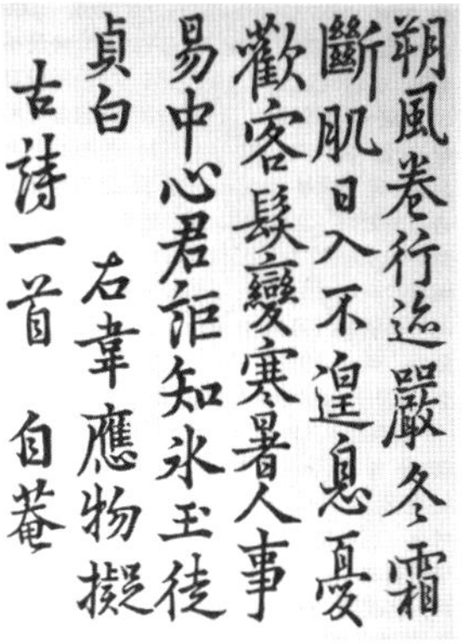

김구 글씨

을 했다. 그는 촛불을 밝혀 놓고 밤이 이슥하도록 『통감通鑑』을 소리 내어 읽었다. 그런데 문득 누군가 문 두드리는 소리가 들렸다. 누구냐고 물어도 대답이 없었다. 낌새가 이상하다고 느낀 김구가 문을 열고 밖을 내다봤더니, 임금이 침전에서 나와서 홍문관 대청에 서 있는 것이 아닌가? 뒤에는 내관이 술과 안주를 들고서 따르고 있었다. 김구는 황급히 뛰어나가 뜰에 꿇어 엎드렸다. 임금은 위로 올라오라고 하고선 말했다.

"오늘 밤은 달이 유난히도 밝아 잠을 못 이루고 있던 차에, 어디서 글 읽는 소리가 청아하게 들려와 내 발길이 여기까지 닿았소. 그러니 임금과 신하의 예 따위는 잊어버리고 서로 벗으로 상대를 했으면 하오."

마침내 중종과 김구는 서로 마음 가는대로 술을 주고받으며 즐겼다. 주흥이 무르익자 중종이 다시 말했다.

"글 읽는 소리가 청아한 것을 보니, 반드시 노래도 잘하겠지요. 어디 나를 위해 한 곡조 불러주지 않겠소?"

김구가 무릎을 꿇고 대답했다.

"오늘 이 임금님의 은혜는 옛날에도 없던 일이고, 오늘날에도 들어보지 못한 일입니다. 그러니 옛날 노래도 부를 수 없고, 오늘날 노래도 어울리지 않습니다. 대신에 신이 스스로 지어서 부르고자 합니다."

그러고는 이렇게 시조를 지어 불렀다.

나온댜 금일이야 즐거온댜 오ᄂᆞᆯ이야
고왕금래古往今來에 류類업슨 금일이여
매일의 오ᄂᆞᆯ ᄀᆞᆺᄐᆞ면 므슴 셩이 가시리

'좋구나 금일이여 즐겁구나 오늘이여
옛날에도 오늘날에도 다시 없을 금일이여
매일이 오늘 같으면 무슨 성가신 일 있으랴'

중종 임금이 한 곡조 더 불러 보라고 했다. 그러자 김구는 또 한 곡조 불렀다.

올ᄒᆡ 댤은 다리 학긔 다리 되도록애
거믄 가마괴 해오라비 되도록애
향복무강享福無疆하샤 억만세億萬歲ᄅᆞᆯ 누리쇼셔

'오리의 짧은 다리, 학의 다리처럼 되도록

검은 까마귀, 해오라기처럼 되도록

끝없는 복을 오래도록 누리소서'

중종이 칭찬하면서 늙은 그의 어머니를 위해 담비 갖옷을 내려주었다. 이런 정도라면 술이야말로 마음과 마음을 이어주는 다리가 아닌가? 무엇이나 늘 정도가 문제이다.

역주

1 육기六氣

하늘과 땅 사이에 있는 여섯 기운이다. 『춘추좌씨전』「소공昭公 · 원년」에 이런 기록이 있다. "하늘에는 여섯 기운이 있는데, 이것이 다섯 가지 맛을 낳고, 다섯 가지 색깔로 나타나며, 다섯 가지 소리로 드러난다. 이 여섯 기운이 지나치면서 여섯 가지 질병이 생긴다. 여섯 기운이란 음 · 양 · 바람 · 비 · 밤 · 낮이다. 이것들이 나뉘어서 네 계절이 되고, 차례대로 오행의 절차를 이룬다. 여섯 기운이 지나치게 작용하면 재앙이 일어난다. 예를 들어 음이 지나치면 추위에 속하는 병이 생기고, 양이 지나치면 열에 속하는 병이 생긴다. 또 바람이 지나치면 팔다리에 병이 생기고, 비가 지나치면 배에 병이 생긴다. 밤에 지나치게 잔치를 벌이거나 성생활을 하면 마음이 어지러워져서 의식이 흐려지고, 낮에 생각을 지나치게 하면 갖가지 번민으로 인한 병이 생긴다.

차례대로 오행의 절차를 이룬다는 목, 화, 금, 수 네 기운이 각각 한 계절

72일씩 담당하고, 토는 각 계절의 끝을 18일 담당하여(또는 여름과 가을 사이의 환절기를 담당하여), 전체 360일이 운행되는 것을 말한다. 이 여섯 기운은 삼라만상을 움직여가는 기운이다. 이 기운이 과도하게 작용하면 병의 원인이 되지만, 병이 실제로 생기는 것은 이런 기운이 작용할 때 사람이 적절하게 대처하지 못하기 때문이다. 예를 들어 비가 많은 계절은 대체로 한 여름 장마철인데, 이런 계절에는 음식이 상하고 물이 오염되기 쉽다. 따라서 물과 음식을 조심하지 않으면 배탈이 나는 것은 당연하다. 비가 내리는 철에는 자주 환기를 시키고, 덥더라도 가끔씩 불을 때서 습기를 제거하며, 물을 끓여서 마시고 음식을 오래 두지 않는 것이 바람직하다. 상한 음식과 더러운 물을 마시고서 배탈이 났다고 비를 탓할 수는 없다.

2 '맛있는 술을 미워했다[惡旨酒]'는 맹자의 말

『전국책』에 이런 이야기가 전한다. 의적儀狄이라는 사람이 향기로운 술을 빚어서 우 임금에게 바쳤다. 우 임금이 술을 마셔보니 너무나 향기롭고 맛이 좋아서, 자기도 모르게 정치고 뭐고 다 잊어버리고 술이나 마시며 향락에 빠지고 싶은 유혹을 느꼈다. 그러니 이 술 때문에 나중에 나라를 망칠 사람이 나올 것은 뻔한 일이 아닌가! 이래서는 안 되겠다고 생각한 우 임금은 의적을 멀리 하고 맛있는 술을 끊어버렸다. 이런 단호한 교훈과 훈계에도 불구하고, 우가 세운 하의 마지막 왕 걸왕은 주지육림에 빠져서 나라를 잃고 말았다.

3 주고酒誥

은이 망하고 주가 들어선 뒤 무왕은 강숙에게 은의 유민을 다스리게 했다.

은의 마지막 왕 주紂의 도읍이었던 매방妹邦은 주왕의 영향으로 술을 마시는 악습이 더욱 심했다. 그래서 무왕은 강숙에게 매방을 다스리게 하면서, 특히 술을 조심하도록 훈계했다. 『상서』「주고」의 첫머리에 이런 훈계가 기록되어 있다. “임금님께서 이렇게 말씀하셨다. '매방에 큰 명령을 내려라! 돌아가신 아버지 위대한 문왕께서는 서쪽 땅에 나라를 세우셨다. 그분은 여러 나라의 관리와 하급관리와 시종들을 아침저녁으로 꾸짖으셨다. 제사에만 이 술을 써라!'”

4 빈지초연賓之初筵

'빈지초연'이라는 시는 위나라 무공이 술을 마시고 저지른 과오를 뉘우치면서 지은 것으로 알려져 있다. 그 내용은 활쏘기 대회나 제사를 마치고 술을 마시는 자리에서 예의와 위엄을 갖추고 술을 마시는 모습은 덕이 있으나, 술을 마시고서 위엄이 없고 예의를 잃어버린 지경에 이르면 덕을 헤친다는 것이다. 처음 술을 마실 때는 늘 예의가 있고 질서가 있으나 술에 취하면 혼란하고 어지러워진다. 그래서 술을 지나치게 마시고 취하여 추태를 부리지 말도록 경계한 것이다. 관련된 내용을 소개하면 다음과 같다. “손님이 처음 자리에 나갈 적엔 온화하고 공손했네. 아직 취하지 않았을 때는 위의가 있어서 예절바랐네. 술에 취하자 거동이 경망하여 제자리를 놓아두고, 이리저리 옮겨 다니며 너울너울 춤을 추었네. 취하기 전에는 거동이 조심스럽더니, 취하고 나서는 멋대로 행동하네.”

5 정자程子가 흰 쌀밥을 먹지 않고, 공의휴公儀休가 고기를 받지 않은 것

『이정전서二程全書』「상곡군군가전上谷郡君家傳」에 따르면, 정호鄭顥와

정이程頤 형제는 어려서부터 어머니에게서 엄격한 교육을 받았다고 한다. 밥을 먹을 때 어머니가 옆에 앉아 있다가, 국에 간을 더 넣을라치면 언제나 꾸짖었다고 한다. 어려서부터 그렇게 입맛에 맞는 대로 먹으려고 하면 자라서 욕구를 감당할 수 없게 된다는 것이다. 그래서 두 형제는 평생 음식이나 의복을 마음에 드는 대로 고를 수 없었다고 한다. 그러나 흰 쌀밥을 먹지 않았다는 말은 찾지 못했다.

공의휴는 춘추시대 노나라 목공 때 박사를 지낸 사람이다. 학문과 재능이 뛰어나서 노나라의 재상이 되었다. 기존의 법을 잘 지키고 이치에 따라 정치를 했으며, 까닭없이 법을 뜯어고치지 않았기 때문에 모든 관리들이 스스로 바르게 되었다. 녹을 먹는 관리들이 백성과 이익을 가지고 다투지 못하게 했고, 많은 녹을 받는 사람은 아무리 적은 이익이라도 챙기지 못하게 했다.

한번은 어떤 빈객이 공의휴에게 생선을 갖다 바쳤는데 공의휴가 받지 않았다. 빈객이 의아해 하면서 물었다. "나리께서는 생선을 아주 좋아하신다기에 특별히 생선을 드리는데 왜 받지 않으려 하십니까?" 그러자 공의휴가 대답했다. "생선을 아주 좋아하기 때문에 받지 않는 거라오. 지금 나는 재상으로 있기 때문에 내가 먹을 생선은 충분히 마련할 수 있소. 지금 그대가 바치는 생선이 탐나서 받았다가 벼슬에서 떨어지면 그때는 누가 나에게 생선을 갖다 주겠소. 그러니 생선을 받을 수 없소."

공의휴의 집에서 가꾼 채소가 아주 맛이 있었다. 그래서 그는 밭에 있는 채소를 다 뽑아버렸다. 한번은 집에서 부리는 여자가 짠 베가 아주 좋았다. 그것을 본 공의휴는 얼른 그 여자를 쫓아내고 베틀을 불살라버렸다. 그러고서 이렇게 말했다. "봉급을 받아서 살아가는 벼슬아치인 내가 채소를 가꾸어서 먹고 베를 짜서 옷을 해 입는다면, 농사꾼이나 베 짜는 여인들은 어디에 물건을 내다 팔 수 있겠느냐?" 봉급을 받아서 살아가는 사람은 봉급의 한도 내에서 먹고 살아야지 가외의 수입을 챙기려 하거나 생산자들과 이익을 다투어서는 안 된다는 생각이다.

6 정나라나 위나라 음악을 기에게 연주시켜도 소소가 될 수 없다

양웅揚雄의 『양자법언[揚子法言]』 권7 「과견寡見」에 이런 말이 있다.

어떤 사람이 물었다. "만약에 진의 법을 개혁해서 시행한다면, 또한 세상을 태평하게 할 수 있을까요?" 양웅이 대답했다. "금슬을 연주하는 것에 비유해 볼까요? 정나라나 위나라의 곡조라면 설령 순 임금 때 음악을 맡았던 기夔에게 연주시킨다 하더라도, 순 임금의 음악인 소소蕭韶와 같이 아름답고 착한 음악이 되지는 못할 것입니다." 본질이 악하거나 저열한 것은 아무리 임시변통을 하거나 미봉책으로 고친다 하더라도 근본이 바뀌지 않는 한 달라지지 않는다는 뜻이다.

김구는 이 말을 빌어 연산군 시절의 황폐한 정치는 세종과 성종 시절 동안 이루어 놓은 문화정치의 성취를 완전히 파괴시켜 버렸으니 근본적으로 개혁하지 않는 한 국가의 면모를 새롭게 할 수 없다는 주장을 펼치고 있는 것이다.

양웅(B.C.53~A.D18)은 전한의 학자이다. 어려서부터 학문을 좋아하여 여러 책을 널리 읽었지만, 글귀를 따지는 훈고는 일삼지 않았다. 깊이 사색하기를 좋아했고, 문장으로 이름을 날렸다. 사마상여司馬相如의 작품을 모방하기도 했고, 성제成帝 때 궁정에 불려 들어가 사부辭賦에 주를 달기도 했다. 나중에 정권을 탈취한 왕망을 섬겼다. 저서에는 『주역』을 모방한 『태현경太玄經』, 『논어』를 모방한 『양자법언揚子法言』과 『방언方言』 등이 있다. 음양오행설이나 참위설의 영향을 완전히 벗어나지는 못했지만 전한 금문경학의 신비주의에서 벗어나 고문경학을 회복하는 데 역할을 했다.

제6장

외교관의 자질

중종 책문

외교관은 어떤 자질을 갖추어야 하는가?

김의정 대책

오늘날 사신을 파견할 때는 덕을 숭상해야지 말재주만 숭상해서는 안 되며, 행실을 보아야지 재능만 보아서는 안 됩니다.

시대적 배경

이 책문은 김의정金義貞의 대책이다. 김의정은 1495년(연산군 1)에 태어나서 1548년(명종 3)에 죽었다. 자는 공직公直이고, 호는 잠암潛庵 또는 유경당幽敬堂이며, 시호는 문정文靖이고, 본관은 풍산豐山이다. 1516년의 사마시에 합격했고, 1526년의 별시에 병과로 급제했다.

관직에 있을 때 김안로에게 화를 입을 뻔했으나 장순손張順孫의 간언으로 화를 면했다. 김안로가 실각한 뒤에도 심정과 혼인관계가 있어서 크게 등용되지는 못했다. 인종이 죽은 뒤 병을 핑계로 고향에 돌아가 은거했다.

책제는 중국에 사신을 파견하고 외교관계를 맺는 데 사신의 역할이 중요한 만큼 사신의 자질과 역할을 논하라는 것이다. 이에 대해 사신의 자질 가운데 가장 중요한 조건이 덕이라고 전제하고서 사신을 파견할 때는 작위의 차례에 따라 선발할 것이 아니라 덕이 있고 유능한 사람을 사신으로 선발해야 한다고 했다.

책문

외교관은 어떤 자질을 갖추어야 하는가

1526년, 중종 21년 문과

옛날에 제후들이 천자에게 조공을 바치면서[朝聘] 우호관계를 맺을 때는 사신의 역할이 무엇보다도 중요했다. 주나라 때 쓴 노견勞遣의 시에서도 사신을 중시하는 뜻을 볼 수 있다.

춘추시대에 여러 나라의 대부 가운데 외교의 사명을 잘 완수하고 나라를 보존했던 사람의 이름을 가리켜 말해보라. 한·당·송 대에 외국에 사신으로 가서 외교 교섭을 벌이면서[專對] 임기응변으로 국가의 위세를 손상시키지 않았던 사람을 말해보라.

우리나라는 오랫동안 여러 왕조를 거쳐 왔는데, 그 가운데 외교의 사명을 감당하면서 어지러운 문제를 해결하고 전쟁을 막았던 사람은 누구인가?

오늘날 우리나라는 중국과 외교관계를 주도면밀하게 유지하고 있지만, 유독 사신을 파견할 때는 작위의 높낮이에 따라 파견하고 있다. 이런 상황에서 혹 비상사태가 일어나거나 뜻밖의 일이 생겼을 때 과연 상황에 맞게 대처해서 군주의 명령을 욕되게 하지 않을 수 있겠는가? 어떻게 하면 옛 사람들처럼 사신의 직책을 다할 수 있겠는가?

그대들은 『시경』의 시 300편을 외고 있을 테니 이런 문제에 대답할 수 있으리라. 그대들의 생각을 듣고자 한다.

대책

재능보다 덕을 우선해야 합니다

김의정

태평한 시대에 과거를 베풀어 선비를 뽑으면서 집사선생께서는 특별히 사신의 도리를 저희들에게 질문하셨습니다. 제가 비록 똑똑하지는 못하지만 어찌 감히 입을 다물고 있을 수 있겠습니까?

저는 다음과 같이 생각합니다. 자기 나라의 실정을 잘 알리는 방법은 말을 올바로 하는 데 있고, 자기 나라의 외교 방침을 전하는 데는 덕이 가장 중요합니다. 덕이 부족한 데도 바른말을 하는 사람은 아직 보지 못했습니다. 또한 말이 바르지 않은 데도 뜻을 잘 전하는 사람도 아직 보지 못했습니다. 그러므로 덕이 근본이고 말은 지엽입니다.

지엽이란 기능을 말하고 근본이란 행실을 말합니다. 고상한 이론과 기묘한 계책을 종횡무진 펼치고, 뛰어난 논리와 화려한 수사[飛辯騁辭]

로 재능을 떨쳐서 한 시대의 난리를 해결하고 한 지역의 위기를 평정하는 것은 본디 재능 있는 사람이 할 수 있는 일입니다.

뜻밖에 생겨난 일에 대해 임기응변하고, 천 길 낭떠러지 앞에서도 대의를 지켜서 우뚝 서며, 아주 작은 일에라도 옳고 그름을 분명히 가리고, 한 시대의 고통을 특이한 궤변으로 해결하려고 하지 않고, 충성과 의리로 절개를 튼튼하게 세우며, 약삭빠른 꾀를 따르지 않고 국가의 위신을 높일 수 있는 일들은 덕 있는 사람이 아니면 결코 감당할 수 없습니다. 재능만 있다고 해서 책임질 수 있는 일이 결코 아닙니다.

그러므로 사신으로 뽑혀서 나라를 대표하여 외교 방침을 전하는 사명을 띤 사람은 재능이 아니라 행실이 중요함을 알 수 있습니다. 춘추시대에 사신의 능력을 따진 것도 덕을 숭상하는가, 언어 능력을 숭상하는가 하는 차이에 달려 있었습니다.

말만 많고 덕이 따르지 않는다면

질문에서 언급한 내용에 따라 말씀드리겠습니다.

사신은 위의 덕을 공평무사하게 널리 알리고, 아래의 사정을 막히지 않게 전달하는 사람입니다. 고을의 사정을 살펴 먼 곳에 있는 사람들을 어루만지는 일도 그의 임무이며, 임금의 명령을 맡아 나라의 위신을 떨치는 것도 그의 책임입니다.

그래서 주나라 때에는 사신을 파견할 때, 권력에 결탁하는 일을 단속하는 책임까지 맡겼습니다. 또한 춘추시대에는 사신들이 온 사방을 이리저리 오고 갔습니다. 그들은 저마다 말과 글로 자기의 생각을 잘 펼쳐서 온갖 복잡하게 얽힌 일에 신속하게 대응했습니다. 한마디 말로 기울어지는 상황을 바로잡고, 거듭되는 위기에 막힘없이 사신의 임무를 잘 수행해서 나라를 보호한 사신들이 있었던 것입니다.

그러나『시경』에서 말한 것처럼 위대한 왕들이 펼친 교화가 점차 사라지고 덕을 숭상하던 풍조가 점점 사라지자 말재주를 숭상하려는 조짐이 드러났습니다. 그래서 말은 강물을 쏟아놓은 것처럼 달변이지만 덕은 가을 하늘처럼 깨끗하지는 못했습니다. 그래서 공자도 거백옥蘧伯玉에 대해서만 사신의 자질을 갖추었다고 탄식했던 것이니, 나머지는 거론할 만한 사람이 없었습니다.

기억될 만한 사신들

한에서 당, 당에서 송, 송에서 우리나라에 이르기까지 각각 1,000여 년의 거리가 있습니다. 물론 이 시기에도 사신의 재능을 잘 발휘한 사람이 많았을 것입니다. 그러나 이미 사회의 덕이 날로 쇠퇴해서 수준이 점차 떨어졌으니, 한·당·송의 인재들 가운데 춘추시대를 초월할 만한 사람이 있겠습니까?

위에서 사신을 파견할 때도 애초에 덕을 펼쳐서 오랑캐와 소통할 의사가 없고, 아래에서 사신으로 갈 때 나라의 실정을 알리고 계획을 미리 도모하는 데 뜻을 둔 사람이 없었습니다. 그러니 국위를 손상시키지 않고 어려운 문제를 해결하면서 전쟁을 막을 수 있었던 사람에 관해 집사선생께 자세히 말씀드릴 것이 별로 없습니다. 다만 그 사이에 뚜렷한 자취를 남겨서, 함부로 덮어두어서는 안 될 몇 사람이 있습니다.

한 대에는 흉노에 사신으로 갔던 소무蘇武[1] 한 무제 때 흉노에 사신으로 갔다 흉노에게 잡혀 온갖 고초를 겪고 풀려난 충신가 있었고, 당 대에는 반란을 일으킨 이희열李希烈에게 사신으로 갔던 안진경顔眞卿[2] 안록산의 난을 토벌한 당대 대표 명필이 있었으며, 송대에는 글안으로 사신을 갔던 부필富弼 송과 글안의 외교관계 처리에 공을 세운 북송 인종 때 명신이 있었습니다. 우리나라에서는 정몽주가 배를 타고 중국에 들어가 외교를 맺어, 몽고 황제에게 칭찬을 받았습니다. 그의 충성과 의로운 기개는 후세의 사신들에게 널리 알려져서 사신의 모범[激節]이 되기에 충분합니다.

어찌 작위의 높낮이로 사신을

지금 우리나라는 조상 대대로 중국과 외교상의 예우를 어기거나 중단한 사례가 없습니다. 그러나 중국이나 이웃 나라에 사신을 파견할 때 작위의 차례에 따라 보내는 건 어찌된 까닭입니까?

사신의 수행 능력은 덕행에 달려 있고, 작위의 높낮이는 공로에 관련된 것입니다. 그러니 윗자리에 있는 높은 사람이라고 어찌 모두 현명하고 지혜롭겠으며, 아랫자리에 있는 낮은 사람이라고 어찌 하나같이 어리석고 자질이 모자라겠습니까?

그러므로 작위에 따라 사신을 파견하는 것은 바람직한 계책이 아닙니다. 그런데도 작위만 따지고 덕은 무시하며, 지위만 논하고 재능은 버려둡니다. 그것이 과연 중국이나 이웃 나라와 외교 관계를 맺는 데 사신을 선발하는 방법이 되겠습니까?

저는 이런 말을 들었습니다. 일곱 걸음을 걷는 동안에 시를 짓고[詩成

七步][3] 입으로 육경六經을 외는 사람이라도, 자기의 재능을 직접 팔려고 내놓는 사람은 장사꾼과 같다고 말입니다. 우리 삼한의 사대부가 사신으로 가서 모욕을 당했다면, 그것은 분명히 작위만 따지고 재능은 무시하며 재주만 거론하고 덕은 도외시했기 때문일 것입니다.

저는 그 당시에 중국이나 외국에 사신으로 갔던 사람들이 불행하게도 이런 사람들이 아니었을까 생각해 봅니다. 물론 그런지 그렇지 않은지 저는 잘 모르겠습니다. 다만 한 가지 장래에 걱정되는 일은, 사신을 가면 언제나 갑자기 비상사태가 생길 수도 있다는 점입니다.

임금의 마음도 제대로 알지 못하고서야

온갖 변화의 조짐이 앞에서 일어나고, 온갖 일의 실마리가 옆에서 나옵니다. 그래서 반드시 실정과 사실을 헤아려서, 전체 강령과 실제 항목을 하나하나 추궁해야 합니다. 그러니 과연 재능만 가지고 임금의 명령을 높이 받들 수 있겠습니까? 과연 고대의 이상사회에서 행실이 고상했던 사람들처럼, 안으로 사회를 안정시켜 나라를 부흥시키고, 밖으로 국제관계를 안정시킬 수 있겠습니까?
사신으로 가는 사람은 군주의 마음을 읊은 『시경』의 '화려하게 핀 꽃[皇皇者華][4]' 『시경』 「소아」의 시편 이름의 의미를 제대로 알지도 못합니다. 또 그들의 덕은 '생각에 거짓이 없다[思無邪][5]' 『시경』 「노송」 경에 나오는 말로 노나라 사람들이 희공을 존경하면서 했던 말는 뜻에 견주어도 부끄러운 점이 있습니다. 본래 행실이 고상한 사람을 얻기 어렵지만, 후세의 조자趙咨 삼국시대 오의 신하. 촉과 전쟁할 때 위와 외교를 하였다 와 같은 사람도 많지 않습니다.

이것이 바로 집사선생께서 정말로 깊이 염려하고 질문하신 까닭이니 제가 어찌 만 분의 일이나마 도움이 되기를 바라지 않겠습니까? 상황을 잘 주선하여 임기응변으로 대처하면서 임금의 명령을 욕되지 않게 할 사람을 얻기를 원한다면 저는 이미 앞에서 사신을 뽑을 때 덕과 행실을 숭상해야 한다고 대답했습니다.

만약 비상사태를 만난다면

작위로 사신을 뽑는 폐단을 바로잡기 위해 저는 다시 드릴 말씀이 있습니다. 어지러운 시대에는 현명하지 않은 사람이 윗자리에 있을 수도 있고 현명한 사람이 아랫자리에 있을 수도 있습니다. 그러나 성대하고 밝은 시대에는 아름답고 추한 것이 맑은 거울을 피할 수 없으며, 가볍고 무거운 것이 저울을 벗어날 수 없습니다.

그런 시대에는 길고 짧은 것을 재고 헤아려 한 치라도 속일 수 없으니, 현명한 사람이 아래에 있고 어리석은 사람이 위에 있을 리가 없습니다. 그러니 지금 조정에서 작위의 순서대로 사신을 파견하는 것은, 옳고 그름을 뒤죽박죽으로 만드는 일입니다. 따라서 더욱 정교하게 사신을 가려 뽑고, 더욱 공정하게 일을 맡겨야 합니다. 덕을 숭상하는 것과 재능을 숭상하는 것에 대해 잘 따져보아야 합니다.

시험 삼아 물음에서 언급한 폐단을 해결할 대책을 답해보겠습니다. 재능은 평상시라면 쓸 수 있지만 비상시에는 쓸 수 없습니다. 그러나 덕은 비상시나 평상시나 일관되게 쓸 수 있습니다. 그러니 과연 비상시에 쓸 수 없는 재능으로 비상사태를 만나서 정도로써 대응하거나 이치에 어긋나지 않게 할 수 있겠습니까?

이치에 어긋난 데도 일을 이루려는 것에 대해 옛 사람들은 인정하지 않았습니다. 재능을 믿고 일을 처리하는 것은 국가의 외교 업무를 완수한 것처럼 보일지는 몰라도 사실은 나라의 위신을 떨어뜨리는 것입니다. 그래서 성인은 재능을 귀하게 여기지 않았습니다.

행실이 고상한 사람은 세상일의 변화에 마주하면서도, 죽고 사는 문제에 마음이 흔들리지 않습니다. 그는 오로지 정의를 굳게 지킴으로써 성공과 실패에 마음을 빼앗기지 않고 오로지 명을 따릅니다.

어쩔 수 없는 상황을 운명처럼 여기는 사람으로

그러니 집사선생께서 언급한 비상사태도 염려할 일이 없습니다. 이런 사람은 임무를 맡을 만한 능력이 있고, 사태를 명확하게 파악할 만한 통찰력도 있습니다. 그렇기에 비상사태를 맞아서 비상한 공적을 이룰 수 있습니다. 만약 그럴 수 없다고 하더라도 의리를 지켜 죽음을 무릅쓸 것이고, 죽음을 무릅써 목적을 달성할 것입니다.

그리하여 나라를 당당한 반열에 올려놓고, 자기의 이름을 다른 나라에 떨칠 것입니다. 이는 보잘것없는 재능만 내세우는 사람으로서는 도저히 따를 수 없는 일입니다. 옛 사람이 '어쩔 수 없는 상황을 운명처럼 편안히 여기는 사람은 성인의 고상한 행적'이라 한 것은 바로 이것을 말합니다. 그래서 저는 덕이 귀중하다고 믿는 것입니다.

오늘날 사신을 파견할 때는 덕을 숭상해야지 말재주만 숭상해서는 안 되며, 행실을 보아야지 재능만 보아서는 안 됩니다. 이렇게 한다면 물음에서 언급한 폐단을 해결하기란 손바닥을 뒤집는 것처럼 쉬울 것입니다. 저는 오늘날의 상황이 말재주만 숭상하고 덕은 숭상하지 않으며, 재능만 귀하게 여기고 행실은 귀하게 여기지 않는 것 같아 처음부터 끝까지 이 점을 논했습니다.

저는 학문이 거칠고 어리석은 데다 짧은 시간에 대답을 하려니 빠뜨린 것이 너무나 많습니다. 집사선생께서 가르쳐주시기 바랍니다. 삼가 대답합니다.

책문 속으로

조선과 중국, 그리고 대한민국과 미국

조선의 사대교린事大交隣

조선의 외교정책은 큰 나라를 섬기고 이웃 나라와 사이좋게 지낸다는 '사대교린事大交隣'을 기본이념으로 삼았다. 과거 우리나라의 가장 중요한 외교 대상은 중국이었다. 중국은 정치·경제·문화 등 모든 분야에 걸쳐 우리나라에 커다란 영향을 끼쳤다. 사대는 바로 중국과 외교를 하는 공식적인 이념이고, 교린은 중국을 제외한 여러 이웃 나라들과 교류를 하는 외교정책이었다. 사대란 당시 동아시아에서 국제질서와 국가 간의 관계를 규정하는 개념의 하나이다.

힘의 우열을 예로 설정한 사대 관념

사대라는 용어는 『춘추좌씨전』과 『맹자』에서 그 예를 찾아 볼 수 있는데, 『춘추좌씨전』「소공」 30년 조에 다음과 같은 기록이 있다. "예란 작은 나라가 큰 나라를 섬기고, 큰 나라가 작은 나라를 돌보는 것을 말한다. 작은 나라가 큰 나라를 섬긴다는 것은 그때그때의 명령을 공손히 받드는 것이다. 큰 나라가 작은 나라를 돌본다는 것은 작은 나라에 없는 것을 보살펴주는 것이다."

『맹자』에서도 이러한 사대 관념을 읽을 수 있다. 제나라 선왕이 이웃 나라와 교류하는 규범에 관해 묻자, 맹자는 오직 어진 사람만이 큰 나라를 가지고서 작은 나라를 살필 수 있고, 오직 슬기로운 사람만이 작은 나라를 가지고서 큰 나라를 섬길 수 있다고 대답한다. 나중에 주희는 맹자의 이 말을, 큰 나라가 작은 나라를 보살피고 작은 나라가 큰 나라를 섬기는 것이 국가 간의 관계를 형성하는 이치에 합당한 질서라고 풀이했다.

이처럼 사대라는 관념은 국제관계에서 결정되는 힘의 우열을 예라고 하는 규범으로 형식화한 것이다. 예는 하늘에 대한 제사 의식과 관련이 있는 글자이다. 따라서 예는 거역할 수 없는 가장 높은 권위와 타당성을 지닌 규범 질서이다. 그런데 유교 윤리의 이념에 따라 국제관계를 예로 규정하면 국가 간에도 군신관계가 형성된다. 그래서 군주가 되는 나라와 신하가 되는 나라 사이에는 군신 사이에 요구되는 예와 의식이 그대로 따른다.

힘의 강약을 인정하는 선

조선조의 정책입안자들은 근본적으로 이런 관계를 의식하고 있었다. 정도전이 조선의 국가정책을 입안한 『조선경국전』에서는 사신을 파견하는 것은 명에 표문을 올려서 성실하고 공경스럽게 사대를 다하기 위한 것이라고 밝히고 있다.

조선시대의 사대외교는 중국과 거의 동등한 수준의 문화를 가진 나라라는 자존의식을 바탕으로, 현실적인 힘의 강약을 인정하는 선에서 형성된 외교형태이다. 그러므로 조선이 제후국으로 자처하는 것은 초강대국인 중국이 지배하는 국제질서 속에서 형성된 형식적 의례이며, 실질적으로는 중국과 상호 자주적·평화적·호혜적인 관계를 형성하려는 것이었다고 볼 수 있다.

조선이 건국된 직후 명이 보낸 국서에서는, 중국은 윤리의 본보기가 되는 곳으로 대대로 성인들이 지켜온 곳이고, 고려는 산이 가로지르고 바다로 막힌 곳이어서 천연적으로 동방겨레의 나라를 이룬 곳이므로 중국이 다스리는 땅이 아니라고 했다. 따라서 만약 새로운 조선이 스스로 제도와 문화를 자유롭게 마음대로 정하되, 하늘의 뜻과 사람의 마음을 잘 합일하여 동방의 백성을 안정시키고 변경에서 말썽만 일으키지 않는다면 명과 조선 사이에는 사신이 오가면서 서로가 복을 받을 것이라고 했다.

물론 명도 건국 초기라 대외적으로 팽창할 여력이 없어서 선린우호를 표방했다고 볼 수도 있겠지만 어쨌든 중국적 세계질서를 거부하지 않는 한 자주권을 인정하겠다는 것이다.

책봉과 조공

사실 과거에 우리나라가 중국으로부터 책봉을 받는 일은 중국이나 우리나라나 서로 왕조의 이해가 달린 문제였다. 중국은 조선의 왕을 책봉하는 형식으로 정치적이고 문화적인 우월성을 확보하면서 관념적이나마 온 세상을 지배하는 주인으로서 정당성도 인정받을 수 있었던 것이다.

우리나라에서는 중국에 조공을 바치고 책봉을 받음으로써 천자가 주재하는 '천하' 질서, 곧 국제질서에 참여한다는 명분을 얻으며 왕조의 권위를 내외에 과시할 수 있었다. 또한 안으로도 책봉을 받은 왕은 권력의 국제적 공인을 받은 자로서 권력의 정당성과 정통성을 확보할 수 있었다. 이런 외교 관례를 조공과 책봉 외교라고 한다. 그런데 조선은 이런 현실정치의 목적뿐만 아니라 주자학의 이념이 지배하는 통일된 세계질서에 편입한다는 의식을 가지고 다분히 이념적인 외교를 지향했던 것이다.

조선은 주자학을 국가이념으로 삼으면서, 중국과 거의 동등한 문화민족이라는 자존의식을 갖게 되었다. 이 자존을 확보하는 길이 중국문화의 정통을 승계한 명과 우호적인 관계를 유지하는 일이었다. 조선의 책봉-조공 외교는 오늘날 한미관계를 돌아보는 거울이다. 조선은 책봉과 조공의 관계를 통해 중국이 주도하는 세계질서에 참여하고, 내부적으로 권력의 정당성을 확보했다. 조선의 경우는 보편적인 예교질서에 참여한다는 의식이 바탕에 깔려 있었다. 그러므로 오늘날 민족국가의 관점에서 말하는 주권이니 주체니 하는 의식은 그다지 고려의 대상이 아니었다. 하지만 민중들 사이에서는 중국을 대국으로 섬겨야 하는 약소국의 비애와, 조공은 물론 중국 사신의 공공연한 수탈과 내정간섭에 저항하는 이야기들이 입에서 입으로 전해왔다.

야담이나 전래동화 가운데는 당시 대국으로 섬겼던 중국의 사신을 골려주는 이야기가 많다. 하늘이 둥글고 땅이 네모난 이치를 들먹이며 삼강오륜을 가르치면서, 태호 복희씨와 염제 신농씨의 문화사를 자랑하려는 중국 사신에게 네모난 떡을 다섯 개나 먹었더니 배가 부르다고 대답하여 중국 사신을 쫓아 보냈다는 떡보의 이야기가 있다. 또 아무도 해결하지 못하는 중국 사신의 문제를 알아맞힌 어린아이나 노인을 주인공으로 한 갖가지 이야기도 많다. 당시 학자 관료들이 중국 사신과 시를 주고받은 것을 자랑스럽게 문집으로 남길 때, 민중들은 오히려 중국의 외교적 횡포에 떡보와 같은 이야기를 통해 저항했던 것이다.

김유신의 머리칼이 곧추서다

660년 7월에 김유신이 이끄는 5만 명의 신라군은 황산벌에서 계백이 거느린 결사대 5천 명에게 발이 묶여 고전을 면치 못하고 있었다. 그러다가 화랑 반굴과 관창의 희생으로 계백의 군사를 꺾고, 당과 연합작전을 펼치기 위해 만났다.

그런데 당의 총사령관 소정방은 신라가 약속을 어기고 늦게 왔다는 이유로, 신라군이 진격할 때 독려하는 책임을 맡은 김문영의 목을 베려고 했다. 김유신은 군중에서 “황산의 싸움이 얼마나 치열했는지 알지도 못하면서 늦은 책임만 물으려고 하니 죄 없이 치욕을 당할 수는 없다. 반드시 당의 군사와 결전을 한 뒤 백제를 쳐부수겠다.” 하고 무기를 잡고 군문에 나섰다. 김유신이 얼마나 분노했는지 머리칼이 곧추서고, 칼이 칼집에서 저절로 튀어나올 정도였다.

상황이 심상치 않게 돌아가는 것을 본 당의 부관이 소정방의 발등을 밟으며 신라 군대에서 변란이 일어날지도 모른다고 눈치를 주어서 사태를 무마시켰다. 일방적으로 도움을 준다 하더라도 도움을 받는 상대방을 모욕하거나 상대방의 주권을 무례하게 침해해서는 안 된다. 그런데 서로가 필요해서 동맹을 맺었으면서 어떻게 상대방을 모욕하고 상대방을 종 대하듯이 할 수 있단 말인가?

무슨 일이 일어나도 대사관에 알리지 마라?

지금 해외 주재 공관원들의 자질과 외무 관리로서 지녀야 할 철학의 빈곤을 지적하는 소리가 높아지고 있다. 해외 교포나 주재원들의 불만이 극에 달해 있다. 대사관이나 영사관이 자국민의 안전과 현지생활에 전혀 도움이 되지 않으며, 무슨 일이 일어나더라도 대사관에 알리지 않는 것이 차라리 문제해결에 도움이 된다는 말이 공공연히 나돌 정도라면 더 이상 할 말이 없는 것이다.

김유신 묘소

역주

1 소무蘇武

소무는 한 무제 때 흉노에 사신으로 갔다가, 흉노에 의해 커다란 땅굴에 유폐되었다. 먹을 것을 주지 않아 눈을 먹고 담요의 털을 씹으며 끈질기게 목숨을 이어갔다. 또한 아무도 살지 않는 북해 쪽으로 옮겨져 그곳에서 양을 치게 되었는데 먹을 것이 없어서 들쥐를 잡고 풀뿌리와 나무 열매를 먹으며 온갖 고초를 이겨냈다. 한 사신의 부절符節을 지팡이로 삼아서 양을 쳤는데 항상 몸에 굳게 지니고 다녀서 부절의 털이 다 빠졌다. 19년 동안이나 흉노에 억류되어 있다가 한 소제 때 흉노와 화친을 맺고 난 뒤에 풀려났다. 나중에 그의 충절을 기려 충신의 초상화를 모아두는 곳에 그의 초상화를 봉안하였다.

2 안진경顔眞卿

중국의 대표 명필가이다. 안록산의 반란을 토벌하는 데 공을 세웠다. 당 덕종 때 이희열이 반란을 일으켰을 당시, 평소 그를 미워하던 재상 노기盧杞의 흉계로, 이희열을 설복시키라는 명을 받고 사신으로 갔다. 1000명이나 되는 이희열의 수양아들들이 칼을 빼들고 겹겹이 에워싼 가운데서도 조금도 굽히지 않았다. 이희열은 온갖 방법으로 안진경을 회유하고 협박했지만 끝내 죽음을 두려워하지 않고 맞섰다. 2년 동안이나 억류되어 있다가 전세가 불리해진 이희열에 의해 죽임을 당했다.

3 일곱 걸음을 걸을 동안에 시를 짓고[詩成七步]

삼국시대 위를 세운 조비는 평소 아우 조식의 재능을 시기하고 있던 터라 아버지 조조가 죽자 조식을 죽이려고 했다. 그러나 그의 재능이 아까워 차마 바로 죽이지 못하고, 일곱 걸음 걷는 동안 시를 지으면 살려 주겠다고 하였다. 조식은 일곱 걸음을 걷는 동안 그 유명한 '칠보시七步詩'를 읊었다. "콩깍지를 태워 콩을 삶네. 메주를 걸러 장을 만들려고. 콩깍지는 아궁이에서 타고 콩은 솥 안에서 울부짖네. 본래 한 뿌리에서 나왔는데, 어찌 그리 급하게 졸여대는가." 이 시를 들은 조비는 깊이 뉘우치고 부끄러워하면서 조식을 놓아주었다. 이 이야기에서 칠보성시七步成詩라는 성어가 나왔다. 이 말은 시를 짓는 재능이 매우 뛰어남을 가리킨다.

4 화려하게 핀 꽃[皇皇者華]

『시경』「소아」의 시편 이름이다. 모장毛萇의 서에 따르면 군주가 사신을 보내는 것을 읊은 시라고 하는데, 예를 갖추어 음악을 연주하면서 전송할 때 멀리 나아가 나라를 빛내라고 하는 시이다. 주희는 이 시를 다음과 같이 풀이했다. "군주가 신하를 부릴 때는 윗사람의 덕을 아래로 베풀고 아랫사람의 정을 위에 전달하게 하고자 하며,신하가 명령을 받을 때는 군주의 뜻에 부응하지 못할까 두려워한다. 그러므로 이전의 왕이 사신을 보낼 때 길을 가는 수고를 위로하고, 마음에 품은 생각을 서술하여 '언덕과 습지에 화려한 꽃이 피어 있네, 말을 달리니 길 가는 나그네여! 언제나 미치지 못할 듯 생각하네.'라고 시를 지어서 부르고, 또한 경계도 시켰던 것이다."

5 생각에 간사함이 없다[思無邪]

사무사는『시경』「노송魯頌」경駉에 나오는 말이다. 경 편은 희공僖公을 칭송한 시이다. 희공이 백금伯禽의 법에 따라 검소함으로써 재화를 풍족하게 하고, 너그러움으로 백성을 사랑하며, 농사에 힘쓰고 곡식을 소중하게 여겨 말을 먼 들판에서 길렀다. 그래서 노나라 사람들이 희공을 존경했다. 이에 계손행보季孫行父가 주 왕실에 명을 청했다. 그래서 사관인 극克이 이 찬송가를 지었다. 공자는『논어』에서 "『시경』의 300편이나 되는 시를 한마디로 말하면, 생각에 거짓이 없다."라고 했다.

6 조자趙咨

조자는 자가 덕도德度이며, 삼국시대 오의 남양南陽 사람이다. 박학다식하였고 변론을 잘 하였다. 유비가 병사를 일으켜서 오에 쳐들어가자 오에서 도위都尉인 조자를 위에 사신으로 보냈다. 위 문제 조비가 "오의 왕은 어떤 군주인가?" 하고 물었다. 조자가 대답하였다. "총기 있고, 명철하고, 어질고, 지혜롭고, 영웅답고, 지략이 있는 군주입니다. 오의 군주는 평범한 사람들 가운데서 노숙魯肅을 받아들였는데, 이는 총기입니다. 군사의 진에서 여몽呂蒙을 발탁하였는데, 이는 명철입니다. 우금于禁을 사로잡고서도 죽이지 않았는데, 이는 어짊입니다. 형주를 취하되 무기를 써서 피를 흘리지 않았는데, 이는 지혜로움입니다. 삼강三江을 점거하고 천하를 응시凝視하였는데, 이는 영웅다움입니다. 폐하께서 몸을 굽혔는데, 이는 지략입니다. 이로써 논하자면 어찌 총기 있고, 명철하고, 어질고, 지혜롭고, 영웅답고, 지략이 있는 군주가 아니겠습니까?

『삼국지』의 『오지奧地』「손권」에 인용된 배송지裴松之의 주에는 다음과 같은 내용이 기록되어 있다. 조자의 자는 덕도이며, 남양 사람이다. 박학다식하였고, 응대함에 변론이 민첩하였다. 손권이 오의 왕이 되어서 중대부中大夫로 발탁하여서 위에 사신으로 보냈다. 위 문제가 그를 좋게 여겼으나 조자를 놀려서 물었다. "오 왕이 자못 배움을 아는가?" 조자가 대답하였다. "오 왕은 장강에 띄운 배가 만 척이고, 갑옷을 입은 군사가 백만입니다. 현자에게 권력을 맡기고 유능한 사람을 부리며, 천하를 경략할 의지를 지니고 있습니다. 비록 여가나 한가한 틈이라도 전승된 기록과 역사를 널리 읽으며 기이한 내용을 수집하되 문장이나 따지고 글귀나 따오는 서생을 본받지 않습니다." 문제가 말했다. "오는 정벌할 수 있는가?" 조자가 대답하였다. "큰 나라는 정벌할 만한 병사가 있을 터이고 작은 나라는 대비하며 막을 견고한 대책이 있습니다." 또 말했다. "오는 위를 두려워하는가?" 조자가 말하였다. "총명이 특히 통달한 자는 8, 90여 인이며, 신과 견줄 만한 사람은 수레에 싣고 말로 될 정도로 수를 이루 헤아릴 수 없습니다." 조자가 자주 사신으로 다녀서 북쪽 사람들이 존경하였다. 손권이 듣고서 기특하게 여기고 기도위騎都尉에 제수하였다. 조자가 말하였다. "북방을 보건대, 끝내 맹약을 지키지 않을 것입니다. 오늘날의 계책으로는 조정이 400년 한의 역사를 계승하고 동남 지역의 운세에 응하여서 의당 연호를 개정하고 복색을 바로잡아 하늘에 부응하고 민심을 따라야 합니다." 손권이 이를 받아들였다.

제7장

부국강병을 위한 인재 등용

명종 책문

나라를 망치지 않으려면, 왕은 어떻게 해야 하는가?

노진 대책

먼저 진리를 탐구하지 않고서는, 정당하게 사람을 쓰거나 버릴 수 없습니다. 진리를 탐구하는 노력을 다하고서 현명한 사람과 간사한 사람을 분별하는 데 실패한 적은 없습니다.

그러니 나라를 다스리려면 이 둘을 마땅히 제일 먼저 해야 합니다.

시대적 배경

이 책문은 노진盧禛이 1546년(명종 1)에 증광문과에서 제출한 대책으로 보인다. 노진은 1518년(중종 13)에 태어나서 1578년(선조 11)에 죽었다. 자는 자응子膺, 호는 옥계玉溪, 시호는 문효文孝, 본관은 풍천豐川이다. 1537년에 생원시에 합격하고, 1546년 증광문과에 을과로 급제했다. 부모를 봉양하려고 지방관을 자청했는가 하면, 청백리로도 이름이 났다.

책제는 한 구절만 남아 있어서 전문을 알 수 없다. 그러나 대책을 통해 질문의 내용을 유추할 수 있다. 그 내용은 치란과 안위의 원인은 무엇이며, 군자와 소인을 구별할 수 있는 방법은 무엇인가를 묻는 것이다. 연산군 때 일어난 무오사화와 갑자사화, 그리고 중종 때 일어난 기묘사화로 많은 선비들이 희생된 뒤, 문정왕후의 남동생 윤원형尹元衡이 주도한 을사사화로 사림은 다시 한 번 크게 좌절을 겪었다. 이렇게 혼란한 시기에 치란과 안위의 원인이 군자와 소인을 가려서 쓰느냐 그렇지 못하느냐에 달려 있다는 책문은 시의적절하면서도 당시의 상황을 깊이 통찰한 것이다.

책문

나라를 망치지 않으려면, 왕은 어떻게 해야 하는가

1546년, 명종 1년 증광문과

왕은 다음과 같이 말한다. 옛날부터 임금은 누구라도 정치를 잘해서 나라가 편안하기를 바라지 않은 이가 없었으나 늘 위태로워지고 결국 망하는 데 이르렀다.

또한 군주의 처지에서는 군자와 소인을 구별하기가 매우 어렵다.

그 까닭은 무엇인가?

대책

진리를 탐구하고, 소인을 가려내야 합니다

노진

신은 다음과 같이 대답합니다. 신은 이런 말을 들었습니다. "제왕의 도리는 학문을 강론하는 것이 가장 먼저이다. 학문을 강론하는 요령은 진리를 탐구하는 것이 가장 절실하다." 학문을 강론해서 이치를 끝까지 규명하고, 진리를 탐구하고 본성을 완전히 실현해야 합니다. 그리고 그것으로 군자와 소인을 구별한다면 나라를 다스리는 데 무슨 어려움이 있겠습니까?

전하께서는 총명하고 지혜로운 자질을 갖고 조상들의 큰 기업을 계승하셨습니다. 그리고 안락에 빠지지 않고 아침 일찍부터 밤늦게까지 근심하면서 부지런히 나라를 다스리고자 힘쓰고 계십니다. 그래서 신들을 대궐의 뜰에 나오게 해서 특별히 치란과 안위의 원인, 그리고 군자와 소인을 구별하기 어려운 점을 책문으로 내셨습니다. 전하께서 이런 문제의식을 갖고 계시다는 것 자체가 우리나라 전체 인민의 복입니다. 신이 비록 어리석지만 어찌 감히 전하의 이 아름다운 명령을 받들지 않을 수 있겠습니까?

소인을 군자로, 군자를 소인으로 여긴다면

첫째, 진리 탐구가 본성 실현으로 이어지지 않는 까닭에 대해 말씀드립니다. 신은 다음과 같이 생각합니다. 세상의 군주 가운데 누군들 나라를 편안하게 다스리기를 원하지 않겠으며, 난리와 패망을 싫어하지 않겠습니까? 또한 누군들 반드시 군자를 쓰기를 바라지 않겠으며, 소인을 제거하기를 바라지 않겠습니까?

그러나 정치를 하고 인재를 쓰는 과정에서 늘 거짓과 올바름이 뒤섞이고, 옳고 그름이 뒤바뀝니다. 군자는 쓰이지 않을 뿐만 아니라 항상 배척과 모욕을 당하며, 소인은 제거되지 않을 뿐만 아니라 항상 세상을 어지럽히고 잘못을 저지릅니다. 원하는 건 늘 얻을 수가 없는데, 싫어하는 건 늘 일어나니 탄식을 금할 수 없습니다. 그러나 잘 살펴보면 이런 일이 생기는 까닭은 학문을 강론하지 않고 진리를 추구하지 않는 데 있습니다.

군자와 소인을 구분하는 것은 참으로 어려운 일입니다. 군자는 소인을 소인으로 판단하지만, 소인도 반드시 군자를 소인으로 평가합니다. 그래서 옳고 그름을 어지럽혀 판단하기 어렵게 만듭니다. 또한 흑백을 뒤섞어서 천 갈래 만 갈래로 갈라 제 목적을 달성한 뒤에야 그만둡니다. 대개 근엄하고 조심스러운 태도는 친하기 어렵지만 아첨하는 태도는 쉽사리 마음에 듭니다. 또 바르고 따끔한 충고는 받아들이기 어렵지만 부드럽고 유순한 말은 귀에 쉽게 들어오는 법입니다. 그러므로 반드시 세심하고 정확하게 살피지 않는다면 군자를 등용할 수 없고 소인의 꾀에 빠지지 않을 수 없습니다.

그러므로 군주는 반드시 스승을 높이 받들고, 벗과 친하게 지내며, 덕을 존중하고 도를 즐기면서 널리 배워야 합니다. 그리고 옛날과 오늘날의 성공과 실패를 헤아리면서 진리를 탐구하고, 사물의 변화를 잘 파악해야 합니다. 이렇게 해서 마음이 마치 텅 빈 거울로 사물을 비추듯 분명하고 또렷해져야 합니다. 그리고 저울대가 반듯한 것처럼 좋은 것과 나쁜 것이 털끝만큼도 어긋나지 않게 되고, 중요한 것과 가벼운 것이 조금도 어그러지지 않도록 해야 합니다.

그런 다음에야 현명한 사람과 어리석은 사람, 간사한 사람과 올바른 사람, 옳은 일과 그른 일, 해야 할 일과 해서는 안 될 일 등이 모두 내 눈을 피할 수 없게 됩니다. 그렇게 되면 언제나 군자를 들어 쓰고 소인을 물리칠 수 있고, 정치의 안정을 얻을 수 있습니다. 그러나 만일 학문을 강론하더라도 토론할 때만 좋게 여기고, 진리를 탐구하더라도 해박한 것에만 힘쓴다면, 아무리 애써도 지혜는 날로 어두워지고 의지는 날로 황폐해지고 말 것입니다. 그렇게 되면 결국 사사로운 이익을 좇는 간사한 무리와 도당에 얽매여서 지난날의 폐습을 조금도 바꿀 수 없을 뿐만 아니라 소인을 군자로 여기고 군자를 소인으로 여기게 되어 위태로움과 패망의 화를 피할 수 없을 것입니다.

옛날에 현명한 사람과 간사한 사람을 구분하고 정치의 안정을 이끌어 갈 수 있었던 까닭은, 올바른 방법으로 학문을 강론하고 진리를 탐구했기 때문입니다. 이 둘을 구분하지 못하고 소인을 불러들인 까닭은 학문을 강론하고 진리를 탐구하는 도리가 사라졌기 때문입니다. 전하께서는 이 점을 마음에 새기시기 바랍니다.

소인에게 속지 않는 방법

둘째, 소인에게 속지 않는 방법에 대해 말씀드립니다. 신은 이런 말을 들었습니다. "학문의 길은 진리를 탐구하는 것보다 앞서는 것이 없고, 정치의 길은 군자와 소인을 구분하는 것보다 앞서는 것이 없다." 먼저 진리를 탐구하지 않고서는 정당하게 사람을 쓰거나 버릴 수 없습니다. 진리를 탐구하는 노력을 다하고서 현명한 사람과 간사한 사람을 분별하는 데 실패한 적은 없습니다.

그러니 나라를 다스리는 방법은 이 둘을 마땅히 제일 먼저 해야 합니다. 지금 전하께서는 두 분 선왕을 계승하여 어린 나이에 한 나라의 군주가 되셨습니다. 조정의 모든 업무가 임금님께 보고되지 않을 수 없으니 물론 임금님께서 반드시 하나하나 총괄 결재를 하셔야 합니다.

그러나 오늘날 가장 시급히 해야 할 일은 무엇보다 학문을 강론하는 것입니다. 지금 따로 조례를 세워서라도 학문을 장려하지 않는다면 흘러간 물을 다시 돌이킬 수 없듯이 날이 가고 달이 갈수록 훗날의 태평성대를 마련할 기틀을 다질 수 없을 것입니다. 임금님께는 음악과 미녀와 같은 오락거리나 뜻을 빼앗는 일이 많아서 나쁜 물에 들어 처음의 결심이 흔들리기 쉬우니 일찍부터 수양에 힘써서 미리 대비해야 합니다.

어린 군주를 가르치고 이끄는 문제에 대해서는 송의 정이程頤가 상세히 말한 적이 있습니다. "옛날과 오늘날은 상황이 다르기 때문에 규범도 달라진다. 그러므로 무분별하게 옛날의 표준을 그대로 적용하여 행할 수는 없다." 신도 어떤 것이 반드시 옳다고 주장하지는 않습니다. 그러나 옛날과 오늘날의 상황을 잘 헤아려서 오늘날에 적용할 수 있는 것을 택한다면 겨우 몇 구절 읽고서 강론시간이 다 되었다고 그만두는 폐단은 없어질 것입니다.

진리를 탐구하고, 소인을 가려내야만

오늘날 해야 할 것을 말씀드리겠습니다. 우선 안으로는 궁궐을 단속하는 일, 한가한 때의 잔치, 그리고 노비와 환관을 관리하는 보잘것없는 일에 이르기까지 모두 침착하고 착실한 사람에게 일을 맡겨야 합니다. 밖으로는 경연에서 이름난 학자, 덕망이 높은 사람, 학문에 정통하고 밝은 사람들을 스승으로 삼아 군주를 부지런히 가르치고 인도하게 해야 합니다. 또한 충실하고 믿음직한 선비를 널리 구하여서, 전후좌우에 두고 자문을 구해야 합니다. 그리고 반드시 『대학』[1] 에 나오는 격물치지의 가르침을 근본으로 삼아, 치란과 안위의 원인을 고찰하고, 시비와 득실의 기준을 분별해야 합니다. 그렇게 하기 위해서는 성의·정심·수신·제가의 가르침을 아침저녁으로 가까이 하고, 더러는 밤늦게까지도 익혀야 합니다.

그렇게 하면 몇 년 사이에 전하의 춘추가 점점 장성하면서 학문도 함께 진보할 것입니다. 그리 되면 정사의 득실과 인재의 길흉이 어느 것 하나 불로 밝히듯 환하게 드러나지 않는 것이 없을 것입니다. 더 이상 군자가 능력을 발휘하지 못한다는 탄식을 하지 않을 것이며, 소인들로 인해 나라가 어지러워지는 걱정은 하지 않아도 될 것입니다. 그러므로 학문을 강론하고 진리를 밝힌다면 간사한 사람과 정직한 사람을 얼마든지 변별할 수 있을 것입니다. 전하께서는 이 점을 깊이 생각해보시기 바랍니다.

오직 시초를 신중히 해야

진리를 탐구하고 현실에 적용하는 문제와 신들의 의견을 거울로 삼겠다고 하신 문제에 대해 말씀드립니다. 오래 전부터 신은 초야에 묻혀 있으면서 언젠가는 한번 대궐 섬돌에 나아가 어리석으나마 충성을 바치겠노라 생각해 왔습니다. 이제 전하께서 세상을 평화롭게 다스리기 위해 이상 정치를 펼치겠다고 다짐하시니 어찌 한두 마디로 백성의 기쁨과 근심 걱정, 정치의 득실에 대해 임금님께 다 아뢸 것이며, 또한 감히 세세한 일을 들추어서 임금님의 귀를 어지럽힐 수 있겠습니까?

그러나 임금님께서 질문하신 내용을 근거로 거칠게나마 조심스럽게 생각한 다음 의견을 내보면 오직 시초를 신중히 해야 한다는 것입니다. “천자의 명령을 새롭게 실행하게 되었으니 먼저 덕을 새롭게 다져야 합니다.” 한 말은 이윤이 태갑을 훈계한 말입니다. “아이를 낳아 기르는 것처럼 처음부터 바르게 키우지 않으면 안 됩니다.” 한 말은 소공이 성왕을 훈계한 말[2] 아이를 낳아 기를 때 처음부터 잘 길러야 하듯이 정치와 교화를 잘 시행하라는 훈계 입니다. 밝은 명령이 실행되는 것도 여기에 있고, 길흉이 정해지는 것도 여기에 있으며, 오랜 세월 이어지는 것도 여기에 있습니다. 그러니 바로 이것이 치란과 안위의 큰 기틀이 아니겠습니까? 좋은 결과를 얻으려면 처음에 시작부터 잘해야 합니다.

반드시 전하께서는 학문을 강론하여 사리가 밝아지고, 진리를 탐구하여 본성을 모두 발휘하셔야 합니다. 그렇게 해서 여러 신하들의 간사함과 정직함을 분별하고, 안위의 근원을 살피셔야 합니다. 또한 날마다 늘 처음 마음먹었을 때처럼 신중하게 하셔서 털끝만큼도 하자나 얽매임이 없이 밝고 순수하게 다스리셔야 합니다. 그리하면 국가는 크게 융성해질 것이고 백성은 크게 행복해질 것입니다. 신은 어리석음을 무릅쓰고 의견을 말씀드립니다.

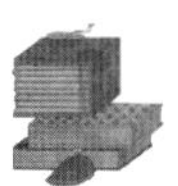

책문 속으로

사화의 흔적들, 군자를 찾아서

사회의 흔적

중종에서 명종 초에 이르는 시기는 왕위 계승을 둘러싼 공신과 척신 간의 권력 다툼이 끊이지 않았고 이 권력 다툼이 사화로 발전하면서 국가의 정기를 뒤흔들어 놓았던 시기였다. 중종에게는 세 왕후가 있었는데 연산군 때 대신이었던 신수근愼守勤의 딸 단경왕후端敬王后 신씨, 인종의 모후인 장경왕후章敬王后 윤씨, 명종의 모후인 문정왕후文定王后 윤씨이다.

중종은 반정 뒤 부인 신씨를 왕후로 책봉했다. 그러나 장인인 신수근이 임사홍任士洪과 함께 죽임을 당했기 때문에 역적의 딸을 왕후로 모실 수 없다고 반정공신들이 주장하여서 결국 폐위하고, 즉위 2년에 윤여필尹汝弼의 딸을 왕후로 맞이했다. 두 번째 왕비 장경왕후는 인종이 될 원자를 낳고 원자가 아직 어릴 때인 중종 10년에 세상을 떴다. 이때 폐비 신씨의 복위에 대한 의논이 있었으나 나중에 신씨가 아들을 낳게 되면 권력 투쟁의 빌미가 된다며 반대하는 의견이 많아서 신씨를 복위하려는 논의는 무산되었다. 중종 12년에 윤지임尹之任의 딸을 다시 왕비로 삼았는데 이 사람이 바로 문정왕후이다.

한편 중종 13년에는 조광조가 발탁되어 요직에 앉으면서 마침내 도학적 개혁 정치가 실시되었다. 그러나 급진적인 개혁 정책은 중종 14년 기묘년(1519)에 남곤南袞과 심정沈貞 등이 주도한 사화로 말미암아 실패로 돌아간다.

신사무옥의 계기를 만든 송사련

우의정을 지낸 안당安瑭의 큰아들 안처겸安處謙은 평소에 남곤과 심정이 사화를 일으켜서 선비를 많이 죽였기 때문에 그들을 미워하고 있었다. 언젠가 안처겸이 종실 이정숙李正淑, 권전權磌 등과 함께 담소를 하다가 "어떻게 하면 남곤, 심정과 같은 두 도적놈의 목을 벨 수 있을까?" 하고 물었다. 이 말을 당시 기상과 천문 관측을 맡아보던 관상감觀象監의 판관判官이었던 송사련宋祀連이 엿들었다.

송사련은 원래 안당 집안의 노비였던 사람의 외손이었다. 송사련의 외할머니는 안당의 큰아버지인 안관후安寬厚의 여종이었는데, 안당의 아버지 안돈후安敦厚가 첩으로 삼았다. 이 첩이 낳은 딸이 송린宋璘에게 시집을 가서 송사련을 낳았던 것이다. 송사련은 평소 안당의 집안을 원망하던 터라 이 말을 기억해 두었다가 마침 안당의 부인이 죽었을 때 조문 온 사람들과 일꾼들의 명단을 훔쳐서 남곤에게 보이며, 안처겸이 당을 결성하고 병사를 모아서 남곤을 죽이려고 한다고 모함했다.

남곤은 이 제보를 기묘사화에 비판적인 세력을 억누르고 권력의 기반을 다질 호기로 삼아서 안당 부자와 이정숙 등을 죽이고, 김정金淨과 기준奇遵 등 유배 가 있던 선비들까지 모두 죽였다. 이 사건이 중종 16년에 일어난 신사무옥辛巳誣獄이다. 신사무옥의 계기를 만든 이 송사련의 아들이 바로 우계牛溪 성혼成渾, 율곡 이이, 송강 정철 등과 교분을 쌓으며, 동인들로부터 '서인의 브레인'이라는 평을 받은 구봉龜峯 송익필宋翼弼이다.

김안로의 전횡

중종 27년에는 경빈 박씨가 아들 복성군을 왕으로 세우려고 공작을 꾸미다가 발각되어서 모자가 함께 상주로 유배당했다가 죽었다. 이 사건의 여파로 김안로金安老가 심정을 무고하여서 죽였다. 김안로는 기묘년에 조광조와 함께 귀양을 가기도 했으나, 아들이 장경왕후의 소생인 효혜공주孝惠公主와 결혼하면서부터 권력남용이 심해져서 반대파를 무자비하게 숙청했다. 장경왕후의 소생으로 나중에 인종이 될 동궁의 힘이 되어준다는 명목으로 동궁의 외삼촌 윤임과 친분을 맺으면서 문정왕후를 축출하려다 실패하여 유배를 당했다.

정광필鄭光弼이 호곶壺串에 있는 나라의 목장 책임자로 있을 때 김안로가 왕실과 인척인 점을 이용하여서 자기가 차지하려고 했다. 그러나 정광필이 "나라에서 말을 먹이는 땅을 떼어서 세도가에게 줄 수는 없으니 늙은이가 죽기를 기다렸다가 가져가라!" 하면서 이를 끝까지 거부했다. 그러자 김안로가 이에 앙심을 품고 있다가 장경왕후의 능을 잘못 썼다는 책임을 들어 정광필을 탄핵했다.

그리고 홍섬洪暹이 김안로의 전횡을 비판하자 홍섬을 유배보냈다. 홍섬이 금강에 이르렀을 때 마침 과거에 응시하려는 사람들이 나루터에 모여 있었다. 그 가운데 어떤 젊은이가 홍섬과 같은 선비가 귀양 가게 된 까닭은 소인이 나라를 좌우하기 때문이니 과거를 포기하자고 선동했다. 바로 이 젊은이가 나중에 퇴계 이황, 미암眉巖 유희춘柳希春, 하서河西 김인후金麟厚 등과 교분을 쌓고, 명종 2년에 일어난 양재역 벽서사건에서 윤원형으로부터 윤임 일파로 몰려 귀양을 갔다가 죽임을 당한 금호錦湖 임형수林亨秀이다.

임형수는 전형적인 문신 관료였지만 성격이 대범하고 호탕하며, 장난기와 해학적인 면모도 지니고 있었다. 나중에 임형수가 죽은 뒤 이황은 그의 호탕한 성격을 그리워하며 '기이한 남아'라고 탄식했다고 한다.

을사사화와 윤원형

중종 말년에는 문정왕후의 오라비 윤원형이 자기 여동생의 소생인 경원대군을 왕으로 세우려고 세자의 외삼촌 윤임을 실각시켜서 세자를 고립시키려고 했다. 이에 윤임도 세력을 모아서 대항했는데 세간에는 윤임 일파를 대윤, 윤원형 일파를 소윤이라고 했다. 중종이 죽고 세자가 즉위했는데 그가 바로 인종이다.

노진 사당

인종은 20년 동안이나 세자로 있으면서 학문을 부지런히 닦았다. 천성이 어질고 행실이 착실했으며 효성이 지극하여서 중종이 병에 걸렸을 때는 아무리 추운 날이라도 목욕하고 하늘에 기도하면서 날이 밝을 때까지 밖에 서 있었다. 상을 입었을 때는 엿새 동안 미음도 들지 않았다. 인종이 즉위한 뒤에도 문정왕후는 자주 "과부와 고아가 의지할 데 없어 생존이 위태롭고 두렵다." 하면서 심리적으로 인종을 압박하고 괴롭혔다. 그럴 때마다 인종은 상복 차림으로 문정왕후의 궁문 밖에 서서 용서를 빌었다고 한다. 상을 당한 슬픔과 병구완으로 지친 데다 문정왕후의 심리적 압박으로, 병약한 체질이었던 인종은 즉위하고 나서 만 1년도 못 되어 승하했다. 인종의 죽음을 두고 의문을 품는 것도 이런 연유에서 비롯되었다.

인종의 배다른 아우였던 명종은 인종의 갑작스러운 죽음으로 열두 살 어린 나이에 왕위를 물려받았다. 그래서 모후인 문정왕후가 수렴청정을 했다. 문정왕후의 오라비 윤원형은 윤임을 숙청하려고 이기李芑,

정순붕鄭順鵬, 임백령林百齡, 진복창陳復昌 등을 끌어들여서 윤임이 인종의 비에게 조정을 비난하는 편지를 올리는 것처럼 조작하여서 모함을 했다. 윤임이 유관柳灌, 유인숙柳仁淑과 모의하여서 계림군桂林君 류瑠를 인종의 후계자로 세우려 한다고 유언비어를 퍼뜨려서 세 사람을 유배보냈다.

이때 병조판서 권벌이 윤임 등의 억울함을 변론하려다 문정왕후의 노여움을 사서 파직당하고 삭주로 유배당했다가 거기서 죽었다. 이 사건에 연루되어 수많은 양심적 지식인들이 죽고 피해를 당했는데 이 사건을 을사사화라고 한다. 을사사화 이후 권력을 잡은 윤원형은 형 윤원로尹元老마저 귀양을 보내 죽였다. 그 뒤로도 전횡을 일삼다가 명종 20년에 탄핵을 당해 귀양을 가서 자결할 때까지 조선의 정치를 농단했다.

조식의 양심과 지조

타락한 정치와 혼란한 사회에서 양심적인 지식인들은 현실을 적극적으로 개혁하려고 노력하다가 결국에는 헛되이 희생을 당하거나 현실을 버리고 내면세계로 침잠하곤 한다. 연산군에서 명종 초까지 사화가 거듭되자 양심적인 지식인들은 정계에서 물러나 학문을 닦고 은인자중하면서 후일을 기약했다. 그러나 아예 처음부터 현실에서 벗어나 자기의 지조와 양심을 지키려고 한 사람들도 있었다. 이들을 처사處士라고 한다.

조식曺植은 조선시대 처사적 지식인의 전형으로 일컬어지는 사람이다. 조식은 20세에 생원과 진사시험에서 1등과 2등으로 합격했으나 곧이어 기묘사화가 일어나자 현실에 실망을 하고 정신적인 방황을 했다.

그러다가 25세 무렵 각성을 하고 학문에 전념했다. 지리산으로 들어가 산천재山天齋를 짓고 평생 학문과 인격수양에 힘썼는데, 이 산천재라는 이름은 『주역』의 대축괘大畜卦에서 따왔다. 대축괘는 윗괘가 산을 나타내는 간艮(☶), 아랫괘가 하늘을 나타내는 건乾(☰)으로 이루어진 괘인데, 이 괘가 나타내는 뜻은 과거의 문화를 축적하여서 덕을 쌓는다는 의미이다.

조식은 중종 때 여러 번 부름을 받았으나 거부했다. 그 뒤 명종이 다시 초야에 묻혀 있으면서 명망이 있는 사람에게 특별히 벼슬을 제수하는 '은일隱逸'로 불러서 벼슬을 내렸다. 하지만 을사사화가 일어나 지식

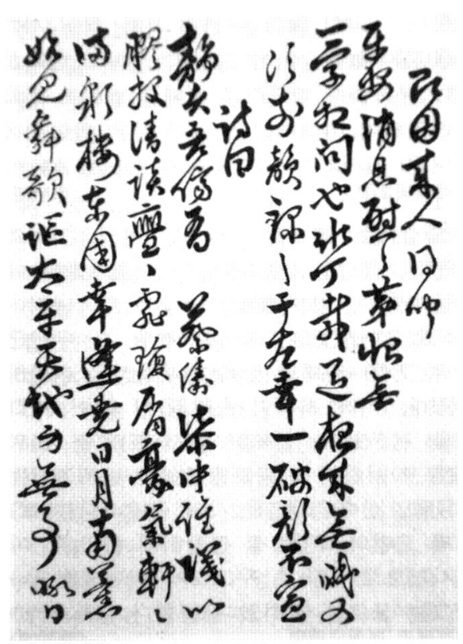

조식 글씨

인들을 탄압하고 윤원형이 권력을 전횡하는 등 병폐가 심각해지자 그는 곧바로 상소를 올려서 벼슬을 사직하고 부임하지 않았다. 그는 사직을 청하며 올린 상소에서 국정을 시정하라고 충고하면서, 문정왕후는 궁중에 있는 일개 과부이며, 명종은 선왕의 어린 아들일 뿐이어서 현실을 바로 보기 어렵기 때문에 나라가 잘못되고 백성들이 병드는 원인을 자세히 살펴서 과감하게 폐단을 고치지 않으면 정치가 잘못되고 민심이 병드는 것을 수습하기 어렵다고 드러내놓고 비판했다.

조선의 유학적 지식인

조선시대의 지식인들은 기본적으로 유학을 익힌 지식인들이다. 유학은『장자』에서도 평가하듯이 본질적으로 내성외왕內聖外王의 학문이다. 내성외왕이란 안으로 인격을 수양하여서 성인이 되고 밖으로는 왕(지도자)이 되어서 남을 다스린다는 말이니, 수기치인修己治人과 같은 말이다. 유가의 지식인들은 역사와 철학 같은 학문을 익히고 품성을 닦고 있다가 기회를 얻으면 나아가서 자기가 쌓은 경륜을 실천하여 사회에 봉사한다. 기회를 얻지 못하거나 현실이 혼탁하면 물러나서 학문을 통해 뒤 세대를 양성한다. 벼슬에서 물러나 있더라도 끊임없이 정국의 흐름을 주시하면서 정치에 대한 관심을 버리지 않았다. 유가적 관점에서 정치란 바로 도를 실천하는 방법이기 때문이다.

사서오경은 인륜의 도리를 담은 책이고, 역사서는 도리를 실천하려고 노력한 인간들의 성공과 실패를 기록한 책이다. 그래서 유가의 지식인들은 사서오경을 읽어서 보편적 인륜을 몸으로 익히고, 역사를 공부하여서 도리를 현실에 실천하는 지침으로 삼았다. 조선시대 관리들은 누구나 이런 과목을 공부하고 시험을 봐서 관료가 되었지만 그럼에도 청렴결백하고 공평무사하거나, 인륜을 실천하고 양심을 지킨 사람들은 많지 않았다.

양심적 지식인들과 그렇지 않은 지식인들을 가리키는 말이 군자와 소인이다. 원래 군주의 아들, 곧 통치자의 아들을 가리키던 군자라는 말은 혈연적으로 통치자와 관련 있는 모든 사람, 곧 귀족을 가리키는 말이 되었다. 그런데 공자 이후 군자라는 말은 사회적 지위와 함께 도덕적 품성을 갖춘 덕 있는 사람을 가리키는 말이 되었다. 공자는 군자라는 말을 지식과 도덕을 갖춘 새로운 인간형으로 제시했던 것이다.

공자는 『논어』에서 여러 모로 군자와 소인을 대비하면서 군자의 이념을 확립했다. "군자는 정의에 밝고, 소인은 이익에 밝다.", "군자는 조화를 추구하되 동화되지 않으며, 소인은 동화되어도 조화를 이루지는 못한다." 이런 발언에서 알 수 있듯이 사회정의를 추구하는 사람이 군자이고, 개인의 이익을 추구하는 사람이 소인이다.

남곤의 일화, 군자와 소인의 갈림길

기묘사화를 주도한 남곤의 일화는 군자와 소인이 한 인간을 평가하는 데 얼마나 절대적인 기준이었는지를 잘 보여준다. 그는 원래 문장으로 이름이 났지만 재주에 견주어 인품이 모자랐다. 조광조를 중심으로 한 개혁적인 관료들이, 중종반정에 참여하여서 공을 세우고 상훈을 받은 사람들 가운데 공이 부풀려졌거나 공이 없으면서도 연줄을 이용하여서 상을 받은 사람들을 가려내자는 '위훈삭제僞勳削除'를 시도하자 남곤은 심정과 함께 기묘사화를 일으켜 신진 사림을 대거 숙청했다.

한번은 남곤이 가까운 사람에게 "남들이 나를 어떻게 보는가?" 하고 물은 적이 있었다. 그 사람은 "당연히 소인이라는 평을 면하기 어려울 것입니다." 하고 대답했다. 그러자 남곤은 자기가 평생 써 모은 원고를 불살라버렸다고 한다. 아무리 문장이나 예술적 재능이 있다 하더라도 인품이 모자라면 높은 평가를 받지 못했던 것이다. 이완용도 글씨를 잘 썼지만 그의 글씨는 아무리 조형미가 뛰어나도 그리 높은 값을 받지 못한다고 한다.

물론 이런 태도는 미적 대상에 대한 객관적 태도는 아니다. 칸트는 예술작품의 미를 평가할 때는 작품 이외에 어떤 측면도 고려해선 안 된다는 뜻에서 '관심 없는 만족'을 미가 지닌 본질의 하나로 거론했다. 그러나 우리나라에서는 예부터 글이든 글씨든 그 사람의 인품이 보잘것없으면 아무리 조형적으로 뛰어난 작품이라도 높이 평가하지 않았다.

현대 사회의 지식인들도 군자와 소인으로 나눌 수 있을 듯하다. 학문적 양심을 내버리고 개인의 출세와 영달을 추구함으로써 권력에 아부하며 사회정의를 돌아보지 않는 사람은 소인이고, 지식인으로서 양심을 지키고 사회정의를 추구함으로써 인류의 보편적 가치를 지향하는 사람은 군자이리라.

역주

1 『대학大學』

『대학』은 원래 『중용』과 함께 『예기』에 들어 있던 한 편이었다. 나중에 『중용』과 함께 따로 분리되어 『논어』, 『맹자』와 함께 사서四書가 되었다. 일반적으로 송 대 이전의 유학을 오경五經 중심의 유학이라 하고, 송 대 이후의 유학을 사서 중심의 유학이라고 하는데, 『대학』은 사서 가운데서도 송대 이학의 학문적 방법론의 틀을 세운 문헌이다. 『대학』의 뜻은 크게 두 가지가 있다. 정현鄭玄은 『대학』을 나라를 다스리는 사람이 배워야 할 기본적인 책이라고 했다. '수신, 제가, 치국, 평천하'가 『대학』의 기본 가르침이라 할 수 있다. 이에 대해 주희朱熹는 『대학』을 '대인大人의 학'이라고 하여서, 어린이가 배우는 소학小學에 상대되는 것으로 보았다. 물론 '대인'이라는 말에는 나라를 다스리는 위치에 있는 사람이라는 뜻도 있지만 소인의 상대적 개념으로서 인격이 완성된 사람이라는 뜻도 들어 있다. 주희는 '진리를 탐구하고 마음을 바로 잡아서 자기를 닦고 남을 다스리는[窮理正心 修己治人]' 것이 『대학』의 이념이라고 했다. 다스리는 사람이 '정치의 원리를 익히고, 자기의 인격을 완성한다'는 『대학』의 두 가지 뜻이 이 말에 들어 있다. 『대학』은 한, 당 대에는 그다지 주목을 받지 못했으나, 송 대에 들어와 사마광司馬光이 처음으로 『예기』에서 따로 떼어내어 『대학광의大學廣義』를 지었다. 또한 정호와 정이 형제가 '처음 학문을 하는 사람이 덕으로 들어가는 문'이라고 하여서 『논어』, 『맹자』를 배우기 전에 먼저 배워야 할 과목으로 내세우면서 사서의 하나로 확립되었다. 주희는 또 『대학』을 경문經文 1장과 전문傳聞 10장으로 나누고, 3강령 8조목을 말한 경문은 증자가 기록한 공자의 말이고, 이것을 풀이한 전문은 증자의 뜻을 그 제자들이 기록한 것이라 했다. 특히 주희는 전문 가운데서 '격물치지格物致知'를 풀이한 부분이 누락된 것으로 생각하고 이 부분을 보완하여서 그 유명한 '격물보전格物補傳'을 지었다. 이 '격물보전'은 주자학의 인식론과 학문방법론에 관한 중요한 문헌이다. 주희는 『대학』을 통해 학문의 방법과 체계를 세웠다. 주희의 학문 방법론이 진리를 객관적 실재에서 찾는 것은 바로 이 『대학』에서 비롯되었다고 했다.

2 소공이 성왕을 훈계한 말

소공은 이름이 희석姬奭이다. 무왕이 상을 멸망시킨 다음 소공을 연燕에 봉했다. 성왕 때 삼공三公이 되어서 주공과 함께 섬陝을 기준으로 각각 동쪽과 서쪽을 관할했다. 성왕이 아직 어려서 주공이 섭정을 하자 소공이 주공의 의도를 의심해 「군석君奭」을 지어 불편한 심기를 드러냈다. 그러나 주공이 탕 임금 때 있었던 이윤 등의 고사를 들어 신하로서 자기의 처지를 지키고 나라를 튼튼히 보존하겠다고 하자 의심을 풀었다. 소공은 서쪽 지역을 아주 잘 다스려서 백성이 태평하게 살았다. 소공이 여러 고을을 순행하다가 어느 고을에서 팥배나무[棠] 아래 자리 잡고 앉아서 송사를 처리했는데, 수령에서부터 서민에 이르기까지 모두 자기의 직분을 잘 지켜서 아무도 책임을 저버리지 않았다. 소공이 죽자 백성은 그의 정치적 혜택을 기려서 팥배나무를 자르지 않고 보존하면서 그를 그리워하며 '감당甘棠'이라는 시를 지어 불렀다.

「소고召誥」는 소공이 성왕에게 올린 훈계의 글이다. 성왕이 낙읍洛邑에 도읍을 옮길 계획을 세우고서 먼저 소공을 그 지역에 보내 시찰하고 도시 설계를 하도록 맡겼다. 소공은 그곳에 시찰을 나온 주공에게 부탁하여서 덕을 존중하고 영원히 천명을 보존하라는 훈계의 글을 성왕에게 바쳤다. 그 내용 가운데 왕이 새로 도읍을 정하고 정치와 교화를 시작하게 되었으니 아이를 낳아 기를 때 처음부터 잘 길러야 하듯이 정치와 교화를 잘 시행하라는 훈계가 들어 있다.

제8장

올바른 교육의 길

명종 책문

교육이 가야 할 길은 무엇인가?

조종도 대책

학교가 흥하고 쇠퇴하는 것은 오로지 임금에게 달려 있습니다. 다시 말해서 임금님께서는 몸소 실천하고 마음으로 터득한 것으로써 백성을 교화하고 풍속을 이루는 방침에 적용해야 하는 것입니다.

시대적 배경

이 책문의 저자 조종도趙宗道는 1537년(중종 32)에 태어나 1597년(선조 30)에 죽었다. 자는 백유伯由이고, 호는 대소헌大笑軒이며, 시호는 충의忠毅이고, 본관은 함안咸安이다. 조식의 문인이며, 유성룡, 김성일 등과 교유했다. 1558년에 생원시에 합격했다. 1589년 정여립 모반사건에 연루되어 투옥되었다가 풀려났고, 정유재란 때 의병을 모아 안의安義에서 싸우다 전사했다.

이 책문은 책제는 없고 대책만 있는데, 국가에서 인재를 양성하고 선발하여 쓰는 원칙에 대해 진술한 것이다. 조종도는 과거로 인재를 뽑기 때문에 오로지 과거의 요령만 익힐 뿐 덕을 닦고 학문을 수양하는 풍조가 사라졌다고 개탄한다. 그러므로 임금부터 마음을 바로잡고 교화를 해서 정치가 융성하고, 풍속이 아름답게 이루어진 뒤에, 학교에서 뛰어난 학자를 모셔서 인재를 올바르게 길러내야 한다고 했다.

책문

교육이 가야 할 길은 무엇인가

1558년, 명종 13년 생원회시

고대의 교육제도에는 어떤 것들이 있었는가? 그에 대해 자세히 말해보라. 그리고 지금 우리나라의 교육제도는 어떠하며, 만일 문제가 있다면 어떻게 개선해야 할지 말해보라. 더불어 교육의 궁극 목적과 인재를 올바로 양성하는 방법에 대해 자기의 견해를 밝혀보라.

대책

학문의 진리가 마음을 즐겁게 해야 합니다

조종도

집사선생께서 스승의 풍모를 갖추고, 특별히 교육제도에 관해 물어서 세상의 도리를 만회하려고 하시니 이상 정치를 이루고자 하는 뜻이 원대합니다. 저는 교육을 받고 있는 한 사람으로서 제가 가지고 있는 모든 재주를 다하여서 만 분의 일이나마 물음에 대답하고자 합니다.

교육의 흥망은 오로지 임금의 실천에

국가에서 인재를 양성하는 까닭은 필요할 때 쓰기 위해서입니다. 인재를 양성하는 방법은 학교에 달려 있고, 학교의 행정은 인륜을 밝히고 풍속을 착하게 하는 것일 뿐입니다. 인간의 본성은 비록 착하지만 늘 기품에 얽매입니다. 그 때문에 본래 뛰어난 지혜를 갖춘 사람이 아니더라도 가르치면 착하게 되고 가르치지 않으면 악하게 됩니다. 그래서 옛날에 성인과 제왕은 학교를 설치하여 사람들을 가르쳤던 것입니다.

사람을 가르칠 때는 먼저 물 뿌리고, 청소하며, 대답하고, 상대하는[灑掃應對] 예절을 가르쳤습니다. 그리고 이어서 뜻을 성실하게 하고, 마음을 바르게 하며, 몸을 닦고, 집안을 다스리는[誠正修齊] 일을 가르쳤습니다. 이런 교육을 통해 나라를 다스리고 세상을 평화롭게 만들어야 한다는 책임의식을 갖게 했던 것입니다.

이때 교육한 내용은 일상에서 지켜야 할 생활윤리와, 효도하고 공경하며 충직하고 믿음직해야 한다는 도리였습니다. 그래서 정치가 융성하고 풍속이 아름다웠으며, 학교의 행정이 잘 정비되었던 것입니다.

그러나 후세에 이르러서는 교육이 글을 외고 읊으며, 글과 문장을 다듬어 과거에 응시하고 녹봉을 구하는 수단이 되고 말았습니다. 그에 따라 교화가 점점 사라지고 풍속이 퇴폐해져서 학교의 행정이 크게 훼손되었습니다.

따라서 학교가 흥하고 쇠퇴하는 것은 오로지 임금에게 달려 있습니다. 다시 말해서 임금은 몸소 실천하고 마음으로 터득한 것으로써 백성을 교화하고 풍속을 이루는 방침에 적용해야 하는 것입니다. 그러므로 임금이 올바른 학문을 강론해서 마음을 바로잡는 것 외에 달리 또 무엇이 있겠습니까?

요순과 삼대의 학교

물음에 따라 진술하겠습니다.

복희·신농 시대 이전의 학교제도에 관해서는 상세하게 알 수 없습니다. 하늘의 뜻을 이어서 사람의 표준을 세우고, 군주와 스승을 내어서 정치와 교육을 성취한 것은 멀리 복희·신농에게서 시작했다지만 너무 아득한 옛날 일이라 비판할 수 없습니다.

동쪽에는 교膠, 서쪽에는 상庠이라는 교육기관을 두었던 것은 순 임금입니다. 요 임금 때 학교가 있었다는 말은 없지만 사도司徒와 전악典樂이라는 관직이 있었으니 이런 것들이 바로 요순시대의 교육제도입니다. 순 임금이 설치한 교육제도가 요 임금 때의 제도와 그 본질이 다르지 않습니다.

하시대에는 교校, 은시대에는 서序라는 교육기관이 시대에 따라 다른 이름으로 설치되었습니다. 교육하고 활쏘기를 익히게 한 교육목적은 서로 달랐지만 그것을 배움으로 삼았다는 점에서는 같았습니다.

주시대에는 지방에 상庠이라는 교육기관이 있었고, 중앙에 성균成均과 벽옹辟雍이라는 대학이 있었습니다. 이들 기관의 이름이 지닌 뜻은 예와 음악을 가르친다는[禮樂] 것과 온 세상을 밝게 교화해서 조화를 이룬다는[明和] 것으로 구별되기는 하지만 가르친다는 점에서는 한결 같았습니다. 요순시대와 삼대의 학교제도가 어떤 절차로 교육을 했고 어떤 내용과 단계로 가르쳤는지는 상세하게 알 수 없습니다. 그러나 옛날에 철인제왕[1] 이상적인 군주들이 몸소 실천하면서 가르치고 양성한 방법은 후세 사람들이 쉽게 그 경지에 닿을 수 없습니다.

후대의 교육

전한 후한과 당 때 학교가 설치되기는 했지만 성인들의 뜻과 거리가 멀었기에 성인들의 말씀이 거의 사라졌습니다. 그래서 단지 귀로 듣고 입으로 말하는 것만 익혔기 때문에 학문의 진실을 잃어버렸습니다. 그 때문에 배운 것도 문장이나 글귀만 따져서 한결같이 공명을 추구하는 것뿐이었으니 오늘날 굳이 말할 나위도 없습니다.

송의 초기에는 막혔던 운세가 잠깐 만회되긴 했지만 학교행정이 붕괴된 정도는 더욱 심각했습니다. 그래서 중국과 같이 큰 나라에서 서원이 겨우 네 군데밖에 없었던 것도 당시의 형세로서는 당연한 일이었습니다.

그 뒤 주돈이, 정호와 정이 형제, 장재, 주희 같은 진짜 유학자들이 배출되면서 비로소 공자와 맹자가 남긴 실마리를 이을 수 있었습니다. 어찌 인재를 배양하고 길러낸 결과가 아니겠습니까? 하늘의 운수가 돌고 돌아 검은 구름이 말끔히 걷히듯 사회질서가 바로잡히고 학문의 기풍이 일어나기 시작하면서 국가의 기틀이 처음으로 다져졌습니다.

벼슬과 봉록만 구하는 시대

우리나라는 위대한 조상들이 나라를 계승하면서 학교를 세워 정치를 돕는 근본으로 삼았습니다. 안으로는 서울에 성균관을 설치하여 뛰어난 수재들을 길러냈으니 옛날에 대학을 설치해 교육한 뜻과 같습니다.

또 네 군데 학교 조선시대 동, 서, 남, 중앙에 설치한 관학를 세워서 어린 학생들을 길러냈으니 옛날에 소학을 설치하여 교육한 뜻과 같습니다. 밖으로는 지방에 각각 향교를 설치했으니 옛날에 마을과 고을에 서序나 상庠을 설치한 뜻과 같습니다. 우리나라의 임금님들이 교육제도를 창설한 뜻은 옛날의 삼대와 비교해도 손색이 없이 뛰어났습니다.

그런데 어찌된 일인지 근래에 와서 사람들이 사사로운 이익만 추구하고, 선비들이 학식을 사사로운 목적달성에만 쓰려고 합니다. 학문에 힘써야 할 젊은이들로서 서울 사는 학생들은 떼를 지어 나아왔다 물러났다 하고, 지방에 있는 학생들은 서로 바라보기만 하다가 나태하게 흩어집니다.

이들이 바라는 것은 과거에 합격하여 벼슬과 봉록을 구하는 것뿐입니다. 글을 읽고는 글귀를 멋대로 따와서 묻고 답하는 데만 쓰니 이는 마치 잘 치장한 상자만 사고 정작 사야 할 구슬은 되돌려주는 격입니다. 글을 지어도 괴상하고 과장된 문장으로만 꾸며서 과거에 빨리 합격하기 위한 수단으로 삼으니 도리에 위배되고 진리에 어긋날 뿐입니다. 그러니 배우고 묻고 생각하고 따지는 것은 일삼지 않고, 예의와 염치도 전혀 아랑곳하지 않습니다.

선비들의 기풍이 이 지경이 되었으니 나라가 무엇을 믿겠습니까? 교육이 제대로 시행되지 못하는 것을 세상 탓으로만 돌려야 하겠습니까? 아니면 자리에 기대어 앉아만 있고 공부는 하지 않는 것을 박사들의 책임으로 돌려야 하겠습니까? 집사선생께서 근심하는 것도 당연합니다.

저는 이런 말을 들었습니다. "학교행정은 교육법과 교육제도가 확립되지 못한 게 문제가 아니라, 학문의 진리가 마음을 즐겁게 하지 못하는 것이 문제이다." 삼대의 학교교육은 시대의 상황에 가장 적절하게 이루어졌습니다. 그래서 같은 점과 다른 점을 보완하여서 뜯어고친 것이 비록 한결같지는 않았지만 쇠고기나 돼지고기가 입을 즐겁게 하듯이 언제나 학문의 진리가 마음을 즐겁게 했습니다.

시대는 달랐지만 고유한 본성과 마땅한 직분에 따라 다스리고 가르쳐서, 본성을 회복하게 했다는 점에서는 다름이 없습니다. 어버이를 사랑하고 형을 공경하며, 나라에 충성하고 어른을 공경하는 것은, 이른바 보편의 인륜으로서 모든 사람들이 공통으로 지니고 있는 것입니다. 처음에는 효도와 공경과 충직과 신뢰를 가르치고 끝에 가서는 자기를 수양하고 남을 다스리는 것을 가르쳤습니다.

그 과정에 각각 조리가 있어, 순서에 따라 점차 나아가게 했습니다. 그리고 행실을 바로잡고 지식의 성숙을 도와주어서 학문의 진리를 스스로 터득하고 깊이 젖어들게 했습니다. 이렇게 길러낸 인재를 조정에 등용하고 정치를 맡겼기 때문에 사람들이 행복하게 살 수 있었던 것입니다.

그러나 한 나라의 근본은 한 사람에게 있고 그의 주인은 그 사람의 마음입니다. 그 한 사람인 임금의 마음이 바르면 나라 사람들의 마음이 모두 바르게 됩니다. 구중궁궐에서 몸소 실천하고 마음으로 터득하면 마치 바람이 불면 풀이 눕듯이 모든 사람과 만물에 교화가 드러나게 됩니다.

먼저 몸과 마음을 바르게 하지 않고 단지 과거만으로 선비를 뽑고 벼슬과 녹봉으로만 사람을 부린다면 어떻게 학교가 정비되고 선비들의 기풍이 바르게 되겠습니까? 참으로 몸과 마음을 바르게 하고 교화에 적용해야만 위에서 정치가 융성하게 이루어지고 아래에서 풍속이 아름답게 될 것입니다. 그런 다음에 또 정이程頤나 호원胡瑗 같은 사람을 얻어서 학교의 책임을 맡겨야 합니다.

정이가 나라의 젊은이들을 상세하게 심사하면서, 관리 선발 방법을 바꾼 일과 호원이 호주湖州와 소주蘇州에서 경의재經義齋와 치사재治事齋를 두고 재능에 따라 교육한 일은 여러 가지 실제 조치한 일 가운데 특별한 한 가지 사례일 뿐입니다. 옛날에 요·순·우·탕·문왕이 했던 것처럼 마음 밝히는 학문을 한다면 뒷날에도 반드시 요순시대와 삼대 때와 같이 학교 제도가 정비될 것입니다.

인재선발방식의 개혁이 좌절되어서

집사선생의 물음에 저는 대략 이상과 같이 진술했습니다. 그런데 이 글을 마치기 전에 따로 한 말씀을 드리고자 합니다.

삼대 이전에 선비를 뽑는 방식은 과거가 아니었습니다. 그렇기 때문에 악정樂正이라는 관리가 옛날 제왕들이 지켜왔던 시·서·예·악의 가르침에 따라 선비를 양성했습니다. 대사도大司徒는 고을에서 세 가지 일[三物][2] 백성을 가르치는 세 가지 항목을 가지고 백성을 가르치고, 그 가운데 뛰어난 인재를 뽑아서 빈객으로 추천했습니다. 이처럼 인재를 교육하고 양성하는 데 미리 대비가 되어 있었고, 사람을 뽑는 데도 법도가 있었습니다.

한·당 이후에는 또 현량賢良 현량문학을 간단하게 일컫는 말과 방정方正 한대에 관리를 선발하는 과목 같은 선발 방법과 효렴孝廉[3] 효자와 청렴결백한 선비를 일컫는 말으로 천거하는 방법이 있었습니다. 또한 송대에는 열 가지 항목[4] 선비를 뽑는 열 가지 항목의 과거으로 관리를 선발하는 과거제도가 있었는데 명칭과 실상이 서로 부합했습니다. 비록 자세히 알 수는 없지만 사람을 등용하는 데 한 가지 방법에만 얽매이지 않았다는 사실을 알 수 있습니다.

그러나 지금은 그렇지 않습니다. 재주와 기량이 적당한지 그렇지 않은지, 인물이 현명한지 그렇지 않은지는 묻지 않습니다. 오히려 수많은 사람을 한꺼번에 경쟁시켜서 문맥이 대충 정해진 법식에 맞으면 등용하고는 의심하지 않으니 이것이 과연 예의를 갖추고 서로 겸손하고 양보하는 도리를 가르친 것이란 말입니까? 학교가 쇠퇴하고 진작되지 못하는 주된 원인은 바로 이것 때문입니다.

물론 여러 세대 동안 쌓여온 폐단을 한꺼번에 혁신할 수는 없습니다. 그러나 근래에 아주 뛰어난 선비가 중종을 보좌하여 선비 뽑는 방법을 새롭게 건의한 적이 있었다고 들었습니다. 덕행과 업무능력을 잘 닦아서 몸가짐이 평소에 사림으로부터 추앙받는 사람을 뽑아서 과거에 추천하는 방법은, 바로 옛날에 삼대에서 악정과 사도를 두었던 제도를 물려받은 것입니다.

그러나 불행하게도 시기와 질투하는 사람들이 기회를 틈타고 일을 저질러서 철인이 죽고 말았습니다. 그리고 그에 따라 좋은 법과 아름다운 제도가 폐기되어서 오늘날 다시는 행해지지 못하고 말았습니다. 이 말을 하려니 흐느끼게 되고 주먹을 불끈 쥐고 길게 탄식하게 됩니다. 삼가 대답합니다.

책문 속으로

유가 지식인의 지상과제, 정치와 교육

과거의 본질이 흐려지다

유가의 정치이념에서 백성은 나라의 근본이다. 지식인 관료들은 백성을 나라의 주인이라고까지 생각하지는 못했지만 정치의 궁극적인 대상이 누구인가에 대해서는 제대로 인식하고 있었다. 그래서 나라에서도 백성을 위한 정치를 할 수 있는 덕망을 갖춘 사람을 뽑는 것을 관리 선발의 원칙으로 삼았다.

관리를 선발하는 원칙과 기준은 백성을 잘 다스리고 백성에게 혜택을 베풀 수 있는 능력을 얼마나 갖추었는가 하는 점이다. 관료사회에서 관리는 통치자의 의사와 백성의 여망을 수렴하여 위아래에 잘 전달하는 기능을 한다. 통치자가 나라를 다스리는 것은 백성이 잘 살도록 하기 위해서이다. 따라서 관리가 통치자의 의사를 따라 백성을 잘 이끌지 못하거나 백성의 여망이 무엇인지 헤아려서 통치자에게 알리지 못한다면 올바른 관리라 할 수 없다. 그러므로 관리를 선발하는 데 시나 문장을 짓는 재주는 아무런 관련이 없다.

그러나 과거가 제도로 정착하면서 지식과 교양을 갖춘 사대부 가운데서 관리를 선발하는 것이 원칙이 되었고, 시문을 짓는 재주가 지식과 교양을 시험하는 기준이 되었다. 이와 같은 과거제도는 인격을 갖추는 것과는 아무런 상관이 없는 문장 재주로 관리를 뽑는 것이므로 절개를 지키고 수양을 쌓은 진정한 선비들은 과거를 보지 않으려고 하는 경우가 생겨났다.

과거를 뛰어넘으려고 했던 사림

조선의 건국을 주도한 신흥사대부 계층의 지지기반은 향촌사회였다. 향촌 지주인 신흥사대부는 고려 후기부터 생산의 주체로서 성장해온 농민층의 요구를 수용하여서 귀족계층을 타도하고 정권을 장악하기 위한 지지기반으로 농민층을 확보하는 계기를 마련했다. 이를 토대로 개혁을 단행하여서 마침내 조선왕조를 세웠다.

조선왕조는 지주가 토지를 소작 농민인 전호佃戶에게 빌려주고 토지세를 받는 지주전호제地主佃戶制를 유일한 경제체제로 성립시킨다. 국가가 가장 큰 지주가 되었고 농민은 모두 국가의 전호가 된 셈이었다. 그래서 중소지주들이 지배층으로 살아남기 위해서는 어떤 형태로든 국가권력과 연결되어야만 했다. 과거는 향촌을 기반으로 한 지배층

명종강릉제실

이 국가 권력에 진출하는 통로였다. 향촌의 지배층은 과거를 통해 관리가 됨으로써 합법적인 지배자가 될 수 있었다.

유학이 본질적으로 수기치인이라는 정치 지향적 성격을 띠고 있고, 조선 사회가 학자 관료를 주축으로 지배층이 형성된 사회라는 점에서 학문의 성격은 과거를 지향할 수밖에 없다. 관료의 자리는 한정되어 있고, 관료로 진출하려는 학자 층은 늘어나므로 관료들 사이의 갈등과 투쟁 또한 필연적인 현상이었다.

조선 중기에 일어난 사화는 조선 초기부터 지배세력을 형성해온 훈구파와 새로이 정계에 진출하려는 사림세력의 갈등과 대립이 표출된 사건이다. 훈구세력의 기득권 유지를 위한 노력이 점차 사회적인 폐단으로 드러나서 사회가 점차 쇠퇴해갔다. 그러자 사림은 명목상 '도학道學'이라고도 하는 성리학을 이론의 기반으로 삼아 정계에 진출하여서 사회에 혁신을 가져오려고 했다.

조광조가 지치주의를 실현하기 위한 방편의 하나로서 정식 문과 시험을 거치지 않고 천거에 의해 유능하고 뛰어난 인재를 특별 채용하는 방법인 현량과를 실시했고 율곡 이이가 기회 있을 때마다 과거 이외의 방법으로 인재를 등용하려고 노력한 것도 기존 훈구세력의 기반을 무너뜨리기 위한 목적의 하나로 볼 수 있다.

글재주만 키우는 과거시험

과거는 본질적으로 문장의 재능으로 인재를 선발하는 시험제도이다. 문장으로 인재를 선발하면 관료가 되려는 사람은 누구나 문장을 익힐 수밖에 없다. 그 결과 문장은 미적이고 예술적인 흥취를 고취하여 사람들의 감정을 순화하는 문학적 수단이 아니라 관료선발시험을 통과하여 입신출세하는 수단으로 변질되었다.

과거가 인재를 선발하는 유일한 길이 되면 누구나 과거를 위한 학문을 하게 되는 폐단이 생긴다. 과거를 위해 학문을 닦는 것은 그 목적이 결국 자기출세를 위한 것에 불과하다. 그래서 재주가 많은 사람은 글귀를 다듬는 것만 일삼고, 재주가 부족한 사람은 과거시험장에만 들락거리며 시험요령이나 익히려고 한다.

고전은 벼슬과 봉급을 구하는 도구가 되어버리고, 도덕은 비실용적인 것이 되어서 아무도 도덕을 숭상하여 자기를 닦는 학문을 하려고 하지 않는다. 게다가 과거는 일정한 규칙과 형식이 있으므로 아무리 좋은 내용이라도 형식에 맞지 않으면 좋은 평가를 받기 어렵다. 그래서 결국 과거에서 뽑히는 답안은 내용보다 글재주가 뛰어난 사람의 글만 뽑히게 되어 있다.

글재주를 자랑하고 다듬을수록 문장만 교묘해지고 뜻을 알 수 없으며, 사람들의 심성을 들뜨게 하고 화려한 겉멋만을 추구하게 만든다. 세상을 다스릴 재주와 자질, 인격과 덕망은 글재주로 알 수 없다. 따라서 과거를 위한 문장이 성하면 성할수록 참으로 나라를 건질 재주를 가진 사람은 구하기 어렵다.

여섯 가지 덕, 여섯 가지 행실, 여섯 가지 기술

원래 유교 사회에서 이상적으로 생각한 관리 선발 방식은 문장 능력을 시험하는 것이 아니라 덕행과 재능을 평가하는 것이었다. 『주례』에 제시된 관리 선발 방식은 교육을 담당한 관리가 지방에서 세 가지 과목으로 백성을 가르친 다음, 그 가운데 가장 뛰어난 사람을 뽑아서 올리는 방식이었다. 그 세 가지 과목이란 여섯 가지 덕[六德], 여섯 가지 행실[六行], 여섯 가지 기술[六藝]이었다.

여섯 가지 덕이란 옳고 그름을 가릴 줄 아는 지혜, 사리사욕을 극복할 줄 아는 어짊, 온갖 사리에 통달한 성스러움, 결단성 있게 판단하고 처리할 줄 아는 정의, 자기의 마음을 다하는 충성스러움, 남들과 두드러지지 않고 공동체를 어지럽히지 않는 조화로움이다.

여섯 가지 행실이란 부모에게 효도하는 것, 형제간에 우애 있는 것, 겨레붙이와 친목을 유지하는 것, 혼인관계에 있는 인척들과 화목한 것, 벗에게 믿음을 얻는 것, 가난한 사람을 돌보는 것이다.

여섯 가지 기술이란 갖가지 인간관계를 처리할 때 기준이 되는 예절, 음악, 활쏘기, 수레몰기, 글자 해독, 셈하기이다. 이 기술은 인간관계를 유지하는 수단일 뿐만 아니라 실제로 일상생활에서 유용한 기술이다. 또한 남들과 더불어 살아가는 방법이기도 하다.

물론 이 세 가지 인재교육과 선발방식이 실제로 쓰였는지는 의문스럽다. 『주례』라는 책이 신빙성이 없는 데다 『주례』 이외에는 이런 교육체계를 언급하고 있는 문헌이 별로 없기 때문이다. 그러나 국가체제가 존속하기 위해서는 끊임없이 인재가 필요하고 인재를 양성해야 한다. 그러므로 반드시 이런 체계적인 방법은 아니더라도 인재를 교육하고 선발하는 방식은 있었을 것이다. 다만 이상주의적 유교왕국을 만들려고 했던 왕망王莽과 유흠劉歆의 아이디어인지는 알 수 없지만 『주례』에서 언급된 교육체계가 덕행과 실용적 기술을 함께 교육하는 것을 목적으로 삼았다는 점은 분명하다.

정치와 교육, 유가의 지상과제

위에서도 말했듯이 조광조가 현량과를 실시하고 이이가 과거 이외의 방법으로 인재를 등용할 것을 건의한 것은, 당시의 과거제도가 합격자의 문장 능력은 검증할 수 있지만 실무 능력이나 관료의 윤리 의식 또는 덕행을 측정할 수 없어서 과거제도의 단점을 보완할 방법을 강구해야만 한다는 문제의식 때문이었다.

오늘날의 고시와 같은 선발 방식도 조광조나 이이의 문제의식에서 한 치도 벗어나지 않은 듯하다. 영어와 상식과 법률조항의 지식이 올바른 가치관, 국가관, 인간관, 관료의식을 측정하는 데 무슨 관계가 있는가?

이르면 20대, 늦어도 30대 안팎에서 법조인이 되고, 외교관이 되고, 행정관료가 된들, 인문교양도 역사의식도, 더 나아가 인류의 문화와 세계사에 대한 통찰과 비전도 없이 어떻게 백성을 위하고 나라를 위해 일할 수 있겠는가! 아무리 개인이 우선이 되는 사회라고 하지만 결국 공직자에게는 공직에 대한 윤리의식이 가장 기본이다.

교화를 정치의 과제로 생각한 것은 정치와 교육을 같은 행위로 본 유가의 정치철학이 지닌 특징 가운데 하나이다. 천지자연의 운행과 그 질서와 원리를 깨달아 백성들에게 가르치고 일상생활에 이용하게 하는 교육은 사실 고대 성인들의 정치행위였다. 그래서 유가에서는 본질적으로 교육이 곧 정치이고, 정치가 곧 교육이었다.

이 점은 경제, 곧 물질의 산출과 소비에 관한 문제해결을 가장 중요한 정치적 행위로 생각하는 현대와 차이가 있다. 유가의 사상가들도 백성의 물질적 생활을 보장해주는 것을 정치의 일차적인 목표로 생각한

양천향교

다. 그러나 이것이 정치의 궁극적인 목적은 아니다. 그들은 여기서 더 나아가 백성을 가르쳐서 올바른 길로 이끌어야 한다고 생각했다.

정치와 교육은 유가의 지식인에게 내려진 지상과제이다. 그래서 유가의 지식인들은 기회가 주어지면 나아가서 정치를 행하고 시기가 적당하지 않으면 물러나 교육을 했다. 정치는 일시적인 교화이고 교육은 오랜 세월에 적용되는 정치이다. 정치란 현재에 자기이상을 실현하는 행위이고, 교육이란 미래에 자기이상을 실현하는 행위이다.

조선의 선비들

조선시대의 선비들은 늘 학문과 인격을 수양하고 있다가 과거를 보아서 등용되면 정치를 통해 배운 것을 실천하는 것이 당연하다고 여겼다. 학문은 객관적이고 보편적인 진리를 담고 있는 경전과, 그 경전의 가르침을 현실에 적용한 성패를 담은 역사를 공부하는 것이었다. 또한 인격수양은 관료가 되었을 때 나라를 다스리고 백성의 삶을 돌보며, 자기의 이기적 욕구를 극복하기 위한 훈련을 하는 것이었다.

홀로 고매하게 인격을 닦고 자기수양을 실천하는 처사라 하더라도 현실 정치에 대한 관심은 늘 지니고 있었다. 일생 처사로 자처했던 남명 조식도 명종 초기의 불안한 정세와 권신의 전횡을 지적하는 상소를 올렸다. 벼슬이 내려올 때마다 사양하고 늘 물러나려고 했던 율곡 이이도 이상적인 제왕의 교육이념을 담은 『성학집요』를 어린 나이에 왕위에 오른 선조에게 바쳤다.

선비들의 정치에 대한 이러한 관심은 현실의 부조리를 우려하는 책임의식에서 나온 것이다. 비록 나중에는 탐관오리가 되고, 파당을 지어서 사리사욕을 채우며, 권력을 남용하여 백성을 착취하는 소인배가 되더라도 처음에는 누구나 수기치인을 지향했다.

조선시대의 관리들은 먼저 배우고 많이 배운 사람이 나중에 배우는 사람을 깨우치고 이끌어야 한다는 의무감과 책임의식을 가지고 관리가 되었다. 그런데도 청백리나 모범적인 관리의 수가 그리 많지 않았다. 하물며 이와 같이 자기를 수양한 다음 남을 다스린다는 수기치인의 관료철학도 없이 지식만 측정하는 선발시험을 통해 관리가 된 사람들에게서 뭘 바랄 수 있겠는가?

역주

1 철인제왕

원래 철인제왕이란 플라톤의 「정체政體」에 나오는 이상적인 군주를 가리키는 말이다. 여기서는 고선철왕古先哲王의 번역어로 쓴 말이다. 총명하고 사리분별이 뛰어나며, 덕과 예지로 백성을 이끌어 살림살이에 틀을 만들어주고, 인문 문화를 창달한 복희, 신농, 요, 순, 우, 탕왕, 문왕, 무왕과 같은 지도자를 가리키는 말이다.

2 세 가지 일[三物]

백성을 가르치는 세 가지 항목이다. 『주례』「지관, 대사도」에 고을에서는 세 가지 일로 모든 백성을 가르친다고 나온다. 하나는 육덕六德으로서 지혜[智], 어짊[仁], 성스러움[聖], 의로움[義], 충성[忠], 온화함[和]이다. 두 번째는 육행六行으로서 효도[孝], 우애[友], 화목[睦], 혼인[姻], 책임[任], 구휼함[恤]이다. 세 번째는 육예六藝로서 예절[禮], 음악[樂], 활쏘기[射], 수레몰기[御], 글자 해독[書], 셈하기[數]이다.

3 현량賢良, 방정方正, 효렴孝廉

현량은 현량문학賢良文學을 간단하게 일컫는 말이다. 방정은 한 대에 관리를 선발하는 과목의 하나이다. 『사기』「평준서平準書」에 따르면 당시에 방정과 현량문학의 선비를 초빙하여서 우대했다고 한다. 청 대의 과거제도에도 효렴과 방정이라는 이름이 있다. 효렴에는 두 가지 과목이 있었다. 효는 효자를 가리키고, 렴은 청렴결백한 선비를 가리킨다. 한 무제는 원광元光 원년 초에 군국에 명령을 내려서 효와 렴 한 사람씩을 각각 천거하라고 했다. 나중에는 효렴이라고 함께 불리게 되었다. 이로부터 역대로 주에서는 수재를 천거하고, 군에서는 효렴을 천거했다. 수, 당에 이르러서는 수재 과목만 남고 효렴은 없어졌다. 청 대에 와서는 특별시험의 하나가 되었다.

4 열 가지 항목[十科]

송 철종 원우元祐 원년(1086)에 사마광司馬光의 건의로 실시했던, 선비를 뽑는 열 가지 항목의 과거이다. 첫째, 행실이 의롭고 순수하며 견고한 사람은 사표과師表科로 뽑는다. 둘째, 절개와 지조가 있으며 반듯하고 올바른 사람은 헌납과獻納科로 뽑는다. 셋째, 지혜와 용기가 남들보다 뛰어난 사람은 장수과將帥科로 뽑는다. 넷째, 공정하고 총명한 사람은 감사과監司科로 뽑는다. 다섯째, 경전과 학술에 정통한 사람은 강독과講讀科로 뽑는다. 여섯째, 학문에 해박한 사람은 고문과顧問科로 뽑는다. 일곱째 문장이 전아하고 아름다운 사람은 저술과 著述科로 뽑는다. 여덟째, 송사를 잘 해결하고 재판에 공정한 사람은 진공득실과盡公得實科로 뽑는다. 아홉째, 재산을 잘 관리하고 세금을 공정하게 처리할 수 있는 사람은 공사구편과公私俱便科로 뽑는다. 열째, 법령을 잘 익힌 사람은 능단청얼과能斷請讞科로 뽑는다.

제9장

정부 조직 개혁 방안

명종 책문

육부의 관리를 어떻게 개혁해야 하는가?

김효원 대책

인재를 선발하는 관리를 뽑아 그들의 권한을 강화해야 합니다. 또한 관직에 알맞은 사람을 뽑아야 합니다. 초야에 있는 현명한 사람들이 남김없이 쓰여서 왕에게 뛰어난 선비들이 많아져야 합니다. 또한 오로지 백성이 바라는 대로 행해야 합니다. 그러면 모든 관료들이 임금을 스승으로 받들 것이고, 수많은 선비들이 모여들어서 나라의 근간이 될 것이니 온 나라가 편안해질 것입니다.

시대적 배경

이 책문은 김효원金孝元의 대책이다. 그는 1532년(중종 27)에 태어나 1590년(선조 23)에 죽었다. 자는 인백仁伯, 호는 성암省庵, 본관은 선산善山이다. 1564년 진사시에 합격하고, 이듬해 알성문과에서 장원으로 급제했다.

김효원은 청렴결백해서 신진 사림의 존경을 받았다. 그러나 척신 윤원형의 집에서 처가살이하던 이조민과 친하여 젊을 때 윤원형의 집을 드나든 적이 있었다. 이것이 빌미가 되어서 이조의 관리 인사 담당 실무책임자인 이조정랑吏曹正郎에 추천받았을 때 심의겸의 탄핵을 받았다. 나중에 김효원은 심의겸의 아우가 이조정랑에 추천을 받았을 때, 명종의 비 인순왕후의 형제이니 외척이라 하여서 배척했다.

결국 이 일을 계기로 동서붕당이 생겼다. 김효원을 따르는 신진들은 동인, 심의겸을 옹호하는 선비들은 서인이 되었다. 그러나 나중에 김효원은 자기가 조정 분란의 중심이 되었다는 것을 자책하고서 지방관으로 떠돌았다.

이 책문은 육부의 관료 제도가 오래 지속되면서 생겨난 부조리와 폐단의 원인과 개혁 방안을 묻고 답하는 글이다.

책문

육부의 관리를 어떻게 개혁해야 하는가

1565년, 명종 20년 알성문과

육경六卿[1] 천·지·춘·하·추·동의 관직의 우두머리 대신이란 직책은 언제부터 설치되었는가? 관직을 설치하고 직분을 나눌 때, 반드시 여섯으로 한 까닭은 무엇 때문인가? 여섯 부서 가운데 업무의 성격상 중요성이나 시급한 정도를 나눌 수 있는가?

위대한 왕들이 부서를 설치해 책임을 맡긴 것은 시대마다 다른데 조용히 자기 자리를 지키면서 임금을 도와서 특별히 기록할 만한 공적을 쌓은 사람을 하나하나 꼽아서 말해보라. 한·당 때 이후로 여섯 부서의 이름은 옛날과 같았지만 정치의 실적이 옛날에 견줄 수 없었던 까닭은 무엇 때문인가?

우리나라는 거룩한 선왕들이 대대로 나라를 계승해오면서 한결같이 융성했던 옛 제도를 따랐고, 모든 정무와 직책을 육조六曹에서 총괄하게 했다. 모든 것을 오로지 육조에 맡기고 책임을 지웠던 것이다.

그러나 예전에 『시경』과 『서경』에서 칭송했던 뛰어난 선비들처럼 자기 직분을 다한 신하들이 있었다는 말을 그 뒤로는 듣지 못했다. 예전의 제도를 그대로 답습하고 직책을 돌보지 않는 폐단이 옛날에 비추어 보면 늘 부끄러운데 오늘날에는 그 정도가 더욱 심하다.

지금은 인사를 선발하는 책임을 맡은 이조에서 청탁하는 사람만 봐주는 바람에 뇌물을 바쳐서 출세할 수 있는 지름길을 넓혀놓았다. 국가 재정의 통계와 지출을 주관하는 호조에서는 세금을 거두어들이는 일만 급선무로 여겨 가혹하게 세금을 독촉하고 거두어들이고 있다. 그 때문에 백성은 이리저리 흩어지고 구렁텅이로 떨어지고 있다. 게다가 사치하고 오만한 풍조가 날로 늘어나서 예법은 이미 공허한 문구가 되어버렸다.

병역세를 닥닥 긁어서 징수하는 폐해가 날로 심해지지만 군사의 명부에는 텅 빈 이름만 남아 있다. 권세 있는 사람들에게 억눌려 감옥에 간 사람들은 모두 억울하고 원통해도 하소연할 길조차 없는 사람들이다. 민간에서는 상업의 이익[末利]에만 몰두하여서 교묘한 물건을 만들어 이익을 내는 데만 힘쓰고 있다.

육부의 폐단이 이런 지경에까지 이른 까닭은 도대체 무엇 때문인가? 차츰차츰 빠져들어 잘못인 줄도 모르고 있기 때문인가? 아니면 이미 깊은 고질병이 되어 고칠 방법이 없기에 그런 것인가? 아니면 변혁할 수 있는 기회와 뜯어고칠 수 있는 길이 있는데 책임을 맡은 사람이

최선을 다하지 않기 때문인가?

공정하게 인재를 등용하고 백성들이 모두 생업에 편안히 종사하게 해야 한다. 계급이 문란해지지 않고 국방이 튼튼해야 한다. 원통하고 억울한 사람은 반드시 원한을 풀고 상업의 이익에만 치중하지 않게 해야 한다. 이렇게 모든 관리들이 제 역할을 제대로 해서 치적을 이루어 내자면 무엇을 닦아야 하겠는가?

그대들은 오래 전부터 이 시대를 담당할 뜻을 품고 평소에 쌓아온 재능을 펼쳐 보이려고 생각하고 있을 터이다. 오늘 책문을 통해 뒷날 나라를 어떻게 경영하고 다스릴 수 있을지 미리 점쳐보기 바란다.

대책

정치는 결국,
사람에게 달려 있습니다

김효원

저는 옛날을 생각하고 오늘날을 걱정하는 서생입니다. 그래서 오래 전부터 옛날의 융성했던 정치를 사모하고, 오늘날의 폐단을 개탄해 왔습니다. 또한 지난날의 묵은 폐단을 보면서 깜짝 놀라 가슴이 두근거리고, 현실에 닥친 어지러운 난관을 보면서 안타까워했습니다. 지금 집사 선생의 질문이 이런 문제를 언급하고 계시니 제가 가진 능력을 지금 모두 다 발휘해야겠습니다.

자연을 닮은 정치행정

자연의 운행과 작용은 네 계절에 따라 낳고, 기르며, 거두고, 갈무리하는 것일 뿐입니다. 임금이 하는 교화는 다스리고[治], 교육하며[教], 예의를 지키고[禮], 형벌을 집행하며[刑], 나라를 지키고[政], 사업을 일으키는[事] 일입니다. 낳고, 기르며, 거두고, 갈무리하는 작용은 언제나 있기 때문에 어디에서나 네 계절에 따른 다스림이 적용됩니다.

다스리고, 교육하며, 예의를 지키고, 형벌을 집행하며, 행정을 시행하고, 사업을 일으키는 일은 혼자서는 할 수 없습니다. 그래서 육경의 직책이 생겨난 것입니다. 네 계절이 순서에 따라 돌아가야만 자연의 작용이 제대로 이루어집니다. 마찬가지로 육경이 직책을 나누어 맡아야만 제왕의 정치가 완성되는 것입니다

그러므로 자연의 작용을 몸소 따르는 왕도 네 계절의 순환을 따라 육경에게 직책을 나누어 맡겨야 합니다. 그리고 그 이하 관리들을 통솔해서 세상의 흐름에 맞게 나라를 이끌고, 백성을 편안히 다스려야 합니다. 여섯 부서 가운데 하나라도 없으면 나라가 이루어지지 않으니 육경이 자기 직분을 잃어버리면 나라를 다스릴 수 없습니다. 자연의 질서로 말하자면, 자연의 생성기능을 원元이라고 합니다. 원이란 착한 것의 으뜸입니다. 관직으로 말하자면, 정치를 주관하는 사람이 총재冢宰입니다. 총재란 관직을 통솔하는 우두머리입니다. 우두머리가 현명하면 관료들을 신중하게 심사할 수 있고, 현명한 인재를 널리 구할 수 있습니다. 그렇게 하면 필요한 자리에 관직을 비워두는 일이 없을 것입니다.

이처럼 중요하고 시급한 것이 바로 총재입니다. 군주의 현명함은 중요하고 시급한 것을 아는 데 있습니다. 그러므로 군주는 자기의 현명함을 넓혀서 중요하고 시급한 일을 먼저 하는 것이 근본입니다.

육경을 처음 설치한 뜻

먼저 육경의 시초를 말씀드리겠습니다.

인재를 선발하는 책임을 맡은 사람으로는 사악四嶽이 있었고, 교화를 펼치는 일을 담당한 사람으로는 설契이 있었습니다. 요순시대에는 이렇게 정무를 총괄하는 총재와 교화를 담당하는 사도司徒의 관직이 갖추어져 있었습니다. 그래서 주나라 때에는 이것을 바탕으로 온 세상을 고르게 다스렸고, 수많은 백성을 편안히 다스렸습니다.

예의를 담당한 사람으로는 백이伯夷가 있었고, 출정을 앞둔 장수들에게 훈계를 내린 사람으로는 우禹가 있었습니다. 요순시대에는 이렇게 예의를 담당한 질종秩宗과 군사를 담당한 사마司馬가 있었습니다. 그래서 주나라 때는 이 직책을 바탕으로 신과 인간을 조화시키고, 여러 나라를 평화롭게 유지할 수 있었습니다.

형벌이 필요 없는 세상을 만들기 위해 형벌을 만든[刑期無刑] 것은 고요皐陶가 사사士師가 된 다음입니다. 물을 다스리고 땅을 고르게 한 것은 우가 사공司空이 된 다음입니다. 이런 것들은 모두 『서경』의 「순전」에 기록되어 있습니다. 그리고 간사한 사람을 힐책하고, 때에 맞게 땅에서 이익을 산출해낸 것도 『서경』의 「주관」에 기록되어 있습니다.

거룩하고 현명한 제왕들이 관직을 만들어서 행정체계를 세운 까닭은 무엇보다 그 책임이 중요하고 지극히 크기 때문입니다. 그러므로 하늘의 직책[天工]을 임금이 대신하여 세상을 다스리면서, 여러 관직을 비워둬서는 안 됩니다. 그것은 「요전」이나 「순전」과 「대우모」나 「고요모」 같은 전적에 나오는 '기쁘다[欽哉]'라는 한마디만 보아도 기강이 얼마나 중요한지를 알 수 있습니다.

한과 당에 이르러서 정치가 고루해졌습니다. 비록 여러 가지 제도가 있었지만 선비들이 모여 있는 아름다운 모습[濟濟之美]은 볼 수 없었습니다. 이부吏部가 관장하는 일은 인재를 선발하는 통로입니다. 호부戶部가 다스리는 일은 세금과 관련된 제도입니다. 또한 조정에 갖가지 의례가 있기에 예부禮部가 설치되었고, 군사에 관한 정책이 있기에 병부兵部가 설치되었습니다. 그리고 형부刑部를 두어서 형벌을 따지게 하고, 공부工部를 세워서 토지와 관련된 갖가지 업무를 관장하게 했습니다. 명칭은 그럴 듯하지만 실상은 논란거리가 없지 않습니다.

우리나라에도 육부를 두었건만

우리나라는 요순 임금처럼 경건하고 명철한 조상들과, 문왕처럼 교훈을 남기고 공적을 쌓은 조상들이 대대로 계승했습니다. 또한 삼공과 육경, 아홉 사람에게 임무를 나누어 맡긴 것은 순 임금과 같습니다. 게다가 관리들을 바르게 통솔하여서 제도를 만든 것은 주나라 때보다도 뛰어납니다.

인재를 얻어서 제대로 정치를 하려는 것이 이조가 설치된 까닭입니다. 세금을 거두어 나라에서 잘 쓰려는 것이 호조[版曹]가 설치된 까닭입니다. 품계를 명확하게 나눈 것은 예조의 임무가 중요하기 때문입니다. 군비를 늘 걱정한 것은 병조의 책임이 지극하기 때문입니다. 온갖 형벌이 법도에 맞는 것은 법관에게 명하여 판결을 엄정하게 내린 것입니다. 일에 맞게 녹을 주는 것은 공조[冬官]에 명하여 실적을 살핀 것입니다.

이렇게 해서 삼택三宅 상백, 상임, 준인 세 가지 관직에 임명된 자과 삼준三俊 삼택의 직책에 걸맞은 재능을 지닌 적임자의 마음을 뚜렷하게 보았기에 간사한 사람을 물리칠 때는 단호하고, 어진 사람을 쓸 때는 의심하지 않는[勿疑勿貳] 신뢰가 지극했던 것입니다.

그러나 지금은 "가라! 가서 여러 관리들과 친하게 지내라[往哉汝諧]!" 말한 순의 명령을 부지런히 시행해서 쌓은 공은 있지만, 고요처럼 건의하는 모습은 볼 수 없습니다. 또한 지금의 여섯 부서는 모두 직책을 돌보지 않고, 관직만 점차 번잡해졌습니다. 나라의 기둥이 되어야 할 신하들이 임무의 중요성을 생각하지 않아 쌓인 폐단이 점차 넓어져서 구제하기 어려운 지경에까지 이르게 되었습니다. 더욱이 요 몇 해에는 그런 폐단이 더욱 심해졌습니다.

오늘날의 육부가 저지르고 있는 해악

사사로운 관계로 맺어진 좌주座主와 문생門生의 관계[桃李][3] 좌주는 지공거와 동지공거를 말하며, 문생은 그 좌주가 실시한 고시에서 합격한 이들는 스승의 덕을 애석하게 합니다. 또한 가까운 사람을 선발하는 것은 관계를 극복하려는 오륜의 가르침과 다르니 결국 이조의 자리는 껍데기만 남았습니다.

직접 토지를 찾아다니면서 세금을 정하고도 늘 부족하다는 탄식이 있으며, 자기 몸과 자기 집안만 위하기에 바빠서 부역과 토지세를 법대로 징수하지 않으니 호조가 자기 직책을 다하지 못한 것입니다.

제멋대로 행동하고 사치와 탐욕에 빠져서 윗사람에게 무례하게 구는 더러운 습관이 형성되어 있습니다. 그에 따라 나아가고 물러나는 예의마저 없어졌으니 나라의 예법을 관장하는 사람이 과연 그 직분을 다하고 있단 말입니까?

군사훈련과 검열을 하되 나라의 방비는 치밀하지 못하며, 병역세는 닥닥 긁어서 징수하되 도망하는 병졸이 줄을 잇고 있으니 나라의 군정을 담당하는 사람이 과연 자기의 책임을 다하고 있단 말입니까?

감옥을 맡은 형리는 뇌물을 받고, 세력에 눈치를 보며 이리저리 말을 늘어놓지만 조금도 신뢰할 수 없습니다. 목과 손과 발에 차꼬를 채운 데다 무거운 족쇄를 채워, 봄을 나고 여름까지 나게 하고 있습니다. 이것은 죄수를 심문하는 사람이 고요와 같은 판관이 아니기 때문입니다.

지금 세상은 상업의 이익만 생각하여 교묘하고 기이한 재주만 일삼고 있어도 기찰이 엄하지 않고, 집 둘레에 삼을 심거나 담장에 뽕나무를 심지 않아도 벌금으로 매기는 세금을 거두지 않고 있습니다. 이것은 이 일을 담당한 사람이 백익伯益과 같은 사람이 아니기 때문입니다.

정치는 결국 사람에게 달려 있으니

임금님께서 오로지 전권을 지니고서 직책을 맡겼으나 오늘날 조정에서 나누어 맡은 직책의 폐단이 또한 이와 같습니다. 하지만 그 근원을 아무리 깊이 따져보아도 까닭을 헤아릴 길이 없습니다.

폐단이 쌓이고 옛 관습을 답습하면서도 그것이 잘못인 줄 모른다고 한 것은 학안세郝安世가 세상을 비판하면서 한 말입니다. 고질적이 된 폐단이 너무 깊어서 고치려 해도 방법이 없다고 한 것은 봉륜封倫[4]이 경박하게 한 말입니다. 그렇지만 두 가지가 하나도 옳은 것이 없으니, 오늘날 책임을 맡고서도 기꺼이 힘써 시행하지 않는 것이 바로 폐단의 원인이 아니겠습니까?

제가 듣기에 "정치는 사람에게 달려 있다."고 합니다. 그래서 공자가 애공哀公에게 옳은 사람을 써야 한다고 했던 것입니다. "현명한 사람이 아니면 다스릴 수 없다."고 합니다. 그 때문에 상나라의 고종이 부열傅說에게 책임을 맡겼던 것입니다. 적당한 사람을 얻으면 정치가 이루어지고, 다스리는 사람이 현명하지 않으면 그 자리가 무의미해지는 것은 당연한 이치입니다.

오늘날 관직에 있는 사람들이 정치를 제대로 계획하지 못하여서 무능한 관리라는 풍자까지 생겼습니다. 또한 직책에 걸맞게 일을 하지 못하여서 해진 통발이 어량魚梁에 있는 것 같다는 풍자도 생겼습니다. 이처럼 모든 일이 어그러지고 정무가 폐기되었으니 오늘 그 폐단을 구제할 대책을 강구하지 않을 수 없습니다.

그 옛날 순 임금이 등용되자 모든 관리들이 따랐고, 총재가 자리에 앉자 모든 관리들이 통솔되었습니다. 그런 점에서 육경의 직책은 어느 하나라도 폐기되어서는 안 됩니다. 요컨대 큰 것은 그것대로 끌어서 폐단을 구제하고, 작은 것은 그것대로 따로 들어서 조치할 뿐입니다.

육부가 자기 직책을 다하게 하려면

어리석은 제 견해는 다음과 같습니다.

인재를 선발하는 관리를 뽑아서, 그들의 권한을 강화해야 합니다.

또한 자기가 잘 파악하고 있는 사람을 써서 관직에 알맞은 사람을 뽑아야 합니다. 초야에 있는 현명한 사람들이 남김없이 쓰여서 왕에게 뛰어난 선비들이 많아야 합니다. 그래서 신하들이 날마다 세 가지 덕[三德]을 펼치고, 날마다 여섯 가지 덕[六德]을 공경하여서 잘 받아들여 널리 펴서 임금에게 잘하고 서민에게 잘 보여야 합니다.

백성이 오로지 바라는 바는 모든 관료들이 공경을 스승으로 섬기고 가까이에서 임금을 모시는 직책이 어그러지지 않으며, 수많은 선비들이 모여들어서 나라의 근간이 편안해지는 것입니다.

인재를 등용하는 데는 공적을 근거로 해야 한다는 집사선생의 말이 여기에 있지 않겠습니까? 그런 식으로 호조가 일을 판단한다면, 유약有若이 "백성이 풍족하지 않으면, 임금이 누구와 함께 풍족하겠는가?" 하고 말한 뜻을 알아서 세금을 적게 거둘 것입니다.

그런 식으로 예조가 일을 한다면, 위아래에 법도와 꾸밈의 질서가 생겨서 등급을 엄격하게 할 것입니다. 제식훈련과 전투훈련을 농한기에 익혀 두고, 한가한 날에 윗사람과 친해져서 어른을 위해 기꺼이 죽을 수 있게 가르치면 병조의 직분을 다했다 할 것입니다.

죄인이 죄를 짓게 된 사정을 알았을 때는 죄에 빠진 것을 불쌍하고 안타깝게 여기되 기뻐하지는 말아야 합니다. 무고한 사람은 놓아주고 범법자를 판단할 때는 열흘의 시간을 두고 깊이 생각해야 합니다. 그렇게 하면 형조의 책임을 다했다 할 것입니다.

그래도 근본은 임금에게 있으니

그러니 육경이 자기 직책을 다하는 것은 그 자리에 알맞은 인재를 얻는 데 달려 있으며, 인재를 등용하는 권한은 바로 전조銓曹에 있습니다. 그러나 권한은 전조에 있지만 근본은 임금에게 있습니다. 임금이 현명하지 못하면 전조에서 일하는 사람도 반드시 다 현명한 사람은 아닐 것이고 육경의 직책도 저절로 폐기되는 것이니 어찌 두려워하지 않을 수 있겠습니까?

요 임금이 공경스럽고 엄숙하며 현명하게 잘 살폈기 때문에, 아래에 있는 홀아비 순이 여러 사람에게 추천을 받았던 것입니다. 순임금의 문화의 덕이 널리 빛났기 때문에 현명한 사람을 찾았을 때 모두가 함께 유능한 사람을 추천할 수 있었습니다. 따라서 현명함은 현명함에 그치지 않고 반드시 공경함[欽]과 문화[文]에 근본을 둔 것입니다.

문화란 예의와 절도의 결인데, 곧 '문리가 상세하고 분명하다[文理密察]' 할 때의 문화입니다. 공경함이란 '경건으로써 안을 곧게 한다[敬以直內]'는 뜻의 공경함입니다. 먼저 경건함으로써 안을 곧게 하고, 그 다음에 문화로써 바깥을 분명하게 드러내야 합니다. 그렇게 하면 인재를 얻는 근본이 여기서 갖추어질 것입니다.

재상을 바로 뽑아야

집사선생께서 육경의 폐단을 우려하셨는데, 그 폐단을 구제할 대책에 대해 대략 말씀드렸습니다. 그리고 끝으로 나름대로 생각한 바를 말씀드리겠습니다.

주자는 다음과 같이 말했습니다. "임금의 직분은 재상을 평가하는 데 있다. 재상이 현명한 사람이면 모든 정무를 총괄하여 잘 관장해서 정치의 체제가 존중받을 것이다. 그러나 재상이 알맞은 사람이 아니면 정무가 번잡해지고 여러 관리들이 나태해질 것이다." 재상이 현명한가, 그렇지 않은가 하는 기미는 국가의 흥망을 알리는 징조이니 어찌 재상을 신중하게 뽑지 않을 수 있겠습니까?

그렇지만 반드시 중요한 권한을 맡기고 융숭한 예로써 대해야 합니다. 관직을 정비해 놓고서 일을 맡기고 아홉 가지 국가경영의 원칙[九經]을 어지럽히지 않았던 것을 본받는 데 힘써야 합니다. 어질지 않은 사람은 멀리 하되, 이윤이 탕왕을 도운 것을 좇아서 본받아야 합니다. 그런 다음에라야 육경의 직책에 저마다 어울리는 사람을 얻어서 모든 정무가 다스려지고 어지러워지지 않을 것입니다.

우리나라는 큰 권한을 이조에 맡겨 두어 재상이 관여하지 못하게 하고 있습니다. 이는 대단히 탁월한 계책으로서 옛 제도와 부합하는 점이 있고 임금이 주의를 기울이는 데도 방해가 되지 않을 것입니다. 옛날에 여몽정呂蒙正이 재상일 때, 여이간呂夷簡을 천거해서 이부를 주관하게 했습니다. 또 왕조王朝(왕단)가 재상이 되었을 때, 구준寇準을 들어서 자기와 같은 지위에 올렸습니다.[5] 옛날 재상이 된 사람들은 이와 같은 자세를 지녔습니다. 우리나라에서도 황희黃喜와 유관柳寬이 그렇게 했던 일이 기록으로 남아 있으니 고찰해 볼 수 있습니다.

오늘날 재상의 역할은 옛날과 비슷하지만, 그들이 나아가고 물러가며, 등용하고 내치는 정치를 했다는 말은 듣지 못했습니다. 육경이 자기 직분을 이렇게 다하지 못하는데, 재상이 알맞은 사람이 아니어서 그런 것입니까? 아니면 재상은 제대로 얻었지만 권한이 크지 않기 때문에 그런 것입니까? 오늘날의 폐단은 필시 여기에 있습니다. 뜻있는 선비들이 어찌 개탄하지 않을 수 있겠습니까? 제 견해는 이와 같습니다. 삼가 대답합니다.

책문 속으로

『주례』의 마스터플랜

당쟁의 초상화

우리가 조선의 역사에서 가장 부정적으로 보는 것은 아마도 당쟁이 아닐까? 당쟁이라 하면 바로 임진왜란이 떠오르고, 장희빈과 인현왕후를 둘러싼 남인과 노론의 목숨을 건 투쟁이 떠오른다. 그 중에서도 당쟁의 부정적 이미지를 맨 먼저 떠올리게 하는 상징적인 사건은 1590년(선조 23)에 일본으로 파견했던 통신사의 귀국보고일 것이다.

건국 후 200년이 지나도록 변경의 소요는 있어도 국가 간의 전면전을 겪지는 않았던 조선의 조정은 국제 정세에 어두웠다. 오랜 전국시대를 통합한 일본의 심상찮은 동향을 제대로 파악하기는 쉽지 않았다. 그래서 외교를 요구하는 토요토미 히데요시豊臣秀吉의 야욕을 탐색하기 위해, 답례로 선조 23년에 서인인 황윤길黃允吉을 정사로 동인인 김성일 金誠一을 부사로 일본에 파견했다.

그런데 이듬해에 돌아온 두 사신은 같은 사안에 대해 정반대로 보고했다. 서인인 황윤길은 일본의 침략 가능성을 보고했고, 동인인 김성일은 이를 부정했다. 당시는 동인이 정계를 주도했기 때문에 김성일의 보고가 채택되었다. 그에 따라 전란에 대한 대비를 소홀히 함으로써 결국 다음 해에 조선 역사상 가장 참혹한 임진왜란이 일어났던 것이다.

유성룡柳成龍이 전란 뒤 왜란이 일어나게 된 원인과 국난 극복의 과정을 기록하여 훗날 경계할 목적으로 쓴『징비록懲毖錄』에는 이런 이야기가 전한다. 어전회의가 끝나고 물러나오는 김성일에게 유성룡이 물었다. "그대의 보고와 황윤길의 보고가 다른데, 만약에 정말로 왜가 쳐들어온다면 어떻게 한단 말이오?" 그러자 김성일이 대답했다. "나도 어찌 왜가 쳐들어오지 않을 거라고 장담할 수 있겠소? 다만 황윤길이 상황을 너무 심각하게 말하여서 조정과 백성이 모두 놀라고 어지러워질까 봐 해명을 했던 것뿐이오."

피할 수 없는 책임

유성룡은 김성일과 동문수학한 사이이자 같은 지역 출신이어서 어쩌면『징비록』에서 김성일을 조금이라도 두둔하려고 했던 것인지도 모른다. 어쨌든 쳐들어오지 않을 것이라는 말은, 상황의 심각성을 누그러뜨려서 차분하게 대처하도록 하려고 해명하는 발언과는 분명히 다르다. 만일 김성일이 조금이라도 상황을 정확하게 파악했더라면 유성룡에게 부

유성룡 충효당

탁해서라도 전란의 대비책을 강구해야 했을 것이다. 나중에 상황을 호도한 책임을 지고 동분서주 하다가 순국한 것으로 자기 말에 대한 책임을 면할 수는 없는 것이다.

황윤길과 김성일의 보고를 듣고 난 뒤에 보인 조정 관료들의 견해 차이는 시급하게 전개되는 국제정세마저도 당쟁의 소재로 삼았던 당시 관료들의 어이없는 당파의식과 동서붕당의 양태를 상징적으로 보여주는 해프닝이었다. 물론 해프닝이라고 하기에는 너무도 처참한 결과를 낳았지만 어쨌든 일본에 대한 정보를 오로지 두 사람에게서 들을 수밖에 없었던 관료들은 자연 자기파의 보고를 지지했다. 결국 일본의 침략 가능성을 경고한 서인이나 이를 부정한 동인이나 국가 안보에 대한 책임의식은 어느 쪽에도 없었던 것이다.

당쟁의 시발, 지극히 사소한 갈등

조선의 국가기강을 흔들어놓고 마침내는 멸망의 원인으로 지목되기도 한 당쟁의 시발은 아주 사소한 갈등에서 비롯되었다. 천리를 흐르는 강물도 처음에는 조그마한 옹달샘에서 솟아나오는 샘물이 근원이다. 위에서도 말했듯이 동서붕당의 원인이 된 당사자가 바로 김효원이다.

김효원은 젊었을 때 윤원형의 집에서 처가살이 하는 친구 이조민을 찾아 윤원형의 집을 드나든 적이 있었다. 어느 날 심의겸이 당시 영의정이었던 윤원형의 집에 볼일이 있어 갔다가 방에 침구가 놓여 있는 것을 보고 누구 것이냐고 물었더니 그 집 사람이 김효원의 것이라고 대답했다. 심의겸은 속으로 '김효원이라는 젊은 선비는 명망이 있는 사람인데, 어째서 윤원형과 같은 권신에게 빌붙는가?' 하고 의아하게 여겼다.

김효원은 그 뒤 과거에 급제하여서 고결한 몸가짐으로 관직을 담당하고 직무도 잘 수행했다. 마침 이조정랑의 자리가 비어서, 김효원이 추천을 받았다. 그때 심의겸은 김효원이 젊었을 때 권신에게 아부한 적이 있다는 혐의를 들어서 반대의사를 밝혔다. 그래서 김효원은 그 일로 심의겸에게 불만을 품고 있었다.

그런데 나중에 심의겸의 아우 심충겸이 이조정랑의 물망에 오르게 되었다. 그러자 김효원은 외척이 앉을 자리가 아니라고 반대했다. 이로부터 김효원과 심의겸은 반목하게 되었고 이들을 편드는 사람들이 동인과 서인으로 나뉘었다.

심의겸은 외척이라고는 하지만 조정의 중신들로부터 신망이 있었고 관료의 덕목을 갖춘 사람이었다. 심의겸은 권력을 남용하는 권신으로부터 사림을 보호한 사람으로도 명망이 높았다. 그러므로 외척이라는 점 때문에 배척을 받아서는 안 된다.

김효원도 한때 권문세가와 친하려고 했지만 곧 행실을 바꾸고 학문을 닦아 올바른 선비의 길을 걸었다. 그러므로 한때의 실수를 꼬투리 삼아 그의 앞길을 꺾는 것도 가혹하다고 할 것이다. 어쨌든 서로를 용납하지 못한 두 사람의 반목이 결국 붕당으로 발전하여서 조선이 망할 때까지 이어진 당쟁의 근원이 되었던 것이다.

당쟁이란 망령에서 벗어나기 위해

당쟁이란 정치이념이나 정치적 지향점이 서로 다른 당파가 정치이념을 두고 투쟁을 하는 것이다. 따라서 당쟁 그 자체는 정치의 후진성을 나타내는 현상이거나 사회분열을 초래하는 원인이라 할 수는 없다. 오히려 당파 사이의 당쟁이 없는 전제나 독재체제가 제도적 측면에서는 더 후진적이라고 할 수 있다.

그렇지만 조선시대의 붕당을 근대적 정당에 곧바로 연결시킬 수는 없다. 근대적 의미의 정당이 정치적 이상의 실현을 위해 같은 정견을 가진 사람끼리, 정치권력에 참여할 목적으로 결성한 정치 단체라는 점에서는 붕당과 큰 차이가 없다. 하지만 정당은 국민 대다수의 의사를 반영하는 기구라는 점에서 대의정치의 기반이 되는 조직이다.

이에 반해 붕당은 근본적으로 관료집단의 이해관계와 이념을 중심으로 결합된 조직이다. 원래 왕조사회에서는 이념적으로 모든 권력이 왕에게 집중되어 있기 때문에 관료들이 횡적으로 결합하여서 사사로이 당파를 조직하는 것은 허용될 수 없었다. 따라서 붕당이란 말 자체가 부정적인 의미를 가지고 있었다.

유가적 관점에서 정치란 공의公義를 반영하고 공도公道를 실현하는 일이다. 따라서 사당을 결성하는 행위는 사회정의를 무시하고 개인적이고 사적인 이익을 추구하는 불의에 해당한다. 그러나 정치라는 것이 원래 다양한 이해관계를 가진 집단의 의견을 조정하는 행위이기 때문에 붕당화하지 않을 수 없다.

조선시대에 사림정치가 실현되자마자 붕당으로 전개된 것은 문신관료가 주도하는 정치는 근본적으로 여론정치가 될 수밖에 없음을 보여준 것이라 할 수 있다. 다만 그 여론이 양반계층의 이해를 반영하는 것이라는 점에서는 분명히 한계가 있다. 그러므로 조선시대의 당쟁이나 붕당정치를 이해하기 위해서는 붕당이란 개념 자체의 부정적 이미지나 당쟁망국론과 같은 선입관이나 고정관념에서 벗어나야 한다.

조선시대의 붕당은 양반계층에 국한되었다고는 해도 정견이 다른 집단끼리 상호견제와 비판을 통해 국가를 운영했던 정치행태라 할 수 있다. 문제는 권력 쟁취가 궁극적인 목적이면서도 그것을 인정하지 않았다는 것이다. 서로가 자기들은 권력에 관심 없이 오로지 도리를 실천하려는 군자라고 여기고 상대방을 사리사욕을 탐하는 소인이라고 헐뜯고 배척하는 자기기만에서 헤어나지 못했다.

『주례』의 마스터플랜

이 책문의 주제는 육부의 의미와 육부 장관의 역할을 묻는 것이다. 이에 대한 대책은 육부의 관직이 자연의 운행과 질서를 인간사회에 적용한 시스템이라고 전제하고서 각 부서에서 자기책임을 다해서 사회 전체의 안정과 발전을 추구해야 한다는 내용이다.

육부란 우리가 초등학교 때부터 '이·호·예·병·형·공' 하면서 외우던 것으로, 오늘날로 말하면 행정부를 구성하는 각 부처들이다. 그런데 왜 하필이면 육부인가? 행정부처를 여섯으로 나누는 방식은 『주례』에서 비롯되었다.

『주례』는 중국 고대에 주나라의 정치제도를 입안한 주공周公이 편찬했다고 한다. 주나라 관직의 편제를 기록한 것이라고 하지만 한 문제 때 발견되었다는 점에서 의심스러운 점도 있다. 그래서 전한을 무너뜨리고 신新을 세운 왕망과 유흠이 『주례』를 날조한 것이라고 주장하는 사람들도 있다. 어쨌든 『주례』에서 기획된 내용은 유가적 이상국가의 마스터플랜이 아닐까 생각한다.

『주례』는 하늘, 땅, 봄, 여름, 가을, 겨울에서 관직 제도의 이미지를 따왔다. 하늘과 땅은 양과 음이고, 봄, 여름, 가을, 겨울은 네 계절이다. 옛날 사람들은 하늘이 만물을 낳고 땅이 만물을 길러낸다고 생각했다. 하늘과 땅이 낳고 기르는 일은 봄, 여름, 가을, 겨울에 따라 이루어진다.

그래서 사람도 하늘과 땅이 생명을 만들어내어 성장시키는 것을 본받아 봄에는 씨를 뿌리고, 여름에는 가꾸며, 가을에는 거두어들이고, 겨울에는 갈무리한다. 그렇지만 사람이 하는 일은 단지 하늘과 땅이 하는 일에 손을 보태는 것일 뿐이다. 하늘과 땅이 낳고 길러낸 재료를 가지고 사람이 가공한 것이 문화이다.

육부, 그리고 하늘, 땅, 봄, 여름, 가을, 겨울

하늘은 모든 존재의 근원이기 때문에 『주례』에서는 하늘처럼 모든 일을 총괄하는 관직인 '천관총재天官冢宰'를 맨 앞에 내세웠다. 총재란 모든 업무를 총괄하여 결정하고 처리하는 최고 책임자이다. 『주례』를 풀이한 글에는 '천관총재'의 직분을 이렇게 설명한다. "하늘은 만물을 전체로 다스린다. 그래서 천자는 하늘이 하는 일을 본떠 총재를 세워서 나라를 다스리는 일을 맡긴다. 총재는 여러 관직을 총괄하여 관리해서 직책을 어기지 않도록 한다."

땅은 만물이 발을 딛고 살아가는 터전이다. 땅을 상징하는 관직을 '지관사도地官司徒'라고 한다. "땅은 만물을 싣고 길러낸다. 그래서 천자는 땅이 하는 일을 본떠 사도를 세워서 나라의 교육을 맡긴다. 사도는 백성을 편안히 살아갈 수 있도록 하는 일을 맡는다."

봄은 만물이 생겨나는 철이다. 봄과 같은 일을 하는 관직을 '춘관종백春官宗伯'이라고 한다. "봄은 만물을 낳는 철이다. 그래서 천자는 종백을 세워서 나라의 예법을 맡기는데 그 가운데 신을 섬기는 일이 가장 중요하다. 종백은 온 세상 사람들이 자기 생명의 근본이 되는 조상에게 보답하고 생명의 시초가 되는 하느님에게 귀의하도록 하는 일을 맡는다."

여름은 만물이 무성하게 자라는 철이다. 여름과 같은 일을 하는 관직을 '하관사마夏官司馬'라고 한다. "여름은 만물이 제각기 생긴 모습대로 골고루 자라나는 철이다. 그래서 천자는 사마를 세워서 나라의 정치를 맡긴다. 정치란 여러 지역을 평등하게 하고 온 세상을 바르게 하는 수단이다."

가을은 한 해를 마무리하는 철이다. 가을과 같은 일을 하는 관직을 '추관사구秋官司寇'라고 한다. "가을은 정의를 발휘하여서 만물을 죽이고 거두어들이며, 갈무리하는 일을 하는 것과 같다. 그래서 천자는 가을이 하는 일을 본떠 사구를 세워서 나라의 형벌을 관장하게 한다. 형벌이란 수치스러운 일과 악한 일을 몰아내고, 세상 사람들을 착한 길로 이끄는 수단이다."

겨울은 모든 것이 제자리로 돌아가서 틀어박혀 있는 철이다. 또한 한해의 일을 마치고 쉬는 철이다. 겨울과 같은 일을 하는 관직을 '동관사공冬官司空'이라고 한다. "겨울은 만물을 갈무리하는 철이다. 그래서 천자는 겨울을 본떠 사공을 세워서 나라의 갖가지 공사를 맡긴다. 사공은 나라를 부유하게 하고, 백성의 의식주가 모자라지 않도록 한다."

6부의 직책을 간단히 말하면, 천관총재는 나라의 모든 행정업무를 총괄하고, 지관사도는 교화와 농업과 상업을 맡는다. 춘관종백은 제사와 예법 같은 종교적 업무를 맡고, 하관사마는 군사, 치안의 업무를 맡는다. 추관사구는 소송과 형벌 같은 법률적 업무를 맡고, 동관사공은 수리, 토목 공사, 공업 같은 것을 맡는다. 이 여섯 가지는 사람이 살아가고 나라가 운영되는 데 가장 기본적인 업무이다.

행정철학이 없다

조선시대의 육조에 해당하는 오늘날 행정부서의 최고책임자는 각 부의 장관이다. 각 부의 장관은 법률에 정해진 대로 소관업무를 결정하고 집행하며, 부령部令을 제정하고 공포할 수 있는 권한을 가지고 있다. 뿐만 아니라 업무수행을 위해 소속공무원에 대한 지휘권, 감독권, 인사권을 가지고 있다.

장관은 국무회의에 참여하는 국무위원이면서 동시에 대통령과 국무총리의 지휘와 감독을 받아 국무회의에서 의결된 사항을 집행하는 행정 집행기관의 우두머리이다. 따라서 장관은 해당 부서의 업무의 본질이 무엇인지 명확하게 파악해야 하고 확고한 행정철학을 지니고 있어야 한다.

그런데 요즘은 정권 창출에 따른 논공행상격인 장관 임명이 잦고, 부처 사이의 이기주의가 확산되어서 장관이 고유한 업무의 본질을 파악하기도 전에 바뀌거나 부처 사이에 손발이 맞지 않아서 국력을 낭비하고 국정을 헝클어뜨리는 경우가 많다. 복지부동의 보신주의적 관료주의,

선조대왕비

외국과 통상 외교를 벌일 때 드러나는 국제정세에 대한 무지와 외교적 자세의 미숙성, 대형 국책사업에서 보이는 부처 간의 갈등, 자주국방의 의지가 실종되어 버린 대미 종속적 동맹관계 등은 도대체 해당 행정부처의 장관에게 행정철학이 있기나 한지 의심하게 만든다.

역주

1 육경六卿

주 대의 관직제도로서, 천·지·춘·하·추·동의 여섯 관직의 우두머리인 대신을 말한다. 천·지·춘·하·추·동은 각각 총재冢宰·사도司徒·종백宗伯·사마司馬·사구司寇·사공司空에 해당한다. 총재는 모든 정치를 총괄하고, 사도는 교화와 농업과 상업을 관장하며, 종백은 제사와 전례를 관장하고, 사마는 공사와 통행을 관장하며, 사구는 소송과 형벌을 관장하고, 사공은 물과 토지를 관장한다.

2 삼택三宅

상백常伯, 상임常任, 준인準人 세 가지 관직에 있는 자를 삼택이라고 하는데, 택이란 직책에 임명한다는 뜻이다. 백성을 다스리는 장관을 상백이라고 하고, 일을 맡은 공경대신을 상임이라고 하며, 법을 밝히는 관리를 준인이라고 한다.

3 좌주座主 문생門生의 관계

고려시대의 고시관考試官을 좌주라고 한다. 광종 때 후주에서 귀화한 쌍기의 제언으로 과거제도를 도입하면서 그를 지공거知貢擧로 처음 임명했고, 목종 7년(1004)에 동지공거同知貢擧 1명을 더 두었다. 얼마 뒤 동지공거를 폐지했다가, 순종 1년(1083)에 다시 두었다. 성종 때까지는 중국에서 귀화한 한림학사들을 임명했으나, 점차 고려의 문신 가운데서 지공거를 뽑게 되었다. 지공거와 동지공거를 좌주라 하고, 그 좌주가 실시한 고시에서 합격한 이들을 문생이라 하여서, 이들 사이에 굳은 유대관계가 이루어졌다. 이것이 나중에 인맥을 형성하여서 사회적인 문제가 되기도 했다.

4 봉륜封倫

봉륜은 자가 덕이德彝이다. 수에서 벼슬을 했으나, 나중에 당에 항복해서 태종을 섬겼다. 『당서唐書』에 전기가 있으나, 위의 말은 나오지 않는다. 학안세郝安世에 대해서는 인물은 물론이고 그가 한 말도 찾지 못했다.

5 여몽정이 재상일 때

여몽정呂蒙正(944-1011)은 자가 성공聖功이다. 하남 낙양 사람이다. 태평흥국 2년(977)에 장원급제하고 장작감승將作監丞, 승주升州 통판에 제수되었다가 바로 재상의 지위에 올랐다. 허국공許國公에 봉해지고 태자태사太子太師에 제수되었다. 너그럽고 후덕하고 바르고 곧으며, 위에 대해서는 바른 말을 하고 아래에 대해서는 관용과 아량이 있었다. 시호는 문목文穆이고 중서령中書令에 추증되었다.

여이간呂夷簡(978-1044)은 자가 탄부坦夫이다. 수주壽州 사람이다. 송 진종眞宗 때의 저명한 정치가인 여몽정의 조카이다. 인종 때 재상이 되어서 어린 인종을 보좌하였다. 태후의 수렴청정 아래에서 북송 국내외의 여러 어려운 문제를 정확하게 처리하여 사회 안정과 경제발전을 이루어냈다. 그의 아들 여공저呂公著도 벼슬이 재상에 이르렀으며, 7세 손 여조겸, 여조검은 모두 남송의 저명한 유학자이다. 여몽정이 여이간을 재상으로 추천한 까닭은 그가 자기 친척이기 때문이 아니라 재능이 재상의 직무를 감당할 수 있었기 때문이다. 과연 여이간은 송 대의 저명한 정치가의 한 사람이 되었다.

왕조王朝(957-1017), 원래 이름은 왕단王旦인데 조선에서는 태조의 이름 이단李旦의 단 자를 피하여 같은 뜻을 지닌 조朝로 바꾸었다. 자는 자명子明이며 대명신大名莘 사람이다. 북송의 명재상 왕호王祜의 아들이다. 태평흥국 5년(980)에 진사가 되었고 저작랑으로서 『문원영화文苑英華』의 편찬에 관여하였다. 동지추밀원사, 참지정사를 거쳐서 재상이 되었고, 『양조국사兩朝國史』를 감수하였다. 사람을 잘 알아보아서 중후한 선비를 많이 천거하여 등용하였으며, 권력을 장악한 18년 동안 12년을 재상으로 있으면서 진종의 신뢰를 많이 얻었다. 왕흠약王欽若에게 설복되어 진종이 천서天書를 위조하고 태산에 봉선하는 일을 막지 못했다. 시호는 문정文正이며, 위국공魏國公에 봉해졌다. 왕단에게는 많은 일화가 전한다. 구준이 자주 왕단의 단점을 말했는데 왕단은 줄곧 구준을 칭찬하였다. 진종이 왕단에게 말했다. “그대는 그의 뛰어난 점을 칭찬하지만 그는 오로지 그대의 단점만 말한다.” 왕단이 대답하였다. “신은 오랫동안 재상의 직위에 있어서 반드시 정사에 실수한 점이 많을 것입니다. 구준은 폐하에 대해 조금도 숨기는 일이 없고 더욱 충심과 정직을 보입니다. 이것이 신이 구준을 중시하는 까닭입니다.” 이로부터 진종은 더욱 왕단을 덕행이 있다고 인정하였다. 중서성에서 추밀원에 문서를 보냈는데 조서의 격식을 위배하였다. 구준이 추밀원에 있다가 이 일을 진종에게 보고하여 왕단은 질책을 받고 여러 신하들이 모두 처벌을 받았다. 한 달도 지나지 않아 추밀원에서 중서성에 문서를 보냈는데 역시 조서의 격식을 위배하였다. 여러 신하들이 흥분하여 왕단에게 보이니 왕단은 문서를 추밀원에 돌려보내라고 명하였다. 구준은 너무나 부끄러워서 왕단에게 말했다. "우리는 함께 과거를 보았는데 그대는 어찌 이다지도 도량이 큰가?" 왕단은 대답하지 않았다. 구준은 추밀원에서 파면된 뒤 사사로이 다른 사람에게 부탁하여 절도사가 되고자 하였다. 왕단은 깜짝 놀라며 말하였다. "장수와 재상의 임명은 억지로 구하여 얻는 자리가 아니다! 나는 남의 청탁을 받을 수 없다." 구준은 매우 한을 품었다. 얼마 뒤 구준은 무승군武勝軍 절도사, 동 중서문하평장사에 임명되었다. 구준이 조정에 들어가 절을 하고 사례하면서 말하였다. "폐하께서 신을 알아주지 않으셨다면 신이 어찌 이 자리에 이를 수 있었겠습니까?" 진종은 왕단이 천거한 내력을 상세히 말하였다. 구준은 매우 부끄러워하며 감탄하고서 자기는 왕단에게 미칠 수 없음을 인정하였다.

구준寇準(961-1023)은 자가 평중平仲이다. 화주華州 하규下邽 사람이다. 북송의 정치가이며 시인이다. 여러 관직을 거쳐서 두 차례 재상을 지냈고, 추밀사를 한 차례 역임하였다. 외직으로 나가 절도사가 되었다. 건흥乾興 원년(1022)에 여러 차례 폄적貶謫되었다가 마침내 뇌주雷州 사호참군司戶參軍으로 좌천되었다. 이듬 해 뇌주에서 병으로 죽었다. 시호는 충민忠愍이며 내국공萊國公의 작위를 회복하였다. 구래공寇萊公이라 불린다. 『명심보감』에 구래공의 「육회명六悔銘」이 전한다. 그 내용은 다음과 같다. "관직에 있을 때 사사로움을 따르거나 왜곡된 일을 하면 관직을 잃을 때 뉘우친다. 부유할 때 검소하게 쓰지 않으면 가난해졌을 때 뉘우친다. 어려서 기예를 익히지 않으면 때가 지나갔을 때 뉘우친다. 일을 보고서 배우지 않으면 사용할 때 뉘우친다. 술이 취하여 헛소리를 하면 술이 깼을 때 뉘우친다. 편안할 때 쉬지 않으면 병이 들었을 때 뉘우친다."

제10장

난세의 국가경영

광해군 책문

정벌이냐? 화친이냐?

박광전 대책

나라의 일 가운데 아주 큰일은 전쟁이고,
병사를 운용해야 할 큰 임무는
장수에게 달려 있습니다. 임기응변을 할 수 있는
사람이 장수이고, 전쟁에서 공격을 수행하고
방어를 튼튼하게 하는 사람이 장수입니다.
임기응변하는 지혜를 가지고서 공격과 방어의
형세를 잘 살필 줄 안다면, 처리하기 어려운 일이
무엇이 있겠습니까?

시대적 배경

이 책문은 박광전朴光前의 대책이다. 박광전은 1526년(중종 21)에 태어나 1597년(선조 30)에 죽었다. 자는 현재顯哉이고, 호는 죽천竹川이며, 시호는 문강文康이고, 본관은 진원珍原이다. 1568년에 진사시에 합격했다. 퇴계 이황의 문인이며, 임진왜란 때 의병을 일으켰으나 병 때문에 지휘하지는 못했고, 정유재란 때 의병장으로 싸웠다.

책제는 적을 대하는 방법으로 정벌과 화친을 제시하면서 그 원리를 묻고, 적으로부터 모욕도 당하지 않고 분쟁도 일어나지 않게 할 방도를 강구하라는 것이다. 이에 대해 박광전은 정벌의 원칙은 힘에 있고, 화친의 원칙은 형세에 달려 있다고 전제한다. 따라서 힘을 헤아려 대처하면 이길 수 있고, 형세를 살펴서 대처하면 상대방의 침략의도를 사전에 분쇄할 수 있다고 주장한다.

또한 힘과 형세를 살펴서 화친을 할 만하면 화친을 하고, 정벌을 할 만하면 정벌을 해야 한다고 대책을 제시했다. 그러나 무엇보다도 덕을 쌓아 적이 저절로 귀순할 수 있도록 하는 것이 더 중요하다고 했다. 또한 병사를 운용하는 것은 장수이기 때문에, 적절한 인재를 얻어야 한다고 했다.

책문

정벌이냐 화친이냐

광해군 1568년 선조 1년 증광회시

왕이 외적을 대하는 방법은 정벌 아니면 화친 두 가지 방법밖에 없다. 옛날의 역사를 살펴보면 다음과 같은 예를 들 수 있다. 황제가 치우蚩尤[1]를, 주의 선왕이 험윤玁狁[2]을, 후한의 광무제가 교지交趾 베트남 북부 지역, 한 대에 교지군 설치를, 당의 태종이 돌궐突厥[3]을 정벌했는데, 이들은 모두 정벌을 통해 나라를 부흥시켰다. 그러나 주의 목왕이 견융犬戎[4]을, 진의 시황이 흉노匈奴[5]를, 남송이 금과 원[6]을 정벌했지만, 이들은 모두 실패하여 나라가 쇠퇴하고 망했다.

반면에 태왕은 훈육獯鬻과, 문왕은 곤이昆夷와, 한의 고조는 흉노[7]와, 송의 진종은 글안[8]과 화친을 했는데, 이들은 화친을 통해 나라를 안정시켰다. 그러나 진의 무제는 강호羌胡 서쪽지역의 이민족와 당의 덕종은 토번

吐蕃 티베트지역과 송의 휘종과 흠종[9]은 여진과 화친을 했는데, 이들은 화친을 통해 난을 불러들였다.

같은 정벌이라도 흥하고 망한 차이가 있고, 같은 화친이라도 다스려지고 어지러워진 차이가 있는 까닭은 무엇인가? 대개 정벌을 주장하는 사람은 화친하는 것을 나라의 모욕이라 여기고, 화친을 주장하는 사람은 정벌하는 것을 분쟁의 단서라고 여긴다. 어떻게 해야 올바른 도리로 외적을 대함으로써 나라가 욕을 당하거나 분쟁이 일어나지 않게 할 수 있겠는가? 두 가지를 어떻게 절충할 수 있겠는가? 어떻게 하면 이적을 알맞게 대하여 나라가 욕을 당하거나 분쟁이 일어나지 않게 할 수 있겠는가? 여러분[諸生]은 모두 재주와 식견이 통달하였기에 장차 장수와 재상의 그릇이 나타날 터이다. 저마다 자세히 헤아려서 대답하라.

*『죽천집』에서는 '여러분' 이하가 빠졌는데 김정국金正國의 문집인 『사재집思齋集』 권3에서 찾아 끼워 넣었다. 책제의 내용도 문장과 글자에 출입이 있는데, 아마도 박광전이 김정국의 이 책제를 일종의 책문을 짓기 위한 연습 문제로 삼아서 대책을 진술한 듯하다.

대책

정벌은 힘, 화친은 형세에 달려 있습니다

박광전

저는 오래 전에 '서쪽 북쪽 오랑캐를 친다[戎狄是膺]'는 시를 보고서 죄가 있는 사람은 마땅히 토벌해야 한다는 사실을 알았습니다. 또 '남쪽 동쪽 오랑캐도 잇따라 복종한다[蠻夷率服]'는 글을 보고서 외적을 막는 데도 도리가 있다는 사실을 알았습니다. 지금 집사선생께서는 나라의 치욕을 막을, 공격과 수비에 관한 두 가지 계책을 검토하라고 하셨습니다. 그리고 대대로 이어져온 정벌과 화친의 성공과 실패를 예로 들면서, 현실에 적합한 일이 어떤 것인지 묻고자 하십니다.

질문의 요지와 내용이 매우 풍부합니다. 저는 비록 학식과 능력이 천박하지만, 이런 문제를 내신 깊은 뜻을 저버릴 수는 없습니다. 저 역시 오래 전부터 외적을 근심해 왔습니다. 더러운 외적의 잔당들이 여전히 제멋대로 날뛰고 있고, 승냥이와 이리 같은 간악한 무리들이 야심을 못 버리고 교묘한 흉계를 꾸미고 있습니다. 이런 무리들은 문화로 다스려 해결할 수 없습니다.

제멋대로 날뛰는 무리들은 토벌하지 않으면 안 됩니다. 그들은 반드시 정벌하고 쳐부숴야 합니다. 교묘한 흉계를 꾸미는 무리들은 억누르지 않으면 안 됩니다. 그들은 반드시 화친하고 어루만져야 합니다.

정벌할 때는 힘을, 화친할 때는 형세를

정벌함으로써 나라를 어지럽히는 난리를 그치게 하고, 화친함으로써 덕을 사모하는 마음으로 돌아오게 하는 것, 곧 정벌할 대상은 정벌하고 화친할 대상은 화친하는 데 외적을 막는 도리가 있습니다. 그러나 정벌의 원칙은 힘을 따져보는 데 있고, 화친의 요령은 형세를 살피는 데 있습니다. 왕의 위엄을 떨칠 만큼 힘이 세면 위엄으로 제압할 수 있는 범위가 넓어집니다. 그러면 적들이 감히 우리를 당할 수 없습니다. 왕의 신뢰를 펼칠 만큼 형세가 유리하면 신뢰로 남을 깊이 감동시킬 수 있습니다. 그러면 적들이 저절로 우리의 말에 위로받을 것입니다.

무력으로 나라가 융성해졌다는 것은 힘을 헤아리는 원칙을 터득한 것입니다. 힘을 잘 헤아려서 대처하면, 우리가 이길 수 있는 이치가 생깁니다. 형세를 잘 살펴서 대처하면 상대방은 반역하고 항거할 뜻이 사라질 것입니다. 그러므로 힘을 사용하건 형세를 이용하건 신중해야 합니다.

힘을 헤아리지 않고 함부로 군사를 동원하기만 하고, 형세를 살피지 않고 화친을 구걸하기만 한다면 그 무력은 먼 오랑캐에까지 미칠 만한 것이 되지 못하고, 도리어 수많은 적의 침략을 유발하게 될 것입니다. 또한 그 화친은 먼 데 있는 사람들까지 회유하는 것이 되지 못하고 도리어 적들의 오만한 모욕을 불러들이게 될 것입니다.

반드시 정벌할 만한 힘이 있어야 정벌하고, 화친할 만한 형세가 되어야 화친하는 것입니다. 그래야만 정벌해도 목적을 이룰 수 있고, 화친해도 효과를 얻을 수 있게 되어서 영원히 쇠퇴하거나 어지러워지지 않을 수 있습니다. 문화의 덕을 널리 펼쳐서 안을 엄격하게 다스리고, 사방 오랑캐로부터 나라를 굳게 지켜서 밖을 막는다면 외적에 대처할 계책이 없다고 염려할 필요는 없을 것입니다.

정벌로 흥하거나 망한 사례

질문에서 언급한 내용에 따라 말씀드리겠습니다. 옛날에 치우가 안개를 일으키며 쳐들어왔을 때 황제가 이를 정벌했고, 수도까지 도적이 쳐들어왔을 때 주의 선왕이 이를 물리쳤습니다. 제왕의 사명을 타고난 광무제는 남양에서 무력을 일으켜 왕망을 제거했습니다. 이마 가운데가 불룩 솟은 귀한 형상을 타고난 당 태종은 북쪽 변방에 있는 부족들을 정벌했습니다. 이들은 모두 정벌을 통해 융성해진 경우입니다.

하지만 주는 서쪽 오랑캐를 치고 흉악한 무리들을 사로잡았으나 수천 리 떨어진 지역에서는 조공을 바치지 않았습니다. 또한 진은 만리장성을 쌓았으나 2세 황제는 나라를 지키지 못했습니다. 송은 여러 해 전쟁이 이어졌으나, 결국에는 저절로 거꾸러지고 패망했습니다. 이것은 정벌을 했다가 도리어 망한 사례입니다. 정벌을 한 것은 같지만, 한쪽은 흥하고 한쪽은 쇠퇴한 까닭은 무엇입니까?

적에게 정벌해야 할 죄가 있고 이쪽에 제압할 힘이 있다면 완고해서 복종하지 않고 고삐를 끊고 제멋대로 날뛰는 말처럼 걷잡을 수 없는 야만인들은 마땅히 목을 베어 내걸어야 합니다. 또 제 힘을 헤아리지도 못하고 깊숙이 쳐들어와서 노략질을 하는 무리들은 마땅히 정벌해야 합니다. 중국의 처지에서는 명령을 어기는 교지交趾에 죄를 묻지 않을 수 없었고, 난을 일으키는 돌궐을 토벌하지 않을 수 없었습니다. 성스러운 제왕이 의로운 분노를 표현한 까닭은 반드시 힘이 있었기 때문만은 아닙니다. 현명한 왕들이 귀순하지 않는 무리들을 정벌한 것은 힘을 헤아려서 적을 제압한 것인데, 그렇게 하자 적이 귀화해 왔습니다.

화친으로 흥하거나 망한 사례

상대방을 정벌할 빌미가 없고 이쪽에도 이길 만한 힘이 없다면 화친을 해야 합니다. 안이 텅 비고 밖이 배반하는 것은 힘이 다했기 때문입니다. 백성이 오랑캐 막는 부담을 원망하는 것은 힘이 고갈되었기 때문입니다. 따로 병사를 모집하여 전쟁을 벌이는 것은 힘이 쇠퇴했기 때문입니다. 그러므로 주와 진이 나라를 지키지 못하고, 송이 회복하지 못한 것도 당연한 일입니다. 구슬과 옥과 가죽과 비단으로 훈육을 섬겼던 태왕, 큰 나라이면서도 작은 나라를 섬겼던 문왕, 흉노의 추장에게 공주를 시집보내고 사신을 보냈던 한, 큰 이익을 챙기고 서약을 지켰던 송은 모두 화친을 통해 정치의 안정을 이루었던 경우입니다.

강족 오랑캐가 난을 일으키자 진의 무제武帝가 화친을 요청했고, 토번이 큰 기세로 일어나자 당의 덕종이 화친을 맺었으며, 여진이 강성해져 위협이 점차 커지자 휘종과 흠종이 인질로 잡혀간 일은 모두 화친을 하려다 난을 불러들인 사례입니다.

상대방이 재앙을 일으킨 것을 후회하는 마음이 있고, 이쪽이 화친을 해야 할 형세라야 화친할 수 있습니다. 기산岐山 아래로 옮겨간 태왕의 일은 작은 나라가 큰 나라를 섬긴 경우로서 하늘의 이치를 두려워할 줄 안 것입니다. 오랑캐들의 도발을 막을 수는 없었으나 나라의 명성을 떨어뜨리지 않았던 문왕의 일은 큰 나라가 작은 나라의 비위를 맞춰준 예로서 하늘의 이치를 즐길 줄 안 것입니다.

한은 고통에 시달리다가 안정이 되자 백성을 편안하고 화목하게 다독였습니다. 송의 진종眞宗은 전연澶淵까지 직접 나아가 요遼에게 해마다 폐백을 바치기로 약속함으로써 위급한 문제를 해결하고 한숨을 돌렸습니다. 성스러운 왕은 세력에 의지하지 않고 어질고 지혜롭게 대처했습니다. 현명한 군주는 신뢰를 통해 서로의 평안을 추구했습니다. 하지만 이들은 모두 형세를 살펴서 적을 감동시켰기 때문에 결국 적들도 진심을 드러내 보인 것이 아니겠습니까?

상대방이 재앙을 일으킨 것을 후회하는 마음이 없고, 이쪽이 신뢰를 펼칠 만한 세력이 없으면 화친해서는 안 됩니다. 야만인들이 문화 민족을 침략해서 재난이 이미 무르익고 있는 추세에다, 북쪽의 관문이 부서져서 후환을 남길 수 있는 상황에서는 잠시 우호 관계를 맺었다 해도 오랫동안 평화를 보장하지는 못합니다. 따라서 진과 당이 자기의 나약함을 먼저 드러내 보이고, 송이 침략과 모욕을 앉아서 불러들인 것은 조금도 이상한 일이 아닙니다.

오늘 일에 관한 토론이 중요

이들 몇몇 군주가 부흥을 이루고 부흥을 이루지 못한 사례, 잘 다스리고 잘 다스리지 못한 사례에 대해서는 명백하게 고찰할 수 있습니다. 다스려지는 길을 따라가면 힘과 형세가 모두 요령을 얻어서 부흥하지 않을 리 없습니다. 그러나 어지러운 길을 따라가면 힘과 형세가 모두 요령을 잃어서 망하지 않을 리 없습니다.

그러니 어찌 이것을 훗날에 권유와 경계로 삼지 않겠습니까? 그러나 옛일을 자꾸 들먹이는 것은 이롭지 못하고, 대책을 말할 때는 오늘날에 관해 토론하는 것이 중요합니다. 그러니 어찌 우리의 일을 말씀드리지 않을 수 있겠습니까?

우리나라는 조상들이 대대로 문화의 정치를 융성하고 흡족하게 펼쳤고, 무력의 공적도 아무도 따를 수 없었습니다. 또한 어짊과 은혜를 널리 펼치고 국가의 위신을 크게 떨쳐서 육지에서나 바다에서나 모두 두려워 떨면서 제 발로 온갖 어려움을 무릅쓰고 산을 넘고 바다를 건너 다투어 찾아옵니다. 변경에는 전란이 일어나지 않고, 외국의 사절을 맞이하는 영빈관에는 귀순해서 공물을 바치는 사신이 끊이지 않습니다. 그래서 백성은 편안하고, 물자는 풍부하며, 군사력도 튼튼합니다. 그렇기에 큰 나라는 우리를 두려워하고 작은 나라는 우리에게 의지하니 국가의 세력이 강하고 튼튼했습니다.

그런데 어찌된 일인지 몇 년 전부터 포학한 북쪽 오랑캐가 시도 때도 없이 남몰래 도발하고 있습니다. 작게는 우리의 말과 소를 빼앗고 노인과 아이들을 사로잡아 갔으며, 크게는 우리의 성과 고을을 함락시키며 백성을 죽이고 있습니다. 변경을 지키는 군사들은 수시로 놀라고, 봉화는 잇달아 전해집니다. 100년 동안이나 잘 다스려지던 나라가 어떻게 하루아침에 싸움터로 변했단 말입니까?

정벌이나 화친을 논하기 전에

시국을 논하는 사람들은 다음과 같이 생각합니다. '당당하고 큰 나라가 조그만 오랑캐에게 욕을 당할 수는 없다. 지금은 마땅히 견고한 갑옷을 갖춰 입고 날카로운 무기를 잡은 용맹한 병졸이 앞으로 달려가, 적의 소굴을 불태우고 근거지를 파괴해야 한다. 또한 대군이 곧바로 진격해서 복종하지 않는 죄를 묻고 우레와 같은 위엄을 보여야 한다. 그렇게 하면 북쪽의 국경부터 그 아래를 깨끗이 정리할 수 있을 것이다. 지금이 바로 그때이다. 그러나 만약 지금 기회를 놓치고 토벌하지 않는다면 변경의 근심이 언제 그치겠는가? 정벌하는 것이 나은 일임은 말할 것도 없다.'

다른 사람들은 또 다음과 같이 생각합니다. '멀리까지 정벌을 나간다면 백성을 수고롭게 하고 군중을 동원해야 한다. 그러려면 군량미와 마소의 꼴을 멀리 국경 밖까지 운반해야 하고, 군수물자를 계속 공급해야만 한다. 하지만 그렇게 하기도 어려운 데다 적을 깨끗이 소탕했다는 첩보도 듣지 못한 채 도리어 원한에 찬 분노만 격렬하게 일으킬 것이다. 따라서 올출兀朮[10][完顏宗弼] 금 태조의 넷째 아들의 꾸짖음과 모욕이 오늘날의 경계가 될 것이다. 시기를 제대로 파악하지도 못한 채 함부로 군사를 일으키면 그 화가 더욱 클 것이다. 정벌하지 않는 것이 더 나은 일임은 말할 것도 없다.'

이 두 가지 견해가 모두 주장하는 점이 있으니 어찌 나름대로 타당한 견해가 아니겠으며 또한 취할 만한 점이 없겠습니까? 난이 일어나는 까닭을 깊이 탐구하고, 다스림을 이루는 단서를 깊이 생각한다면, 제 말을 용납하실 수 있을 것입니다. 여진족의 야인野人들은 짐승과 같은 야만인일 뿐입니다. 올바른 방법으로 편하게 살도록 어루만져주면 투항할 것이고, 그들을 대하는 방법을 잃어버리면 반역을 일으켜서 항거할 것입니다. 투항하거나 반역하는 것은 우리에게 달려 있는 것이지 저들에게 달려 있는 것이 아님은 분명합니다.

그리고 지금 변경을 지키는 장수들은 재능이 뛰어나지 않습니다. 그런데도 권력자에 기대어 임명을 받고서는 여러 진에 웅거하면서 교만하고 오만하게 굽니다. 게다가 야인들을 회유하고 보호할 계책은 고려하지 않고, 만족을 모르고 멋대로 탐욕을 부립니다. 무절제하게 재물을 착취하며, 너무나 엄격하고 각박하게 책임을 따지고 감독합니다.

그래서 결국 야인들이 분하고 억울한 심정을 품고 분노를 쌓아서 나라의 명령을 거역하게 만드니 이것이 과연 야인들의 죄입니까? 이런 상황에서 한번 반역을 일으켜 도적이 된 야인들의 처지에서는 우리가 죄를 물을까 봐 두려워하면서 구름이 몰리고 새가 몰리듯이 부락을 수습해 달아나 버리는 것은 당연한 추세입니다.

정벌의 어려움

힘이나 형세를 근거로 화친과 정벌 가운데 어느 것이 쉽고 어려운지를 따져본다면 고려해야 할 사항이 더 있습니다. 홍수와 가뭄이 번갈아 들고 곡식이 잘 익지 않을 경우에는 천리 밖에서 곡식을 옮겨와야 합니다. 그렇게 되면 수레가 부서지고 말이 쓰러지니 백성은 즐겁게 살려는 마음이 없어집니다. 또한 선비들도 훗날 양식 걱정을 하게 될 테니 식량을 1년이나 지탱할 수 있겠습니까?

또 줄지어 늘어선 보루가 허물어져 비어 있고 장교와 사병의 수가 많지 않을 경우에는 남쪽 지방에서 사람들을 뽑아야 합니다. 그렇게 되면 풍토가 달라서 살을 에는 추위를 견디지 못하고 낯선 곳의 고통을 괴로워하게 될 테니 이런 병사들이 적의 부대를 하나라도 감당할 수 있겠습니까?

게다가 군사들이 명확하지 않은 군율로 사기가 떨어지고, 음식을 내려 위로해도 공놀이를 즐길 수가 없으며, 합당한 명분으로 출정해도 '기꺼이 함께 나아가자[偕作]'는 노래를 들을 수 없다면 만 분의 일이나마 효과를 얻을 수 있겠습니까?

부득이해서 군사를 사용하려면 반드시 먼저 삼남 지방에서 물자와 정예 군사를 더 보충해야만 가능합니다. 그러나 하루아침의 분노를 참지 못해 지방에 있는 백성까지 고통을 안게 된다면 그것이 어찌 국가의 정치 안정을 위한 장대한 계책이 되겠습니까?

더욱이 정벌할 경우에 관군이 강을 건너면 야인들은 놀란 새처럼 숨어버리고, 부대를 정돈해서 물러가면 다시 전처럼 개미떼같이 몰려나

올 것입니다. 그러니 설사 그들의 집을 불태우고 노약자를 죽인다 한들 그것이 무슨 이득이겠습니까? 오히려 우거진 잡초 속에 감춰둔 쇠뇌에 걸려들거나 뒤를 쫓아오는 흉악한 칼날에 당할까 봐 근심스럽기도 한 일입니다.

우리가 삼아야 할 계책

그러므로 정벌을 하자는 사람의 견해에는 문화국가로서 위상을 높이고 외적을 몰아내자는 좋은 뜻이 있습니다. 정벌을 반대하는 사람의 견해에는 실로 전체 상황을 두루 고려하자는 뜻이 있습니다.

온 세상을 보존하기 위해서 오늘날 계책으로 삼아야 할 일은, 마땅히 두만강을 경계로 장성을 쌓아 요새를 방어하고, 보루를 세워서 성과 못을 보수하며, 창과 방패를 수리하고 병사들을 훈련시켜 두는 일입니다. 그렇게 해서 적이 쳐들어오면 들판을 깨끗이 비우고[淸野] 기다리며, 적이 물러가면 쉬게 했던 군졸로 지키게 하고, 다시 둔전법을 제정해서 국가의 재원을 충당하는 데 삼아야 합니다.

이렇게 되면 군사와 식량이 모두 충족되고 기세가 더욱 강성해져서 마치 전국시대 때 조나라의 이목李牧이 싸우지 않고 지키기만 해도 북쪽 유목민들이 감히 남쪽으로 내려오지 못했던 것처럼 될 것입니다.

또 안으로 문화의 덕을 널리 펴서 교화의 덕[聲敎]이 멀리까지 미치게 해야 합니다. 그리하면 묘족처럼 완고하고 악독한 부족도 방패와 깃털을 들고 추는 춤을 추게 될 것입니다. 따라서 그들도 문명국의 문화와 무력에 감화되어 귀순하지 않을 수 없을 것이며, 숭崇나라의 성곽처럼 성채를 높이 세운 적도 덕을 쌓은 군대에게 항복하지 않을 수 없을 것입니다.

그렇게 되면 저들도 왕의 위엄을 두려워해서 덕에 귀순하고 정의를 사모하게 될 것입니다. 또한 문화를 지향하게 되면서 땅과 조공을 바치는 정성을 올릴 것입니다. 그리고 반역하던 버릇을 고치고는 오히려 조공이 늦어 문책이라도 당할까 봐 두려워 할 것입니다. 그러니 정벌을 하고 안 하고, 화친을 하고 안 하고 하는 문제는 논할 거리도 못 됩니다.

좋은 장수 얻는 일이 급선무

저는 앞에서 대략 의견을 진술했습니다. 하지만 마지막으로 마음속에 간절하게 품고 있던 생각을 말씀드리고자 합니다. 나라의 일 가운데 아주 큰일은 전쟁과 관련된 일이고, 병사를 운용해야 할 큰 임무는 장수에게 달려 있습니다. 그러므로 병무는 언제나 장수를 얻는 일이 가장 우선입니다.

임기응변을 할 수 있는 사람이 장수이고, 전쟁에서 공격을 수행하고 방어를 튼튼하게 하는 사람이 장수입니다. 임기응변하는 지혜를 가지고 공격과 방어의 형세를 잘 살필 줄 안다면 처리하기 어려운 일이 무엇이 있겠습니까? 염파廉頗·이목李牧·마원馬援·이정李靖과 같은 장수가 정벌을 할 경우에는 풍속이 다른 지역에까지 위세를 떨칠 수 있고, 그들이 방어를 한다면 은혜와 신뢰를 먼 곳까지 이르게 하여 적들이 분주하게 투항하느라 겨를이 없을 것입니다. 비록 흉계를 꾸미는 쇠이마를 가진 흉악한 무리나 공손하지 못한 밀密나라[11] 상대에 감숙성 지역에 있던 나라 사람들이라 하더라도, 어찌 감히 우리나라를 원수로 삼겠습니까?

한 대에 흉노가 관문을 두드리며 우호를 청하고, 당 대에 남쪽과 북쪽의 야만 부족이 중국과 하나가 된 것도 대단한 일이 못 됩니다. 주의 문왕은 성스러웠기 때문에 가만히 앉아서도 곤이昆夷가 저절로 찾아오게 만들 만큼 신뢰를 주었고, 한의 고조는 위엄을 갖추었기 때문에 마침내 흉노의 추장인 묵돌冒頓이 신하를 자칭했던 것입니다.

그러므로 정벌과 화친 두 가지 경우를 두고 어떻게 절충할까 논란할 필요는 없을 것입니다. 저의 견해는 이와 같습니다. 집사선생께서는 어떻게 생각하십니까? 삼가 대답합니다.

책문 속으로

조선이 선택한 문치주의의 운명

건국 200년 뒤의 노쇠한 징후

조선의 군사정책은 양반과 천민을 제외한 모든 평민 백성에게 군역의 의무를 지우는 양인개병제를 근간으로 했다. 조선의 국가경영이념을 구상했던 정도전은 양인인 농민을 국방의 주체로 삼아 군역을 의무로 부과했다. 그리고 그에 따른 권리를 존중하여서 벼슬자리로 동기를 유발했다.

지역적으로는 중앙의 치안군과 지방의 국방군으로 나누어서 수도와 국경의 경비를 다같이 강화하려고 했다. 또한 지방군을 교대로 상경시켜서 근무하게 하고, 중앙과 외지에 있는 군사의 통수권을 재상에게 집중시켰다. 그럼으로써 병권의 분산을 막아 일원적이면서 중앙집권적인 군사체계를 확립하려고 했다. 정도전의 군사정책이 그대로 시행되지는 않았지만 그가 구상한 기본 골격은 조선의 군사정책에 반영되었다.

그러나 조선 사회는 기본적으로 문치주의를 확립한 중앙집권적 관료국가였다. 따라서 문인 관료가 무인 장수를 통솔하는 구조였기 때문에 무력에 대한 의지가 약했다. 그 때문에 중기에 접어들면서 북쪽의 여진족과 남쪽의 왜구가 자주 침입해 와 변경이 늘 불안했다.

1555년(명종 10)에 일어난 을묘왜변과 1583년(선조 16)에 함경도 회령會寧에서 이탕개尼湯介가 일으킨 여진족의 반란은 소규모로 몰려다니며 노략질을 일삼는 도적의 수준이 아니라 국가 간의 전란 수준이었다. 건국 뒤 200여 년이 지난 조선 사회는 기강이 해이해져서 이미 노쇠한 징후를 나타내고 있던 터라 이런 사태에 효과적으로 대처할 기력을 잃고 있었다.

변경을 노략질하는 외적과 화친하는 것은 자존을 지키는 방법이 아니었다. 그러나 정벌하려고 해도 실제로는 정벌할 만한 역량을 갖추지 못했다. 그래서 변경에 소요가 일어나도 고식적인 미봉책만 되풀이할 뿐 강역을 지키고 외적으로부터 국가를 안전하게 지킬 방도를 강구할 수 없었다. 그리하여 결국에는 여진족이 변경에서 일으킨 소요가 진압된 지 10년도 지나지 않아 조선의 사회체제에 대한 근본적 반성을 촉구하는 왜란이 일어났던 것이다.

국방의 선결조건은 바로 백성

원래 유학의 정치 원칙은 어진 정치이다. 군사정책도 이 원칙을 근간으

한신도 제승당

로 한다. 공자는 나라를 유지하고 다스리는 세 가지 요소 곧 경제, 국방, 신의 가운데 신의를 가장 근본적인 요소로 삼았다. 설령 경제와 국방의 역량이 약하더라도 백성의 신뢰를 잃지만 않으면 나라를 지탱하고 더 나아가 부강한 나라로 발전할 수 있다. 그러나 근본적으로 백성이 신뢰하지 않으면 아무리 경제와 국방의 역량이 튼튼하더라도 나라를 지탱할 수 없었다.

나라의 근본은 백성이기 때문에 백성의 신뢰를 얻어야 나라가 유지될 수 있는 것이다. 그리고 백성의 신뢰를 얻는 길은 왕도정치에 있다. 맹자는 "어진 사람에게는 적이 없다[仁者無敵]."고 하면서, 어진 정치를 시행하여 백성이 군주를 어버이처럼 신뢰하면 비록 군사적인 방비가 약하더라도 백성을 동원하여 강한 적에 대항할 수 있다고 했다.

그러나 무엇보다도 중요한 것은 적과 싸워서 이기는 것이 아니라 싸움이 일어나지 않도록 하는 것이다. 그러자면 적이 함부로 넘볼 수 없도록 온 백성이 합심 단결해야 하고, 국제간에 서로 우의를 다지는 것이 중요하다.

제국주의적이고 패권주의적인 대외정책을 추구하지 않고 국제간의 연대와 평화공존을 외교와 정책의 축으로 삼는다면 군사력은 어디까지나 전쟁을 억지할 수 있는 정도로도 충분하다. 남의 나라를 쳐들어가도 안 되지만 남의 침략에 대처할 수 없어도 안 된다. 평화와 자존을 지킬 수 있는 역량은 스스로 갖추어야 한다.

문제는 분배의 불균형

모든 유기체는 자기의 존재를 보존하고 확대하려는 본능이 있다. 국가도 유기적 조직이기 때문에 끊임없이 자기를 유지하고 확대하려고 한다. 전쟁은 국가라는 유기체가 자기를 확대해 나가는 과정에서 벌어지는 일이다. 개인은 자기 삶의 영역을 넓히고 삶의 질을 높이기 위해 더 많은 욕구를 계발한다. 결국 그런 욕구가 쌓여서 사회적 욕구와 국가적 욕구가 함께 증대되면서, 그런 욕구들의 충돌이 국가 간의 전쟁으로 발전하는 것이 아닐까? 덕을 쌓아 적이 저절로 귀순하도록 한다는 책문의 주장을 요즘 말로 바꾼다면 정치적 안정을 이루고 선린외교에 힘써서 국제간의 우의를 다진다는 뜻으로 받아들일 수 있겠다.

사회의 모순은 가난이 문제가 아니라, 분배의 불균형이 더 큰 문제이다. 빈부의 차이가 심할수록 사회는 불안정하고 변화와 개혁을 부르짖는 목소리가 높아진다. 결국 정치적 안정을 이루는 길은 극심한 빈부 차이와 같은 사회경제적 불균형을 해소하는 것이다. 부의 재분배가 잘 이루어져서 심각한 경제적 불균형이 해소된다면 사회가 안정될 것이고, 외부의 간섭이나 도전을 극복할 역량도 충분히 갖출 수 있다. 이와 같은 역량을 갖추면 자주적으로 외교를 할 수 있고, 국가 간의 연대를 통한 공존을 향해 나아갈 수도 있을 것이다.

박광전의 의병 호소문

끝으로 박광전이 임진왜란 때 의병을 일으키자고 호소한 격문을 읽어 보자.

"임진년 7월 아무 날에 전 현감 박광전, 임계영任啓英 등은 능성綾城 현령 김익복金益福과 함께 조심스럽게 두 번 절하고 여러 읍의 벗님들에게 글을 올립니다.

아! 나라가 아무 근심 없이 믿고 의지하는 것은 아래에 있는 세 도道인데 경상도와 충청도는 이미 갈가리 찢겨 적의 소굴이 되고 말았고, 오직 이 호남湖南만 겨우 한쪽 지역을 온전히 유지하고 있습니다. 그래서 군량을 모으거나 날랜 병사를 징발하는 일은 모두 호남 한 도에 의지하고 있습니다. 나라가 다시 일어나느냐 마느냐 하는 기틀은 실로 여기에 있습니다.

지금 서울의 상황이 위급하여서 순찰사는 정예병을 이끌고 바닷길로 올라가려는 계책을 세웠습니다. 병사 수만 명을 이끌고 이미 금강을 넘었습니다. 거기다 두 곳의 의병이 또한 왕을 지키려고 이미 본도를 떠났으니 여러 읍의 장수와 군사들이 빠져나가 이제 남은 사람들은 거의 없습니다. 적이 쳐들어오는 길 가운데 가장 급소에 해당하는 곳의 방비가 매우 소홀합니다. 호서湖西의 적이 이미 경계를 넘어 쳐들어와서 거의 이 지역을 석권하려 하는데 이를 극복할 가망이 거의 없습니다.

나랏일이 너무도 급급하니 참으로 통곡할 지경입니다. 뜻 있는 선비들이 분발해야 할 때입니다. 생각해보면, 적이 성 아래 이르러 장정을 마구 쳐 죽여서 불쌍한 우리 백성이 몸 둘 곳이 없어지고, 집을 꾸밀 곳이 없게 된 것은 영남에서 이미 보고 들었던 바입니다. 숲속으로 들어가 엎드려 숨는 계책은 바람직하지 않고, 구차하게 목숨이나 지키자는 계책도 틀린 것입니다. 죽기를 기다린다면 어째서 나랏일을 위해 죽지 않는단 말입니까? 하물며 만일에 요충지를 차지하고 지켜서 적의 세력을 막아낸다면 이는 죽음에서 목숨을 구하는 계기가 될 것이며, 수치를 씻고 나라를 회복할 기회가 될 것입니다.

우리 도내에도 징집에 빠진 장정과 흩어져 달아난 병졸들이 분명히 있을 것입니다. 유식한 선비가 서로 모집하고 격려하면서 협력해 일어

만인의총

나 군사의 규모를 갖추고 적이 향하는 곳을 주시하여 요충지를 굳게 지킨다면, 위로는 정규군대의 지원을 받을 수 있고, 아래로는 한 지역의 생명을 지킬 수 있을 것입니다.

그리고 이 계획을 실행할 때, 영남사람들처럼 해서는 안 됩니다. 영남사람들은 애초에 적과 맞닥뜨렸을 때 한 마음으로 틀어막을 생각을 하지 못하고 머리를 감싸 쥐고 허둥지둥 숨으려고만 했습니다. 어찌할 바를 몰라 창황하고 급한 김에 그랬다고는 하지만 오늘에 와서 생각해 보면 반드시 뒤늦은 후회를 하게 됩니다. 또 적의 세력이 창궐해 우리들의 집을 불태우고 처자식을 욕보인 뒤에야, 의사義士들이 분기해서 적을 베고는 '조금은 마음이 든든하다'고 해본들 이미 늦은 것입니다. 엎드려 바라건대, 여러분은 다함께 이 시대를 안타깝게 여겨서, 그저 구차스럽게 편안함만을 추구하는 사람들을 자극해서, 앞 다투어 떨쳐 일어나 부디 시기를 놓치지 마시기 바랍니다.

저희들은 평소 활을 쏘고 말을 다루는 재주가 없으며, 병법서적에 실려 있는 계책에 대해서도 아는 게 없고, 무장한 강적들을 물리칠 계략도 부족합니다. 보잘것없는 저희 주창자들은 한편으로는 용사의 기백을 분발시키려 합니다. 사람은 누구나 같은 마음이 있으니 그것이 아직 사라지지 않았다면 반드시 일어날 것입니다. 이 격문이 도착하면 뜻을 가진 사람들과 함께 전체 읍에 알려서 군인의 명부를 작성하여 이달 20일에 보성寶城 관문에서 만납시다.

한번 기회를 놓치면 나중에 후회한들 무슨 소용이 있겠습니까? 주인이 욕을 당하는데 구하지 않는다면 어찌 사람이라 하겠습니까? 시작과 끝을 면밀하게 생각하면서 의병을 일으키니 여러분 모두 함께 이 일을 도모합시다."

임진왜란 때 직접 의병을 일으키고, 정유재란 때 의병으로 참전하여 순사한 사람의 격문이다. 말에 조금도 과장이 없고, 정세와 전황을 잘 고려하여서 봉기를 촉구하고 있다. 지식인으로서, 그리고 관리로서 나라의 위기에 책임을 다하려는 자세가 오늘날에도 많은 교훈을 준다.

역주

1 황제와 치우

황제는 고대의 전설적인 왕이다. 소전씨少典氏의 아들이며, 성은 공손公孫이다. 헌원軒轅이라는 언덕에서 태어났기 때문에 헌원씨라고 한다. 유웅有熊에 나라를 세웠기 때문에 유웅씨라고도 한다. 치우가 포악하여 제후들을 끌어모으므로 탁록涿鹿에서 사로잡아 죽였다. 신농씨를 대신하여 천자가 되었다. 창힐에게 명하여 역사를 기록하게 했고, 처음으로 진법陣法을 제정하고, 음률을 정하였으며, 의약의 체계를 세웠다. 중국문화의 창시자이다.

2 선왕과 험윤

선왕은 주의 11대 왕으로 여왕厲王의 아들이다. 여왕이 체에서 죽은 뒤, 주공과 소공에 의해 왕으로 추대되었다. 두 재상의 보좌에 힘입어 주를 크게 중흥시켰다. 사방의 오랑캐를 평정했는데, 윤길보에게 명하여 험윤을 징벌한 일은 그 한 가지 사례이다.

3 당 태종과 돌궐

당의 태종은 이민족의 정복사업을 벌여서 번한체제를 구축하여 당의 전성기를 이루었다. 돌궐은 지금의 투르크 지역을 가리킨다.

4 목왕과 견융

목왕은 주의 5대 왕이다. 즉위했을 때 나이가 이미 오십이었다고 한다. 여덟 마리 준마를 얻어서 순수巡狩를 떠나 서쪽으로 가서는 환락에 빠져서 돌아오는 것을 잊어버렸다. 그러자 사방의 제후들이 분쟁을 조정할 곳이 없어져서 모두 서徐나라에 귀의했다. 서나라에 조회하는 제후가 서른여섯 나라나 되었다. 왕이 이를 염려하여 돌아와 초나라 사람을 시켜서 서나라를 치게 했더니 서나라 군주가 팽성으로 달아나서 죽었다. 왕은 여후呂侯에게 명하여 「여형呂刑」을 지어서 사방에 훈계했다.
왕이 견융을 정벌하고 나서 제공모보祭公謀父의 충고를 듣지 않고 네 마리 흰 이리와 흰 사슴을 얻어서 돌아왔는데 이 일 때문에 만이蠻夷가 조회하러 오지 않게 되었다. 왕의 자리에 오른 지 55년째 되는 해에 죽었다. 주 목왕과 서왕모의 이야기는 유명한 고사이다. 이들의 이야기가 기록된 책이 『목천자전穆天子傳』이다.

5 진시황과 흉노

진시황은 흉노의 침입을 대비하여 만리장성을 쌓았다. 그러나 장성을 쌓는데 국력을 많이 소모하여 진이 망하는 원인이 되었다.

6 남송과 금 그리고 원

송의 황제 휘종과 흠종이 금에 사로잡혀 간 뒤 남쪽으로 이주하여 정권을 이어간 것이 남송이다. 남송은 금과 교전하느라 나라의 운명이 날로 쇠퇴해졌다. 효종 때는 금과 숙질관계를 맺었고 나중에 몽골이 일어나 사방을 평정하자 몽골과 연합하여 금을 멸망시켰지만 남송도 또한 몽골에 멸망당했다.

7 한고조와 흉노

한 왕조의 대외정책 가운데 가장 큰 문제가 흉노에 대한 관계였다. 중국의 역대 왕조는 세력이 강성할 때는 이민족을 진압했고 세력이 약해졌을 때는 관작이나 은전恩典을 주어서 회유하는 정책을 썼는데, 그것을 기미羈縻정책이라고 한다. 한도 흉노에 대해 회유하는 정책을 썼는데, 그 방법 가운데 하나가 흉노의 선우單于에게 왕실의 공주를 시집보내는 것이었다. 왕소군王昭君의 애절한 고사는 혼인정책에 희생된 궁녀에 얽힌 유명한 이야기이다.

8 송의 진종과 글안

만리장성 이남의 연운燕雲 16주가 글안의 지배로 들어간 이래, 전연 澶淵은 황하 방어의 전략적 거점이었다. 산서성 지역에 있던 오대五代의 마지막 나라인 북한北漢이 송에 망하면서 송은 글안과 직접 국경을 접하여 대립하게 되었다. 마침내 송 진종 2년에 글안이 침입해왔다. 일부는 강남으로 피난을 하자고 주장했으나 재상 구준寇準의 강력한 주장으로 친히 글안을 막으려고 나섰다. 구준은 진종에게 황하를 건너 하북으로 계속 추격할 것을 주장하여 황하를 건넜다. 이에 기세가 꺾인 글안은 포로로 잡혀 있던 왕계충의 건의를 받아들여 송과 화친하기로 했다.

진종은 아예 글안의 본거지를 공략하여 화근을 뿌리 뽑자는 구준의 계책을 거부하고 화친하기로 결정했다. 화친의 조건으로 글안에 연운 16주를 할양하고 해마다 비단 20만 필과 은 10만 냥을 보내기로 했다. 그리고 송은 남조로서 형이 되고, 글안은 북조로서 아우가 된다는 서약을 했다. 송의 진종과 글안의 성종 사이에 맺은 이 조약을 '전연의 맹약[澶淵之盟]'이라고 한다. 이 조약의 체결로 1세기 이상 송은 평화시대를 구가하면서 경제와 문화에 많은 발전을 이루었다.

9 송의 휘종과 흠종

금이 송의 수도 변경汴京을 함락시키고 휘종과 흠종을 사로잡아 간 사건을 '정강靖康의 변'이라고 한다. 이 사건이 계기가 되어 송이 남쪽으로 옮겨갔는데, 이때부터가 남송시대이다. 정강은 송 흠종의 연호이다.

10 올출兀术[完顔宗弼]

올출은 금 태조의 넷째 아들이다. 올출은 송의 명장 악비와 대립했는데, 진회가 악비를 죽이자 송과 화친했다.

11 밀密나라

밀은 지금의 감숙성 영대현靈臺縣 서쪽에 있는 지역으로 밀수密須라고도 한다. 상 때에 길성姞姓의 나라였다. 주의 문왕에게 멸망당했다.

제11장

국가 위기 타개책

광해군 책문

지금 이 나라가 처한 위기를 구제하려면?

조위한 대책

모든 사람이 전하가 실시하려는 혁신의 교화와 참신한 정치가 모든 것을 새로 시작하기 위한 조처와 명령에서 나온 것임을 알고 우러러볼 것입니다. 지금 병사들이 뜨고 썩은 음식을 먹고 있으니 장차 창고에 식량도 비축해두어야 합니다. 백성도 자기 거처를 소중히 여기고 윗사람과 우두머리를 위해 목숨을 바칠 마음을 가져야 합니다. 또 정치의 혜택은 백성의 삶을 참작하고, 예의와 염치를 아는 풍속을 두텁게 해야 합니다. 정치 수단인 법령과 예악을 충직하게 잘 펼치고, 행정 명령을 정비해서 시행해야 합니다.

이 책문은 조위한趙緯韓이 1609년(광해군 1)에 실시한 증광문과에서 제출한 대책으로 보인다. 조위한은 1567년(명종 22)에 태어나 1649년(인조 27)에 죽었다. 자는 지세持世이며, 호는 소옹素翁 또는 현곡玄谷이며, 본관은 한양이다. 임진왜란 때 김덕령金德齡을 따라 종군했고, 성혼成渾에게서 배웠다.

1601년 사마시에 합격하고, 1609년 증광문과에 갑과로 급제했다. 1613년 계축옥사 때 파직되었으나 인조반정 뒤 복직하였다. 인조반정에 공을 세우고도 그에 걸맞은 대우를 받지 못한 것에 불만을 품은 이괄李适이 1624년에 일으킨 난을 진압하는 데 공을 세웠고, 정묘호란 때 관군과 의병을 이끌고 항전했다.

광해군은 7년 간 이어진 전란을 수습하고 나라를 새로이 재건해야 할 책임을 맡은 군주였다. 책제에는 오랜 전란으로 피폐한 민생을 다시 일으켜야 할 절박한 처지에 있는 광해군의 이와 같은 문제의식이 들어 있다. 중국의 역대 왕조에는 위기를 극복하고 중흥을 이룩한 군주도 있었고, 위기 속에서도 구차하게 안위만 추구한 군주도 있었다. 우리나라에서도 삼국시대부터 고려시대까지 내분과 외침으로 편안한 날이 없었지만 이런 위기 속에서도 그때마다 나라의 명맥을 유지하고 중흥을 이루려고 노력했던 군주가 있었다.

광해군은 이런 역사의 성패를 거울삼아 나라를 새로 일으켜 보겠다는 포부를 밝힌다. "바닷가 변방에는 흉악한 무리들이 항상 출몰하면서 위협하고 있으며 7년 간 전쟁으로 8도가 텅 비었으니, 지금이야말로 뒤처리를 잘하기 위한 계책이 꼭 필요한 때이다. 그렇지만 눈앞의 폐단은 일일이 다 거론하기가 어려울 정도이다." 이런 광해군의 술회는 일본이 물러갔다고는 하지만 남아 있는 세력이 언제 다시 야심을 드러낼지 모르고, 오랜 전란으로 피폐해진 민생을 재건해야 하건만 당장 시급하게 해결해야 할 일은 헝클어진 실타래처럼 꼬여 있는 상황에서 이 모든 책임을 떠맡은 고충을 잘 드러내고 있다.

이에 대해 조위한은 중국과 우리나라의 역사에서 정치적 기강을 확립하여 중흥에 성공한 경우 직무를 게을리해서 실패한 사례를 제시한다. 그러고는 군주가 자기를 수양하고 유능한 사람에게 일을 맡겨서 전란 이후의 현실적 폐단을 해결하고 중흥을 이룩해야 한다고 했다. 그리고 이런 중흥의 대책은 반드시 성실을 바탕으로 삼아야 한다고 했다.

책문

지금 이 나라가 처한 위기를 구제하려면

1609년, 광해군 원년 증광문과

임금님께서 다음과 같이 말씀하셨다.

하의 소강少康은 5백 명과 사방 10리 되는 토지로[一旅一成] 중흥을 이루었다. 은의 고종高宗은 공손하고 신중한 도리로 중흥을 이루었다. 주의 선왕宣王은 신중하고 조심스레 덕을 닦아 중흥을 이루었다. 한의 광무제는 온 정성을 기울여 정치를 함으로써 중흥했다. 당시 이들이 실시한 정책과 확립한 정치의 기강 가운데에는 후세에 본받을 만한 것이 있을 터이다. 하나하나 지적해서 진술해보라.

소열제昭烈帝 유비劉備는 무용이 뛰어났으나 셋으로 나뉜 세상의 하나를 차지하는 정도에 그쳤다. 진晉의 원제元帝는 남쪽으로 옮겨가 겨우 강동을 차지했을 뿐 잃은 땅을 다시 차지하지는 못했다. 당의 숙종

肅宗은 혼란한 나라를 수습하여 권력을 회복했지만 반란이 계속해서 일어났다. 송의 고종高宗은 원수의 대궐에 표表를 올리는 수모를 당하고도 북쪽으로 밀고 올라가 옛 땅을 수복할 의사가 없었다. 당시 이들은 잔치나 벌이며 현실에 안주함으로써 스스로 쇠퇴하고 멸망하게 되었다. 따라서 이 가운데는 반드시 후세에 경계로 삼을 만한 교훈이 있을 터이다. 그것에 대해 낱낱이 지적하여 진술해보라.

우리나라는 삼국시대에는 전쟁이 끊이지 않았고, 고려시대에는 몽고를 비롯한 외적들이 번갈아 쳐들어와 편안할 날이 없었다. 그러나 그 가운데서도 외적을 쓸어버리고 나라를 다시 바로잡아 남은 명맥을 이은 군주가 있을 터이다. 그들을 모두 헤아려서 말해보라. 나는 보잘것없고 어두운 사람인데 조상의 나라를 계승하여, 깊은 못에 가까이 간 듯 살얼음을 밟는 듯[臨淵履冰] 조심스럽고 두려운 마음으로 살아온 지 30여 년이나 되었다. 그동안 살아갈 방도를 찾으려고 해도 계책이 없었는데 재앙마저 갑자기 들이닥쳤다. 임진년에 겪은 난리는 차마 입에 담기에도 처참하다. 다행히 조상의 영혼이 널리 보살피고, 종묘와 사직이 음으로 도와줘서 재앙을 극복할 수 있었다. 그러나 아직도 바닷가 변방에는 흉악한 무리들이 늘 출몰하면서 위협하고 있으며, 7년 간의 전쟁으로 8도가 텅 비었다. 바로 지금이야말로 전란의 뒤처리를 잘하기 위한 계책이 꼭 필요한 때이다.

군대는 나라를 지키기 위해 꼭 필요한 것인데 군사를 더 이상 충원할 수 없다. 식량은 백성이 하늘로 삼는 것인데 양식을 수송하는 길은 모두 훼손되고 없어졌다. 기본 생산수단이 붕괴되자 민심마저 뿔뿔이 흩어져버렸고, 정부가 혜택을 강구하지 못하니, 도적들이 마구 일어나고 있다. 또 기강이 해이해져서 구실아치들이 일터를 모두 잃어버렸고, 행정 명령이 문란하고 현실에 어긋나 정치에 필요한 법령과 예악이 시행되지 못하고 있다. 게다가 조세의 종목도 너무 많아 가혹한 세금징수가 사라지지 않고 있다.

고을이 점차 황폐해지는 데도 부역은 점점 가중되고 있다. 기계와 장비는 무뎌져서 쓸모가 없게 되었고, 군사 대비는 너무나 소홀하다. 아무리 성을 쌓고 못을 깊이 파놓아도 죽음을 각오하고 지킬 사람이 없다. 게다가 남방의 바닷가는 텅 비어 주민이 없고 해적만 끊임없이 틈을 엿보고 있다. 북쪽 변경의 여러 진은 텅 빈 장부만 붙들고 있고, 오랑캐는 날마다 노략질을 하고 있다. 이런 수많은 문제를 해결하려고 생각을 하지만 방법을 모르겠다.

잘 다스리고자 하는 정성이 부족하다는 것을 내가 알지 못하고서 성급하게 추진하기만 해서 그런 것인가? 아니면 갖가지 행정체계는 갖추어져 있지만 실효가 아직 드러나지 않아서 그런 것인가? 아니면 나라가 이미 쇠퇴기에 접어들어서 도저히 만회할 수 없기 때문인가? 폐단이 일어나는 원인을 상세히 말해보라.

오래 묵은 폐단을 혁신하고 세상을 새롭게 변화시켜서 주나 한의 성대한 시대처럼 만들되 진이나 송의 말기처럼 비루한 처지에 빠지지 않게 하려면 어떤 방법을 따라야 하는가? 실력을 갖추고서 때를 기다리는 그대들은 시대의 어려움을 구제할 높은 식견과 탁월한 견해를 갖고 있을 테니 대책에서 모두 펼쳐보라.

대책

겉만 번지르르한 열 가지 시책들을 개혁해야 합니다

조위한

신은 다음과 같이 대답합니다.

신은 조심스럽게 이런 생각을 해봅니다. 『주역』 비괘否卦의 다섯 째 양효陽爻인 9·5효[1]의 효사는 이러합니다. “막힌 것[否]을 그치게 한다. 대인은 길하다. 망할까, 망할까 걱정하며, 뽕나무뿌리에 잡아매어 둔다. 소인을 물리치고 군자를 가까이하여 위기를 대비해야 나라가 든든해진다는 뜻” 이 말은 대인이 정당한 자리에서 세상에 막힌 것을 그치게 해서 소통되는 사회를 이룩하지만, 아직 막힌 상황을 완전히 벗어난 것이 아니므로 망할까 염려해서 대비한다는 뜻입니다.

공자는 「계사전」에서 이 효의 뜻을 다음과 같이 풀이했습니다. “위태로울까 걱정하는 사람은 자리를 편안히 지킬 수 있다. 망할까 걱정하는 사람은 나라를 지키는 원리를 보존할 수 있다. 어지러울까 걱정하는 사람은 정치의 원리를 지닐 수 있다. 이런 까닭에 군자는 편안하더라도 위태로움을 잊지 않고, 존속하더라도 망할 수 있다는 가능성을 늘 염두에 두며, 잘 다스려지더라도 어지러워질 수 있다는 가능성을 늘 잊어버리지 않는다. 이 때문에 몸은 편안해지고 국가는 보존된다." 이 말은 참으로 아름다운 말입니다.

최악의 가능성을 늘 염두에 두며

콱 틀어 막힌 시대를 뒤엎어서 난리를 평정하고 질서를 회복할 사람은, 남이 보지도 듣지도 않는 상황에서 늘 경계하고 두려워하며, 위태로울까, 망할까 걱정하는 마음을 지녀야 합니다. 그러하면 뽕나무뿌리로 단단히 묶어두는 것처럼 안심이 될 것입니다. 그러니 나라를 회복할 계책이 없다고 근심할 필요는 없습니다.

주상전하께서는 막힌 것을 그치게 할 대인으로서 9·5의 바른 자리, 곧 임금의 자리에 앉아 계십니다. 그래서 지난날을 거울삼아 앞날을 조심하면서 온갖 정성으로 잘 다스리려고 하십니다. 그러나 오히려 새로 시작하려고 하지만 방법을 찾을 수 없고, 정책을 시행하고자 하지만 요령을 얻지 못했다고 염려하십니다. 그래서 옛날에 중흥을 이룩한 군주들과 오늘날 극복하기 어려운 난관을 일일이 열거하시면서 보잘것없는 선비들에게까지 나라를 구제할 계책을 듣고자 하십니다.

이는 편안할 때 위태로움을 잊지 않고, 남이 보고 듣지 않는 곳에서 경계하고, 망할까 미리 걱정하는 마음입니다. 이런 마음으로 인해 나라가 튼튼해지고, 이런 마음으로부터 막힌 것이 해결됩니다. 신이 비록 시대의 임무를 잘 파악하는 뛰어난 선비는 아닙니다만 어찌 묵묵히 있으면서 전하의 간절한 바람을 저버릴 수 있겠습니까?

정치는 시무를 파악하는 것이 필수

첫째, 중흥을 이룩한 군주와 중흥에 실패한 군주에 대해 역사의 사례를 들어서 말씀드리겠습니다. 신은 이런 말을 들었습니다. "해가 높아지면 뜨거워서 물건 말리기에 좋고, 달이 이지러지면 다시 둥글게 된다." 어둠과 밝음이 번갈아 작용하고, 막힘과 통함이 서로 밀어내는 것은 필연의 이치입니다.

그러므로 다스려지거나 어지러워지는 것은 비록 기운의 변화에 달려 있지만, 부흥하거나 쇠퇴하는 것은 정치의 득실에서 비롯됩니다. 이미 망한 나라를 되돌아보면서 앞날의 원대한 계획을 세우는 까닭은, 모두 낡은 제도와 인습의 폐단을 개혁하기 위한 것입니다. 그렇게 하기 위해서는 시대상황에 맞게 바꿀 것은 바꾸고 계승할 것은 계승하며, 사회변화의 추세를 살펴서 조치를 취해야 합니다. 그래야만 실패를 원인으로 삼아 성공할 수 있고, 위태로운 상황에서 다시 빛나는 공적을 이룰 수 있습니다.

이것이 바로 국가의 운명을 새롭게[惟新] 개척하는 일입니다. 이런 것은 본래 눈앞의 안전만 생각해서 안일하게 허송세월하는 사람이 할 수 있는 일이 아닙니다. 정책은 요령을 얻는 것이 중요하고, 정치는 시무를 파악하는 것이 필수입니다. 중요한 일과 사소한 일을 헤아리지 못해 지엽의 일에만 매달리고, 먼저 해야 할 일과 나중 할 일을 살피지 못해 자질구레한 일에만 아는 체하는 것은, 한갓 이름만 추구하고 실상은 없애버리는 짓이며, 율령을 떠받들어 법조문만 존중하는 것입니다.

그러므로 그런 것들은 세상을 구제하고 어지러움을 평정해야 할 군주가 논할 거리가 못됩니다. 반드시 먼저 자기가 갖고 있는 덕을 닦고, 유능하고 뛰어난 신하들에게 임무를 맡겨야 합니다. 그래서 자기의 식견을 믿고 자만하지 말고, 늘 떨치지 못할까 경계해야 합니다. 그렇게 하면 나라가 다시 재건될 것이고, 백성이 신뢰하는 안정된 사회가 될 것이며, 세운 공적을 허물지 않고 끝없이 이어갈 수 있습니다.

나라를 재건한 왕들

하夏의 소강少康을 비롯해 중흥을 이룬 군주들이 조치하고 실시한 정책은, 한 때의 조치 가운데서도 아주 지엽의 일이었습니다. 그러니 어찌 다시 시작하기 위한 방도가 없다고 걱정하십니까? 옛일을 상고해보기로 하겠습니다.

민緡은 하의 임금 상相의 왕비였습니다. 그런데 오奡가 상을 살해하자, 그는 하수구로 빠져나와서 모국인 유잉有仍으로 도망가서 소강을 낳았습니다. 유복자인 소강은 5백 명의 무리로 윤읍綸邑을 다스리는 것을 시작으로 우왕이 이룩한 기업을 회복했는데, 이것이 소강이 하를 재건한 방법입니다.

상복을 벗은 다음 공손하고 묵묵하게 도리를 생각하고, 꿩이 솥에 날아와 우는 것을 보고 두려워하며 자기를 반성한 것은, 고종이 은을 부흥시킨 방법입니다. 모함과 험담을 막아내고 잘 살피면서 냇물을 막듯이 말조심을 한 것은, 문왕과 무왕의 도가 땅에 떨어져 공화共和의 정치가 위축되었을 때 선왕宣王이 덕을 닦은 방법입니다.

왕망은 불꽃처럼 군사를 모집하여 위세를 떨치려고 북두칠성을 닮은 위두威斗라는 것을 만드는 등 분수에 넘치는 짓을 했습니다. 그런 왕망을 물리친 것은, 한의 9대손이 옛날에 세운 한을 회복할 것이라는 예언이 들어맞은 것인데, 이는 광무제가 온 힘을 다했기에 유씨가 다시 창성하게 된 것입니다. 이들이야말로 힘찬 기세로 분발하여 전례 없는 공적을 떨친 군주가 아니겠습니까?

정치의 기강을 확립하여 후세에 모범이 된 사례는 일일이 열거할 수도 없습니다. 다만 그들이 덕을 펼치고 정치를 도모한 징조를 잘 관찰하면 될 것입니다. 그들 군주는 마음을 털어놓고 진심으로 충고하는 신하들의 말을 기꺼이 들었고, 자기 잘못을 솔직하게 인정하고 충고를 받아들였습니다. 또한 윤길보尹吉甫·중산보仲山甫·방숙方叔·소호召虎와 같은 보좌관을 등용했고[2], 무기를 버리고 학문을 강론하여 구순寇恂·등우鄧禹·경엄耿弇·가복賈復과 같은 재상[3]을 임용했습니다. 바로 이것이 위에서 말한 네 임금 나라의 중흥을 이룬 하의 소강, 은의 고종, 주의 선왕, 한의 광무제 등 네 명의 군주이 자기를 수양하고, 유능한 사람에게 임무를 맡긴 사례입니다. 신은 이점에 관해서는 논란할 여지가 없다고 생각합니다.

구차하게 나라만 지킨 왕들

신은 이슬을 모을 때 쓰는 승로반承露盤을 떠받치고 있는 인물상을 금과 구리로 만든 것을 보면서, 후한 말기에 왜 떼도둑들이 일어나 저마다 한 구석을 차지하고 세상을 어지럽혔는가 생각하게 됩니다. 중산정왕中山靖王의 후예인 유비는 온 세상을 뒤덮을 만큼 뛰어난 무용을 가졌다고 칭송을 받았지만 한 구석에 있는 형주荊州를 차지한 채 겨우 솥발처럼 갈라진 세 나라의 균형을 이루는 데 그쳤을 뿐입니다.

회제懷帝와 민제愍帝 두 황제가 북한北漢에 사로잡혀 항복함으로써 서진西晉이 망하자, 원제元帝는 자기를 포함한 다섯 사람이 함께 강남으로 내려가 동진東晉을 세웠습니다. 하지만 강남을 차지한 채 풍요로운 오吳와 회계會稽를 지키는 것으로 만족하여 안일하게 한 평생을 보내면서 중원으로는 한 걸음도 진출하지 못했습니다.

당의 말기에 용의 머리를 가진 돼지[猪龍][4] 안록산을 가리키는 별호가 한 번 울음을 터뜨리자, 현종은 피난을 가야 했습니다. 숙종은 병사를 거느리고 뛰어난 무략으로 장안과 낙양을 수복했지만 정치는 고식姑息으로 흐르고 법망은 너무나 엉성해서 중대한 범죄자들이 다 빠져나가도[呑舟漏網] 어쩌지를 못했습니다.

송의 고종은 월전月殿에서 바둑 두기를 그만두었지만 금의 완안량完顔亮이 오산吳山으로 쳐들어왔습니다[吳山立馬]. 당시에 소매 짧은 옷을 만들라는 조칙을 거부할 만큼 강직한 신하의 일이 기록으로 전해지고, 분노를 터뜨리며 정절을 지킨 사람들이 있었지만, 화북 땅에 있는 금에 표를 올리고 황금과 비단을 바치며 섬겼습니다.

이들은 모두 한쪽 구석을 차지한 것으로 만족하며, 구차하게 자리만 지킨 군주들이 아니겠습니까? 결국 이들이 직무를 게을리 했기에 나라가 쇠퇴해진 것입니다. 이밖에 후세에 경계가 되는 사례 또한 다 거론할 수도 없습니다.

구차한 왕들의 애석한 말로

그들의 자취를 자세히 살펴보겠습니다. 유비는 사리를 명료하게 판단하는 면이 부족했고, 진의 원제는 이상하게도 청담淸談[5] 위진남북조 시대에 지식인 명사들이 나눈 철학적 담론을 늘어놓는 사람들에게 일을 맡겼습니다. 당의 현종과 숙종 때는 부자 사이가 어그러졌고, 송의 고종은 원대한 계획을 세우지 못했습니다. 그래서 옛 땅을 수복하지 못하고 반란만 잇달아 일어났던 것입니다.

마침내 원제 때는 잃어버린 땅을 되찾기 전에는 살아서 돌아오지 않겠다고 노를 두드리며 맹세한 장군 조적祖逖과, 소매를 잘라 어머니의 만류를 뿌리치고 출정한 태위太尉 온교溫嶠 같은 유능한 인재들이 뜻을 이루지 못해 탄식하며 죽었습니다. 그러니 현종 때 도사나 술객들이 갑자기 다시 나타나 방관房琯이 참소를 당했던 일[6] 당대에 방관이 재상이 돼 좋은 세상을 만들어 보려 했으나 참소를 당하여 실패했다은 말할 것도 없습니다. 그래서 시인은 옛 성채 위로 잠깐 비추는[微升] 달에 견주어 풍자를 했고, 역사가는 부모를 배반한 사람을 혹독하게 비판했던 것입니다. 이런 사례들을 한이나 주의 경우에 견주는 일은 신으로서는 감히 할 수 없습니다.

더욱 가슴 아픈 일은 송이 원수를 섬기면서도 달게 여기고, 북쪽의 금에 신하를 자청한 것입니다. 중흥을 시도한 고종이 처음에는 왕백언汪伯彦·황잠선黃潛善에게, 나중에는 진회秦檜·장준張俊에게 속고 잘못

휘둘렀기 때문에, 한세충韓世忠·유기劉錡·악비岳飛와 같은 장수도 송의 옛 강토를 회복하지 못했습니다. 이런 사실을 말씀드리려니 가슴이 막히고 기가 막힙니다.

유독 애석한 점은 자애롭고 인자하여 백성의 고통을 마음 아파한 유비가, 세상에 둘도 없이 뛰어난 무략을 지닌 제갈량의 지성스러운 추대와, 함께 도원에서 결의한 관우와 장비의 도움을 받았으면서도 창업한 지 반이 못 되어 중도에 죽었다는 사실입니다. 출정한 군사가 승전보를 보내오기도 전에 대장이 갑자기 죽어버려서 영웅의 눈물이 마르지 않고 지사의 쓸개가 갈라질 지경이었습니다. 이는 하늘과 운수가 모두 불길한 때를 만난 것입니다. 이 일을 진의 원제나 송의 고종의 사례에 견준다면 유비가 저승에서도 눈을 감지 못할까 걱정입니다.

왕 스스로의 수양에 따라

궁벽한 바닷가 한쪽에 자리 잡은 우리나라는 단군과 기자에서 삼국시대까지 나라가 분열되어 전쟁이 그치지 않았습니다. 고려 때 세상을 통합했지만 외적이 나라를 잠식하여 국경이 날마다 소란했습니다. 예부터 이어온 나라를 보존하려고 난리를 평정하고 어지러움을 바로잡은 군주가 한두 사람 있기는 하지만 삼대를 중흥시킨 군주와 견줄 수는 없습니다. 그렇지만 전하께서 듣고자 하신다면 현종顯宗과 강종康宗 두 임금을 들 수 있겠습니다.

현종 때는 개경이 글안契丹에 함락당하여 수레를 타고 멀리 나주에 피난해 머물렀습니다. 충성스럽고 의로운 강감찬姜邯贊과 채문蔡文이 세 궁궐[三宮][7] 고려 황성의 세 궁궐을 보호해서 다시 서울로 돌아올 수 있었습니다. 강종은 몽고의 침입을 당했지만 김취려金就礪와 조충趙冲 등이 잘 물리칠 수 있었습니다. 그러나 끝내 최우崔瑀의 협박을 받고는 강화도로 피신하여 크게 위축되었으니 참으로 안타까운 일입니다.

세상에는 나라를 중흥하고 잃어버린 강토를 회복한 군주가 한 둘이 아닙니다. 하지만 쇠약해진 다음에 안일을 탐하여 허송세월하거나 발끈하면서 분발하여 일어난 군주의 사례는 모두 자기를 수양하는 방법에 따라 그렇게 된 것입니다. 그러니 후세의 군주는 조심스러운 마음으로 두려워하면서 하·은·주·한은 모범으로 삼되 진·당·송·고려는 경계로 삼아야 합니다. 전하께서는 깊이 생각하시기 바랍니다.

전란 이후의 참담한 상황

둘째, 전란 이후의 갖가지 현실 폐단을 해결하고 중흥을 이룩할 대책을 말씀드리겠습니다. 전하께서는 임금이 된 뒤로 임금 노릇하기가 어렵고, 나라를 보존하기가 쉽지 않다는 점을 늘 생각하고 계십니다. 그래서 요 임금처럼 조심하고, 순 임금처럼 두려워하며, 우 임금처럼 부지런하고, 탕왕처럼 경건하게 하십니다. 그리고 깊은 못에 다가간 듯 살얼음을 밟은 듯, 오늘에 이르기까지 30년 동안 나라를 짊어지고 오셨습니다.

그동안 문화의 덕이 널리 펼쳐져서 완고한 묘족苗族이 70일 만에 이르러 복종한 듯하고 사방의 오랑캐가 복종해오고 먼 땅에 있는 오랑캐조차 3년이나 치지 않아도 될 만큼 변경도 평화로웠습니다. 정치는 요순시대만큼 잘 이루어지고 풍속도 화평하고 안락했습니다.

그런데 어찌된 일인지 변화를 추구하려고 해도 방법이 없는 상황에서 갑자기 재앙이 들이닥쳤습니다. 맹수조차 사람을 해치지 않을 만큼 잘 이루어진 교화를 사나운 적들이 막아버렸습니다. 우 임금 때 도산塗山에서 제후들이 모여서 맹세할 때 방풍씨防風氏가 늦게 도착했던 것처럼 도대체 어쩌다가 왕의 감화를 따르지 않는 완고하고 간악한 무리들이 생겼단 말입니까?

처벌하고 죽이고 참하고 정벌해야 하는데, 나라는 폐허가 되고 귀신도 의지할 데가 없어 방황하고 있습니다. 털과 피를 가진 짐승의 고기를 종묘에 바칠 수 없을 만큼 자손이 모두 끊어진 상태가 되었습니다. 임진왜란과 정유재란을 다시 말하려니 참담합니다. 다행히 중국이 멀리서 후원하고 종묘와 사직의 신령이 남몰래 도왔습니다. 중국의 구원군이 들어와 흉악한 적을 소탕하기를 초나라 군막에 까마귀가 날아든 것과 같았고, 새가 제나라 성에서 운 것과 같았으며, 큰 바다에서 고래의 수염을 뽑고, 방패와 창에 호피를 내걸 듯 군사를 복종시켰습니다.

그렇게 해서 중흥의 기운이 다시 일어나고, 국가를 새로 재건하려는 사업이 어그러지지 않았습니다. 그러나 10년 간의 병화를 겪은 다음이라 전란을 아직 다 극복하지 못했습니다. 팔도는 텅 비고 밥 짓는 연기가 쓸쓸할 정도로 백성은 피폐해졌습니다. 뒷수습을 하려는 계책을 쓸 수 없고, 눈앞의 폐단은 다 거론하기도 어려울 만큼 많습니다. 그래서 아쉬운 대로 오늘날의 가장 급선무를 말씀드리겠습니다.

오늘날의 처참한 현실

군대는 적의 침입을 막고 나라를 지키기 위한 수단입니다. 그러나 병적은 고갈되었고 군대의 주둔지나 망루에는 수자리 사는 병졸[踐更][8]조차 없습니다. 식량은 백성의 하늘이며 목숨을 이어가는 수단인데 창고에 비축된 곡식은 바닥이 났고, 행군하고 주둔함에 당장 먹을 식량조차 모자랍니다.

백성에게는 일정한 생계 대책이 없어서, 이미 민심이 흩어지는 추세를 보이고 있습니다. 아랫사람들의 사정을 살펴주는 혜택이 끊어져서 날로 도적이 일어납니다. 나라의 기강이 해이해지고, 모든 일꾼들은 언제인지도 모르게 일자리를 잃어버렸습니다. 날로 행정명령이 뒤집히고, 법령이 펼쳐지지 못하고 있습니다.

세금은 가혹하게 징수되고, 징수의 명목은 고슴도치의 가시처럼 많습니다. 부역은 너무나 자주 가혹하게 주어지며, 고을은 흩어지고 메마르기가 마치 텅 빈 것 같습니다. 참기參旗, 정월井鉞과 같은 여러 군대는 모두 낡고 무디어졌으나 날랜 군사를 선발하지 못했습니다. 성과 그 둘레에 판 못이 높고 깊지만 죽음을 각오하고 지킬 사람이 없습니다.

남북의 변경에는 근심이 날로 깊어지고, 적을 막을 울타리는 무너지고 뜯겨 나갔으며, 역참의 성벽은 험준하지 않고, 창을 단 배는 바다에 매어 있습니다. 오랑캐가 집어삼키려고 기회를 엿보며 날랜 말이 강을 건너와 시도 때도 없이 노략질을 하고 있습니다.

이쪽을 뽑아서 저쪽을 기운다 한들

이런 몇 가지 폐단은 이미 고질병이 되어서 고치기도 어렵거니와, 여기저기 헐고 구멍이 나서 자주 상처가 드러납니다. 아무리 일 처리를 잘하는 사람이 있다 하더라도 어디서부터 손을 써야 할지 알 수 없어서 멀거니 손을 놓고 바라볼 뿐입니다,

그러니 전하께서 조정에서 정치를 살피면서도 근심하고, 사생활에서도 늘 탄식하며, 날이 새기 전에 일어나 옷을 입고 해가 진 뒤에야 저녁을 먹으면서, 베개를 높이 베지 못하고 애 쓰시는 것도 당연합니다. 이런 폐단이 어찌 전하의 정성이 지극하지 못하고 게으르거나, 상황을 기꺼이 달갑게 받아들이려는 마음 때문이겠습니까?

이는 법조문만 마련해놓고 아직 실제로 드러난 효과를 보지 못했기 때문일 것입니다. 아니면 세상이 변화하는 추세가 이미 쇠퇴해졌고, 시대상황이 이미 바뀌어서 변화의 흐름에 사람의 힘이 닿지 않아 끝내 세상의 질서를 만회하지 못했기 때문이 아닌지 모르겠습니다. 전하께서 이처럼 부지런히 노력하며 온갖 정성을 쏟으시는데 어찌해서 이처럼 정치의 교화가 쇠퇴하고 시들었단 말입니까?

신은 되풀이해서 그 까닭을 깊이 생각해보고 따져보았습니다. 어쩌면 어떤 정치의 실책이 폐단을 일으켰고, 어떤 정치의 결함이 병폐가 일어나는 것을 가속화시켰다고도 할 수 있을 것입니다. 그러나 이미 드러난 형태를 돌아보고 폐단을 일으키는 원인을 거슬러 올라가보면 전하께서 정치를 하는 근본에 약간의 미진한 점이 있는 것 같습니다. 이렇게 말씀드리는 까닭을 밝히겠습니다.

전하가 위대한 왕들에 미치지 못하는 점들

옛날에 중흥을 이룩하고 잃어버린 옛 땅을 회복한 군주로는 하의 소강, 은의 고종, 주의 선왕, 후한의 광무제 같은 이보다 나은 사람이 없습니다. 그러나 그들은 모두 전하께서 말씀하신 것처럼 대단한 기세로 분발하여서, 난리를 평정하고 질서를 바로잡으려고 한 사람들입니다. 전하께서 오늘 시행하고 조치하시는 일들이 과연 이들 네 군주의 행위보다 뛰어난 점이 있습니까?

하의 소강은 오히려 군사 5백 명으로 일어나 온힘을 다해 썩어문드러진 것을 다스렸으니 나라가 비록 좁고 작아서 사방 10리에 지나지 않아도 사방으로 국력을 펼친 데는 역시 위태로움을 보고 목숨을 바친 신하가 있었기 때문입니다. 이런 점에서 전하가 소강에게 미치지 못하는 것은 분명합니다.

은의 고종은 재앙을 만나자, 자기를 반성하고 부열傅說을 얻어서 재상으로 삼았습니다. 그때는 비록 꿩이 솥에 날아와 울 정도로 천재지변이 그치지 않았지만 좌우에서 보필하는 뛰어난 재상들이 있었습니다. 이점 또한 전하가 고종에게 미치지 못하는 것은 분명합니다.

재물을 쌓으며 간언을 싫어하는 것과 늘 두려워하고 조심하면서 덕을 쌓는 것 가운데 어떤 것이 더 낫습니까? 신하들이 당을 지어서 분열되는 것과 주공이나 소공 같은 뛰어난 신하들이 좌우에서 보좌하는 것 가운데 어떤 것이 더 낫습니까? 이 점에서도 전하가 주의 선왕에게 미치지 못하는 것은 분명합니다.

오랫동안 경연經筵을 폐지하였으니 전쟁을 막고 세상을 다스릴 도리에 대해 강론했던 사례에 어긋났습니다. 충성을 바치고 정절을 지킨 사람을 기록하지 않았으니 중흥을 도운 여러 장수의 초상화를 운대雲臺에 걸어 표창했던 사례에도 어긋났습니다. 이 점 또한 전하가 광무제에게 미치지 못하는 것은 분명합니다.

또한 지금은 오로지 구차하게 안일만 추구하고 자질구레한 일만 다듬고 있습니다. 고통에 굴복하고 원수를 잊어버려서 원수를 갚을 의도도 없습니다. 게다가 재상과 신하들은 탐욕을 부리는 데 싫증을 낼 줄도 몰라 육조시대의 권문세족이었던 왕王씨와 사謝씨보다도 부끄러운 점이 많습니다. 그런데도 정책을 의논하는 조정에서 화친을 주장하니, 이는 진회보다 못하지 않습니다. 그러니 진의 원제나 송의 고종이 저질렀던 과오를 거의 면할 수 없을 것입니다. 따라서 지금 나라가 흔들리는 것은 필연의 추세입니다.

도끼에 맞아죽을 각오로 말씀드리니

군대와 국가에 관한 일은 누가 주장하는 것입니까? 군사를 더 이상 충원할 수가 없고 양식을 수송하는 길은 모두 훼손되고 없어졌습니다. 기본 생산수단이 붕괴하자 도적들이 마구 일어나고 있습니다. 또 기강이 해이해져서 행정 명령이 문란하고 현실에도 어긋납니다. 가혹한 세금 징수가 사라지지 않고 부역은 점점 가중되고 있습니다. 기계와 장비는 무뎌져서 쓸모가 없게 되었고 성을 쌓고 못을 깊이 파놓아도 죽음을 각오하고 지킬 사람이 없습니다.

이런 상황에서 만약 한 사람이라도 크게 호령하고 나서면 나라가 무너지고 말 것입니다. 만일 그렇게 된다면 전하께서는 깊은 궁궐에서 두 손을 끼고 편안히 앉아 계시면서 누구와 더불어 나랏일을 해결하겠습니까? 제 생각에는 아마도 전하의 근심거리는 남북의 국경에 있는 것이 아니라 궁궐의 담장 안에 있는 듯 합니다.

신은 시골에서 온 사람이라 꺼려야 할 것이 무엇인지 모른 채 함부로 허튼 소리를 늘어놓아 임금님의 귀를 거슬렀습니다. 그러니 죄를 용서받을 수도 없고 처벌을 피해 도망갈 곳도 없음을 잘 압니다. 그러나 말이 과격하지 않으면 마음을 움직일 수 없고 말투가 절실하지 않으면 마음을 감동시킬 수 없습니다.

전하께서 부드럽고 듣기 좋은 말과 마음에 드는 말만 듣고자 하신다면 좌우에서 뜻을 받들고 잘 따르는 사람들이 적지 않을 것입니다. 하지만 무엇 때문에 굳이 여러 선비들을 대궐 뜰에 모아 놓고 낮추어서 궁벽한 시골의 무지몽매한 사람의 건방진 말을 물으시겠습니까? 그래서 신은 도끼에 맞아죽을 각오로 처음부터 끝까지 말씀을 드리는 것입니다. 부디 전하께서는 요망한 말이라고 죄를 주지는 마시기 바랍니다.

옛 왕들의 지혜를 본받아

임금의 몸은 아득히 만 백성의 위에 있으면서 위로 하느님을 상대하고 옆으로는 적국과 이웃하고 있습니다. 흥하고 망하는 것과 융성하고 쇠퇴하는 것은 털끝만큼이라도 소홀히 하는가 아닌가에 따라 판가름이 납니다. 비록 태평한 때라도 안심해서는 안 되며, 자기를 수양하고 남을 다스리는 도리를 다해야 합니다.

그런데 하물며 나라가 기울어지고 무너지는 시운을 당하여 다시 회복해야 할 책임을 진 사람이, 어찌 이리저리 기강이 새는 데도 스스로 한가하게 여유를 부리며 임시 미봉책으로 구차하게 지난날을 답습하면서 만에 하나의 요행을 바랄 수 있겠습니까?

전하께서는 묵은 폐단을 씻어버리고 지난날의 쌓인 폐습을 깎아버리십시오. 또한 근본으로 돌아가 그것을 받들면서 게으르지도 말고 정치를 내팽개치지도 마십시오. 주의 문왕이나 무왕처럼 조심하고 두려워하면서 허물을 짓지도 말고 잊어버리지도 마십시오. 뜻을 굳게 지니고 정치를 잘할 각오를 다지면서 정의를 떨쳐 일으키고 어려움을 구제하십시오. 그리고 가문 날에 장맛비가 내리면 어진 재상을 생각하고 역사 기록을 보면 국가의 원로대신을 기억하십시오.

한의 문제가 넓적다리를 두드리며 분발했던 것과, 주의 족장 서백西伯 희창姬昌이 곤경에 처했을 때 점을 쳐서 지혜를 얻었던 것[9]을 서백은 유리에 갇혀 있는 동안 역을 연구해 세상 변화 이치를 깨달았다 본받으십시오. 그래서 온 나라에 모범이 되는 신하를 얻어서, 그에게 나라의 운명이 걸려 있는 중요한 임무를 맡기십시오. 정치의 기강을 확립함으로써 후세에 모범이 되고 지혜를 부려서 일에 착수하되 지금 시대에 맞는 규범을 정하여서 온 나라 사람들이 눈을 비비고 보고, 귀를 기울여 듣게 하십시오.

새로운 개혁을 시작하기 위해

그러면 모든 사람이 전하가 실시하려는 혁신적인 교화와 획기적인 정치가, 모든 것을 새로 시작하기 위한 조처와 명령에서 나온 것임을 알고 우러러 볼 것입니다. 장차 군사들도 잘 훈련될 것이고, 장교들도 곰이나 말곰[羆][10] 누렇고 흰 무늬가 있는 곰처럼 생긴 짐승 보다 더 용맹해질 것입니다. 함께 우리 전하가 실시하는 새로운 교화와 처음 시작하는 정치를 우러러 보니 실은 다시 시작하려는 당위에서 나온 것인데, 올바르게 개혁하고 펼쳐서 군사를 잘 훈련시키면 모두 태공망같이 뛰어난 인재[匪熊匪羆]가 될 것입니다. 병사들이 뜨고 썩은 음식을 먹고 있으니 창고에 식량도 비축해두어야 합니다.

백성도 자기 거처에서 안정을 찾고, 윗사람을 부모처럼 여기고 우두머리를 위해 목숨을 바칠 마음을 가져야 합니다. 또 정치의 혜택은 백성의 삶을 참작하고, 예의와 염치를 아는 풍속을 두텁게 해야 합니다. 구실아치들도 자기 직분을 성실히 수행하여 기강을 갖추어야 합니다. 정치 수단인 법령과 예악을 충직하게 잘 펼치고, 정치 명령을 정비해서 시행해야 합니다.

부역과 세금징수를 가볍게 해줘서, 백성이 명령을 받드는 데 피로하지 않게 해야 합니다. 무기를 정비하고 성곽을 보수해서 적을 지키는 데 근심이 없게 해야 합니다. 북쪽의 국경에 가까운 곳일수록 관문을 굳게 지켜서, 북쪽 오랑캐들이 자취를 감추게 해야 합니다. 남쪽 바닷가에는 구리기둥을 세우듯이[11] 경계를 명확하게 과시해서, 탐욕스러운 외적이 투항하게 해야 합니다. 이런 계책으로 적을 제압하면 어떤 적이든 이길 수 있으며, 이런 계책으로 공적을 이루려고 하면 어떤 공적이든 이룰 수 있습니다.

그렇게 하면 장차 한을 능가하고 주를 뛰어넘을 것이며, 은을 넘고

하를 초월할 것입니다. 그리하여 요 임금과 복희씨와 함께 거닐고, 순 임금과 우왕과 함께 노니는 경지에까지 이를 것입니다. 그렇게 되면 공적이 하늘과 땅처럼 오래 가고, 은덕이 해와 달처럼 빛날 것입니다. 그리 되면 위축되고 쇠퇴했던 진·당·송·고려는 입에 담아 함께 논할 거리도 되지 못할 것입니다. 전하께서는 더욱 유념하시기 바랍니다.

겉만 번지르르한 문구에 그친 10가지 시책들

셋째, 신의 정치 관점을 말씀드리겠습니다. 신은 이미 자기를 수양하고 유능한 사람에게 일을 맡기는 계책으로, 열 가지 폐단에 관한 임금님의 물음에 대답했습니다. 그리고 이제 매사에 성실을 바탕으로 해야 한다는 말을 대책의 끄트머리에 덧붙이고자 합니다.

자기를 수양하더라도 성실하게 하지 않으면 제대로 수양할 수 없습니다. 또 남에게 일을 맡기더라도 믿음으로써 하지 않으면 임무를 제대로 이룰 수 없습니다. 무슨 일을 하고 어떤 조치를 취하던 성실하게 하지 않으면 일을 이룰 수 없습니다. 신이 살펴보니 전하께서는 왜적이 물러간 뒤 모든 정치 업무를 법도에 따라 처리하고자 하십니다. 하지만 모두 겉만 번지르르한 문구로 가장자리를 꾸미는 데 그칠 뿐 성실히 수행한 효과는 정치에 드러나지 않습니다. 이런 방식으로 세월만 보내면서 환란이 일어나지 않는 현상만 구차하게 유지하려고 하니 어찌 중흥을 이루고 국력을 회복하기를 바랄 수 있겠습니까?

오늘날 정치의 시행이 겉만 번지르르한 문구에 그치고 만 사례를 하나하나 지적해보겠습니다. 중흥을 이루는 일[中興], 복수를 하는 일[復

讎], 유능한 인재를 구하는 일[求賢], 장수를 임명하는 일[任將], 인재를 등용하는 일[用人], 간언을 받아들이는 일[納諫], 병사를 훈련하는 일[鍊兵], 백성을 사랑하는 일[愛民], 몸을 수양하는 일[修身], 학문을 닦는 일[學問]에 대해 전하께서는 하나하나 잘 해내고 있고, 성과도 있다고 생각하고 계십니다. 그러나 신은 아직도 부족하다고 생각합니다.

중흥과 복수에 관한 실상

정의를 떨치고 치욕을 씻으며, 묵은 것을 고치고 새로운 정치를 펼치며, 이미 끊어진 하늘의 명령을 잇고, 오래 전에 흩어진 인심을 수습하는 것이 바로 중흥의 실상입니다. 그러나 지금은 왜적이 쳐들어왔을 때는 멀리 피했다가 왜적이 물러나고 나서 서울로 되돌아왔을 뿐, 한 사람의 적장도 베지 못하고 적의 보루 하나도 깨뜨리지 못했습니다. 게다가 험준한 관문과 요새만 믿고 명의 구원에만 의지했으니 민심이 흩어진 것이 난리 그 자체보다 더 심각한 것입니다. 국가의 운명이 위급해 아침저녁을 기약할 수 없는데도 뭇 신하들은 듣기 좋은 말로 아첨만 하고 위에서는 그것을 공이 있다고 칭찬합니다. 바로 이것이 전하께서 중흥을 이루겠다고 하지만 사실은 그것이 겉만 번지르르한 문구에 지나지 않는다는 점입니다.

섶에 눕고 쓸개를 핥으며 결의를 다지고[臥薪嘗膽] 입술이 타고 혀가 마르도록 애쓰며[焦脣乾舌][12] 창을 베고 누워 아침을 기다리고[枕戈待朝][13], 밤이나 낮이나 마음을 졸이며[日夜腐心][14] 널리 영웅을 가려 뽑고, 죄를 묻고 적을 토벌하는 것이 바로 복수의 실상입니다. 그러나 지금은 평상시와 다름없이 편안함만 추구하고, 왜적이 선릉宣陵과 정릉靖陵을 파헤친 모욕을 잊어버린 채 당당한 왕조[七廟][15]가 당한 수치를 안고서 겉으로는 화친을 주장하는 사람에게 분노하면서도 속으로는 우호 관계를 맺을 계책만 꾀하고 있습니다. 바로 이것이 전하께서 복수를 하겠다고 하지만 사실은 그것이 겉만 번지르르한 문구에 지나지 않는 점입니다.

인재와 장수를 구하는 것에 관한 실상

자기를 굽히고 정성을 다하여 비천한 신하를 물리치고, 공손한 말씨와 융숭한 예를 갖추어서 바위굴에 사는 선비를 초빙하며, 온갖 계책을 널리 물어 성공을 꾀하는 것이 바로 유능한 인재를 구하는 실상입니다. 그러나 지금은 한 시대를 가볍게 보면서 나만한 사람이 없다고 여기고, 자기의 지혜만 믿고 만족하는 기색으로 남을 거부하며, 너무 고상한 말만 해서 세상에 부합하지 않습니다. 또 남의 흉내만 잘 내는 여구黎丘의 도깨비에게 홀리고[16], 용을 좋아한다고 온통 집에다 용 그림을 붙여놓았다가 진짜 용이 나타나니 혼비백산했다는 섭공葉公[17]처럼, 인재를 좋아한다는 헛된 명예만 추구하고 있습니다. 바로 이것이 전하께서 유능한 인재를 구하겠다고 하면서도 사실은 그것이 겉만 번지르르한 문구에 지나지 않는 점입니다.

장수는 삼군三軍의 생사를 책임지고 있고, 한 나라의 흥망이 그에게 걸려 있습니다. 그러므로 재주는 반드시 다섯 가지 덕[五德][18]을 겸해야 하고, 전략은 반드시 『육도六韜』[19]주 때 태공망 여상이 쓴 병서를 통달해야 합니다. 그런 다음 자기 옷을 벗어서 입혀주고, 바퀴를 밀면서 전송하며,

은혜와 위엄으로 적을 막아내고, 성실과 신의로 장수를 믿는 것이 바로 장수를 임용하는 실상입니다. 그러나 지금은 어리석고 무능한 병졸들이 지혜와 용기가 없어서, 적을 보면 금방 무너지고 나라를 적에게 주어버립니다. 그런데도 장수들에게 포상을 넘치게 주고, 과분한 관직을 주어서 마음을 끌려고 하니 결국 태만하게 됩니다. 이것이 전하께서 장수를 임명하겠다고 하면서도 사실은 그것이 겉만 번지르르한 문구에 지나지 않는 점입니다.

간언과 병사에 관한 실상

충직한 말을 잘 받아들이되 귀에 거슬리는 말도 꺼리지 않으며, 눈앞에서만 따르는 데 그치지 않고 반드시 진심으로 고치며, 나라에 이롭다면 그날 당장에 시행하는 것이 간언을 받아들이는 실상입니다. 그러나 지금 강직한 말은 염증을 내며 물리치면서 연약하고 무능한 사람의 말만 즐겨 듣습니다. 그래서 관직과 자리는 비록 갖추어져 있으나, 몸을 사려 울지 않는 의장대의 말[仗馬][20]처럼 아무도 말을 하지 않습니다. 임금님의 신상에 관한 말을 하면 곧바로 배척당하고, 궁궐에 관련된 말을 하면 지방관으로 보직이 바뀌어버립니다. 심지어 잘못을 바로잡아주는 말[切直]을 속으로 싫어하여, 몰래 다른 일로 마무리하기도 합니다. 이것이 전하께서 간언을 받아들이겠다고 하면서도 사실은 그것이 겉만 번지르르한 문구에 지나지 않는 점입니다.

열 명 가운데 한 사람을 가려 뽑고, 양식을 넉넉하게 대주며, 평상시에 무예를 익히게 하여 사열하고, 전쟁이 일어나기 전에 미리 훈련을 시켜두며, 싸움터에 나아가 뒤로 물러나면 죽이고, 적과 싸우다가 죽으면 집안을 맡아주는 것이 병사를 훈련시키는 실상입니다. 그러나 지금 장수에게는 병졸이 없고 진에는 상비군이 없어서 농부를 협박하고 시장사람을 내몰아 하루아침에 전쟁터에 내모니 막상 싸움이 일어나면 새떼처럼 흩어지고 맙니다. 비록 포수를 배치해 두었다 해도 모두 도망간 사람을 잡아다가 배치해 둔 것이라 교만하고 방자하며 사납고 패악해서 쓸 수 없습니다. 이것이 전하께서 병사를 훈련하겠다고 하면서도 사실은 그것이 겉만 번지르르한 문구에 지나지 않는 점입니다.

애민과 수양에 관한 실상

자상하고 온화한 사람을 신중하게 가려 뽑아서 읍과 현을 다스리게 하고, 뇌물을 받은 사람을 단호하게 갈아치워서 백성의 해를 제거하며, 곤궁한 사람에게 혜택을 베풀고, 관대하고 불쌍히 여기는 정치를 펼치며, 민심을 확고하게 붙잡아서 민심이 흩어져 돌아서는 일이 일어나지 않게 하는 것이 백성을 사랑하는 실상입니다. 그러나 지금은 관리를 선발하고 임명하는 것이 모두 청탁으로 이루어지고, 탐욕스럽고 잔인한 수령들은 뱀처럼 가혹하고 호랑이처럼 사납습니다. 그들은 백성의 골수를 뽑고 살갗을 깎아내듯이 재물을 쥐어짜고, 갖가지 형벌을 남발합니다. 비록 세금을 줄이라는 명령이 임금님의 교시를 통해 자주 내려오지만 포악한 아전들의 징수는 정규 과세보다 몇 배나 됩니다. 이것이 전하께서 백성을 사랑하겠다고 하면서도, 사실은 그것이 겉만 번지르르한 문구에 지나지 않는 점입니다.

제왕이 정치를 하는 데는 반드시 자기의 수양을 근본으로 삼아야 합니다. 그래서 공자는 다음과 같이 말했습니다. "그대가 솔선해서 올바르게 행동하면 누가 감히 올바른 행동을 하지 않겠는가?" 동중서董仲舒도 다음과 같이 말했습니다. "마음을 올바르게 가짐으로써 조정을 바르게 한다." 자기 몸을 수양하지 않고서도 나라를 다스릴 수 있는 사람은 아직 없었습니다. 또한 자기 몸을 수양하고서도 나라를 다스리지 못한 사람도 없었습니다. 전하께서는 깊은 궁궐 안에 계시면서 조정의 신하들을 만나 정치를 의논하는 일이 드물고, 신하들도 전하를 뵙는 날이 1년에 겨우 몇 날 뿐입니다. 전하께서 즐길 수 있는 것은 여자들이나 환관들만이 아닙니다. 게으르고 싫증난 생각은 한가하게 쉬는 곳에서 나타나고, 사치하는 마음은 조용히 혼자 있을 때 싹틉니다. 향기로운 술은 창자를 썩히고, 예쁘게 꾸민 여자는 의지를 흐리게 해서 임금님의 귀한 몸을 손상시킵니다. 그렇게 되면 해마다 약을 잡수셔야 할 것입니다. 결국에 위로는 조상들이 맡긴 임무를 저버리고, 아래로는 신하와 백성의 바람을 배반하게 될 것입니다. 이것이 전하께서 자기를 수양하겠다고 하면서도 사실은 그것이 겉만 번지르르한 문구에 지나지 않는 점입니다.

학문을 닦는 것에 관한 실상

널리 배우고 깊이 따져 묻는 것은 배우는 사람의 일이라지만 왕이 나라를 다스리는 것도 결국 여기서 나오는 것이 아니겠습니까? 근본이 되는 원인을 밝히고 지식을 넓히며, 순서와 차례에 따라 성현의 경지에 이르는 것은 모두 학문에 뿌리를 둡니다. 그러니 차례를 뛰어넘어 지름길로 가려고 해서도 안 되고, 너무 심오하고 고상한 것에만 힘써서 별다른 학문을 추구해서도 안 됩니다.

격물치지와 수신제가의 순서, 성실한 마음과 밝은 덕이 드러나고 숨을 때의 효과, 이런 것들이 바로 『대학』의 여덟 조목[八條]과 『중용』의 아홉 가지 원리[九經]에 담겨 있습니다. 그러니 반드시 사서四書를 익숙해질 때까지 읽어서 성현의 아름다운 말과 은미한 뜻을 추구해야 합니다. 또한 몸으로 실천하고 마음으로 터득해서 효과를 본 다음에야 비로소 육경六經을 공부하여 임금의 덕을 넓힐 수 있습니다.

이것이 바로 열심히 노력해서 오랜 세월 동안 쉬지 않고 깊이 생각하면서 공부하는 것입니다. 이 책 저 책을 건성으로 훑어봐서 읽은 권수만 여러 권이거나, 큰소리로 글자와 구절을 한 차례 읽는 것으로는 될 수 있는 일이 아닙니다. 전하께서는 성인이 되는 학문을 익힌 수준이 아주 높기에 격물치지와 성실한 마음과 밝은 덕을 밝히는 도리에 대해서는 배우지 않더라도 가능할 것입니다.

그러나 요즘 경연에서 강론하고 토론하는 책이 늘 『주역』뿐이니 이것은 차례를 뛰어넘는 폐단[躐等]으로 귀결되지 않겠습니까? 음과 양이 줄어들고 자라는 이치나, 길함과 흉함, 뉘우침과 애석함의 조짐은 글자에서 추구할 수 있는 것이 아닙니다. 공자도 다음과 같이 말했습니다. "나에게 몇 년만 더 주어져서 마침내 역을 공부할 수 있다면……" 그런 만큼 『주역』이란 정치원리에 두루 통달하지도 못한 상태에서 고기 어魚 자와 노나라 노魯 자가 다름을 아는 정도의 수준인 신하들이 강의

할 수 있는 것이 아닙니다. 이것이 전하께서 학문을 하겠다고 하면서도 실은 그것이 겉만 번지르르한 문구에 지나지 않는 점입니다.

듣기 싫어하시는 말씀을 감히 올리며

지금 말씀드린 10가지 조항이 바로 전하의 가장 큰 문제점인데 사실은 조정의 신하들이 어려워서 말씀드리지 못하고 전하께서도 듣기 싫어하시는 내용입니다. 그러나 지금 땅강아지나 개미 같이 보잘것없는 제 목숨을 아깝게 여기지 않고 전하의 위엄을 범했으니 제 그릇을 다 헤아리지 못했습니다. 전하께서는 부디 주제넘고 분수에 넘은 짓을 용서하시고, 큰 죄를 지은 사람을 죽이는 형벌을 멈추시어 지난날 겉으로만 꾸미던 잘못을 고치고, 오늘날에 계승해서 실효를 거두어야 할 일에만 힘쓰시기 바랍니다.

또한 성실로써 중흥을 이루고, 성실로써 복수를 하며, 성실로써 유능한 인재를 구하고, 성실로써 장수를 임용하셔야 합니다. 더불어 인재를 등용하고, 자기를 수양하며, 병사를 훈련시키고, 백성을 사랑하는데 이르기까지 모두 성실로써 한다면 잃어버린 국력을 회복하고 새롭게 할 정책은 굳이 논할 것도 없을 것입니다.

어찌 하·은·주·한의 군주들만 지난 역사에서 아름답게 칭송을 받는단 말입니까? 신은 임금님을 사랑하고 나라를 걱정하는 정성을 이기지 못해 죽음을 무릅쓰고 어리석은 대책을 올렸습니다. 신은 삼가 대답했습니다.

책문 속으로

광해군 죽이기

버려진 민중들

광해군은 서인이 주도한 인조반정으로 실각하고 '혼군昏君'으로 낙인찍혔다. 혼군이란 어리석은 군주라는 뜻이다. 연산군은 황음무도하여 누구나 인정하는 '폭군暴君'이었지만 광해군은 이성을 잃은 광기를 부리거나 황음무도하여 폐출된 것이 아니라 대내외의 정치적 실책과 정치투쟁의 결과로 축출되었다.

물론 광해군은 전란으로 인민의 생업이 회복되지 않은 상태에서 국가재정을 파탄 낼 정도로 대규모 궁궐 건축공사를 일으키고, 허약한 권력의 정통성에 대한 콤플렉스에서 비롯한 이른바 '폐모살제廢母殺弟'라는 전대미문의 패륜을 저지르고, 국제정세에 확고한 주견을 세우지 않고 엉거주춤하게 대처하다가 반대파에게 찬탈의 빌미를 제공하였지만 사실 조선의 역대 왕들 가운데서는 보기 드물게 국제정세에 대한 현실적인 감각과 안목을 갖고 있었다. 조선 역사상 가장 어려운 상황에서 조선의 난국을 해쳐나가야 할 책임을 떠안았던 군주였다. 광해군이 지도자로서 탁월한 감각과 자질을 가졌다는 사실은 광해군을 몰아낸 서인들도 어느 정도 인정하는 바였다. 전란 중에 온 중국의 사신조차 전시의 지휘권을 맡으라고 건의할 정도로, 광해군은 비상시국을 이끌어갈 재능을 지녔다.

이런 광해군의 정치적 수완과 재능은 타고난 자질에서 비롯된 것이기도 하겠지만, 무엇보다도 전란을 몸소 겪으면서 처참하게 짓밟힌 국토와 백성의 목숨이 자기에게 달려 있다는 강한 책임감에서 다져진 것이 아닐까? 전란 중에 세자로 책봉된 광해군은 도처에서 민중의 참상을 목격하면서, 백성의 어버이인 왕이 가장 먼저 해야 할 일이 무엇인지 뼈저리게 깨달았을 것이다. 하지만 당시의 관료들은 나라를 관리하고 민생을 돌보지는 않고, 선조 때부터 형성된 붕당이 더욱 이합집산하면서 정권 투쟁에만 몰두했다. 더욱이 국가를 근본적으로 뒤흔든 전란을 겪고서도 전란에 대한 반성과 성찰을 한다거나 당시 관료로서 책임을 지려고 하지는 않고, 도리어 다시 권력 쟁취에만 몰두했다. 나라가 위급할 때에는, 나라를 지킬 책임이 있는 관리들은 정작 책임을 팽개치고 도망을 갔다. 오히려 정치적으로나 경제적으로 아무런 혜택도 받지 못한 백성이 목숨을 바쳐서 나라를 지켰다.

우리 역사를 돌아보면 언제나 이런 식이었다. 나라로부터 온갖 혜택을 누린 관리들은 언제나 자기 목숨과 재산과 기득권을 지키는 데만 관심이 있었다. 나라와 백성이 그들에게 그런 온갖 특권을 준 것은 무엇 때문인가? 특권을 잘 이용하여 나라를 관리하고 백성들의 살림살이를 돌보라고 준 것이 아닌가? 그런데도 관료들은 특권을 누릴 줄만 알고, 특권에 딸린 책임을 질 줄 몰랐다. 정작 나라가 위급하고 어려울 때 목숨을 바쳐가며 나라를 지킨 것은 언제나 민중이었다.

『동의보감』 뒤엔 광해군이 있었다

광해군의 정치적 발판이 된 대북파大北派 정권은 권력을 지키는 데만 관심이 있었다. 하지만 광해군의 정치적 임무는 국정의 책임자로서 강대국의 틈바구니에서 조선의 자존을 지키고, 백성의 결딴난 살림을 재건하는 데 있었다. 『동의보감』을 비롯한 각종 서적의 편찬 사업, 양전量田 사업, 대동법 실시 등은 처참한 민생을 직접 목격한 정치 지도자로

광해군묘

서는 정말 시의적절한 정책이었다.

『동의보감』이 중국의 역대 의서를 베낀 것에 불과하다고 혹평하는 사람들도 있다. 하지만 중국의 의서를 베끼더라도 거기에는 나름대로 베끼는 관점이 있었고, 배열과 편집에 독자적인 체계가 있었다. 그리고 무엇보다도『동의보감』이 지닌 불멸의 가치는 대다수 민중의 마음을 헤아렸다는 점이다. 정식 처방과 값비싼 중국 약재를 접할 수 없었던 민중들은 약이라도 써보고 죽었으면 한이 없겠다는 절박한 심정이었는데, 이를 헤아려 향약과 단방요법을 정리하여 수록한 책이 바로『동의보감』이었다.

향약이란 중국 약재가 아니라 우리 땅에서 나고 자란 약재이다. 그리고 단방요법이란 여러 약재를 약성에 맞게 가감하여 처방하는 것이 아니라, 특유한 약성을 가진 대표적인 약재 한두 가지로 병을 치료하는 방법이다. 우리 땅에서 나는 약재이기 때문에 우리 몸에 더 잘 맞을 것은 말할 것도 없고, 비싼 약재를 구할 수 없는 사람에게는 우선 쉽게 구할 수 있는 약재가 구하기 어려운 정식 처방의 약첩보다 귀한 것일 수밖에 없다. 물이 없어 말라 죽어가는 붕어에게는 수백 리 떨어진 강물이 아니라 당장 물 한 바가지가 필요하듯이!

더구나 전란이 지나간 자리에는 어김없이 전염병이 휩쓴다. 기근과 궁핍, 영양실조로 저항력이 떨어지고, 토양과 수질이 오염된 상태에서 전염병이 돌면 속수무책이었다. 광해군은 스스로 병약했던 데다 전란을 겪고 난 뒤 설상가상으로 전염병 때문에 죽어가는 배성의 고통을 누구보다도 절감했기 때문에『동의보감』편찬사업을 적극 지원했다. 선조

대동법시행기념비

의 죽음에 책임을 지고 유배 간 허준에게 도성을 출입하게 하고, 내의원에 소장된 의서를 열람하게 하는 등, 광해군의 절대적인 지원과 지지가 없었다면『동의보감』의 편찬은 불가능했으리라.

백성을 살리는 대동법

양전은 전란으로 유실된 농지를 측량해 경작지를 확대함으로써, 국가의 재원을 확보하는 사업이었다. 그것은 국민의 절대다수를 차지하는 농민의 생계기반을 복구하는 일이었다. 그리고 즉위 원년에 실시한 대동법은 조세제도의 폐단을 개혁해서, 농민에게 실질적인 이득이 돌아가게 하는 정책이었다. 광해군은 즉위한 뒤 곧 경기도에 시범적으로 대동법을 실시했다. 대동법은, 잡다한 공납과 노역을 모두 토지를 매개로 한 전세田稅로 바꾸어서 세금의 징수와 지급을 쌀로 일원화하되 지역적인 특성을 고려하여 편의에 따라 면포나 화폐로 대납하는 것도 허용하는 것을 골자로 한 조세제도였다. 세금을 부과하고 징수하는 방법은 수

조안收租案에 등록 된 토지를 대상으로 1결당 12말의 쌀을 부과하고 징수하는 것을 원칙으로 했다.

대동법은 우선 공납으로 인한 중간착취와 폐해를 없앴다. 또 세금이 면제된 토지가 늘어나면서 세입이 줄어드는 문제와, 영세소작농이 늘어나면서 부역이 줄어드는 문제를, 한꺼번에 극복하는 방안이었다는 점에서 개혁적인 것이었다. 또한 재산과 수익에 따른 세금 부담이라는 공평한 조세원칙과 세금의 비율을 정한다는 정률주의定率主義를 채택 했다는 점에서 진보적인 조세제도이기도 했다. 또한 사회경제적 측면에서도 대동법의 실시에 따라 생산물 지대地代와 노동 지대가 전세로 단일화하였다. 그에 따라 정부에 소요되는 물자의 공급과 조달도 공인과 상인들이 담당함으로써 시장권이 확대되었다. 결국 대동법의 실시는 전반적으로 상품경제와 화폐경신이 발달하는 계기가 되었다.

민생을 복구하고 국가의 재원을 충실하게 하며, 수익과 담세를 직결시킨 개혁적인 대동법은 당연히 농민들에게 열렬한 환영을 받았다. 하지만 양반지주 관료와 조세로 바칠 물품을 대신 납부하고 이자를 붙여 받는 방납防納을 대행하던 거간상인居間商人이나 향리鄕吏 같은 기득권층의 반발을 불러일으켰다.

광해군 죽이기

반면에 광해군은 자기가 지니고 있는 권력의 정당성이 취약하다는 점, 다시 말해 서자이면서 둘째아들로서 왕위에 올랐을 뿐만 아니라 어리지만 적자가 따로 있다는 점, 또 명으로부터 정식으로 세자에 책봉되지 못했으며 왕이 된 뒤에도 명에서 정식으로 인정하지 않고 있었다는 점 때문에 늘 콤플렉스에 시달렸다. 광해군이 의욕적으로 창덕궁, 경희궁, 인경궁 등의 증개축을 추진하고 여러 차례에 걸쳐 존호를 받았다는 점은 이런 콤플렉스에 대한 보상심리라고 할 것이다.

중종이 반정을 일으키고 명에 재가를 요청했을 때는 별다른 반대 없이 공식적으로 인정해준 명이, 광해군의 경우에는 사사건건 트집을 잡고 재가를 미룬 것은 조선의 내정에 개입하고 간섭하려는 술책이라고밖에 생각할 수 없었다. 어쨌든 광해군은 왕권을 강화하기 위해 여러 궁궐의 증개축을 무리하게 추진함으로써, 결과적으로 민생복구라는 정책 비전을 스스로 부정하는 실책을 범하고 말았다.

똑같이 반정으로 쫓겨난 군주였지만, 광해군은 연산군과 분명히 다르다. 연산군은 패륜과 학정을 자행하여서 민심이 떠난 상태였기 때문에 중종의 반정은 나름대로 개혁적 명분이 있었다. 그러나 광해군의 경우에는 서인정권이 광해군의 실정, 곧 어머니를 쫓아내고 아우를 죽이는 반인륜적 행위를 자행하고, 무리한 궁궐공사로 재정을 파탄 내어서 민생을 망쳤으며, 쓰러져가는 나라를 일으켜 세워준 명에 대한 은혜를 저버리고 사대의 의리를 하지 않았다는 점을 들어서 반정의 정당성을 주장했지만 실제로 반정의 명분으로서는 빈약하였다.

어머니를 쫓아내고 아우를 죽인 패륜은 용서받지 못할 반인륜의 만행이지만 왕권투쟁의 역사를 들여다보면 전례 없는 일도 아니었다. 태종은 심지어 아버지 태조가 살아 있는 상황에서 세자로 책봉된 이복아우를 죽였고, 이미 죽은 계모 신덕왕후를 후궁으로 격하시키고 묘를 이장하고 봉분을 헐고 석물을 다리 보수에 사용하여서 백성이 밟고 지나가게 하도록 하였다. 반정을 일으킨 인조 스스로도 소현세자昭顯世子의 빈과 그의 후예를 핍박하고 처치하지 않았던가? 명에 대한 배신을 명분으로 내세워서 반정을 주도했던 서인정권이 반정 뒤에는 도리어 청의 실체를 인정하지 않을 수 없었다. 사실 광해군에 대한 역사적 평가 가운데 논란의 여지가 크지만 나름대로 긍정적인 평가를 받는 부분이 현실주의 외교정책이다.

누구를 위한 파병인가

명의 군대가 임란 중에 보인 횡포와 폭력을 광해군은 결코 잊지 않았다. 또 명의 사신들이 세자책봉을 미루며 조선의 내정에 간섭하였고, 즉위 뒤에도 정통성의 약점을 이용하여서 막대한 은을 요구하는 횡포를 겪으면서 광해군은 무분별한 사대란 아무런 실익이 없다는 사실을 깨달았다. 물론 뇌물을 요구하는 길을 열어놓은 것도 광해군 자신이었다!

또한 무엇보다 전란으로 폐허가 된 국토를 재건하는 일이 무엇보다 중요한 처지에서 후금의 발호를 막기 위한 명의 출병 요구에 응하는 일은 자칫하면 조선을 새로운 전쟁의 소용돌이로 몰아넣을 수 있다는 사실을 잘 알았다. 비록 명에게는 새로 나라를 세우는 것이나 마찬가지의 은혜를 입었다지만, 그렇다고 망해가는 나라에 은혜를 갚기 위해 멸망의 길로 같이 달려들 수는 없는 일이었다.

사실 명이 조선에 원군을 보낸 것이 전적으로 조선을 위한 길이었던가? 명으로서는 국제적인 전쟁으로 비화할 수 있는 전란을 조선의 국토에 국한시키기 위해서라도 조선에 출병할 필요가 있었던 것이 아닐까? 그런 점에서 오히려 조선이야말로 명을 대신해 일본의 세력을 막아준 은혜가 있는 것이 아닐까?

지정학적 관계 속에서 과연 은혜와 의리가 국가의 존립을 담보할 수 있는가? 이른바 '북로남왜北虜南倭'는 조선만의 문제가 아니라 중국으로서도 국가의 존망이 걸린 문신이 아니었던가? 어쨌든 명목상으로 명에 은혜를 입었다 하더라도, 후금의 부상은 은혜를 갚는다는 순진한 발상으로 대처할 수 있는 문제가 아니었다.

명과 후금 사이, 광해군의 선택

광해군은 명에 가는 사신이나 정탐꾼을 통해 만주족의 동태를 예의주시했다. 후금을 정벌하겠다고 명이 출병을 요구했을 때도 '남쪽에 변란이 일어나 군사가 부족하다', '아직 군사가 훈련이 덜 되었다'는 등의 이유를 내세워 요청을 거절했다. 대명의리를 내세우는 신하들에게는 조

선이 아직 왜란의 후유증에서 벗어나지 못했고, 명도 당하지 못하는 누르하치의 군대에 조선의 허약한 군대를 보내는 것은 '호랑이 굴'에 농부를 밀어 넣는 격이 되며, 군대를 보내 경제적으로 민생을 망치고, 군사적으로 후금과 원한을 맺을 이유가 없다는 태도를 분명히 했다.

그러나 후금을 치기 전에 '조선을 먼저 손 볼 수도 있다'는 명의 거듭된 요청과 위협, 비변사 신료들의 줄기찬 대명의리론大明義理論에 손을 든 광해군은 강홍립을 도원수로 삼고 김경서를 부원수로 삼아 1619년에 원군을 파견한다. 야사에 따르면 광해군은 강홍립에게 '형세를 관망

하여 항배를 결정하라'는 밀지를 내린다. 강홍립의 군대는 만주에 도착하자마자 명군의 재촉으로 군량의 보급로도 확보하지 못한 채 전진하다가, 후금의 기습을 받아 무너지고 결국 후금에 항복한다.

강홍립은 후금에 투항한 뒤 조선은 후금과 원한이 없으며 출병은 부득이한 것이었다고 조선의 처지를 후금에 알린다. 또한 후금에 억류된 뒤에도 광해군에게 밀서를 보내, 후금의 동정을 낱낱이 전달했다. 광해군은 강홍립을 통해 후금에 조선의 처지를 설득하는 한편으로, 후금과 싸우다 장렬히 전사한 김응하金應河를 표창하는 등, 명의 의심을 누그러뜨리는 작업도 병행했다. 그러나 이런 광해군의 등거리 외교를 아무도 이해해주지 않았다. 심지어 왕비마저도 언문 편지로 '명에 대한 의리를 저버려서는 안 된다'고 호소했다.

대륙과 해양 사이, 한반도의 선택

광해군의 외교 전략은 약소국의 단순한 중립 외교가 아니라, 나름대로 치밀한 구상과 국제정세에 대한 안목을 바탕으로 수립된 것이었다. 일본과 외교를 재개하는 과정을 보더라도 이를 확인할 수 있다.

광해군은 일본과 외교를 재개하기 전에, 임란 도중에 성종과 계비 정현왕후의 능인 선릉과 중종의 능인 정릉을 훼손한 범인을 인도하라는 조건을 내걸었다. 그리고 대마도에서 죄수 두 사람을 인도받아 효수함으로써 외교 재개의 명분을 축적했다. 이것은 현실을 인정하는 바탕 위에서 국제관계를 주도해 가려는 외교 전략의 일환이었다.

일본 측에서 넘겨받은 죄수가 가짜라는 것을 광해군이 몰랐을 리 없었다. 그러나 광해군은 그런 것에 구애받지 않고 양국의 명분을 적절히 세우면서 이른바 '윈-윈 게임'을 했던 것이다. 국제관계에서는 은원은 은원이고, 외교는 외교인 것이다.

한반도는 지정학적으로 대륙과 해양 사이에서 충돌하는 세력의 완충지대 구실을 한다. 오늘날에도 러시아와 중국의 대륙세력과 일본과 미국의 해양세력이 한반도를 양분하여, 서로 영향력을 행사하며 충돌의 완충지대로 삼고 있다. 열강이 대립하는 한복판에 서 있는 한반도의 명운은 국제적인 역학관계의 향방을 얼마나 정확하게 읽고, 외교적으로 능숙한 전략을 구사하는가에 달려 있다.

개가를 거절하는 늙은 과부

보개산 절의 벽에 제하다	題寶蓋山寺壁
일흔 된 과부	七十老孀婦
독수공방하네	單居守空壺
여자의 몸가짐도 잘 배우고	慣讀女史詩
어진 부인의 교훈도 익히 알았네	頗知妊姒訓
곁에 사람이 개가를 권하여	傍人勸之嫁
멋진 꽃 같은 사내가 있다 하지만	善男顏如槿
머리 허연 노파가 화장을 한다면	白首作春容
어찌 바른 분이 부끄럽지 않으랴	寧不愧脂粉

이 시는 유명한 설화집인 『어우야담』의 저자 유몽인柳夢寅이 금강산 어느 절에서 읊은 시이다. 유몽인은 임진왜란 동안 광해군을 수행하면서 전란의 극복에 큰 공을 세웠고, 광해군의 지우를 얻었다. 그러나 인목대비를 폐위시키려는 폐모론에 가담하지 않아 탄핵을 받고 사직하였다. 인조반정이 일어난 뒤 화를 면했지만, 관직에 나아가지 않고 방랑을 하다가 반정 넉 달 만에 광해군 복위의 모의에 연루되어 사형을 당했다. 아들 유약柳瀹이 반역을 도모하다 실패하여 처형되었는데, 유약이 평소 이 시를 좋아했다고 한다. 이 시는 개가를 거절하는 늙은 과부에 빗대어서 반정으로 수립된 인조 정권에는 참여하지 않겠다는 의지를 드러내고 있다.

역주

1 비괘否卦 구·오九·五

비괘는 하늘을 상징하는 건☰이 위에, 땅을 상징하는 곤☷이 아래에 있는 괘이다. 건은 양이고 곤은 음이니 양이 음 위에 있는 모습이다. 양이 위에 있고 음이 아래에 있으면 각각 제 자리에 있는 것처럼 생각하기 쉬우나 그렇지 않다. 위에 있는 양은 더욱 위로 올라가고 아래에 있는 음은 더욱 아래로 내려가기 때문에, 두 기운이 서로 섞이지 못한다. 그래서 비괘란 막혔다는 뜻이 있다. 비괘의 전체적인 이미지를 나타내는 대상전大象傳에는 이렇게 말한다. "하늘과 땅이 교섭하지 못하는 것이 비이다. 군자는 이를 본받아 덕을 검소하게 단속하여서 어려움을 피하되 녹을 받아 영화를 누려서는 안 된다." 비괘는 하늘과 땅이 교섭을 하지 못하여서 만물이 자라지 못하고, 위아래가 의사소통을 하지 못해 사회가 제대로 돌아가지 못하는 형국이다. 비괘 9·5효의 효사는 다음과 같다. "9·5는 막힌 것을 그치게 한다. 대인大人이 길하게 된다. 망할까, 망할까 걱정하여 질기디질긴 뽕나무 뿌리에 비끌어매어 둔다." 9·5는 양의 자리이며 대인 곧 군주나 지도자의 자리이다. 양이 양의 자리에 있기 때문에 정당한 자리이다. 대인이 제자리에 있으나 군자의 도가 막혀 있는 때이므로 편안하지 못한다. 그래서 언제 닥칠지도 모르는 위태로움을 늘 마음에 두고 대비해야 든든하게 된다. 막힌 것이란 소인의 영향력이 확대되고 군자의 영향력이 사라지는 것이다. 그러므로 막힌 것이 그친다는 말은 소인의 영향력은 도리어 막히고 군자의 영향력은 회복된다는 것이다. 이렇게 상황을 회복할 수 있는 것은 9·5의 대인이다. 그래서 대인이 길하다고 했다. 이 효사는 소인을 물리치고 군자를 가까이 하여 위기를 대비해야 나라가 든든해진다는뜻이다.

2 윤길보尹吉甫 이하

주의 10대 왕인 여왕厲王은 아주 포악하고 교만하며 탐욕스러웠다. 늘 백성을 괴롭히고 사치를 일삼았다. 그래서 백성의 원성이 날로 높아갔다. 견디다 못한 소공召公이 "백성은 임금님의 명령을 견디지 못합니다." 하고 충고를 했다. 왕은 노하여 위나라 출신의 무녀를 시켜서 비방하는 사람을 감시해 보고하게 했다. 그러고는 무녀가 고발하는 사람을 모조리 죽였다. 자연히 백성의 비방은 사라졌지만 나라에 기강이 무너져서, 제후도 왕에게 조회를 하러 오지 않게 되었다. 국제질서도 무너진 것이다. 여왕이 더욱 엄격하게 백성을 감시하자 백성은 두려워서 아무 말도 못하고 길거리에서 눈으로만 원망을 주고받았다. 백성의 비방과 원망이 사라지자, 여왕은 기뻐하면서 소공에게 말했다. "내가 백성의 원망과 비방을 사라지게 했소. 이제는 아무도 함부로 말을 하지 못한다오." 소공이 말했다. "그것은 다만 억지로 백성의 입을 틀어막은 것입니다. 백성의 입을 틀어막는 것은 강물을 틀어막는 것보다 심합니다. 강물을 막은 것이 터지면 수많은 백성이 해를 입습니다. 백성도 마찬가지입니다. 강물은 터서 물길을 따라 흐르게 해야 하고, 백성에게는 하고 싶은 말을 할 수 있도록 해야 합니다." 그러나 여왕은 이 말을 듣지 않았다. 결국 3년을 참은 백성이 반란을 일으켜 여왕을 습격했다. 여왕은 체彘(산서성)라는 곳으로 달아났다. 여왕의 태자 정靜이 소공의 집에 숨어들었다. 나라 사람들이 이 소식을 듣고 소공의 집을 포위했다. 소공이 나가서 백성에게 말했다. "내가 전에 왕에게 늘 충고를 했지만 왕이 내 말을 듣지 않아서 결국 이런 난리를 만났다. 지금 왕의 태자를 죽이면 왕은 나를 원수로 여길 것이다. 군주를 섬기는 사람은 군주 때문에 위험한 일을 당하더라도 원한을 품지 않고 원망을 하더라도 노여워하지는 않는다. 하물며 왕을 섬기는 사람은 어떻겠는가." 소공이 차라리 왕의 실정에 대신 책임을 지겠다고 나섰던 것이다. 그래서 자기 아들을 태자 대신 내어주었다. 태자는 간신히 목숨을 건질 수 있었다. 나라에 왕이 없어지자 소공과 주공이 정치를 협의했는데, 이것을 '공화共和'라고 한다. 공화 14년에 여왕이 체에서 죽었다. 소공의 집안에서 자란 태자 정이 왕위에 올랐는데 이 왕이 선왕宣王이다. 선왕은 두 재상의 도움을 받아 문왕, 무왕, 성왕, 강왕의 치세를 회복했고, 주는 마침내 중흥을 이루었다. 제후가 다시 주를 종주국으로 섬기게 되었다. 윤길보尹吉甫, 중산보仲山甫, 방숙方叔, 소호召虎 같은 현명하고 유능한 신하를 등용하여 정치와 외교, 국방에 힘썼다. 윤길보는 험윤玁狁을 정벌하여서 북쪽을 안정시켰고, 중산보는 선왕을 보좌하여서 나라를 잘 다스렸으며, 방숙은 남쪽의 형만荊蠻을 평정했고, 소호는 회이淮夷를 평정했다.

3 구순寇恂 이하

한漢을 멸망시키고 신新을 세운 왕망王莽을 몰아내고, 유씨의 정권을 회복한 사람이 후한의 광무제光武帝 유수劉秀이다. 유수는 한 경제景帝의 아들 장사왕長沙王 유발劉發의 후예이다. 유수가 태어날 때 이삭이 아홉 달린 벼가 나왔다. 그래서 그의 이름을 이삭을 뜻하는 수라고 했다고 한다. 왕망 14년 용릉舂陵에서 형 유연劉縯과 함께 봉기하여 갱시제更始帝 유현劉玄을 받들고 한실의 회복을 주도했다. 곤양에서 왕망의 백만 대군을 불과 3천 명의 선봉을 거느리고 격파했다. 형 유연이 견제세력의 참소로 억울하게 죽은 뒤 대장군, 대사마가 되어서 군사지휘권을 손에 넣고 하북 지방을 공략했다.

신야新野에 등우鄧禹라는 사람이 있었다. 그는 어려서 장안에 유학을 하면서 유수와 친교를 맺은 일이 있었다. 유수가 하북을 평정하자 채찍을 지팡이로 삼아 유수를 찾아왔다. 유수는 늘 등우를 곁에 머물게 하면서 전략을 짜고 장수를 임명하거나 작전을 맡기는 일을 모두 그와 의논했다. 그 무렵 한단邯鄲에서 왕랑王郎이라는 점쟁이가 하북에 천자의 기운이 있다고 선동하여 몇몇 사람들의 추대를 받아 스스로 황제라 일컬었다. 그래서 여러 지역이 왕랑에게 복속했다. 유수는 세력이 불리하여 퇴각했다가 전열을 재정비하여 왕랑을 공략했다. 상곡 태수의 아들인 경엄耿弇이 상곡과 어양의 군사를 이끌고 앞장을 서서 왕랑을 공략하여 한단을 평정했다.

이 무렵 또 적미赤眉의 도적떼가 장안을 어지럽혔다. 유수는 등우를 장수로 삼아 장안을 구원하게 했다. 등우는 구순寇恂을 추천했다. 유수는 구순을 하내河內의 태수로 삼아 하내 지역을 다스리게 했다. 구순은 행정에도 수완을 발휘하여 영천潁川의 도적떼를 진압하고 그 지역을 안정시켰다. 그가 떠나려고 했을 때는 영천 사람들이 1년만 더 그를 머물러 있게 해달라고 유수에게 빌 정도였다.

이 무렵 강화彊華라는 유생이 적복부赤伏符라는 참서를 바쳤다. 그 내용은 다음과 같다. "유수가 군사를 일으켜 무도한 도둑을 잡는다. 사방의 오랑캐가 운집하여 용들이 들에서 싸운다. 4와 7의 때에 불[火] 의 기운을 가진 사람이 주인이 된다." 4와 7의 때란 유수를 가리키는데, 유수가 28세에 군사를 일으켰으며, 장수 28명을 얻었고, 고조로부터 광무가 군사를 일으킨 해가 228년 째 된다는 것이다. 불의 기운이란 유씨를 가리킨다. 한의 고조는 적제赤帝의 아들로서 불의 덕으로 천자가 되었다는 이야기가 있기 때문이다. 이에 여러 사람들의 추대를 받아 황제의 자리에 올랐다.
그 뒤 적미의 잔당을 토벌하고, 귀순하지 않은 지역을 평정하여서 후한을 세웠다.
가복賈復은 관군冠軍 사람으로서, 학문을 좋아하고『서경』을 열심히 익혔다.

4 저룡猪龍

양귀비와 당 현종의 이야기를 기록한「태진외전太眞外傳」에 다음과 같은 이야기가 전한다. "현종이 언젠가 밤에 잔치를 벌여 안록산과 함께 술을 마신 적이 있었다. 안록산이 취해서 눕자 별안간에 용의 머리가 달린 돼지로 변했다. 사람들이 급히 현종에게 알렸더니 현종이 이렇게 말했다. '그건 돼지용[猪龍]이라고 하는 것인데 아무것도 할 줄 모르는 것이니 그냥 둬도 된다.' 그래서 결국 죽이지 않았다." 나중에 안록산 때문에 크게 낭패를 본 것은 물론이다.

5 청담淸談

위진남북조시대에 지식인 명사名士들이 나눈 철학적 담론을 청담이라고 한다. 후한이 망하고 위가 건국된 때(220년)부터 수가 건국된 때(589년)까지, 약 400년 간 위진남북조시대이다. 이때에 북쪽에서는 5호16국五胡十六國시대라고 불리는 열여섯 나라가 교체되었고, 남쪽에서도 진이 강남으로 옮겨 간 뒤로 다섯 왕조가 교체되었으니, 얼마나 혼란한 시기였는지 짐작할 수 있을 것이다.

이런 소용돌이 속에서 지식인들은 삶과 현실에 회의를 느껴 개인의 안심입명安心立命을 추구하기도 했고, 삶에 허무를 느껴 현실에서 도피하려고도 했으며, 심지어 개인의 정감을 최대한 표현하려는 경향도 나타났다. 위진시대를 주도한 이런 인물상을 명사名士라고 하는데, 이들은 그 이전 시대의 문벌귀족과 송 대의 사대부와 구별되는 독특한 인물상을 구현했다. 이들은 주로 노장사상을 통해 현실의 배후에 있는 어떤 근원적인 것을 추구했다. 그래서 이 시기의 학문을 현학玄學이라고도 한다. '현玄'이라는 뜻은 '신비하다', '알기 어렵다', '모호하다'라는 뉘앙스를 지니고 있는 말이다.

명사의 기풍과 요건은 청담을 논해야 하는 것이었다. 청담이란 주로 '삼현학三玄學'이라고 하는 『노자』, 『장자』, 『주역』을 중심으로, 현실세계의 배후에 있는 본체를 논하는 담론방법을 말한다. 청담의 방식은 논리적 추구나 토론이 아니라, '담언미중談言微中'이라는 완곡한 방법으로 암시하거나 풍자하듯이 말하는 것이었다.

이 당시 담언미중의 예를 들어 보면 다음과 같은 이야기가 있다. 완연阮衍이 완수阮修에게 질문을 했다. "성인聖人(공자)은 명교名敎(제도)를 말하고 노자와 장자는 자연을 말했는데, 자연과 명교에 무슨 구별이 있는가?" 만약 이때 완수가 논리적으로 근거를 들어서 논증했다면, 그것은 담언미중이 아니다. 완수는 이렇게 대답했다. "같지 않을까요[將無同]?" 이 재치있는 한 마디 말에 완연이 크게 기뻐하며, 그를 하급관리로 삼았다. "같지 않을까요?"라는 말은 자연과 명교가 반드시 같다는 것도 아니고, 또 반드시 같지 않다는 것도 아니다. 그러므로 자연과 명교는 반드시 충돌하는 것은 아니라는 말이다. 이런 암시적이고 완곡한 방법으로 은밀하게 뜻을 드러내는 것이 당시 명사들이 청담을 논하는 방식이었다.

청담의 전신은 후한 말기의 청의清議이다. 청의는 독서인讀書人(관리가 되기 위해 공부하는 지식인)들이 정치를 논한 것으로서, 말하자면 정치적 여론과 같은 것이다. 그러나 환제桓帝 때 환관의 횡포를 비판하던 양심적 지식인들이 대거 숙청되는 '당고의 화[黨錮之禍]'가 일어나, 지식인들이 더 이상 당시의 정치를 비판하지 못하자 삼현을 내용으로 하는 청담을 논하게 되었다. 위진시대의 명사들은 여전히 유가의 예교禮敎를 엄격히 준수하면서, 이것을 수신修身의 기초로 삼았다. 그러나 이들이 지킨 예의는 형식이었을 뿐, 이미 예의의 정신은 남아 있지 않았다.

6 현종玄宗 때 도사와 술객들이 갑자기 돌아오고, 방관이 참소를 당함

당 현종이 개원 연간에는 정치를 개혁하여서 중흥을 이루고 태평성대를 이루었다. 그러나 점차 양귀비와 환락에 빠지고 도교를 신봉하면서 정사를 돌보지 않아 안록산과 사사명의 난을 초래했다. 방관은 당 현종 때의 명신으로서, 당시 왕자를 보좌할 재능을 가진 사람으로 여겨졌다. 충직한 말로 군주에게 자주 간해 군주의 뜻을 거슬렀기 때문에 충간이 먹혀들지는 않았지만 위명은 온 세상에 떨쳤다. 황제가 방관과 한두 가지 국가의 중요한 업무를 의논했는데 제오기第五琦와 같은 사람들이 방관을 헐뜯었다. 방관은 그릇이 원대했고, 노자와 불교에 대해 이야기하기를 즐겼으며, 손님과 고담준론을 나누기를 좋아했다. 당시는 세상이 어수선하여 모략으로 실적을 세우려고 서두르는 사람들이 많았다. 방관은 재상이 되어서 평안하게 다스려 보려고 했으나 황제가 그의 그릇을 알아주지 못하여 마침내 참소를 당하여 실패했다.

7 세 궁궐三宮

『고려사』「세가世家」 현종顯宗 2년(1011년) 기록에 따르면, 글안이 개경으로 쳐들어와 태묘와 궁궐과 민가를 불태웠다. 아마 이때 글안에 의해 고려 황성의 세 궁궐이 불에 탔던 것 같다.『고려사』현종 조의 기록에는 수창궁壽昌宮, 명복궁明福宮, 장락궁長樂宮의 이름이 보이는데, 이들 궁궐은 글안이 물러간 뒤 재건한 것도 있어서 정확하게 여기서 말하는 세 궁궐에 해당하는지는 알 수 없다. 고려에는 이 밖에 계림궁, 부여궁과 같은 별궁도 있었다고 한다.

8 수자리 사는 병졸踐更

한 대에 시행된 경부更賦의 하나이다. 변경에 수자리 사는 부역을 경更이라고 하고, 이것을 면제받기 위해 내는 세금을 경부라고 했다.『한서』「소제기昭帝紀」의 여순如淳의 주석에 따르면, 경부에는 졸경卒更, 천경踐更, 과경過更 세 가지가 있었다. 옛날에는 수자리를 사는 병졸이 정해져 있지 않고, 한 달에 한 번씩 교대했는데 이것을 졸경이라고 한다. 가난한 사람들이 다음 차례 수자리를 살 사람에게 고용되어져 돈을 받고 대신 수자리를 사는 것을 천경이라고 한다. 모든 사람들은 수자리를 사는 것이 원칙인데, 그 가운데 갈 수 없는 사람이 300전을 관청에 내면 관청에서 수자리 사는 사람을 모집하여 제공하는 것을 과경이라고 했다. 그런데 최근 연구에 따르면 차례가 되어 부역에 나가는 것을 천경이라 하고, 차례가 된 사람이 300전을 내고 부역을 면제받거나, 2,000전을 내고 수자리를 면제받는 것을 과경이라고 하며, 졸경은 여순이 잘못 생각한 것이라 한다.

9 희창이 곤경에 처해서 점을 쳐서 지혜를 얻음

희창은 주의 기틀을 세운 문왕의 이름이다. 아들 희발姬發이 상의 주왕을 몰아내고 주를 세운 뒤 추존하여서 문왕이 되었다. 주 왕실의 조상은 후직后稷인데, 이름은 기弃이고 성은 희씨이다. 어머니는 제곡帝嚳의 비인 강원姜原이다.

강원이 어느 날 들에 나갔다가 거인의 발자국을 발견하고 가슴이 두근거리며 밟아 보고 싶은 호기심이 들었다. 그래서 발자국을 밟았더니 몸이 부르르 떨리며 잉태한 것 같은 느낌이 들었다. 과연 달이 차서 아들을 낳았다. 그러나 아비 없는 자식이라고 재수가 없다고 길거리에 버렸더니 말과 소가 비켜서 지나갔다. 숲속에 갖다 버렸더니 나무꾼들이 보살펴주었다. 도랑의 얼음 위에 갖다 두었더니 새가 날개로 덮어주었다. 강원은 신기하게 여기고 거두어서 길렀다.

애초에 버렸다고 하여 버림받은 아이라는 뜻의 기라고 이름 지었다. 기는 어려서부터 뜻이 컸고, 씨 뿌리고 나무 심는 놀이를 즐겼다. 어른이 되어 농사를 잘 지었는데, 땅의 성질을 잘 관찰하여 성질에 맞게 곡식을 뿌려 가꾸었다. 모든 사람들이 기를 따라 배워서 농사를 지었다. 요 임금이 듣고 농사를 담당하는 관리로 삼았다. 그리고 어머니가 큰 발자국을 밟은 뒤 낳았다고 해서 발자국이라는 뜻의 희姬를 성으로 삼았다.

후직의 후예 가운데 공류公劉라는 사람이 있었다. 공류는 오랑캐 사이에서 살았지만 역시 후직의 뒤를 이어서 농사에 힘쓰고, 땅의 성질을 잘 관찰하여 성질에 맞게 나무를 심고 땅을 가꾸었다. 그래서 백성이 점점 부유해지고, 다른 지역에서도 모여들어 세력이 커졌다. 주 부족의 발전은 이때부터 시작되었다.

공류의 후예에 고공단보古公亶父가 있었다. 고공단보도 후직과 공류의 업적을 이어서 덕을 쌓고 정의를 실천했기 때문에 나라 사람들이 모두 떠받들었다. 훈육獯鬻이라는 오랑캐가 쳐들어와서 재물을 요구하자 그대로 주었다. 그래도 만족하지 않고 다시 쳐들어와서 땅과 백성을 요구했다. 백성이 모두 분노하여 싸우고자 했다.

고공단보에게 아들이 셋 있었는데, 맏이 태백泰伯, 둘째가 우중虞仲, 막내가 계력季歷이었다. 계력이 태임太任이라는 어진 아내를 얻어 아들 창昌을 낳았는데, 창에게 성인이 될 징조가 보였다. 율곡의 어머니 신씨의 호 사임당思任堂은 바로 태임과 같은 어진 아내와 어머니가 되겠다는 뜻을 담고 있다. 고공단보가 창에게 기대를 걸고 이렇게 말했다. "우리 집안을 일으킬 사람은 아마도 창인가 보다." 태백과 우중은 고공단보가 계력에게 집안을 물려주어 창에게 전해지기를 바라는 것을 알고 몰래 남쪽나라로 피했다. 그래서 공자가 문왕인 창과 그의 아들 무왕 때 주가 건국된 것은 태백이 자리를 양보한 덕분이라고『논어』에서 칭송했다.

서쪽 지역의 우두머리라는 뜻의 서백西伯 창은 어진 사람을 우대하고 노인을 공경하며 어린 사람을 보살폈다. 자기를 낮추고 능력이 있는 사람을 불러들였다. 밥을 먹을 겨를도 없이 선비들을 불러들이고 우대하여 태전太顚, 굉요閎夭, 산의생散宜生 같은 뛰어난 선비들이 많이 몰려들었다. 숭나라 군주 호崇侯虎가 서백을 헐뜯었다. "서백이 착한 일을 많이 하고 덕을 쌓아서 제후가 모두 그를 우러르고 있으니, 장차 임금님께 이롭지 못할 것입니다." 그래서 주왕이 서백을 유리羑里에 가두었다.

나중에 굉요 등이 비중費仲을 통해 주왕에게 유신씨有莘氏의 딸과 명마 등 갖가지 진귀한 물건을 바쳤다. 주왕이 기뻐하면서 서백을 풀어주도록 했다. 서백은 유리에 갇혀 있는 동안『주역』을 연구하여 8괘를 64괘로 연역했다고 한다. 당시 주왕은 포락炮烙이라고 하는 형벌을 고안하여 사람들을 괴롭혀서 원성이 자자했다. 서백은 자기의 땅 일부를 떼어주는 조건으로 포락의 형벌을 중지하라고 요청했다. 이렇게 해서 서백은 착한 일을 많이 하여 제후가 모두 그에게 복종했다.

이때 우虞와 예芮 사람 사이에 송사가 일어났는데, 판결을 할 수 없어서 서백에게 재판을 해달라고 주나라로 찾아왔다. 그러나 주나라 경계에 들어 왔을 때 그곳 사람들이 서로 밭을 양보하는 모습을 보고서는 서백을 만나지 않고 부끄러워하며 돌아갔다. 이 소문을 들은 제후들이 모두 "서백이야말로 천명을 받은 군주이다." 하고 말했다. 견융과 밀수, 기나라를 쳐서 세력을 확장했다. 그리고 우邘와 숭나라 군주 호를 정벌하고 풍읍豐邑을 건설하여 도읍을 옮겼다. 고공단보를 태왕太王으로, 계력을 왕계王季로 추존했다. 풍으로 도읍을 옮긴 이듬해 죽었다.

서백이 곤경에 처해 점을 쳐서 지혜를 얻었다는 것은 서백이 유리에 갇혀 있는 동안 역을 연구하여 세상이 변화하는 이치를 깨달았다는 말이다.

10 태공망같이 뛰어난 인재匪熊匪羆

한자 자전에는 말곰이라고 뜻풀이가 되어 있는데, 누렇고 흰 무늬가 있는 곰처럼 생긴 짐승이라고 한다. 힘이 아주 세서 나무도 뽑아버릴 정도라고 한다. 『사기』「제태공세가齊太公世家」에 문왕이 태공망 여상을 얻게 된 내력을 이렇게 기록하고 있다. "서백이 사냥을 나가려고 점을 쳤더니, 점괘가 이렇게 나왔다. '사냥을 나가서 잡는 것은 용도 아니고 이무기도 아니고 범도 아니고 말곰도 아니다. 잡는 것은 패왕의 보좌가 될 사람이다.'" 과연 문왕은 위수渭水에서 곧은 바늘로 낚시를 하던 여상을 만나 이야기를 해보고 그의 경륜에 탄복하여, 할아버지가 바라던 사람이라는 뜻에서 '태공망太公望'이라고 부르고 스승으로 모셨다. 그의 도움으로 아들 무왕 대에 이르러 상을 무너뜨리고 주를 세울 수 있었다.

11 남쪽 바닷가에는 구리기둥을 세우듯이

구리기둥을 세워서 경계를 분명히 표시한다는 말이다. 『후한서』「마원전馬援傳」의 '영남嶺南 지역이 모두 평정되었다.[嶠南悉平]'는 기록의 주에 인용된 『광주기廣州記』에 실린 다음과 같은 말에서 유래했다. "마원이 교지交阯에 이르러 구리기둥을 세우고 한의 최남단의 경계로 삼았다."

12 입술이 타고 혀가 마르도록焦脣乾舌

『공자가어孔子家語』「굴원屈原」에 나오는 말이다. 초순焦脣이란 입술이 바짝 마를 정도로 고생을 한다는 뜻이고, 건설乾舌이란 혀가 마를 정도로 수고한다는 말이다. 월나라 왕 구천이 오나라를 쳤다가 패하여 항복한 뒤 오나라 왕에게 머리를 조아리며 이렇게 말했다. "저는 제 힘을 헤아리지 못하고 함부로 오나라에 난리를 일으켰다가 회계會稽에서 곤욕을 당했습니다. 제가 이 일로 골수에 사무칠 만큼 마음 아프게 생각하며, 밤낮으로 입술이 타고 혀가 마를 정도로 수고를 아끼지 않는 것은, 그저 오나라 임금님과 나란히 죽기를 바라기 때문입니다. 이것이 저의 소원입니다."

13 창을 베고 누워 아침을 기다리고枕戈待朝

서진 때 사람. 조적趙逖과 유곤劉琨은 성격이 쾌활하고 의협심이 강한 지사였다. 두 사람은 국가를 위해 충절을 바치려고 결심하고 독서하고 무예를 연마하였다. 하루는 조적과 유곤이 함께 이야기를 나누다가 유곤은 언제 잠들었는지 모르게 잠이 들었다. 조적이 흥분으로 잠을 이루지 못하고 있는데 닭울음 소리가 들렸다. 조적은 유곤을 깨워서 닭울음 소리가 국가에 헌신하려 사람의 마음을 늘 분발시키니 검술을 연마하자고 하였다. 이로부터 두 사람은 매일 이른 새벽에 일어나 검술을 연마하였다. 조적의 결심에 감동을 받은 유곤은 집에 다음과 같이 편지를 썼다. "나는 늘 국가의 위난의 시기에 창을 빼고 아침을 기다렸다. 무예를 익히고 몸을 단련하여 나라에 보답하려는 뜻을 세우되 늘 조적에게 뒤질까 걱정이다. 그가 나를 앞지르게 하고 싶지 않다." 원래 아침이라는 글자로 단旦을 썼는데 태조의 이름을 피하여 조朝로 썼다.

14 밤이나 낮이나 마을을 졸이며日夜腐心

『사기』「자객열전」 형가荊軻의 전기에 "이 신하는 밤낮으로 이를 갈며 속을 썩히고 있다."라고 한 데서 유래된 성어이다. 마음을 괴롭혀가며 번민한다는 뜻으로, 분노를 끓이고 있다는 뜻으로 쓰이는 말이다.

15 당당한 왕조七廟

천자의 사당에는 중앙에 태조太祖를 모시고 좌우로 삼소三昭와 삼목三穆을 모셔서 7묘를 둔다.

16 여구黎丘의 도깨비

여구는 하남성 우성현虞城縣 북쪽에 있는 땅 이름이다. 『여씨춘추』「의사疑似」에 이런 이야기가 있다. 여구에 도깨비가 있었는데, 어떤 사람의 아들이나 조카나 형제의 모습으로 변신하여 사람을 골려주기를 좋아했다. 이 마을에 하 노인이 있었다. 이 노인이 시내에 나갔다가 취해서 돌아오는데, 이 도깨비가 그 노인의 아들로 변신하여 길에서 그를 괴롭혔다. 노인이 집으로 돌아와 아들을 마구 꾸짖었다. 아들은 그런 일이 없다고 했다.

그제야 노인은 도깨비가 아들로 변신하여 자기를 괴롭혔다는 사실을 알고서 다음에 만나면 찔러 죽여야겠다고 별렀다. 다른 날 또 시내에 나갔다가 취해서 돌아오는 길이었다. 아들은 아버지가 이번에도 도깨비를 만나 곤욕을 치를 것이 걱정되어 마중을 나갔다. 노인은 자기 아들이 다가오는 것을 보고 또 도깨비인 줄 알고 칼을 뽑아 찔러 죽였다. 이 이야기는 참과 거짓을 분간할 줄 모르고서 진짜를 버리고 훼손하는 사람을 가리킨다.

17 용을 좋아한 섭공[葉公好龍]

『신서新序』「잡사雜事」에 나오는 이야기이다. 자장子張은 노나라 애공哀公이 선비를 좋아한다는 말을 듣고, 애공을 만나러 노나라로 갔다. 그런데 이레가 되어도 애공을 만날 수 없었다. 자장은 심부름꾼을 통해 이렇게 말을 전하게 했다. "저는 임금님께서 선비를 좋아하신다는 말을 듣고 천리를 멀다 않고 서리와 이슬을 맞아가며, 먼지를 뒤집어 써가면서 도중에 수많은 여관을 만나도 잠시도 들러서 쉬지 않고 찾아왔던 것입니다. 그런데 이레가 지나도록 임금님께서는 예를 갖추어 불러보시지 않으니, 임금님께서 선비를 좋아하신다는 것은 마치 섭공이 용을 좋아한 것과 같군요. 섭공자고葉公子高는 용을 좋아했답니다. 그래서 온갖 기물에 용을 그려 넣고, 심지어 집이나 방에도 온통 용을 조각해 놓았다고 합니다. 하늘에 있는 용이 이 말을 듣고 섭공을 만나보려고 내려왔습니다. 머리를 창으로 들이밀고 꼬리를 집안으로 뻗었더니 섭공이 이것을 보고 혼비백산하여 달아났습니다. 섭공은 용을 좋아한 것이 아니었습니다. 그가 좋아한 것은 용과 비슷한 것이지 진짜 용이 아니었습니다. 저는 임금님께서 선비를 좋아하신다는 말을 듣고 천리를 멀다 않고 찾아왔지만, 이레가 지나도록 임금님께서는 저를 부르시지도 않았습니다. 임금님께서는 선비를 좋아하신 것이 아닙니다. 임금님께서 좋아하신 것은 선비와 비슷한 것이지 진짜 선비는 아닙니다." 이 이야기는 이름이나 명분만 좋아하고, 실상은 좋아하지 않는 겉치레와 허세를 꼬집은 것이다.

18 다섯 가지 덕[五德]

『손자孫子』「시계始計」에 나오는 말로서, 장수가 갖춰야 할 지혜[智], 신뢰[信], 어짊[仁], 용기[勇], 엄격함[嚴] 등 다섯 가지 덕목을 가리킨다.

19 육도六韜

병서兵書의 이름이다. 주 때 태공망 여상이 쓴 책이다. 문文, 무武, 용龍, 호虎, 표豹, 견도犬韜의 여섯 가지 부분으로 나뉘어 있다. 황석공黃石公이 썼다는『삼략三略』과 함께 대표적인 병서이다. 그런데 문장이 하·상·주의 것과 유사한 점이 없어서 후세의 위작일 가능성이 많다.

20 의장대의 말[仗馬]

자기 몸에 화가 닥치는 것을 두려워하여서 진실을 말하지 않는 것을 일컫는 말이다. 원래 의장대의 말은 소리를 내면 곧 교체되는 데서 생긴 말이다.『당서』「이림보전」에 다음과 같은 이야기가 전한다. 이림보가 재상으로 있을 때, 온 세상의 이목을 가리고 속였다. 그러면서 궁정에 있는 여러 관리들에게 이렇게 위협했다. "지금 현명한 군주가 계시니 여러 신하들은 군주의 명령을 따르는 데도 겨를이 없을 터인데, 무엇을 왈가왈부한단 말입니까? 그대들은 의장대에 서 있는 말을 보지 못했소? 하루 종일 소리도 내지 않고 질 좋은 꼴과 곡물로 만든 먹이를 먹되 한 번이라도 울면 내쫓기지요."

제12장

지도자의 리더십

광해군 책문

지금 가장 시급한 나랏일은 무엇인가?

임숙영 대책

전하께서는 한때의 안정에 만족하지 마시고,
한때의 안일에 마음을 두지 마십시오.
나라가 편안하더라도 근심스러운 듯이 대하고,
형통하더라도 운수가 막힌 듯이 대하십시오.
또한 나라의 살림살이가 풍성하더라도
곤궁한 듯이 대하시고, 성대하더라도 쇠퇴한 듯이
대하십시오. 그리하여 근심할 만한 것은
근심하고, 힘쓸 만한 것은 힘쓰십시오.

시대적 배경

이 책문은 광해군 3년에 실시한 별시문과에서 임숙영이 제출한 것이다. 임숙영任叔英은 1576년(선조 9)에 태어나서 1623년(인조 1)에 죽었다. 자는 무숙茂淑, 호는 소암疎菴 또는 동해산인東海散人, 본관은 풍천豐川이다. 그의 나이 16세인 1592년에 임진왜란이 일어났으니, 한창 감성이 예민할 때 전 국토가 유린당하는 전란을 겪은 것이다. 게다가 부모마저 전란에 희생되었다. 26세에 진사시에 합격하고, 30세에 시가와 문장의 재능으로 인재를 뽑는 성균관의 제술시험에 합격했다. 36세 신해년(1611) 3월 17일 별시의 전시에서 왕가와 혼인관계가 있는 척신을 비판하는 과격한 내용을 진술하여 과거 합격이 취소되는 삭과 파동이 일어났다. 영창대군을 처치하는 정무 회의에 불참하여 파직되었다가 인조반정 뒤 복직되어서 여러 관직을 거쳤다.

책제는 나라가 안정되고 어지러워지는 원인을 묻고는, 시국 현안을 네 가지로 거론하며 해결책을 구하고 있다. 첫째로 인재를 구하고 국론을 조화시킬 방안, 둘째로 공납을 개선하여 백성의 부담을 덜어줄 방안, 셋째로 토지를 정비할 방안, 넷째로 호적과 지도 정리에 관한 방안이다. 이에 덧붙여 당장 시급히 해결해야 할 문제를 지적해보라고 요구한다. 이 책제에는 전란으로 피폐해진 민생을 다시 일으키고 국론을 통일시켜 국가를 재건하려는 광해군의 절실한 문제의식이 들어 있다.

책문

지금 가장 시급한 나랏일은 무엇인가

1611년, 광해군 3년 별시문과

임금님께서 다음과 같이 말씀하셨다.

나라를 다스리는 요령은 당시의 시급한 일을 잘 파악하는 데 있을 뿐이다. 만약 상황에 맞는 조치를 적절하게 취하지 못하면, 비록 날 새기 전에 일어나 옷을 차려 입고 밤늦게 저녁을 먹으며 부지런히 힘쓴다 해도 끝내 위태로움과 패망을 면하지 못하게 될 것이다. 옛날 요순시대와 하·은·주 삼대에서 제대로 행한 일은 어떤 것이었는가? 또 상황에 맞는 조치를 취하면서 오랫동안 나라를 안정시켰던 방법은 무엇인가? 한·당 이래 마땅히 해야 했던 일은 무엇이었는가? 결국 상황에 맞는 조치를 취하지 못하고 줄줄이 난리가 일어나 망했던 까닭은 무엇인가?

어리석고 사리판단도 할 줄 모르는 내가 나라의 대업을 이어받기는 했지만, 나는 지혜도 모자라고 현명하지도 않다. 깊은 못과 살얼음을 건너야 하는데 건너갈 방법을 모르듯이 지금 당장 해야 할 일이 무엇인지 모르겠다. 무엇보다도 지금 당장 시급하게 인재를 불러들여 나랏일을 해결해야 하는데, 선비들은 의견이 달라 서로의 차이를 조정할 길이 없고, 서로 마음을 다하여 공정하고 화합을 이루려는 미덕도 찾아볼 수 없다.

쌓인 폐단을 깨끗하게 없애고, 전란을 겪고 간신히 살아남은 백성을 소생시키는 것이 지금 당장 시급한 일이다. 하지만 토산물 대신 쌀을 바치도록 공납을 개선해서 백성의 부담을 덜어주려고 해도 토지의 주된 생산물로 세제를 정한다는 본래의 뜻에 어긋난다며 의혹을 품는 사람이 있다. 또한 토지의 경계는 당연히 정확하게 나누어야 하지만, 남양南陽의 간척지는 실상과 다른 점이 많다. 호적과 지도도 정리해야 마땅하지만 호패법 때문에 소요가 생기지 않을까 우려하는 사람이 있다. 어떻게 해야 요령 있게 공적을 이룰지 모르겠다. 이 네 가지 외에 지금 당장 시급하게 힘써야 할 일로 또 무엇이 있겠는가?

그대들은 모두 뛰어난 인재들이다. 필시 일찍부터 마음속에 북받쳐 오르는 뜻을 품고 있었을 테니 저마다 자기 생각을 모두 다 표현해보라. 내가 직접 살펴보겠다.

대책

나라의 병은 왕, 바로 당신에게 있습니다

임숙영

신은 다음과 같이 대답합니다.

신은 참으로 꽉 막혀 식견이 없습니다. 그런데도 신이 바닷가 한 구석에서 올라온 까닭은 나라를 걱정하는 마음으로 충성과 분개가 쌓였기 때문입니다. 또한 임금님을 바르게 보필하고자 하는 욕심이 있기 때문입니다. 다만 지금까지 그런 지위에 있지 않아서 책임을 다하지 못했을 따름입니다. 꾀가 시대의 문제를 해결하기에 충분해도 인재를 널리 초빙한다는 시대가 도리어 저를 막고 있습니다. 또한 계책이 시대의 잘못을 보완하기에 충분해도 좋은 의견을 널리 받아들인다는 조정이 도리어 저를 소외시켰습니다. 그래서 곧바로 신문고[登聞鼓]를 울려서 제 심정을 아뢰고 싶었습니다. 정치의 잘못을 드러내놓고 지적하며, 진실을 구중궁궐에 알려서 사방의 소리를 들으시게 하고 싶었습니다. 신이 비록 그 때문에 분수를 모르는 망령된 자라는 죄를 얻는다 해도 회한이 없을 것입니다.

하물며 주상전하께서 지극한 사랑으로 나라를 다스릴 계획을 갖고서 정책을 묻기 위해 특별히 말씀을 내려서 수많은 선비들을 이끌고 부추기셨으니 더 이상 말할 것도 없습니다. 신이 비록 잘못된 천거로 조정에 나와 전하의 물음에 답하게 되었지만 어찌 정성을 다해 아뢰지 않겠습니까? 전하께서는 책문에서 스스로의 실책과 국가의 허물에 대해서는 거론하지 않았습니다. 하지만 비록 임금님께서 말씀하지 않은 사안이라 해도 그것이 참으로 이 시대의 절박한 문제에 관련된 것이라면 무엇을 조심해야 하는지 모르는 어리석은 저이기에 곧바로 남김없이 지적하여 아뢰겠습니다.

부디 전하께서 조금이나마 관용을 베푸셔서 훌륭한 임금이 다스리는 세상에서 정직한 말 때문에 화를 입는 사람이 없게 하신다면 참으로 나라의 복이 될 것입니다. 삼가 죽음을 무릅쓰고 대답하겠습니다.

후세에서 망한 까닭을 거울로 삼아

첫째, 책문에는 국가운영을 위한 큰 구상과 옛날의 이상 시대를 염원하는 성대한 계획이 담겨 있습니다. 또한 이를 통해 정치를 해나갈 방도를 논하여 풍속을 교화하고, 이 시대의 시급한 일을 가려서 나라를 경영하고자 하시니, 여기서 전하의 지극한 마음을 볼 수 있습니다. 다만 대대로 시행했던 조치가 똑같지 않기 때문에 오로지 전하께서 어떻게 받아들이는가 하는 것이 가장 중요하다고 신은 생각합니다.

고대에 이상 시대였던 요순시대와 하·상·주 삼대가 오랫동안 잘 다스려지고 안정되었던 까닭은 그들이 도덕 교화에 힘썼기 때문입니다. 한과 당 그리고 그 뒤의 왕조들이 줄줄이 난리로 망한 까닭은 그들이 도덕 교화에 힘쓰지 않았기 때문입니다. 큰 강령은 바르게 정했으나, 세부 항목을 정하지 못한 경우가 있었습니다. 또 세부 항목은 정했으나, 큰 강령이 올바르지 못한 경우도 있었습니다. 그래도 그 가운데서 가장 뛰어난 시대는 송이었습니다. 하지만 송은 어질고 후덕한 나라였으나, 군사적 책략은 튼튼하지 못했습니다. 전하께서는 삼대가 흥한 까닭을 살펴서 그때의 조치를 모범으로 삼고, 후세에서 망한 까닭을 거울로 삼아 그때의 조치를 따르지 않으셔야 합니다. 그렇게 한다면 마땅히 취할 방도를 얻을 수 있을 것입니다.

둘째, 책문에는 인재를 구해 폐단을 없앤다는 말과 세금제도를 바르게 정하고 부역을 고르게 한다는 뜻이 담겨 있으니 전하께서 온 마음과 힘을 기울여서 나라를 다스리고자 하심을 알 수 있습니다. 인재를 가려 쓰는 까닭은 나랏일을 성취하기 위해서입니다. 참으로 나랏일을 성취하려면 반드시 서로 마음을 다하여 공경하고 화합하는 것을 근본으로 삼아야 합니다. 공납을 개선하는 까닭은 백성을 편하게 하려는 것이니 토지의 주된 생산물로 세제를 정한다는 원칙에 얽매여서는 안 됩니다. 전답을 측량해도 늘 실상과 다른 것이 문제이니 지역의 유력자들에게 위세를 보이셔야 합니다. 호적은 본래 옛 제도에서 유래한 것이니 오늘날 시행하지 않을 수 없습니다. 이 모든 것이 오늘날의 시급한 과제이지만 서로 마음을 다하여 공경하고 화합하는 것보다 중요한 것은 없습니다.

서로 마음을 합해야

요즘 사대부들이 이리 저리 찢어지고 나뉘어서 각기 붕당을 세우되, 현명하고 어리석음을 묻거나 옳고 그름을 따지지 않습니다. 그들은 오직 뜻이 맞는 사람은 붙여주고 뜻이 다른 사람은 배척합니다. 옛날에는 붕당이 하나여서 조정에 나온 사람들이 책임 있게 일을 했습니다. 그러나 오늘날에는 붕당이 나뉘어서 관리들이 책임을 지지 않습니다. 옛날에 임금을 섬기던 사람들은 마음을 합해 일을 성취했는데 오늘날 임금을 섬기는 사람들은 마음이 달라서 일을 해칩니다. 조정에 있는 법령은 하나인데 옳다 그르다 하는 파벌이 넷이나 됩니다. 또한 국가에서 시행하는 조치는 하나인데 시비를 따지는 붕당이 넷이나 됩니다. 그러니 어찌 국론이 분열되고 혼란스럽지 않겠습니까? 그러므로 당면한 네 가지 시급한 문제 가운데 서로 마음을 합해 공경하고 화합하는 것이 가장 시급한 일입니다.

공납제도를 개선하는 것이나 그 나머지 과제는 상황에 따라 가장 합당한 방법을 찾아서 신축성 있게 처리하면 되는 것입니다. 개선한 제도가 편리할지 불편할지, 성공할지 실패할지 하는 문제도 서로 마음을 합해 공경하고 화합을 이룰 수 있는가 아닌가에 달려 있으니 전하를 위하여 따로 드릴 말씀이 무엇이 있겠습니까? 그러나 혹 그 사이에 성하거나 쇠하는 운수와 영광과 치욕의 단서가 되는 조짐이 있을 것이니 속마음을 툭 털어놓고 솔직하게 전하를 위해 말씀드리겠습니다.

중요하고 급한 일부터 먼저 해야

신은 이런 말을 들었습니다. "임금은 한 몸이지만 귀하기로는 한 나라의 으뜸이고 부유하기로는 모든 백성을 소유한다." 이처럼 백성을 먹여 살리는 책임이 한 몸에 있기에 하루라도 근심이 없을 수 없겠지만 그렇다고 매사에 근심만 하는 것도 옳지 않습니다. 마땅히 근심해야 할 것을 잘 알아서 그것을 먼저 처리하는 것이 중요합니다. 그러므로 작은 일보다 큰 일을 먼저 처리하고, 가벼운 일보다 중요한 일을 먼저 처리하며, 천천히 해도 될 일보다 급한 일을 먼저 처리하고, 쉬운 일보다 어려운 일을 먼저 처리해야 합니다.

그런데 지금 전하께서는 나라의 진짜 큰 우환과 조정의 병폐에 대해서는 문제를 내지 않으셨으니 신은 전하의 뜻을 알지 못하겠습니다. 어찌 자질구레한 일 때문에 중요한 일을 계획하지 않으며, 중요한 문제를 애오라지 덮어두기만 하고 의논하지 않는단 말입니까? 갖가지 정치적 업무가 너무나 복잡해서 임금님의 생각이 미치지 못한 것입니까? 그렇지 않다면 왜 마땅히 물어야 할 것을 묻지 않으십니까?

전하께서 마땅히 먼저 근심해야 할 것이란 중궁의 기강과 법도가 엄하지 않은 것, 언로가 열리지 않은 것, 공평하고 바른 도리가 행해지지 않는 것, 국력이 쇠퇴한 것이라고 신은 생각합니다. 이 네 가지는 위기와 멸망의 운수, 재앙과 난리의 조짐과 관련된 것이어서 나라에 위기 상황이 오면 바로 이런 네 가지 현상이 뚜렷하게 나타납니다. 그러므로 전하께서는 책문에 당연히 이 문제들을 먼저 언급했어야 한다고 신은 생각합니다.

물려받은 것을 지키지 못한 왕

신은『춘추』에서 이런 글을 읽었습니다. “노나라 제후의 종묘인 세실世室의 집이 무너졌다.” 이 기록은 조상의 사당을 제대로 정비하지 못한 것을 비난한 말입니다. 조상의 사당을 정비하지 않은 일에 대해서도 군자가 이렇게 비난했는데 하물며 조상이 물려준 자리를 잘 지키지 못하고, 조상이 물려준 나라를 잘 다스리지 못하여서 조상의 뜻과 사업을 이어가야 할[繼志述事] 도리를 실추시켰다면 어떻겠습니까? 지금 전하께서 앉아 계신 자리는 바로 조상이 물려준 자리이고, 전하께서 이어받은 나라는 바로 조상이 물려준 나라입니다. 조상이 부지런히 애써서 얻은 것이니 전하께서는 애초에 함부로 그 자리에 임해서는 안 되는 것입니다.

지난날 태조대왕과 태종대왕께서 나라를 이루고, 세조대왕과 성종대왕께서 나라를 잘 지켰습니다. 대대로 현명한 임금들의 태평한 세월이[重熙累洽] 지금까지 200여 년이 이어졌습니다. 선대의 임금들께서는 측근을 엄하게 단속했고, 명령에 무조건 복종하는 것을 배척했으며, 사사로이 부리는 사람을 억눌렀고, 책임을 게을리 하고 안일에 빠질까[荒寧] 근심함으로써 후대의 임금들에게 본보기를 보이셨습니다.

전하께서는 태평성대를 이루기 위해 조상의 뜻을 받들고, 옛 제도를 제대로 잇기 위해 조상의 공적을 더욱 발전시켜야 합니다. 안팎의 법을 엄격하게 시행해서, 중상모략과 아첨을 멀리 해야 합니다. 임금의 잘못된 판단을 바로잡아 바르게 인도하려는 간쟁을 존중함으로써 비판 없이 세속에 따르는 것을 경계해야 합니다. 관리로 나아가는 벼슬길을 깨끗이 해서 자격이 없거나 실력이 안 되는 사람을 함부로 임용하는 비리를 끊어 없애야 합니다. 환락과 안일을 즐기는 습관을 경계하여, 오만과 게으름을 바로잡아야 합니다.

그런데 어찌하여 구차하게 낡은 폐습을 그대로 따르기만 할 뿐 앞으로 뻗어나가려고 하지 않으십니까? 임금님께서는 사방 멀리까지 지혜를 밝힐 수 있는데도 왕비와 후궁들이 권력을 좇아 농단하는 것은 살피지 못하십니다. 정의가 만물을 감동시킬 수 있는데도 대각臺閣의 재상들이 소신껏 일할 수 있게 하지는 못하십니다. 또한 덕이 충분해 궁극의 이상 정치로 제왕의 교화를 이룰 수 있는데도 보통사람들이 금령을 어기는 것은 단속하지 못하십니다. 옛 시대의 융성한 도를 회복할 수 있는데도, 한때의 미봉책에 그치고 마는 것을 바로잡지 못하고 계십니다. 이 때문에 신은 전하를 위해 눈물을 흘리고 통곡하며, 한마디 말로 그치지 못하고 중언부언하는 것입니다.

도리를 저버린 왕

신은 또 『춘추』에서 이런 글을 보았습니다. "왕이 장례를 돕기 위해 영숙榮叔을 시켜서 말과 수레를 보내주었다." 『춘추』에서 '천자인 왕[天王]'이라고 하지 않고 그냥 '왕'이라고만 부른 까닭은, 그가 하늘이 부여한 임무를 수행하지 못했기 때문입니다. 임금이 처한 자리는 하늘이 준 자리이고, 다스리는 일은 하늘이 맡긴 직분이며, 받들 것은 하늘의 명령이고, 부지런히 노력할 것은 하늘이 맡긴 일입니다.

임금이 마음을 써서 일을 행할 때는 반드시 하늘을 본받아야 합니다. 하늘이 특별히 누구를 좋아하고 미워하는 일이 없듯이 임금도 사사로이 좋아하고 미워하는 일이 없어야 합니다. 하늘이 사사로이 기뻐하고 노여워하는 일이 없듯이 임금도 사사로이 기뻐하고 노여워하는 일이 없어야 합니다. 이렇게 하지 않고서도 공적을 이룬 사람은 아직 없었습니다. 임금이 하루라도 자기 역할을 생각하지 않으면 덕을 잃어버리게 되고, 나랏일이 나날이 잘못되어서 결국에는 망하게 됩니다.

지금 전하께서는 하늘을 본받아야 할 책임이 있고, 또 하늘을 본받은 덕을 지니고 계십니다. 그러나 왕비와 후궁들이 권력에 개입하는 것을 용납하고 묵인하고 계시니 위엄으로 사랑을 극복해야 한다는 도리가 사라지고 말았습니다. 또한 잘못을 바로잡는 간쟁을 막고 계시니 간언을 받아들여서 성인이 된다는 도리가 사라지고 말았습니다. 뇌물을 바쳐서 승진하는 길을 열어 놓고 계시니 유능한 사람에게만 관직을 임명해야 한다는 도리가 사라지고 말았습니다. 편안히 쉬며 허송세월 하고 계시니 쉬지 않고 스스로 부지런히 힘써야 한다는 도리가 사라지고 말았습니다. 이런 도리들은 모두 하늘이 전하께 부여한 것입니다. 그런데 바로 이런 도리들이 사라졌기 때문에 진심으로 바른말을 하는 선비들이 애통한 마음으로 팔을 걷어붙이고 전하를 원망하지 않을 수 없게 된 것입니다.

분수에 넘치는 은혜, 요행을 바라는 청탁

신은 또한 『춘추』에서 이런 글도 보았습니다. "기杞나라의 백희伯姬가 노나라에 와서 며느릿감을 구했다." 이 사건을 기필코 기록으로 남긴 까닭은 여자가 나랏일에 간여하는 것을 미워했기 때문입니다. 여자의 말이 행해지면 집안이 망한다고 하는데, 전하의 시대에 와서 그 폐단이 더 심해졌습니다. 궁궐 안에서 총애를 믿고 권세를 농단하는 통로가 열리기 시작하면 밖에서는 권력에 기대고 의탁하는 풍조가 일어납니다. 은혜를 받을 경우가 아닌데 받으면 '분수에 넘치는 은혜[濫恩]'라 하고, 청탁할 만한 일이 아닌데 청탁하면 '요행을 바라는 청탁[倖請]' 이라고 합니다.
분수에 넘치는 은혜와 요행을 바라는 청탁은 어린아이나 종들도 부끄러운 일인 줄 압니다. 그런데도 행실이 바르지 않은[無行] 천박한 사람들이나 잇속만 챙기는 소인배들이 놓칠세라 뒤질세라 자리를 얻으려고 달려들고 있습니다. 어쩌면 이들에게 조정의 관직을 도둑맞는 것 때문에 국가의 법령과 제도가 무너질 수도 있습니다. 결국 이것은 중궁의 기강과 법도가 엄하지 않기 때문입니다.

직언이 금기가 된 이 시대

신은 『춘추』에서 이런 글을 보았습니다. "공자公子 구彄가 졸卒했다." 이것을 특별히 기록한 까닭은 물고기를 구경하러 가려는 은공에게 공자 구가 충고를 한 일이 있었기 때문입니다. 그리고 그의 죽음을 기록하면서 달과 날짜까지 적은 것은, 그만큼 융숭하게 예로 대접한다는 뜻[1]을 보이기 위한 것입니다. 이것은 그가 충직하게 충고했던 일을 『춘추』에서 훌륭하게 여겼기 때문입니다.

이처럼 오직 어진 신하만이 바르게 간언을 할 수 있고, 현명한 임금만이 간언을 받아들일 수 있습니다. 이런 도리를 지켜야만 군주와 신하가 허심탄회하게 정치를 논의할[都俞吁咈][2] 수 있습니다. 더욱이 나라에서 언관을 둔 까닭은 충심으로 간언할 수 있는 길을 마련하기 위한 것입니다. 그런데 근래에 몇몇 언관이 간언한 일로 죄를 받았는데, 이는 결국 전하께서 언관을 둔 까닭이 그들의 말을 받아들이고자 해서가 아니라, 오히려 그들에게 죄를 짓게 하려고 한 것이 되고 말았습니다. 임금의 허물을 바로잡으려다 도리어 임금에게 죄를 받았으니, 이 때문에 위로 조정에서부터 아래로 초야에 이르기까지 모두가 말하는 것을 조심하게 되었습니다.

아버지는 자식이 바른말을 할까 경계하고, 형은 아우가 직언을 할까 경계합니다. 저마다 이 시대의 금기가 된 직간을 피하려고 합니다. 한쪽에서 문제가 생기면 반드시 다른 쪽에도 영향이 미칩니다. 지금은 잘 보이고 아부하는 것이 풍조가 되고, 부드럽게 꾸미는 것이 절개와 지조가 되고 말았습니다. 마침내 그런 것으로 총애를 굳히고 몸을 보전하는 계책을 삼게 되었으니 잘못을 바로잡아 올바른 길로 나아가기 위해 직간을 해야 한다는 도리는 거의 사라져 버렸습니다.

이는 모두 전하께서 열어놓은 것입니다. 임금의 잘못을 바로잡지 못한 신하에게 내리던 형벌인 묵형墨刑[3] 고대의 다섯 가지 대표적 형벌의 하나. 얼굴에 먹으로 죄명을 써서 새겨 넣는다 이 애석하게도 오늘날에는 행해지지 않습니다. 그래서 일의 옳고 그름을 명쾌하게 판단하지 않는 것이 일반 현상이 되어 버렸습니다. 이것은 모두 언로가 열리지 않았기 때문입니다.

반드시 재능과 능력에 따라 뽑아야

신은 『춘추』에서 세습 관직에 있는 사람을 정식 이름이 아니라 아무개의 아들이라는 식으로 '잉숙仍叔의 아들'이라 기록한 것을 보았습니다. 이렇게 기록한 까닭은 사사로운 정에 이끌려서 공정하게 선발하지 못했기 때문에 그것을 비판한 것입니다. 관직과 작위는 나라의 공적인 기구이며 제왕의 중요한 권한입니다. 그것은 현명하고 덕망 있는 이를 우대해서 임명하는 토대가 되고, 정치를 펴고 나라를 다스리는 기틀이 되는 것입니다.

비록 등급에 높고 낮거나 가볍고 무거운 차이가 있으나 저마다 맡은 직책에 따라 나라의 업무를 처리해야 합니다. 따라서 관직은 크건 작건 간에 반드시 재능으로 천거해야 하며, 벼슬은 높건 낮건 간에 반드시 능력으로 선발해야 합니다. 옛날에는 이렇게 하는 것을 '공公'이라고 했고 이와 반대로 하는 것을 '사私'라고 했습니다. 그러나 지금 세상에서는 공을 따르고 사를 버리는 사람을 찾아볼 수 없습니다. 선발의 책임을 맡은 관리는 재산이 많고 적음을 따져 임용하고, 벼슬하는 사람은 재산이 있고 없음을 가지고서 출세하려고 합니다.

이런 식으로 관리를 뽑고 벼슬을 얻기 때문에 듣기 좋은 말만 하고 좋은 표정만 짓는 사람이 자리에 오르고, 아첨하고 비굴한 태도를 취하는 사람이 관직에 나아갑니다. 게다가 왕비의 일가붙이와 후궁의 겨레붙이들까지 은총과 혜택을 바라면서 관직과 봉록을 얻으려 합니다. 그들은 밖에서는 외척을 빙자하여 위세를 떨치고, 안에서는 왕비나 후궁의 세력을 끼고 욕심을 채우려고 합니다. 또한 관리 선발의 후보에 들어 벼슬을 임명할 때 요행을 바람으로써 세상 사람들의 입에 오르내리기까지 합니다.

게다가 임명장이 아직 내려오기도 전에 미리 그 자리에 앉을 사람이 누가 될지 짐작을 하기도 합니다. "아무개는 중전의 친척이고, 아무개는 후궁의 겨레붙이이다. 지금 아무개 관직에 자리가 비어 있으니 반드시 아무개가 될 것이고, 아무개 고을에 수령 자리가 비어 있으니 반드시 아무개가 될 것이다."라고 합니다. 그런데 실제로 임명장이 내려오는 것을 보면 거의 그 말대로 되고 맙니다. 그렇지만 이조와 병조에서 인사담당을 맡은 부서도 그것을 제재하지 못하고, 대간臺諫에서도 옳고 그름을 따지지 못합니다. 이것은 모두 공평하고 바른 도리가 행해지지 않기 때문입니다.

기강, 언로, 도리, 국력을 다시 세워야

신은『춘추』에서 우虞나라가 망한 것을 '멸망했다'고 하지 않고, '진晉나라 사람들이 우나라 군주를 붙잡았다'고 기록한 것을 보았습니다. 이렇게 기록한 까닭은 이미 우나라가 세력을 잃어버려서 군주가 아닌 보통 사람[獨夫]을 붙잡은 셈이기 때문입니다. 그러므로 나라가 존속되려면 반드시 흔들리지 않는 형세가 있어야 합니다. 나라에 대한 신뢰가 인심과 풍속에 튼튼히 뿌리내려서, 꺾어도 꺾이지 않고 흔들어도 흔들리지 않아야 합니다. 그래야만 안에서 재난이 일어나도 극복할 수 있고, 밖에서 적이 침략해도 막아내어 이길 수 있는 것입니다.

그러나 지금은 그렇지 못한 듯합니다. 백성은 나라에 의지하려고 하지만, 백성의 실정이 위로 통하지 않습니다. 나라는 백성을 보호한다지만 정치 혜택이 아래에까지 미치지 못합니다. 더구나 관직을 맡은 사람들은 작은 성과에 만족하여 먼 장래에 대한 생각을 잊어버리고 있습니다. 또 일을 맡은 사람들은 한 때의 이익에 연연하여 장기 계획을 소홀히 합니다. 위에서 직무를 게을리하면 아래에서는 생업을 잃고, 위에서 혜택을 베풀지 못하면 아래에서는 분노가 쌓입니다. 이 때문에 전하의 나라는 난리가 일어나기도 전에 이미 위태로운 상황입니다. 마치 나무가 안에서 썩고 집이 안에서 무너지듯이 비록 겉으로 보기에는 아무것도 변하지 않았지만 금방이라도 기울고 무너질 것 같습니다.

따라서 지금이 바로 군주와 신하, 윗사람과 아랫사람이 서로 경계하고 부지런히 노력하여 하늘의 명령을 이어가야 할 때입니다. 그러나 이런 일에는 힘쓰지 않고 마치 태평성대라도 만난 듯이 겉만 그럴듯하게 꾸미는 일만 하고 있습니다. 그러니 단지 나라 안에서 병장기를 가지고 싸우는 소리가 들리지 않는다고 해서 사회가 안정되었다고 할 수 있겠습니까? 불행하게도 기근이 일어난 데다 도적까지 겹쳤으니 땅이 무너지고 기왓장이 깨지는 것[土崩瓦解] 같은 변란이 아침저녁에라도 들이닥칠까 신은 두렵습니다. 이것은 모두 국력이 튼튼하지 못하기 때문입니다.

지금은 온갖 법도가 바로잡히지 않고, 갖가지 정무에 결함이 많습니다. 오랫동안 경연을 비우는 바람에 임금을 바른 길로 인도할 방책도 잃어버렸고, 백성을 보살피지 못하여 대대로 나라를 보전할 도리도 사라지고 말았습니다. 부역이 그치지 않아 백성이 고통에 빠지는 데도 일정한 규정 없이 마구 세금을 징수함으로써, 갓난아이처럼 보호받아야 할 백성이 극도의 곤궁에 처해 있습니다.

기강은 날마다 문란해지고, 풍속은 날마다 붕괴되며, 인륜은 날마다 무너지고, 선비의 기풍은 날마다 저속해져서 재앙과 이변이 자주 나타나고 변괴도 연거푸 나타나고 있습니다. 게다가 남쪽과 북쪽의 국경마저 위태로워져서 변방을 굳게 지켜야 할 형편입니다. 섬나라 오랑캐는 독기를 뿜어대며 틈을 엿보고 있고, 북쪽 오랑캐는 흉악한 욕심을 드러내며 틈을 노리고 있으니 오늘날의 근심스러운 형편이 이와 같습니다.

신이 간절한 마음으로 오로지 이 네 가지 문제를 걱정하고 있는 것은 임금님의 덕에 누가 되고, 세상의 도리가 땅에 떨어지며, 온갖 폐단이 일어나고, 모든 근심이 생겨나는 원인이 모두 이 네 가지에 달려 있기 때문입니다. 그래서 신은 지금 전하께서 이것보다 더 시급히 해결해야 할 것은 없다고 말씀드리는 것입니다.

중궁의 기강과 법도를 엄숙하고 맑게 하고자 하면 그 말을 살펴서 신중하게 판단해야 합니다. 언로를 넓히고자 하면 성실한 마음으로 남의 말을 받아들여야 합니다. 공평하고 바른 도리를 활짝 열고자 하면 그 근본을 바르게 세워서 이끌어야 합니다. 국력을 튼튼히 하고자 하면 맡은 임무를 힘써 이루어 나가야 합니다.

중궁에서 소인을 가려내는 방법

중궁의 기강과 법도를 엄숙하고 맑게 하고자 하면 그 말을 살펴서 신중하게 판단해야 한다는 것은 무엇을 말하는 것이겠습니까? 총애와 이득은 부당한 방법으로 추구해서는 안 됩니다. 그러나 오늘날 총애를 받으려는 사람들 가운데는 궁녀를 다리로 삼기도 합니다. 궁녀들은 정치에 관여할 수 없는 법인데 오늘날 관여하고 있는 까닭은 임금님이 그들의 말을 간혹 들어주기 때문입니다.

만약 임금님께서 궁녀들에게 부당한 길을 열어주지 않는다면 간사하게 권세에 아첨하는[媚竈] 사람이 있다 해도 벼슬에 오를 방법이 없을 것입니다. 염치나 예의를 돌아보지 않고 궁녀들과 결탁하여 부당한 방법으로 출세하려는 사람들은 물어보지 않아도 소인이라는 것을 알 수 있습니다. 임금의 근심거리는 언제나 누가 소인인지 제대로 알 수 없다는 것입니다. 하지만 누가 소인인지를 아는 방법은 사실 그렇게 어렵지 않습니다.

가령 어떤 사람이 궁녀에게 청탁을 하면 그 궁녀가 날마다 임금님 앞에서 그 사람에 관해 아뢰지 않겠습니까? 전하께서는 시험 삼아 이 점을 살펴보시기 바랍니다. 예컨대 어떤 궁녀가 아무개를 드러내놓고 침이 마르도록 칭찬하면 필시 그 사람은 아주 형편없는 소인일 것입니다. 전하께서는 그런 이들과 거리를 두어서 친하게 대하지 말고, 멀리해서 가까이 하지 말며, 배척해서 쓰지 말고, 내쫓아서 머물지 못하게 하시기 바랍니다.

아첨하면서 남의 비위나 맞추는 간사하고 교활한 무리들에게 조심하고 두려워할 것이 있음을 알게 한다면 이것이 바로 그들의 행실로 그들의 소행을 금지시키고, 그들의 희망으로 그들의 소망을 끊어버리게 될 것입니다. 그러면 남을 헐뜯으며 사악한 짓거리를 하는 소인들의 폐해가 제거되고, 반듯하고 바른 행실이 돈독해질 것입니다.

잘못을 간하는 사람을 존중하셔야

언로를 넓히고자 하면 성실한 마음으로 남의 말을 받아들여야 한다는 말은 무엇을 말하는 것이겠습니까? 신하의 직책 가운데서 군주의 잘못을 지적하고 바로잡기 위해 충고를 하는 언책言責보다 더 어려운 것은 없습니다. 신하가 임금의 잘못을 바로잡는다는 것은 아랫사람의 처지에서 윗사람의 실수를 따지는 것인 만큼 임금이 비록 마음을 비우고 들으면서 뜻을 굽혀 따른다 해도 저 유순하고 마음 약한 선비들은 오히려 지레 할 말을 다하지 못하는 법입니다.

하물며 바른말을 하면 노하고 받아들이지 않을 뿐만 아니라 그 사람에게 죄를 준다면 곧고 강직한 신하가 아니고는 누가 기꺼이 나서서 전하께 바른 일을 하도록 권할 수 있겠습니까? 따라서 전하께서는 지난 잘못을 깊이 반성하시고, 자기를 새롭게 할 계획을 더욱 깊이 생각하셔야 합니다. 묻기를 좋아하고 친근한 말을 잘 살폈던 순 임금처럼 살피시고, 좋은 말을 들으면 절을 했던 우 임금처럼 잘못을 간하는 사람을 존중하셔야 합니다.

전에는 충고를 받아들이지 않았더라도 앞으로는 마땅히 받아들여야 합니다. 처음에는 잘못을 고치지 못했더라도 마지막에 가서는 반드시 고쳐야 합니다. 이렇게 임금님께서 좋은 말과 훌륭한 계책을 널리 받아들인다면 자기주장도 없이 들러붙어 아부하는 작태가 사라질 것이고, 올바른 절개를 성실하게 지키려고 힘쓸 것입니다.

공평하고 바른 도리를 활짝 열고자 하면 그 근본을 바르게 세워서 이끌어야 한다는 말은 무엇을 말하는 것이겠습니까? 오늘날은 불공정한 행위가 이미 습속이 되었지만 원래 아랫사람이 잘못을 저지르면 윗사람이 책임을 면할 수 없는 법입니다. 윗사람이 잘 가르친다면 아랫사람들이 감히 그 교화를 어기지 않을 것입니다. 그러므로 신은 전하께 이런 말씀을 드립니다. 다른 사람들의 불공정한 행위가 싫다면 반드시 자기를 살펴보아야 하고, 다른 사람들에게 사사로운 마음이 없기를 바란다면 반드시 자기를 돌이켜보아야 합니다.

외척의 교만과 횡포를 제재하여 정치에 관여하지 못하게 하시고, 궁녀들의 규정을 벗어난 인사 개입을 금하여 나랏일에 간여하지 못하게 하십시오. 조정의 관리들이 뇌물을 받으면 반드시 임금님의 총애를 받는 사람들도 뇌물을 받을 거라는 말이 나옵니다. 또한 국사를 보는 조정에서 사사로이 청탁하는 소행이 나타나면, 반드시 비빈들이 거처하는 궁궐 깊숙한 곳에서도 그런 소행이 나타날 거라는 말이 나옵니다.

억제해야 할 것은 억제하고, 경계해야 할 것은 경계해야 합니다. 그런 마음가짐이 집안에서부터 시작해 국가에까지 이르게 하고, 위에서 먼저 솔선수범하여 아래에서 본받게 해야 합니다. 정치의 조치는 반드시 시의에 맞게 해야 하고, 인재를 쓰거나 무능한 자를 내칠 때는 반드시 공정한 방법에 따라야 하며, 높은 지위에는 반드시 후덕한 사람을 써야 하고, 모든 관직에는 반드시 유능한 사람을 등용해야 하며, 수령은 반드시 재능 있는 사람을, 장수는 반드시 능력 있는 사람을 기용해야 합니다.

한 가지 생각이나 한 가지 일이라도 모두 공공의 도리에서 말미암지 않는 것이 없도록 하면, 아랫사람들 또한 저절로 교화하여 감히 공공의 도리를 해치지 못할 것입니다. 이렇게 하면 연줄을 대어서 출세하려는 풍조도 막고, 청렴하고 겸양하는 도리도 회복할 수 있을 것입니다.

근심이 없을 때 미리 경계해야

국력을 튼튼히 하고자 하면 맡은 임무를 힘써 이루어 나가야 한다는 말은 무엇을 말하는 것이겠습니까? 신은 이런 말을 들었습니다. "명철한 임금이 잘 다스릴 수 있었던 까닭은 근심이 없을 때 미리 경계하고, 난이 일어나지 않았을 때 미리 대비했기 때문이다." 설령 잘 다스려지는 나라일지라도 반드시 난리가 일어날 수 있는 여지가 있고, 아무리 어지러운 나라일지라도 반드시 다스릴 수 있는 도리가 있는 법입니다.

따라서 전하께서는 한때의 안정에 만족하지 마시고, 한때의 안일에 마음을 두지 마십시오. 나라가 편안하더라도 근심스러운 듯이 대하고, 형통하더라도 운수가 막힌 듯이 대하십시오. 또한 나라의 살림살이가 풍성하더라도 곤궁한 듯이 대하시고, 성대하더라도 쇠퇴한 듯이 대하십시오. 그리하여 근심할 만한 것은 근심하고, 힘쓸 만한 것은 힘쓰십시오.

나라를 다스리고 임금의 정치를 보좌하는 일은 재상에게 맡기고, 적을 물리치고 난리를 평정하는 일은 장수에게 맡기며, 학문과 정책을 토론하고 올바른 도리로 지성껏 군주를 인도하는 일은 가까운 신하에게 맡기고, 행정을 펴서 자애롭게 어루만지는 일은 수령에게 맡기십시오. 그리하여 때에 맞게 정책을 시행하고, 기미를 살펴서 일을 조치하며, 올바른 것을 지성으로 권하고, 실정을 분명하게 살피십시오. 그렇게 하면 퇴폐하여 무너진 풍속이 변하고, 분발하고 노력하려는 풍토가 일어날 수 있을 것입니다.

임금의 잘못이 곧 국가의 병

옛날 당의 유분劉蕡은 문종文宗을 위해 대책을 내면서 환관의 폐해를 과감하게 지적했는데, 당시에는 환관의 폐해를 입 밖에 내는 일이 금기였습니다. 그런 말을 하면 스스로 재앙을 불러들인다는 사실을 그가 알지 못해서 그랬던 것은 아닙니다. 그러나 기어코 해야 할 말을 다한 까닭은 장차 나라가 망할 것이 가슴 아팠기 때문입니다. 그래서 "만약에 나라를 이롭게 한다면 죽어도 후회하지 않겠습니다." 한 것입니다.

지금 말을 꺼내면 죄를 불러들이고, 말이 흐르면 화를 부른다는 사실을 저도 알고 있습니다. 그러나 참으로 나랏일이 날로 잘못되고 국정이 더욱 어지럽게 되는 형편을 차마 보고 있을 수 없습니다. 어찌 감히 임금에 관련된 것이나 임금이 싫어하는 것을 말하지 않으려는 풍조를 좇아 진실하고 간절한 마음을 숨길 수 있겠습니까? 어찌 속된 선비처럼 왜곡된 말만 따라하면서 인재선발을 맡은 관리의 기준에만 부합하려고 힘씀으로서, 전하의 은총을 훔쳐서 임명을 받을 수 있겠습니까? 그래서 신은 임금의 잘못이 곧 국가의 병이라는 점을 대략 말씀드린 것입니다.

전하께서는 자기 수양에 깊이 뜻을 두시되 자만을 심각하게 경계하십시오. 대체로 자만하면 뜻이 날로 교만해지고, 마음이 날로 게을러지며, 덕이 나날이 깎이고, 공이 나날이 무너집니다. 그렇게 되면 만사가 제대로 되지 않고, 온갖 정치가 제대로 이루어지지 않습니다. 그러므로 전하께서 경계해야 할 것이 바로 거기에 있는 것입니다. 조정의 신하들이 아무리 전하의 덕을 칭송하더라도 전하께서는 믿지 마십시오. 아무리 전하의 공을 칭송하더라도 전하께서는 현혹되지 마십시오. 임금의 비위를 맞추려는 간사한 행동을 물리치시고, 존호를 올리겠다는 요사스러운 논의를 물리치십시오.

자기를 억누르고, 하늘의 명을 경외하는 마음을 보존하면서, 겸양의 도리를 숭상하십시오. 제대로 다스려지지 않는 일이 있다면, 그것은 곧 다스림이 융성하지 않은데도 아무런 조치를 취하지 않았기 때문입니다. 교화되지 않는 일이 있다면, 그것은 곧 교화가 충분하지 않은데도 아무런 처리를 하지 않았기 때문입니다. 힘써 수양하면서 부지런히 정치를 행하면, 하늘처럼 만물을 덮어주는 높고 밝은 지혜를 더욱 더 얻게 될 것이고, 만물을 감싸안아 살아가게 하는 산처럼 넓고 큰 덕을 점점 더 갖게 될 것입니다. 또한 몸은 요순같은 경지에 이르고, 나라는 요순의 세상처럼 될 것입니다.

이렇게만 된다면 어찌 임금님께서 시의에 맞게 조치하지 못하는 폐단 때문에 근심하실 일이 있겠습니까? 신은 급하고, 절실하며, 근심스럽고, 두려운 마음을 이기지 못하여, 죽기를 무릅쓰고 조심스럽게 말씀을 드렸습니다. 신은 삼가 대답합니다.

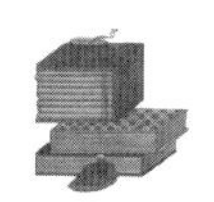

책문 속으로

위험한 발언과 고뇌하는 광해군

삭과削科 파동의 장본인, 임숙영

이 대책은 조선시대 과거 역사상 전무후무한 삭과削科 파동을 일으킨 빌미가 되었다. 임숙영은 대책을 진술하면서 책제의 범위를 벗어나 척족의 횡포와 왕에게 아첨하려고 왕의 생모인 공빈恭嬪 김씨金氏에게 왕후의 존호를 올리려는 이이첨李爾瞻의 무도함을 격렬히 공박했다. 시험을 주관하는 시관인 우의정 심희수沈喜壽가 장원으로 급제시키려 했으나 다른 시관들이 반대하여 병과로 합격했다. 광해군은 그의 「대책」을 읽고 자기의 실정을 극렬하게 비판하는 데 진노하여 그의 이름을 삭제할 것을 명하는 삭과 파동이 일어났다.

이에 삼사三司에서 간쟁을 하고 재야에서도 임숙영의 정정당당한 주장을 지지하여서 삭과의 부당성을 지적하는 논계論啓가 4개월 동안이나 계속되었다. 영의정 이덕형, 좌의정 이항복 등이 임숙영의 「대책」은 만고의 정당한 주장이기 때문에 삭과는 부당하다고 간절히 변론하자 광해군은 마지못해 무려 4개월 뒤인 7월 18일에야 주청을 받아들였다. 그리고 차후로는 질문의 요지를 벗어난 「대책」은 과거에서 선발하지 말라고 엄명했다. 결국 심희수는 벼슬을 내놓았고, 권필權韠은 임숙영의 삭과와 관련된 파동과, 외척들의 발호를 풍자하는 '궁궐의 버드나무[宮柳]'라는 시를 지은 것이 빌미가 되어 죽임을 당했다.

궁궐의 버드나무	宮柳
짙푸른 궁궐 안 버들, 어지러이 날리는 꽃잎	宮柳靑靑花亂飛
성안 가득 화려한 관, 봄볕에 아양 떤다	滿城冠蓋媚春輝
조정엔 태평세월 풍악을 울리지만	朝家共賀升平樂
그 누가 선비더러 바른말 하게 했나	誰遣危言出布衣

권필은 당의 시인 왕원지王元之가 전시에서 지은 시의 구절 "아지랑이 피는데 궁궐 버들 늘어졌네[宮柳底垂三月煙]."를 따서 읊은 시라고 했지만 시어의 암시는 누가 봐도 명백했다. '궁류'란 궁궐의 버들이라는 말이지만 동시에 유자신柳自新의 딸인 왕비와 유희분柳希奮 형제를 가리키는 말이기도 하다. '짙푸르다'는 말은 그들의 권세가 한창 극성스럽다는 말이다. '봄볕'은 당연히 임금이겠고 '아양을 떤다'는 말은 화려한

관을 쓴 벼슬아치들이 온통 권세에 아첨한다는 말이다.

권신들의 전횡에 나라가 어떻게 돌아가는지도 모르고 조정에서는 태평세월이라고 칭송하지만 아무도 입바른 소리를 하는 사람이 없었다. 그래서 임숙영이라는 초라한 선비가 위태롭게도 바른말을 했다. 그러나 실상 누가 그로 하여금 바른말을 하게 했던가? 그것은 바로 사회정의를 바라는 민심이 아니던가?

전무후무한 장편시「술회述懷」

삭과 파동이 일단락된 뒤 임숙영은 벼슬길에 나아갔다. 광해군 5년 그의 나이 38세에 계축옥사가 일어나 영창대군을 처치하는 의논이 일어나자 다리의 병을 핑계로 정무에 참여하지 않았다. 41세에는 광해군의 거듭되는 실정을 비판하다가 이이첨 등의 탄핵을 받아 파직되어 광주로 내려갔다. 광해군 말년에 고갈된 국가재정을 충당할 목적으로 계축옥사와 관련된 죄인들에게 속전贖錢을 내고 죄를 사면 받으라는 명이 내려오자 친구들이 속전을 모으며 임숙영에게 뜻을 물었다. 임숙영은 이에 대해 "아! 천하 만고에 속전을 내고 풀려날 임숙영이 어디 있겠는가?" 하고 한마디로 거절했다. 이식李植이 속전을 내기를 거부한 기개를 칭찬하는 시를 보내자 임숙영은 시를 읊어서 자기를 알아주는 사람이 적음을 한탄했다. 또한 자기가 옳다는 인정을 받기는 기대하지 않았지만 속전 내기를 거부하는 자기를 그르다고 하는 왜곡된 현실을 개탄했다. 48세가 되던 해(1623년)에 인조반정이 일어나 복직되어서 홍문관 박사가 되었고, 경연에 참여했다. 그해 가을에 사가독서에 뽑혔으나

윤 10월 3일에 갑작스런 병으로 죽었다.

그는 문장에 뛰어났고, 경전과 역사에도 아주 밝았다. 그러나 그의 명성에 비해 시문은 많이 남아 있지 않다. 44세가 되던 가을에 「술회述懷」를 지어서 강화부사 이안눌에게 보냈다. 원래 제목이 「마음속에 품은 뜻을 716운으로 서술하여서 강화부사 동악 이안눌 님에게 드림[述懷寄呈江華李東岳使君七百十六韻]」이라는 「술회」 시는 716운을 사용한 오언배율로서 모두 1,432구 7,160자에 이르는, 한시 가운데는 이전에도 이후에도 없는 최대의 장편서사시이자 서정시이다. 그 내용은 크게 네 단락인데, 단군조선에서부터 조선 초까지의 역사를 회고하는 단락, 친구인 이안눌의 생애와 문학을 기리는 단락, 이안눌의 인품과 학문 그리고 그와 맺은 우정을 읊은 단락, 자기의 인생관과 이안눌에 대한 그리움 등을 노래한 단락으로 구성되어 있다.

고뇌하는 광해군

광해군은 조선의 역대 왕들 가운데서도 매우 첨예한 논쟁의 대상이 되는 군주이다. 광해군은 참으로 어려운 시기에, 참으로 허약한 기반에서 왕이 되었다. 서자였던 그는 정상적인 상황이라면 권력을 기대하기 어려웠겠지만 전시였기 때문에 세자가 되어서 전시 내각의 책임자로서 임진왜란 당시의 피란 정부를 이끌었다. 그는 7년 동안이나 지속된 전쟁을 최전선에서 실질적인 최고책임자로서 몸소 겪으며, 철저히 유린된 국토와 피폐한 민생을 일으켜야 한다는 시대적 사명감을 갖게 되었다. 그는 비록 패전을 하고 물러가기는 했지만 전란 기간 동안 조선을 철저히 짓밟은 일본의 실력을 정확하게 인식했다. 또한 조선에 대규모 원군을 보내 재건에 도움을 주기는 했지만 그 이상으로 조선에 부담을 안겨준 명의 실체를 객관적으로 목격하기도 했다. 다른 한편으로 그는 조선과 명과 일본이 뒤엉킨 동양판 세계대전의 소용돌이를 틈타, 명의 간섭에서 벗어나 동북아시아의 새로운 실력자로 급부상하는 후금의 힘을 누구보다도 명확하게 간파했다.

광해군은 일본에 대한 대비, 명에 대한 보은, 후금에 대한 경계라는 세 줄기 격랑 속을 돛대도 없이 부러진 노로 저어가는 배와 같은 조선의 키를 잡고 있었던 것이다. 스스로를 지킬 수 있는 실력이 없어 남의 힘에 의존하는 국방이 얼마나 위태로운 것이며, 냉혹한 국제관계에서는 영원한 우방도 영원한 적도 없다는 사실을 처절하게 깨달았다. 그는 새로 나라를 세울 수 있도록 도와준 명에 은혜를 갚아야 한다는 허깨비 같은 망상을 깨기 위해 혼자 외롭게 울분을 토했다. 그래서 기울어가는 명과 동북아시아의 패자로 새로이 부상하는 후금 사이에서 조선의 활로를 찾기 위해, 등거리 외교라는 실리적 외교를 추구했다.

하지만 이런 그의 외교정책이 명에 대한 의리를 고집하는 반대파에게 권력투쟁의 빌미를 제공했다. 그리고 전란을 극복한 공을 세운 그였지만 서자 출신이라는 신분상의 약점이 권력의 정당성을 두고 끝없이 그를 괴롭히며 정국운영에 발목을 잡았다. 게다가 인목대비와 영창대군이 살아 있고 형인 임해군도 있어서 늘 권력의 정당성에 대한 그의 콤플렉스를 자극했다. 또한 급진적인 북인 외에는 권력의 기반도 약했다. 이런 와중에 왕비의 오라비 유희분 등이 누이의 세력을 믿고 교만

방자하게 행동을 하고, 이이첨을 비롯한 북인 정권의 실권자들이 권력을 농단하여 정치가 불안했다.

광해군은 자기의 실리적인 외교정책을 비판하는 반대파의 정략적 견제를 극복하고, 영창대군과 인목대비를 낀 권력투쟁의 빌미를 사전에 차단하려고 무리수를 두다가 결국 인조반정으로 실각하고 만다. 이때 물론 척신과 권신들의 전횡도 광해군의 실각을 한 몫 거들었다.

영창대군의 숙청과 인목대비의 폐위사건은 아무리 광해군을 비호하고 두둔하려는 사람이라도 할 말이 없게 만들었다. 조선은 명종과 선조 이후로 성리학적 명분의식이 사회의 통념이 되어 있었기 때문에 아무리 권력의 기반을 강화하려는 수단이었다 하더라도 패륜은 반대파의 가장 강력한 공격의 빌미가 되었다. 서인 정권이 광해군의 등거리 외교를 비판하면서 대명의리를 내세운 것도 결국 광해군의 '패륜'이 정권 상실의 원인임을 부각시키기 위한 전략의 하나였던 것으로 생각된다.

출세에 목을 매단 이이첨의 눈물겨운 사연

광해군 시대에 권력을 전횡하여 결국 반정을 초래한 장본인 가운데 한 사람인 이이첨에게는 이런 일화가 전해진다. 이이첨도 젊었을 때는 기개가 있고 지조를 아는 선비였다고 한다. 너무도 가난하여 끼니를 잇기 어려워 아내가 온갖 고초를 다 겪었지만 이이첨은 선비로서 살림살이는 아랑곳하지 않고 글만 읽었다. 그러던 어느 날 이이첨은 외출했다가 돌아와 해괴한 광경을 목격한다. 아내가 벽에 얼굴을 바싹 갖다 대고 뭔가를 열심히 핥고 있는 것이었다. 의아한 생각이 들어 왈칵 아내의 어깨를 잡아당겨 보니 먼지와 때와 눈물로 얼룩진 아내가 반쯤 실성하여 벽에 발려 있던 풀기를 핥고 있었던 것이다. 시쳇말로 꼭지가 돌아버린 이이첨은 그 길로 집을 뛰쳐나가 권문세가의 문지방이 닳도록 돌아다니며 지조를 굽힌 대가로 마침내 벼슬길에 나아가게 되었다. 그런 그가 결국에는 콤플렉스가 많았던 광해군의 신임을 받아 국정을 농단하기에 이르렀던 것이다.

『연려실기술』에는 이런 이야기가 실려 있다. 이이첨의 권세가 하늘 높은 줄 모르고 치솟던 어느 날, 마침 이이첨이 없을 때 그의 아들들이 용하다는 장님 점쟁이에게 이이첨의 운수를 점쳐보았다. 그랬더니 점쟁이는 "계해년 3월이 흉하다." 했다. 화가 난 아들들이 점쟁이를 반죽음이 되도록 때렸다. 이이첨이 집으로 돌아오던 도중에 갓이 찢어지고 피를 흘리면서 돌아가는 장님 점쟁이를 만났고 그에게 자초지종을 듣고는 다시 집에 데리고 와서 사과하고 배상을 했다. 그러고는 아들들에게 이렇게 말했다. "나는 부귀영화가 넘치고 죄가 많아서 스스로 화를 면하지 못 한다는 것을 알고 있다. 어찌 점쟁이에게 점을 쳐보아야 안단 말이냐? 너희들이 내 운수를 물으니 점쟁이로서는 나오는 사실대로 말한 것뿐인데 뭐가 잘못이라고 피가 나도록 매질을 해서 길가 사람들까지 놀라게 한단 말이냐? 너희들의 아비라는 사실만으로도 나는 죽어 마땅하다." 잘못을 저지르고도 잘못했는지 모르는 것은 물론 오히려 잘했다고 하는 사람들까지 있는데 옛 사람들은 그래도 자기가 잘못을 하면 잘못했다는 사실은 알고 있었던 듯하다.

나라의 네 가지 근심

책제에 제시된 나라의 시급한 문제는, 첫째, 인재를 구하고 국론을 조화시킬 방안, 둘째로 공납을 개선하여 백성의 부담을 덜어줄 방안, 셋째, 토지를 정비할 방안, 넷째, 호적과 지도 정리에 관한 방안이다.

책제 가운데 "어리석고 사리판단을 할 줄 모르는 내가 나라의 대업을 이어받기는 했지만, 나는 지혜도 모자라고 현명하지도 않다. 깊은 못과 살얼음을 건너야 하는데 건너갈 방법을 모르듯이 지금 당장 해야 할 일이 무엇인지 모르겠다."라고 한 부분은 광해군의 절박한 심정을 잘 나타낸 말이다. 으레 책제에 이런 말이 나오지만 책문을 여러 편 읽어보면 이런 말이 결코 상투적인 표현이 아님을 알 수 있다. 왕을 권력의 정점에 두고 서로 자기편으로 끌어들이려는 정쟁의 소용돌이 한 가운데서 도덕적 왕국을 세워야 한다는 터무니없이 높은 유교적 이념과, 권력과 이익을 서로 차지하려고 다투는 현실의 갈등 속에서 왕의 판단은 온갖 일의 발단이 된다. 그러니 그 선택이 얼마나 어려웠겠는가!

학자 관료들은 입만 열면 성군이 되어야 한다며 때로는 치켜세우고, 때로는 위협하며, 때로는 한심하다고 혀를 차며 간섭하니 타고난 능력이 부족한 왕들에게는 왕의 자리야말로 가시방석이었을 터이다. 광해군은 전란을 몸소 겪으면서 피난정부를 진두지휘했던 지도자였다. 그러므로 그는 전란 뒤에 국가체제를 재정비하는 일이 얼마나 어려운가를 누구보다도 잘 알고 있었다.

임숙영은 이 네 가지 문제에 대해 위아래가 서로 합심하고 서로를 존중함으로써 문제를 해결해야 한다는 원론적인 대답을 간단하게 한다. 그러고는 그 다음부터 자기가 정말로 하고 싶었던 말을 거침없이 토한다. 궁궐 안의 기강을 바로잡아 청탁을 물리치고 소인배들의 발호를 막을 것, 언로를 열어 군주와 신하가 허심탄회하게 정치를 논하고 간언을 받아들일 것, 외척 세력의 발호를 막고 공평한 도리를 행할 것, 정치의 기강을 바로잡고 직무에 힘써서 국력을 신장시킬 것, 그리고 무엇보다도 이 모든 개혁에 실질적인 책임을 지고 있는 군주가 자기수양을 해나가면서 자만하지 말고 경계해야 한다고 충고했다.

궁궐 안에서 끊임없이 일어나는 인사 청탁, 언로가 막혀서 군주와 신하 사이에 의사소통이 이루어지지 않는 것, 외척세력이 발호하는 것, 정치의 기강이 무너지는 것, 이 네 가지는 당시 가장 큰 문제였고, 사회 혼란과 국정의 난맥을 가져온 근본 원인이었다. 사실 이런 문제는 광해군 때만의 문제가 아니다. 오늘날에도 권력 주변에서 일어나는 비리는 대부분 친분을 이용한 권력형 사칭이나 인사 청탁이 원인이다.

또한 지도자는 비판을 용인하고 수용할 줄 아는 대국적 관점이 필요한

경복궁

데, 종종 독선에 빠져서 비판적 지지세력마저 등을 돌리게 만들기도 한다.

오늘의 슬픈 현실처럼

광해군의 시대를 생각하면 여러 모로 지금의 대한민국이 처한 현실과 겹쳐진다. 한시도 나로서 살아본 적이 없는 백성, 빼앗긴 나라를 찾아주고 전쟁으로 폐허가 된 나라를 일으켜 세워준 미국의 은혜에 보답해야 한다며 국가의 명운을 미국에 의탁하는 극우세력, 정치철학이 없어 오직 기득권 수호에만 혈안이 된 정치인, 국가통치의 이념과 국정운영의 비전이 없는 정치지도자, 권력만 맹종하는 사법부, 미국 주도의 패권적 세계전략과 국제 연대 사이에서 원칙이나 명분도 없이 우왕좌왕하는 외교정책, 새로이 떠오르는 중국의 위력, 일본의 보수우경화 경향, 미국과 일본의 해양세력과 중국의 대륙세력 사이에서 방향도 설정하지 못하고 표류하는 나라의 명운 등…. 이런 현실을 생각하면 임숙영의 「대책」은 더욱 우리 가슴을 사무치게 한다.

끝으로 임숙영의 시 가운데, 먼저 세상을 떠난 아내를 그리워하며 곡한다는 내용의 「곡내哭內(아내를 곡함)」를 소개한다. 궁핍하고 곤궁한 삶을 살면서도 한결같은 부덕과 현숙한 성품으로 인내하면서 남편이 강직하게 지조를 지키는 삶을 살도록 내조하다가 세상을 떠난 아내에 대한 미안함과 그리움을 애틋하게 읊은 시이다.

아내를 곡하다 哭內

부인네의 성품이란	大抵婦人性
가난하면 슬퍼지고 상심하기 쉽건만,	貧居易悲傷
안타까운 나의 아내	嗟嗟我內子
곤궁해도 안색이 늘 온화했지	在困恒色康
부인네의 성품이란	大抵婦人性
오로지 영광 누리길 좋아하건만	所慕惟榮光
안타까운 나의 아내	嗟嗟我內子
높은 지위 부럽다 하지 않았지	不羨官位昌
세상과 못 어울리는 나의 성품 헤아려	知我不諧俗
오래오래 물러나 지내라고 내게 권했지	勸我長退藏
그 말 아직도 귓가에 쟁쟁하건만	斯言猶在耳
그대 비록 떠났으나 내 어찌 잊을까	雖死不能忘
속 깊은 경계의 말 마음에 늘 담아두고	惻惻念烱戒
잊지 않고 스스로 지켜가리다	慷慨庶自將
저승이 멀리 있다 말하지 마소	莫言隔冥漠
저리 나를 환히 내려다보고 있으니	視我甚昭彰

역주

1 그만큼 융숭하게 예로 대접한다는 뜻

『춘추』라는 책이름이 여럿 있는 것으로 보아, 원래 서주西周의 봉건체제에 속해 있던 여러 제후국의 연대기를 가리키는 이름이었을 것이다. 그러나 그 가운데서도 공자가 편찬한 노나라의 연대기를 특히 『춘추 春秋』라고 한다. 설에 따르면, 공자가 『춘추』를 편찬하게 된 동기는 다음과 같다.

노나라 애공 14년에, 애공이 서쪽으로 사냥을 나갔다가 기린을 잡았다. 기린은 어진 짐승으로서, 원래 위대한 제왕이 나타나면 이에 호응하여 세상에 모습을 드러낸다는 상서로운 동물이다. 그런데 당시는 위대한 제왕이 나타나지도 않았는데 기린이 우연히 세상에 모습을 드러냈다가 잡혔던 것이다. 이것을 본 공자는 기린의 징조에 호응할 만한 제왕이 없다는 것, 곧 주나라의 질서가 붕괴되어 부흥하지 못하고 있다는 사실을 안타깝게 여기고 『춘추』를 편찬했는데 특별히 기린이 잡힌 사건에서 끝을 맺었다고 한다. 이런 설화는 『춘추』가 단순한 연대기가 아니라 사건에 대한 공자 나름의 평가를 반영하고 있는 책임을 알려준다. 공자가 세상이 어지러워지고 패륜이 난무하는 것을 근심하고서 『춘추』를 지었더니 하극상을 일으켜 세상을 어지럽히는 신하나, 부모를 해치는 자식들이 두려워했다는 맹자의 증언도 『춘추』를 역사적 사건에 대한 평가로 볼 수 있는 근거를 제공한다. 어쨌든 『춘추』에는 역사에 대한 공자의 평가가 들어 있다는 생각이 오랫동안 당연한 것으로 여겨졌다.

공자가 『춘추』에서 역사를 평가한 방법을 미언대의微言大義라고 한다. 아주 미묘한 표현 속에 사실은 깊은 뜻이 들어 있다는 말이다. 한 대의 사람들은 일반적으로 『춘추』의 그런 의미를 당연한 것으로 받아들였다. 예를 들어 『춘추』 경문의 노나라 은공 원년조에 "정백鄭伯이 언焉에서 단段을 이겼다[克]."라는 기록이 있다. 이 기록의 배경은 다음과 같다.

정백, 곧 정나라 장공은 태어날 때부터 이상하게 태어나 어머니로부터 미움을 받았다. 어머니인 무강은 장공을 미워하고 동생인 단을 편애했다. 그래서 단을 후계자로 세워달라고 남편인 무공에게 졸랐지만 무공이 끝내 들어주지 않아 장공이 제후의 자리를 이어받았다. 그 뒤에도 무강은 단에게 땅을 나눠달라고 장공에게 압력을 가했다. 결국 단은 반역을 일으켰다가 실패하여 다른 나라로 도망쳤다.

이 사건의 기록에 공자의 독특한 평가가 들어 있다. 곧 이 사건을 객관적으로 기록하자면, "정백이 언에서 아우를 정벌했다."라고 해야 한다. 그런데 공자는 "언에서 단을 이겼다"라고 했다. 이겼다[克]는 표현은 정벌했다[伐]는 말을 대신해서 쓴 것이다. 그런데 왜 공자는 정벌했다 하지 않고 이겼다고 했는가? 그것은 '정장공의 무도함을 드러내고자 하는 의도에서'라고 한다.

정장공은 동생을 정벌함으로써, 동생을 세우고자 했던 어머니와 관계를 단절하고 말았다는 것이다. 또 애초부터 야심이 만만한 동생을 다스리지 않고 세력을 키우게 두었다가 친 것은 반란을 일으킨 동생을 마지못해 친 것이 아니라 처음부터 동생을 칠 명분을 축적했다는 것이다. 그리고 단을 동생이라고 하지 않은 것도 단이 거의 독립적인 나라를 이룬 군주나 마찬가지였기 때문에 단이라는 이름을 기록했다는 것이다. 이처럼 공자는 어떤 사건을 두고 아주 교묘한 방법으로 긍정적이거나 부정적으로 평가했다고 한다. 이런 미묘한 표현 속에서 공자의 역사관과 역사에 대한 평가를 읽을 수 있다. 그러므로 임숙영의 책문에서처럼 사건을 구체적으로 기록할수록 그것은 그 사건을 공자가 더 호의적으로 평가한 것임을 알 수 있다.

『춘추』의 미언에서 대의를 찾는데 큰 관심을 두었던 「공양전」을 존숭한 춘추공양학파에서는 공자를 왕으로까지 높인다. 그들은 아득한 옛날 덕이 출중한 사람이 나타나면 하늘이 그를 왕으로 삼았는데, 세상이 점점 무도해져서 왕위가 세습되면서부터 덕이 있는 사람이 나타나도 왕이 되지 못했다고 한다. 공자는 덕으로 볼 때 왕이 되고도 남지만 당시는 봉건체제가 붕괴하던 무도한 시기라 왕이 되지 못했다는 것이다. 왕이 하는 일은 봄에 상을 줘서 한 해를 살아가도록 격려하고 가을에는 한 해의 일을 평가해 벌을 주는 것인데, 이것은 하늘이 봄에는 만물을 소생시키고 가을에는 서리를 내려 죽이는 것과 같은 이치이다. 그런 점에서 공자는 『춘추』를 통해 역사의 사건을 평가하여 상과 벌을 줌으로써 왕의 역할을 역사에서 실현했다고 할 수 있다.

2 허심탄회하게 정치를 논의할

도유우불은 『상서』, 「익직益稷」, 「요전堯典」 등에 나오는 말이다. 「익직」에 이런 말이 있다. "우가 순 임금께 말했다. '그렇습니다! 임금님. 임금의 자리를 조심스럽게 지키십시오.' 순 임금이 말했다. '그렇다. 옳은 말이다'[禹曰, 都! 帝, 愼乃在位, 帝曰. 兪帝]" 그리고 「요전」에 이런 말이 있다. "임금님께서 이렇게 말씀하셨다. '아니다. 그렇지 않다!'" [帝曰, 吁, 咈哉]

도都와 유兪는 긍정, 우吁와 불咈은 부정을 나타내는 말에 쓰인 감탄사이다. 나중에는 '도유우불'을 가지고 군주와 신하가 허심탄회하고 화목하게 정치를 토론하는 것을 나타냈다.

3 임금의 잘못을 바로잡지 못한 신하에게 내리던 형벌인 묵형墨刑

묵형은 고대의 다섯 가지 대표적 형벌의 하나인데, 얼굴에 먹으로 죄명을 써서 새겨 넣는다. 이밖에도 코를 베는 의형劓刑, 발꿈치를 자르는 월형刖刑, 또는 비형剕刑, 생식기를 자르는 궁형宮刑, 목숨을 빼앗는 대벽大辟 등이 있었다. 궁형은 『사기』를 지은 사마천이 받았던 형벌로 잘 알려져 있다. 이런 다섯 가지 형벌 외에도 전국시대의 전략가 손빈孫臏의 이름으로 유명해진 빈형臏刑이 있는데, 빈형은 정강이뼈를 자르는 형벌이다. 효수梟首는 목을 자르는 형벌이고, 거열車裂은 말이나 소를 이용하여 사지를 찢어죽이는 형벌이다.

고대의 형벌은 이처럼 신체형이 대부분이었다. 이런 신체형은 보복의 관습에서 생겨난 것으로 생각된다. '이에는 이, 눈에는 눈'이라는 함무라비 법전의 기록은 형벌의 일차적 기능이 보복임을 알려준다. 보복은 피해자나 사회의 일반적인 보응의식을 충족하는 기능을 한다. 형벌은 이밖에도 범죄를 예방하는 기능, 범죄의 형태와 종류, 처벌을 명시하여 일반인에게 알려주는 예고의 기능, 범죄자를 격리하여 교화하고 사회의 안전을 보장하는 기능 등도 지니고 있다.

제13장

인생무상

광해군 책문

선달 그믐밤의 서글픔, 그 까닭은 무엇인가?

이명한 대책

몸은 성한데 운이 다한 사람도 있고,
재주는 많은데 기회를 얻지 못한 사람도 있습니다.
객지에서 벼슬하는 사람은 쉽게 원망이 생기고,
뜻있는 선비는 유감이 많습니다. 그러나 사람이
세월이 가는 것을 안타까워하는 것이지
세월이 사람 가는 것을 안타까워하지는 않습니다.
옛날이나 오늘날이나 세월 가는 것을
안타까워하는 것 또한 부질없는 생각일 뿐입니다.

시대적 배경

이 책문은 이명한李明漢의 글이다. 이명한은 1595년(선조 28)에 태어나서 1645년(인조 23)에 죽었다. 자는 천장天章, 호는 백주白洲, 시호는 문정文靖, 본관은 연안延安이다. 1616년(광해군 8) 증광문과에 을과로 급제했다. 인목대비를 내쫓으려는 폐모론廢母論이 일어났을 때 가담하지 않았다 하여 파면되었다.

인조반정 뒤 등용되었고, 이괄의 난 때 왕을 공주로 모시고 가서, 8도에 보내는 교서를 지었다. 호란 뒤 척화파로 심양에 억류되었다가 풀려나 예조판서에 올랐다. 성리학에도 조예가 깊었다. 아버지 이정구李廷龜, 아들 이일상李一相과 함께 삼대가 대제학을 지낸 것으로도 유명하다. 아들 이단상李端相도 유명한 성리학자이다.

책제는 섣달 그믐밤의 갖가지 풍습의 유래와 묵은해를 보내고 새해를 맞이하는 감회를 논술하라는 내용이다. 대책은 세모 풍습의 유래를 역사적 사례나 인물들의 일화를 통해 밝히고, 세월이 가고 나이를 먹는 감회가 단순히 늙는 것을 슬퍼하는 것이 아니라 덕을 닦지 못하고 학문에 통달하지 못한 데 있음을 진술하는 내용이다. 대개 책문은 정치적 현안을 논하고 대책을 강구하는 것이 대부분이지만 이처럼 개인의 주관적 감정을 진술하는 것도 있었다는 것이 흥미롭다.

책문

선달 그믐밤의 서글픔, 그 까닭은 무엇인가

1616년, 광해군 8년 증광회시

가면 반드시 돌아오는 것은 해이고, 밝으면 반드시 어두워지는 것은 밤이로다. 그런데 섣달 그믐밤에 꼭 밤을 지새우는 까닭은 무엇인가? 또한 소반에 산초를 담아 약주와 안주와 함께 웃어른께 올리고 꽃을 바치는 풍습[椒盤頌花]과, 폭죽을 터뜨려 귀신을 쫓아내는 풍습은 섣달 그믐밤에 밤샘하는 것과 무슨 관련이 있는가? 침향나무를 산처럼 얽어서 쌓고 거기에 불을 붙이는 화산火山 풍습은 언제부터 생긴 것인가? 섣달 그믐 전날 밤에 하던 액막이 행사인 대나大儺는 언제부터 시작되었는가?

함양의 여관에서 주사위놀이를 한 사람은 누구인가? 여관에서 쓸쓸히 깜박이는 등불을 켜놓고 잠을 못 이룬 사람은 왜 그랬는가? 왕안석

王安石[1] 은 묵은해를 보내고 새해를 맞이하는 것을 시로 탄식했다. 소식蘇軾[2] 은 도소주屠蘇酒를 나이순에 따라 젊은이보다 나중에 마시게 된 슬픔을 노래했다. 이런 일들에 대해 상세히 말해보라.

어렸을 때는 새해가 오는 것을 다투어 기뻐하지만 점차 나이를 먹으면 모두 서글픈 마음이 드는 까닭은 무엇 때문인가? 세월이 흘러감을 탄식하는 데 대한 그대들의 생각을 듣고 싶다.

대책

인생은 부싯돌의 불처럼 짧습니다

이명한

"밝음은 어디로 사라지고, 어둠은 어디에서 오는 것인가? 잠깐 사이에 세월은 흐르고, 그 가운데 늙어가는구나!" 한 것은 바로 위응물韋應物의 말입니다. 뜬구름 같은 인생이 어찌 이리도 쉽게 늙는단 말입니까? 하루가 지나가도 사람이 늙는데 하물며 한 해가 지나갈 때야 말할 것도 없습니다. 네 마리 말이 끌 듯 빨리 지나가는 세월을 한탄하고, 우산牛山에 지는 해를 원망한 것도 유래가 오래 되었습니다.

부싯돌의 불처럼 짧은 인생

집사선생의 질문을 받고 보니 제 마음에 서글픈 생각이 떠오릅니다. 한 해가 막 끝나는 날을 선달 그믐날[除日]이라 하고, 그 그믐날이 막 저물어 갈 때를 그믐날 저녁[除夕]이라고 합니다. 네 계절이 번갈아 갈리고 세월이 오고 가니, 우리네 인생도 끝이 있어 늙으면 젊음이 다시 오지 않습니다. 역사의 기록도 믿을 수 없고, 인생은 부싯돌의 불처럼 짧습니다. 100년 뒤의 세월에는 내가 살아 있을 수 없으니 손가락을 꼽으며 지금의 이 세월을 안타까워하는 것입니다.

그러므로 밤이 새도록 자지 않는 것은 잠이 오지 않아서가 아니고, 둘러앉아 술잔을 기울이는 것은 흥에 겨워서 그런 것이 아닙니다. 묵은 해의 남은 빛이 아쉬워서 아침까지 앉아 있는 것이고, 날이 밝아오면 더 늙는 것이 슬퍼서 술에 취해 근심을 잊으려는 것입니다. 풍악소리, 노랫소리 귀에 그득 울리게 하고, 패를 나누어 노름을 하면서 정신과 의식을 몰두하는 것은 억지로 즐기려는 것일 뿐입니다.

은하가 기울려고 하면 북두칠성의 자루를 보고, 촛불이 가물거리면 동창이 밝아오는가 살펴보면서 아직 닭 울음소리가 들리지 않는 것을 기뻐하고, 물시계가 날 밝는 것을 알릴까 두려워하는 것은, 이 밤이 새지 않기를 바라고 묵은해를 붙잡아두려는 것이 아니겠습니까? 10년의 세월이 어느 날인들 아깝지 않겠습니까마는 유독 섣달 그믐날에 슬픔을 느낍니다. 그것은 하루 사이에 묵은해와 새해가 바뀌니 사람들이 늙음을 날로 따지는 것이 아니라 해로 따지기 때문입니다. 그러니 그 날이 가는 것을 안타까워하는 것은 사실 그 해가 가는 것을 안타까워하는 것이고, 그 해가 가는 것을 안타까워하는 것은 늙음을 안타까워하는 것입니다.

물음에 따라 조목별로 말씀드리겠습니다.

소반에 산초를 담아 약주와 안주와 함께 웃어른께 올리고 꽃을 바쳐 봄소식을 알리고, 폭죽을 터뜨리고 환성을 질러서 온갖 귀신의 소굴을 뒤집는 것은 진한秦漢의 풍습에서 나온 것도 있고, 형초荊楚 지방의 풍속에서 나온 것도 있습니다. 모두 묵은해를 보내고 새해를 맞이하면서 재앙을 떨어버리고 복을 기원하기 위한 것입니다. 하지만 이런 것들은 굳이 오늘 다 말씀드릴 필요가 있겠습니까? 침향나무로 산을 만들고 불꽃을 수 길이나 타오르게 하는 것은 수隋에서 전해진 천박한 풍습이니 이 또한 말하자면 길어집니다. 환관들의 아들을 뽑아 검은 옷을 입혀 행렬을 짓게 함으로써, 역귀와 잡신을 몰아내는 의례는 후한 때부터 생긴 일이니, 굳이 말할 것도 없습니다.

제가 알기로 함양의 여관에서 해가 바뀌려고 할 때 촛불을 밝히고 주사위놀이를 한 사람은 두보杜甫입니다. 여관에서 깜박이는 등을 밝히고 멀리 떨어진 고향을 그리며 거울로 허옇게 센 머리를 들여다보며 안타까워한 사람은 바로 고적高適[3] 당대의 시인입니다. 온 세상에 재주와 이름을 떨쳤건만 어느덧 늙어버렸고, 서울에서 벼슬살이하다가 저무는 해에 감회가 깊어진 것입니다. 젊었을 때 품었던 꿈은 아직 다 이루지 못했건만 힘겹게 살아온 인생을 돌아보니 늙음이 안타깝고 흐르는 세월이 안타까워서 잠들지 못했던 것입니다.

묵은해를 보내고 새해를 맞이한다는 것은 왕안석의 시이고, 도소주를 나이순에 따라 나중에 마시게 되었다는 것은 소식의 시입니다. 사물은 다하면 새로 시작되고 사람은 옛 사람이 사라지면 새로운 사람이 태어나니 새것에 대한 감회가 있었던 것입니다. 도소주를 마실 때는 반드시 어린 사람이 먼저 마시니, 나중에 마시는 사람일수록 늙은 사람입니다. 인생은 구렁텅이에 빠진 뱀과 같고, 백년 세월도 훌쩍 지나갑니다. 지난날을 돌이키면 괴로움만 남는데 살아갈 날은 얼마 남지 않았으니, 글로 표현하려 함에 모두 안타까운 호소일 뿐입니다.

늙은이나 젊은이나 마음은 다 같고, 옛날이나 오늘날이나 날은 다 똑같은 날입니다. 어릴 때는 폭죽을 터뜨리며 악귀를 쫓는 설날이 가장 좋은 명절이어서 섣달 그믐날이 빨리 오기를 손꼽아 기다립니다. 그러나 점점 나이가 들어 의지와 기력이 떨어지면 눈 깜짝할 사이에 지나가는 세월을 묶어둘 수도 붙잡아 둘 수도 없습니다. 날은 저물고 길은 멀건만 수레를 풀어 쉴 곳은 없고, 뜻대로 되지 않는 일이 열에 여덟아홉은 됩니다.

몸은 성한데 운이 다한 사람도 있고, 재주는 많은데 기회를 얻지 못한 사람도 있습니다. 객지에서 벼슬하는 사람은 쉽게 원망이 생기고, 뜻있는 선비는 유감이 많습니다. 맑은 가을날에 떨어지는 나뭇잎도 두려운 데 섣달 그믐밤을 지새우는 감회는 당연히 배가 될 것입니다. 그러나 사람이 세월이 가는 것을 안타까워하는 것이지 세월이 사람 가는 것을 안타까워하지는 않습니다. 옛날이나 오늘날이나 세월 가는 것을 안타까워하는 것 또한 부질없는 생각일 뿐입니다.

두보가 눈 깜짝할 사이에 늙어버린 것을 문장으로 읊은 것은 그의 감회가 오로지 늙음에 있었던 것만은 아닐 터입니다. 따듯한 봄날 혼자 즐기면서 비파 소리를 유달리 좋아했다던 고적의 감회가 어찌 한 해가 저무는 것에만 있었겠습니까? 왕안석은 학문을 왜곡하고 권력을 휘두르면서 나라를 어지럽히고 수많은 백성을 그르쳤는데, 그의 감회가 무엇이었는지 저로서는 알지 못하겠습니다. 그러나 어렸을 때 기둥에 글을 쓸 만큼 재주가 한 시대를 떨쳤고, 뜻이 천고의 세월도 다 채우지 못할 만큼 컸지만, 남쪽으로 귀양 갔다가 돌아오니 흰머리였다는 미산眉山의 학사學事 소식蘇軾이 느낀 감회는 상상할 수 있습니다.

지금까지 옛 사람들이 섣달 그믐밤을 지새우며 느꼈던 감회를 헤아려 진술했습니다. 그러나 저의 감회는 이런 것들과 다릅니다. 우 임금이 짧은 시간이라도 아꼈던 것은 무슨 생각에서 그랬던 것입니까? 주공이 밤을 지새우고 날을 맞이했던 것은 무슨 생각에서 그랬던 것입니까? 신은 덕을 닦지도 못하고 학문을 통달하지도 못한 것이 늘 유감스러우니, 아마도 죽기 전까지는 하루도 유감스럽지 않은 날이 없을 것입니다. 그러니 해가 저무는 감회는 특히 유감 중에서도 유감입니다.

그래서 저는 이것을 근거로 스스로 마음에 경계합니다. "세월은 이처럼 빨리 지나가고, 나에게 머물러 있지 않는다. 죽을 때가 되어서도 남들에게 칭송 받을 일을 하지 못함을 성인은 싫어했다. 살아서는 볼 만한 것이 없고 죽어서는 전해지는 것이 없다면 초목이 시드는 것과 무엇이 다르겠는가? 무지한 후진을 가르쳐서 인도하고, 터득한 학문을 힘써 실천하며, 등불을 밝혀 밤늦도록 꼿꼿이 앉아서 마음을 한 곳에 모으기를 일평생하자. 그렇게 하면 깊이 사색하고 반복해서 학습하게 되어 장차 늙는 것도 모른 채 때가 되면 순순히 죽음을 받아들일 터이니 마음에 무슨 유감이 있겠는가?" 앞에서 거론한 몇 사람의 안타까운 감정은 논할 바가 아닙니다.

집사선생께서는 어떻게 생각하십니까? 삼가 대답합니다.

책문 속으로

선달 그믐밤의 슬픔

음양과 오행, 시간과 공간

동양에서 인간과 세계와 우주를 구성하는 기본 요소는 음양과 오행이다. 음양과 오행은 이기론이 형성되면서 기로 분류되는데, 음양은 기의 두 가지 운동 모습을 나타낸 개념이고, 오행은 음양의 운동에서 최초로 분화되는 다섯 가지 질료적 요소를 말한다. 그래서 음양을 기, 오행을 질이라고 구분하기도 하지만 어쨌든 기이다.

이 다섯 가지 질료적 요소인 오행이 우주의 만물을 구성하고 있다. 목木·화火·토土·금金·수水라는 오행은 공간과 시간에도 배열된다. 예를 들어 목은 방위로는 동쪽이며 계절로는 봄이다. 화는 방위로는 남쪽이며 계절로는 여름이다. 토는 방위로는 중앙이며 계절로는 여름과 가을 사이, 또는 각 계절의 환절기이다. 금은 방위로는 서쪽이며 계절로는 가을이다. 수는 방위로는 북쪽이며 계절로는 겨울이다.

그리고 오행에는 또 각각에 해당하는 덕목이 있다. 목은 어짊[仁], 화는 예의[禮], 토는 믿음[信], 금은 정의[義], 수는 지혜[智]에 해당한다. 이 다섯 가지 덕목을 오상五常이라고 한다. 다섯 가지 덕목을 오행에 결부시켜서 계절과 방위에 배당한 것은 유가사상의 이념을 시간과 공간에서 표현하려고 한 것이다.

조선시대의 수도인 한양성은 정궁인 경복궁이 북쪽에 자리 잡고 있고, 동쪽에 어짊을 일으키는 흥인지문興仁之門, 남쪽에 예의를 숭상하는 숭례문崇禮門, 서쪽에 정의를 두텁게 하는 돈의문敦義門, 중앙에 믿음을 널리 펴는 보신각普信閣이 배치되어 있다. 참고로 북쪽의 대문은 예외로 숙정문肅靖門이라고 하는데, '숙'이란 엄숙하다, 경건하다, 경계하다, 춥다는 뜻이다 그리고 '정'이란 고요하다, 편안하다, 온화하다, 다스린다는 말이다. 그러니까 '엄숙한 마음으로 나라를 다스리겠다'는 뜻이 담겨 있다고 하겠다. 이처럼 나라를 상징하는 도성의 문이나 중요한 건축물의 이름에도 시간과 공간의 이념을 담았다.

시간의 흐름, 24절기와 달력체계

사람살이는 시간의 흐름에 맞추어 이루어진다. 때를 나타내는 시時라는 말은 본래 씨를 뿌리는 것과 관련이 있다. 이 뜻이 변하여 파종과 수확 등 1년의 농경생활과 관련된 활동을 나누어놓은 한 시기를 가리키는 말이 되었고, 더 나누어져서 4계절, 24절기, 365일 등으로 분화하였다. 시간은 시작도 끝도 없이 흐르지만 사람은 해와 달의 운동을 통해서 시간의 흐름을 느낀다.

해가 가고 달이 찼다 이지러졌다 하는 주기에 따라 시간의 흐름을 일정하게 가르고 한 마디 한 마디씩 주기를 정하는 것이 절기節氣이다. 곧 자연이 규칙적인 질서에 따라 흘러간다는 의식을 인간의 행위로 반영한 것이 절기이다. 사람은 절기를 통해 시간의 흐름, 곧 자연의 운행에 반응하고 적응한다. 이런 시간의 흐름을 매듭지어서 삶에 반영한 상징적인 형식이 달력이다. 사람들은 달력을 통해서 한 해의 살림살이의 질서를 잡는다.

『주역』에 "달력을 정비하여 때를 명확하게 알려준다."라는 말이 있다. 이 말은 달력체계를 정비하여서 인간의 사회생활을 자연의 질서에 맞추어 나간다는 뜻이다. 옛날에는 나라에서 천문학자들을 동원하여 해와 달의 운행주기를 계산한 다음 달력을 만들어서 백성에게 반포했다. 아득한 옛 사람들이 하늘의 힘을 느낀 것도 시간의 흐름, 곧 계절이 오고 가는 것을 통해서였다. 계절의 흐름을 주관하는 주재자로서 하느님을 숭배했던 것이다.

자연의 시간적 질서를 사람살이에서 표현하는 의례가 제식祭式, 곧 축제이다. 제식은 1년 동안의 시간의 흐름에서 규칙성을 추출하여 인간의 삶을 규칙적으로 정해놓은 의식이다. 설, 한식, 단오, 유두流頭, 추석, 동지 같은 축제는 계절의 변화에 따른 삶의 변화를 매듭 짓는 의식이다.

예를 들어 동지는 낮이 짧아졌다가 다시 길어지는 전환점이다. 아주 옛 사람들은 겨울이 되어 낮의 길이가 점차 짧아지면 해가 죽는 것으로 생각했다고 한다. 낮의 길이가 차츰차츰 짧아져서 동지가 되면, 낮은 아주 짧아지면서 춥고 어두운 밤이 길고 길게 이어진다. 그러다가 동지가 지나면 다시 낮의 길이가 차차 길어진다.

설날을 어떻게 정할 것인가

그래서 옛 사람들은 동지를 태양의 부활제로 축하했다. 우리나라에서도 고려 때까지는 동지를 설로 삼기도 했다고 한다. 시골 어른들은 지금도 동지를 애기설이라고도 한다. 설날이라 하여 그 전날이나 뒷날과 다를 것이 없겠지만 특별히 어떤 날을 설날로 정하여 기념함으로써 한 해를 매듭짓고 새해를 시작할 수 있는 것이다. 가는 해를 돌아보고 새로운 해를 새로운 결심으로 맞이하는 것이 설날이다.

설날이 드는 정월은 달력체계의 기준이다. 열두 달 가운데 어느 달로도 정월을 삼을 수 있지만 정월을 정하는 데는 나름대로 기준이 있다. 동지는 낮의 길이가 가장 짧아졌다가 길어지는 분기점이기 때문에 설날로 삼을 수 있고, 동지가 든 달을 정월로 삼을 수 있다. 입춘은 계절이 바뀌는 분기점이기 때문에, 겨울에서 봄으로 계절이 바뀌는 입춘이 든 날을 정월로 삼을 수 있다. 동지와 입춘 사이의 달도 정월이 될 수 있다.

고대사회에서는 왕조가 바뀌면 달력체계도 바꾸고, 복장과 깃발의 색깔이나 음악의 조율 같은 것도 모두 바꾸었다고 한다. 달력체계를 바꾸는 것은 오랜 시간이 지나면서 천체의 실제 운행도수와 역법 사이에 차질이 생겨서 농경생활이 불편하게 된 까닭도 있지만, 이데올로기의 목적도 있었다. 왕조가 바뀌는 것은 천명이 바뀌었다는 뜻이고, 왕이 천명을 받았다는 증거는 천문현상에 대한 예측과 실제 천문현상이 부합하는 데서도 드러난다고 여겼던 것이다.

갈 길은 먼데 날이 저무는구나

우리가 하는 말 가운데 사리를 분별할 줄 모르는 사람을 철모른다고 하고, 철이 없다고도 한다. 사람은 태어나서 경험을 쌓으면서 철이 나고 철이 든다. 철이 든다는 것은 그만큼 세월을 겪으면서 지혜가 생겨난다는 말이다. 어린아이는 소양少陽의 기운에 속하는 시기이기 때문에 생명의 기운이 약동하여 밖으로 뻗어나간다. 그러므로 아이들은 나이 한 살 더 먹는 것을 좋아하고 쑥쑥 자라나려고 한다. 그러나 나이가 들 대로 든 어른들은 음에 속하기 때문에 생명의 기운도 수그러들고 안으로 수렴된다. 그래서 지난날을 돌아보고 뭔가를 새로 시작하기보다는 해온 일을 수습하는 것이다.

섣달그믐은 한 해를 돌아보고 새해를 시작하는 분기점이 되기 때문에 다른 날보다 감회가 더하다. 이 책문의 저자는 유학자답게 인격수양과 진리탐구에 부족했던 점을 안타깝게 여긴다고 술회한다. 제야에는 밤새도록 술을 마시며 환락으로 지새울 것이 아니라 모름지기 책상머리에 반듯하게 앉아서 해가 바뀌는 의미를 되새겨볼 일이다. "갈 길은 먼데 날이 저문다[日暮途遠]." 했던가?

삼백 예순 일이 어제가 오늘 같고 오늘이 내일 같이 하루하루 가는 것은 별다를 것이 없다. 하지만 한 달이 가고, 한 철이 가고, 한 해가 가는 것은 너무도 잠깐이다. 날짜가 가는 것은 느끼지 못해도 나이를 먹는 것은 무게로 다가온다. 꽃이 지면 성큼 나날이 가고, 잎이 지면 문득 세월이 간다. 낯익은 얼굴이 사라지면 그만큼 나이를 먹고, 어린아이가 자라는 만큼 나는 늙어가는 것이다.

그래서 시인들은 "실버들을 천만사 늘여놓고도 가는 봄을 잡지도 못 한단 말인가!" 하고 읊기도 하고, "해마다 꽃은 그 꽃이건만 사람은 해마다 그 사람이 아니네[年年歲歲花相似, 歲歲年年人不同]." 하고 읊기도 했던 것이다. 어제와 다를 것 없는 오늘밤을 제야라고 하고, 오늘과 다를 것도 없는 내일 아침을 설날이라 하면 그제야 '아! 또 한 해가 가는구나!' 하고 감회가 끝없이 일어나는 것이다.

책문에서 인용한 시 가운데 고적의 시를 감상해보자,

고적과 겨울 나그네

섣달 그믐밤에	除夜作
등불 차갑게 비치는 여관에 들어 홀로 잠 못 이루네	旅館寒燈獨不眠
왜 이다지도 애처롭나 나그네 마음	客心何事轉悽然
고향에서도 이 밤 천리 밖 날 생각하겠지	故鄕今夜思千里
내일 아침이면 또 한 해 더 늙어가네	愁鬢明朝又一年

집 떠나면 고생이라는 말이 있다. 요즘이야 교통수단과 숙박시설이 발달하여 여행이 도리어 여가를 즐기는 방편이 되었지만 옛날에는 무

척 힘들고 어려운 일이었다. 특히 겨울에 집을 떠나 있는 경우에는 그 고생이 말도 못했다. 슈베르트의 연가곡집 『겨울 나그네』를 바리톤 디트리히-피셔 디스카우나 헤르만 프라이의 목소리로 들어보면, 잠시 꾸는 '봄꿈'의 가냘픈 따뜻함을 제외하고는 겨울 나그네의 길이 얼마나 추위와 어둠과 절망과 시련의 길인지 느낄 수 있다.

차디찬 등불이 깜박이는 여관에서 쓸쓸히 한 해의 마지막 밤을 보내는 나그네의 심정도 실연을 하고 끝없이 떠도는 '겨울 나그네'의 심정처럼 처량하다. 등불이 정말로 차가울 리야 있겠는가! 그저 황량한 여관에 걸려 찬바람에 깜박이는 모습이 어슴푸레하게 비쳐서일 테지. 마음이 처량하니 모든 것이 차게 보이지 않겠는가! 그러니 잠을 못 이룰 밖에. 홀로 잠을 못 이루고 뒤척이노라니, 이 밤에는 고향 생각이 더욱 간절하다. 천리나 떨어진 고향에서도 온 식구가 나처럼 잠 못 이루고 나를 기다리고 있겠지. 이 밤이 지나면 또 한 해 나이를 더 먹고 그만큼 나도 더 늙어가겠지.

역주

1 왕안석王安石(1021년 ~ 1086년)

북송의 정치가이다. 자는 개보介甫, 호는 반산半山이다. 진사에 발탁되었으나, 지방관을 자원하여 오랜 행정 경험을 쌓았다. 인종仁宗 말년에 중앙으로 돌아와 지방행정의 경험을 정리하여 「만언서萬言書」를 올려 정치개혁을 시도했다. 왕안석의 정치개혁을 신법新法이라고 하는데 이 신법은 농업, 수리, 운송, 국방, 교역, 세제 등 온갖 분야에 걸쳐 북송 중기 이래의 재정적자를 해소하고 국력을 신장시키려는 것을 목적으로 삼았다. 대지주, 관료, 거상巨商 등 기득권 세력의 반대와 물의가 비등했으나 신종의 지지로 어느 정도 효과를 거두었다. 신법의 개혁정책은 사마광司馬光을 중심으로 한 구법당舊法黨의 반대로 철종 때 폐지되었으나 휘종徽宗 때 채경蔡京에 의해 다시 계승되었다. 조선시대에는 사마광, 정이, 주희 등의 학문인 송대 이학의 영향 때문에 왕안석에 대한 평가가 그다지 긍정적이지 않았다. 왕안석은 문장에도 뛰어나서 당송팔대가의 한 사람으로 꼽힌다. 경전의 주석에서도 선배 학자들의 주석을 따르지 않고 매우 참신한 설을 제시하여 '새로운 뜻[新義]'을 발명한다는 평가를 들었다.

2 소식 蘇軾(1036년 ~ 1101년)

당송팔대가의 한 사람이다. 자는 자첨子瞻이다. 호는 여러 개가 있으나 동파거사東坡居士가 가장 잘 알려져 있어서 흔히 소동파라고 불린다. 아버지 소순蘇洵 그리고 아우 소철蘇轍과 함께 세 부자가 당송팔대가에 들어서 이름을 크게 떨쳤다. 가우嘉祐 연간(1056-1063)에 실시한 시험에서 구양수歐陽脩에 의해 두 번째로 뽑혔고, 대책에서 3등으로 합격했다. 희령熙寧 연간(1068-1077)에 왕안석이 실시한 신법의 불편함을 논박하여 항주통판杭州通判으로 좌천되었다가 다시 호주湖州의 지사知州로 옮겼다. 시가 빌미가 되어서 옥에 갇히기도 했다. 경전과 역사에 해박했고 학술에 밝아서『주역』,『서경』,『논어』등의 경전을 풀이한 저술과 수많은 시문을 남겼다. 특히 시는 송대 제일로 일컬어진다. 글씨도 잘 썼고, 그림에도 뛰어났다. 불교와 노장사상에도 조예가 있었다. 정이와는 학문적으로 대립했다. 소식은 예술적 기질이 분방하여 중국문화사에 많은 흔적을 남기고 있는데, 그의 이름을 딴 '동파육東坡肉'이라는 요리가 있을 정도이다. '동파육'은 돼지고기를 모가 나게 썰어서 장과 두부, 향료 등을 넣고 한나절 이상 푹 졸인 음식이다. 소식은 돼지고기를 아주 좋아했는데, 황강黃岡에 있을 때 장난삼아 돼지고기를 소재로 시를 지었다고 한다. 그 시의 내용은 다음과 같다. "황주에는 좋은 돼지고기가 있는데, 값은 똥값이라네. 부자들은 거들떠보지도 않고, 가난한 사람들은 먹는 방법을 모른다네. 물은 조금 넣고 뭉근하게 졸이는데, 푹 익으면 맛이 절로 난다네. 날마다 한 사발씩 퍼 먹고, 배가 불러 기분을 내더라도 그대는 신경 쓰지 말게[黃州好猪肉, 價錢等糞土, 富者不肯喫, 貧者不解煮, 漫著火少著水, 火候足時

他自美, 每日起來打一腕, 飽得自家君莫管]."

이밖에도 소식이 썼던 독특한 두건을 '동파건東坡巾'이라 하며, 부주富州에 나는 대나무를 '동파죽東坡竹'이라고 한다. 소식이 부주를 지나다가 어떤 벽에 글을 쓰고 남은 먹물을 대나무가 우거진 곳에 버렸더니 이듬해 새로 난 대나무에 모두 먹물 자국이 찍혀 있어서 이런 이름이 붙었다고 한다.

3 고적高適(702년 ~ 765년)

당대의 시인이다. 자는 달부達夫이다. 현종 때 유도과有道科에 천거되었고, 숙종 때 여러 차례 간의대부諫議大夫에 발탁되었다. 기를 쓰고 간언을 하여서 황제의 측근에 있는 고관들이 모두 싫어했다. 회남절도사로 가서 영왕永王 이린李璘의 난을 평정하였다. 절의를 숭상했고 여러 번 어려움을 겪을 때마다 공명에 뜻을 두고 몸을 바쳤다. 50세에 비로소 시를 짓기 시작하여서 변경의 외로운 정서를 읊었다. 잠삼岑參과 함께 이름을 떨쳐서 '고잠高岑'이라고 불린다.

후기

책문,
왕과 세상을 향한
목소리

후기

과거로 왕의 정치적 파트너를 뽑다

왕정국가에서 왕은 국가정책을 결정할 때 가장 정점에 있는 주체이다. 신하들은 개인이나 당파의 이해에 관심을 둘 수도 있다. 하지만 왕은 국가 전체의 이해를 생각한다. 국가의 안위가 곧 왕실의 권력을 유지하는 핵심이기 때문이다. 그래서 왕은 자신의 정치이념을 실현하기 위해, 유능하고 정직한 정치적 파트너로서의 관리가 필요했다. 과거는 이런 관리를 뽑기 위한 가장 일반적이고 객관적인 방법 가운데 하나였다.

과거제도는 수隋의 문제文帝(581~604) 때 처음 실시되었다. 애초에는 천자가 귀족들의 권력을 누르고 중앙으로 권력을 집중시키기 위해 실시된 제도였다. 따라서 귀족들은 당연히 과거제도에 부정적이었다. 하지만 당唐의 과도기를 거쳐 송宋에 이르자, 수많은 신흥사대부들이 과거를 통해 관리가 되었다. 과거제도가 보편적인 관리선발의 방식이 된 것은 바로 이때부터였다.

우리나라에서는 고려 광종(949~975) 때 중국 후주後周에서 귀화한 쌍기雙冀의 건의로 958년에 처음 실시되었다. 인종 때 산술과 법률 등 잡과까지 추가되면서 점차 체계화되었고, 이후 조선이 망할 때까지 모든 관리선발의 기초가 되었다.

소과와 대과

과거시험에는 문과, 무과, 잡과가 있다. 문과는 다시 소과와 대과로 나뉜다. 소과는 예비시험과 마찬가지인데, 사서오경을 시험하는 생원과와, 시와 부 등의 문장력을 시험하는 진사과가 있다. 소과에 급제한 사람은 초급관리가 되거나, 성균관에 들어가 학문을 더 연마할 수 있는 자격을 얻는다. 하지만 소과에 급제한 사람이 정식으로 고급관리로 선발되기 위해서는, 반드시 대과를 보아야 한다.

대과는 소과를 거친 생원이나 진사, 또는 성균관 유생들이 치르는 본격적인 시험이다. 대과의 종류에는 여러 가지가 있다. 간지로 자子가 들어가는 해부터 3년마다 정식으로 치르는 식년시式年試, 나라에서 특별한 경사가 있을 때 치르는 증광시增廣試, 그리고 임금이 공자와 선현들을 모신 문묘文廟를 참배하고 나서 성균관에서 실시하는 알성시謁聖試 등의 별시가 있다. 알성시처럼 하루에 치르는 시험을 빼고는, 식년시나 별시의 최종시험에서는, 반드시 책문을 지어서 합격해야 한다. 대과의 초시와 복시를 거쳐서 수많은 인재들 가운데 다만 33명이 남는다. 이들은 더 이상 탈락하지 않는다. 다만 등수만 결정될 뿐이다. 이들이 왕 앞에서 치르는 최종시험인 전시殿試에서 치르는 시험이 바로 책문이다. 원칙적으로는 대책對策, 표表, 부賦 등 10과목 가운데 한 편을 출제하게 되어 있었지만, 실제로는 대책이 가장 많이 출제되었다고 한다.

과거의 그늘

농업이 생산기반이었던 전근대 사회에서는, 개인이 사회에 진출할 수 있는 분야가 그리 넓지 않았다. 따라서 지식인에게는 관료로 출사하는 것이 유일한 출세 수단이었다. 그래서 글을 익힌 선비들은 관리가 되기 위해, 그야말로 과거에 일생을 걸었다. 그 때문에 과거를 둘러싼 폐단과 피해도 컸다. 한창 일해야 할 젊은이들이 과거에만 매달려 정력을 낭비하고, 한 사람의 과거준비생을 위해 집안의 모든 사람들이 희생해야 하며, 사회적으로도 생산에 종사할 사람들의 생산력을 빼앗는다는 점에서 비생산적이었다.

과거에 합격한 사람들도 사적으로 학연을 맺어 국가의 공익보다 개인의 이익을 도모하는 세력을 형성해, 사회의 질서와 기강을 어지럽히는 경우가 많았다. 하지만 이렇게 많은 폐단이 있었음에도 불구하고, 과거제도에는 전근대 사회의 인재선발 방식으로서는 선진적이고 합리적인 요소가 있었다. 다산 정약용이 과거의 폐단과 모순을 심각하게 느끼고, 추천을 통한 인재선발 방식을 대안으로 제시했을 때, 프랑스 계몽주의자들은 오히려 과거야말로 철인이 다스리는 이상국가의 인재선발 방식이라고 생각했다는 것은 참으로 아이러니이다.

부, 표, 책문

과거의 형식이었던 부, 표, 책을 간단히 살펴보자.
부란 미사여구를 대구 형식으로 현란하게 구사하면서, 자신의 느낌을 표현하는 한문학의 한 장르이다. 문답이나 장단구를 섞어 산문적 내용을 술회하는 글이지만, 시처럼 압운이나 평측을 따르기 때문에 운문의 요소도 포함하고 있다.

표라 하면 『삼국지연의』의 주인공 제갈량이 위나라 정벌을 앞두고 올린 「출사표出師表」가 유명하다. 「출사표」를 읽고 눈물을 흘리지 않으면 참된 선비가 아니라는 말이 있다. 그만큼 「출사표」에는 천하통일을 위해 일생을 바친 늙은 신하의 비장함이 서려 있다. 제갈량이 어린 왕을 남겨두고 정벌을 떠나면서, 나라 걱정하는 심정을 구구절절 표현한 것이다. 이처럼 표는 원래 임금에게 자기 생각을 건의할 때 쓰는 글이다. 시사적인 일을 논하거나 간언할 때, 남을 추천할 때, 특별한 공을 세웠을 때, 탄핵을 할 때도 쓰였다.

대책이라고도 하는 책은 '책략' 이라는 말에서도 알 수 있듯이, 시험으로 나온 문제에 대해 '대책과 정략'을 진술하는 글이다. 시험문제는 왕이나 왕을 대리한 관리의 명령으로 제출되고, 답안은 자기의 주장을 펼치는 형식으로 쓴다. 그래서 책문은 전체적으로 문답체를 띠고 있다. 질문과 대답의 주제는 당시의 정치, 경제, 군사, 문화 등 사회의 거의 모든 방면에서 두루 걸쳐 있다. 따라서 과거라 하면 책문의 진술이

주가 된다고 할 수 있다.

책문은 원래 한 무제 때 지방수령들의 추천으로 뽑힌 인재를 임용하려고, 대책을 물은 데서 유래했다고 한다. 한 무제는 두 차례에 걸쳐서 지방 수령들에게 조서를 내려, 품행이 반듯하고(方正), 덕행이 있으며 어질고, 문장과 경전에 밝고(文學), 재능이 뛰어난 선비를 추천하라고 했다. 이렇게 추천된 사람들은 진급의 단계를 거치지 않고, 곧바로 능력에 맞게 등용했다.

이들 가운데 동중서董仲舒(B.C.170~120)가 있었는데, 그는 세 차례에 걸쳐서 『춘추』의 의리義理를 주제로 대책을 올렸다. 이것이 지금까지도 남아 있는 「현량대책賢良對策」이다. 임금이 출제했든, 아니면 임금을 대리한 관리가 집사가 되어 출제했든, 출제의 주체는 임금이다. 따라서 대책의 최종독자도 원칙적으로 임금이다. 왜냐하면 책문이란 결국 임금이 갖가지 정책문제를 해결하기 위해, 젊은 인재들에게 아이디어를 구한 것이기 때문이다.

책문, 시대의 물음에 답하다

책문은 무엇보다도 정치 현안의 문제를 묻고 대답하는 글이다. 그러므로 현실을 직시하고, 그 시대에 가장 중요한 일인 시무時務를 제시하는 것이 핵심이 된다. 실제로 〈민족문화추진회〉에서 편찬한 「문집총간본」에 실려 있는 책문의 내용을 분류해보면 정치, 경제, 사회, 풍속, 문학, 역사, 외교, 국방, 철학, 심리, 자연과학, 종교 등 거의 모든 분야에 걸쳐 있다.

그러나 아무리 분야가 다양해도, 책문은 기본적으로 국가의 정책에 관련된 문제를 낸다. 그래서 답안 또한 주로 정치적 해결책이다. 조선의 경우 건국 초에는 국가의 기강을 확립하는 방침을 제시하는 책문이 많았다. 반면에 사화를 겪은 후에는 혼란한 사회를 수습하고, 사림이 주도하는 이상적인 사회를 건설하자는 내용의 책문이 많았다. 또 전란을 겪은 후에는 무너진 국가체제를 재정비하자는 내용이 주가 된 책문도 많았다.

책문의 겉과 안

책문의 형식은 아주 일정하게 정해져 있다. 우선 대부분의 책문은 문제가 아주 길다. 최종시험인 전시의 경우, "왕은 다음과 같이 말한다(왕王曰)."라는 말로 시작한다. 왕의 출제의도를 진술하겠다는 뜻이다. 그리고는 "여러 해 동안 학문을 익혀온 그대들에게 지금의 문제를 해결해 나라를 잘 다스릴 방도를 묻는다."라는 출제의 본문이 제시된다.

답안은 먼저 "신은 다음과 같이 대답합니다[臣對]."라는 말로 시작해, "식견이 보잘것없은 저희들을 과장에 불러, 조금이나마 나라에 도움이 될 말을 들을까 하며 시험을 내시니, 죽을 각오를 하고 말씀드리겠습니다." 라며 아주 장황하고 공손하게 찬사와 겸사를 섞어 쓴다.

마지막으로는 다시 한번 "보잘것없는 말씀을 드려서 죄송하고 두렵지만, 솔직히 말해야 한다는 의무감에 죽기를 각오하고 말씀을 드립니다."라는 말과 함께 "신이 삼가 대답합니다[臣對]." 하는 말로 끝맺는다.

문제나 답은 이렇게 정해진 형식과 상투적인 표현으로 가득 차 있다. 하지만 그 속에는 저자의 개성과 경륜, 정치적 포부가 생생하게 살아있다. 정해진 표현과 형식을 따르고, 찬사와 겸사를 늘어놓으면서도, 교묘하게 할 말은 다 한다. 결국 표현 양식이 정해져 있다보니, 쓰는 사람이나 읽는 사람이나 행간에서 하고 싶은 말을 다하고, 읽어야 할 내용을 알아서 잘 읽는 셈이다.

예컨대 임금의 경륜과 능력을 한껏 치켜세우면서도, 임금에게 이러저러한 문제를 잘 처리하지 못해 폐단이 있다고 날카롭게 질책한다. 그래서 어떤 글은 정말 죽기를 각오하고 썼다는 말이 조금도 과장이 아닌 것처럼 보인다. 어쨌든 정해진 양식 속에서 다양한 변주를 한 것이 책문의 진정한 매력이 아닐까?

정조와 율곡의 책문

정조대왕의 경우는 책문으로 출제한 문제가 수십 편이나 돼, 정조대왕의 개인 문집인 『홍재전서弘齋全書』 안에 따로 다섯 권으로 편집되어 있을 정도이다. 질문의 내용은 정치경제에서 과학기술과 순수학문의 영역에 이르기까지, 온갖 문제가 망라되어 있다. 책문은 원칙적으로 과거 시험의 형식을 따르지만, 반드시 모든 책문이 그런 것은 아니다.

율곡 이이를 예로 들어보자. 이이는 조선시대 선비들 가운데 책문을 많이 남긴 사람에 속하는데, 질문이 6편, 대책이 17편이나 된다. 그의 책문은 순수한 철학적 문제에서 역사관, 귀신과 죽음의 문제, 사회제도, 국방과 외교, 문화와 풍습 등 삶의 모든 분야에 걸쳐 있다.

그러나 그 책문들 가운데 어떤 것은 과거답안으로 작성된 것도 있지만, 원래 학자이기도 했던 관료들에게 휴가를 주는 대신 모자라는 공부를 시켜서 실력을 재충전하게 하는 제도인 '사가독서賜暇讀書'의 과제물로 제출된 것도 있을 것이라 추정된다.

그리고 어떤 책문의 경우에는 과거시험에 미리 대비하기 위해 예비로 작성한 것도 있을 것이다. 물론 정조대왕의 책문도 모두 과거시험을 위해 장성한 것은 아니었다. 유생들에게 출제한 문제, 일반 문신들의 공부를 검사하기 위해 출제한 문제, 초계문신의 월과시험으로 출제한 문제들도 많았다.

죽음을 무릅쓰고 답하다

더러 책문을 대입 논술시험에 견주는 사람도 있다. 그러나 대입 논술시험과 책문은 본질적으로 다르다. 우리나라의 교육현실에서 대입 논술시험은 글자 그대로 고등학교 과정을 마친 학생들이 대학에 들어가기 위해 치르는 시험이다. 지금 논술을 공부하는 목적은 세상과 삶을 이해하는 통찰력과 분석의 능력을 길러서 논리적으로 표현하는 방법을 익히기 위한 것이 아니라, 그저 일부 대학에서 학생을 선발하는 방법의 하나로 삼고 있기 때문이다.

그래서 문제를 분석하고 논지를 전개하고 구성하는 방식이 천편일률적이다. 논술 자체가 시험이 되어서는 안 된다. 논술은 자기 생각을 논리적으로 표현하는 시험의 형식일 뿐이다. 그러므로 정말로 논술을 공부하자면 표현하는 방법을 공부할 것이 아니라, 생각하는 방법 곧 자기 눈으로 세상을 보는 방법을 공부해야 한다.

물론 천편일률적인 틀을 따르고 있다는 점에서는 책문도 마찬가지다. 그러나 책문은 정해진 형식 가운데서도 자기 생각과 자기 말을 하고 있다는 점에서, 작가의 개성과 문제의식이 드러난다. 이 경우 정해진 틀은 오히려 작자의 개성을 드러내기 위한 액자 구실을 한다. 책문의 끄트머리에서 걸핏하면 나오는, 죽기를 각오하고 진술한다는 말이 상투적인 표현 같지만, 실제로 어떤 경우에는 정말로 죽음을 각오한 비장함이 들어있다.

광해군 때 임숙영이라는 선비는 책문에서 당시의 실권자들을 비판했다가 임금이 노하는 바람에 낙방될 뻔했으나, 이항복의 무마로 간신히 병과에 급제한 일이 있다. 물론 낙방과 죽음의 각오는 수준이 다르다. 하지만 사회에 진출하는 문이 과거밖에 없었던 당시에, 선비가 대책의 비판적 내용 때문에 과거에 낙방하고 더구나 권력자의 눈 밖에 난다는 것은, 앞으로 평생 사회에 진출할 기회를 봉쇄당하는 치명적인 일일 수도 있었다.

책문을 진술한 학자들은 대학에 들어가기 위해 공부를 하던 핵생이 아니라, 자기가 배운 학문을 현실에서 실천하려고 한 당대의 지식인들이었다. 이들이 진술한 책문에는 과거시험이라는 한계가 있긴 하지만, 정치 주체로서의 지식인이 지닌 사회적 책임의식이 짙게 배어 있다.

유가 경전과 역사서를 바탕으로

왜 책문인가? 책문은 도대체 무슨 목적으로, 무엇을 위해 작성된 것인가? 책문이 꿈꾸는 세상은 무엇인가? 책문을 작성하는 사람은 주로 유가 경전과 역사서에서 자기 논지의 근거를 찾는다. 그런 점에서 논리학의 관점에서 본다면 권위에 호소하는 오류일 수도 있다.

그러나 당시 사람들에게 유가 경전은 보편적 이념을 제시한 문헌이었고, 역사서는 이념의 현실적 성패를 기록한 문헌이었다. 그러므로 자신의 논거를 유가 경전과 역사서에서 찾은 것은 당시로서는 논리적 설득력이 충분했다. 책문에 인용된 문헌 가운데서 가장 자주 인용된 것은『서경』이라고도 말하는『상서』이다.

『상서』는 요순시대에서 주나라까지 고대의 정치적 명령, 포고, 훈계 등을 기록한 문서이다. 한 마디로 동양 정치사상의 원류가 되는 문헌이다. 책문에서 늘 제시하는 요순 시대와 삼대三代가 바로『상서』가 기록한 세계이다. 요와 순은 전설적인 제왕으로 동양의 이상적 제왕이었고, 삼대란 하 · 상 · 주 세 왕조로서 이 세 왕조의 초기가 동양의 이상적 사회이자 황금시대였다.

요와 순은 권력을 독점하지 않고 만백성의 여망을 물어서 덕이 있는 사람에게 자리를 물려줌으로써, 권력의 공공성을 몸으로 실현한 사람들이다. 그리고 하 · 상 · 주의 초기는 이전 시대의 낡은 제도와 폐단을 개혁하고 백성의 복지를 추구했던 시대이다. 그래서 모든 책문에서는 수도 없이 요순을 거론하고 삼대를 끄집어냈던 것이다.

대책을 진술한 선비들은 모두 관료가 되려는 포부를 가진 사람들이다. 따라서 그들은 신명과 재능을 바쳐서 당시의 왕을 요와 순과 같은 이상적 제왕으로 만들고, 당시 사회를 삼대와 같은 이상 사회로 만들려고 했던 것이다.

역사의 폭력과 야만을 되돌아보며

이밖에도 갖가지 유가 경전들과 역사서는 물론, 때로는 시문도 많이 인용되었다. 『춘추』는 '춘추대의春秋大義' 라고도 하듯이, 문명세계를 존중하고 폭력과 야만을 징계하려는 뜻이 담겨 있다고 한다. 그래서 『춘추』의 경문과 『좌씨전』은 공자가 역사를 평가한 관점, 곧 문명적이고 도덕적인 역사관을 바탕으로 현실의 정치를 점검하고 평가해, 새로운 역사를 만들어가는 길을 제시하는 거울이 된다.

송대에 사마광司馬光이 편찬한 편년사의 이름을 『자치통감資治通鑑』이라고 한 것은 역사에서 정치의 교훈을 찾으려고 한 옛 사람들의 일반적인 생각을 반영한 것이다. 경연에서도 늘 역사적 사례를 강론하면서 현실의 정치를 빗대어 토론했다. 현실의 정치를 평가하고 비평할 때는 간접적으로 교묘하게 비판하는 것이 효과적이고, 권력자의 처지에서도 받아들이기가 쉽다. 풍자라는 말도 바로 노래를 통해서 간접적으로 잘못을 꼬집는 것이 아닌가? 그래서 『시경』의 여러 구절은 정치적 풍자의 중요한 소재가 되었다. 책문에서는 이처럼 『춘추』나 『시경』과 같은 유가 경전뿐만 아니라 역사서와 시문을 인용해, 간접적이면서도 진지하고 진솔하게 현실 정치를 비판하면서 새로운 정책과 대안을 제시하려고 했다.

유가적 관념에 따르면 현실은 도리를 실현하는 장소이다. 정치는 바로 그 도리를 현실에서 실현하는 행위이다. 하늘과 땅은 사람을 비롯해 모든 것을 만들었다. 그러나 하늘과 땅은 만물을 낳기만 했을 뿐, 그것에 의미를 부여하지는 않는다. 만물에 의미를 부여하고 자연을 다듬어서 문화를 창조하는 것은 바로 사람이다.

사람이 문화를 창조함으로써, 비로소 하늘과 땅의 만물창조가 의미를 갖게 된다. 문화를 창조하는 이런 행위가 정치이고, 정치가 바로 도를 실현하는 행위이다. 도는 사람이 자연에 적응해서 살아가는 길이다. 이 삶의 도리를 먼저 깨달은 사람이, 정치적이자 정신적인 지도자가 되어 사람들을 이끌어가야 한다.

아주 아득한 옛날에는 덕이 있는 사람이 제왕이 되어 사람들을 이끌어갈 수 있었다. 하지만 점차 사회가 분화되고 권력이 세습되자, 제왕 가운데는 왕으로서 자질을 갖지 못한 사람이 많아졌다. 그래서 왕을 보필해서 이끌어가는 재상의 역할이 무엇보다도 중요해졌다. 그런 점에서 대책을 진술하는 선비는 자기를 재상이라고 가정하고, 자기라면 이러저러하게 왕을 보필해 이러저러하게 나라를 다스리겠다는 포부를 진술했던 것이다.

책문은 젊고 싱싱한 넋을 가진 지식인이 시대의 부름에 대답하는 주체적 결단의 절규이다. 그것은 시대의 문제를 고민하고, 시대의 부조리에 반항하며, 새로운 시대를 설계하려는 시대의식의 투영이었다. 또한 그것은 한 시대의 주인공으로서 지금까지 갈고 닦은 실력과 꿈과 야망을 펼치기 위해, 이제 막 첫발을 내딛는 한 젊은이의 청사진이기도 했다.

지금 우리에게 필요한 책문정신은?

이 책이 처음 나온 때는 2004년 8월 말이었다. 그때는 내 개인의 생활도 엄청난 어려움과 비극이 잇따랐지만 사회와 나라의 형편도 책문에서 다룬 문제가 어느 하나 현실과 동떨어진 것이 없었다. 곧 4, 5백 년 전 조선시대 사회가 직면했던 문제가 여전히 반복되고 있었다. 국방, 외교, 정치, 경제, 사회, 문화…. 나라의 전반에 걸쳐서 어느 하나 문제 아닌 것이 없었다. 지금은 어떠한가? 오늘날 이 나라가 처한 꼴을 돌아보면 이 책에서 다룬 조선시대 사회가 직면했던 문제보다 더 심각한 문제를 안고 있다. 정체는 민주정이지만 실제로는 위정자나 고급관료나 왕정의 의식을 벗어나지 못하고 있다. 왕과 훈구대신은 나라와 운명을 같이 하는 존재이지만 우리 사회의 위정자와 고급관료는 한 번도 나라의 운명에 책임을 지지 않았다. 이제껏 그러했고 지금도 그러하고 앞으로도 가망이 없다.

인류사회는 늘 부조리하다. 늘 모순에 차 있다. 늘 갈등하고 있다. 부조리, 모순, 갈등은 인류사회의 존재양식이다. 다만 인간이 문화를 이루고 사회공동체를 만들어가는 것은 이런 존재양식을 개선해가는 데 그 목적과 본질이 있다. 더 나은 사회, 더 나은 공동체, 사람이 사람답게 살 수 있는 세상을 만들기 위해서는 내가 깨어 있어야 한다. 깨어 있다는 것은 '나'를 의식하는 일이다. 우리 대한민국 시민은 근현대사의 가시밭길을 헤쳐 오면서 한번도 '나'로서 살아보지 못했다. 이제 우리는 '우리'가 아니라 '나'로서 살아야 한다. 내가 '나'로서 살아야만 내 삶을 내가 기획하고 내가 살아가고 내가 책임을 질 수 있다. 그리고 내가 사는 동네, 내가 사는 마을, 내가 사는 지역, 내가 사는 사회, 내가 사는 나라를 주인의식을 갖고서 들여다보고 따져보고 살펴보고 사회현실에 대해 책임을 질 수 있는 것이다.

이 책을 다시 내자고 주위에서 권유했을 때 그럴 필요가 있을까 하는 의문이 들기도 했지만 이제 10년 만에 이 책을 다시 다듬어 내려고 읽어보노라니 그때 젊은(?) 혈기로 비분강개하여 거칠게 토했던 말이 오히려 변죽만 울린 감이 있다. 10년 동안 형편이 나아지기는커녕 도리어 그때보다 훨씬 더 문제가 많다는 생각이 든다. 적어도 그때는 나라가 역사발전의 방향에서 퇴보하리라고 생각하지는 않았는데 지금은 역사가 진보한다는 믿음을 도무지 가질 수 없이 되었다. 그리하여 이 책은 다시 한 번 세상에 나와야 한다는 남들의 말에 고개를 끄덕일 수밖에 없다.

나는 지금 이 책을 쓰면서 표현의 수위를 자꾸만 낮추고 있다. 과거 시험에서 죽을 각오로 말씀드린다고 한 선비들에게 부끄럽게도 나는 말을 순하게 다듬으려고 무진 애를 쓰고 있다. 제발 책이나 글에서라도 하고 싶은 말을 다 할 수 있는 세상이 오기를 바라면서.

2015년 6월
광주지혜학교 철학교육연구소에서
김태완 씀

책문 이 시대가 묻는다

1판 5쇄 발행 | 2025년 5월 23일

지은이 | 김태완
펴낸이 | 조부덕

편집 | 맹한승
홍보 · 마케팅 | 김현일, 장민혁
디자인 | 파피루스

도서출판 현자의 마을
61407 광주광역시 동구 갈마로 6

전화 | 062-959-0981
팩스 | 02-712-0288
등록번호 | 410-82-20233(2012. 2. 17)

잘못된 책은 바꿔 드립니다.
ISBN 979-119512-44-8-0 03810